근대 일본의 ‘국문학’ 사상

기억과 경계
학술총서

근대 일본의 '국문학', 사상

사사누마 도시아키 지음
서동주 옮김

어문학사

차례

일러두기

이 책에서 '국문학'은 일본문학을 가리킨다.

서장

지금 '국문학 연구'를 다시 읽는다

1. '보편'과 '특수'의 이데올로기

서브컬처(subculture)의 융성과 인터넷 등 활자 이외의 다양한 미디어가 발달함에 따라 오늘날 '문학' 그 자체의 사회적 존재감이 현저히 퇴조하고 있다는 것은 지금까지 많은 사람이 지적해 왔고, 이미 어느 정도 일반적인 인식으로 자리 잡았다. 단적으로 말해서 '문학'은 현재 자본주의의 공리적 원칙에서는 '팔리지 않는', '도움이 되지 않는' 것으로 간주되고 있다. 그리고 그것과 비례하여 '국문학 연구'의 사회적 역할 또한 달라지고 있다. 현재 일본의 대학 내에서 '국문학 연구'를 비롯한 인문계 학문의 영역은 점점 좁아지고 있다. 또 사회적·국가적 실용성과 경제 원칙에 떠 밀린 많은 연구자들이 연구 그 자체를 이어가는 것조차 위태로운 상황에 놓여 있다. 메이지 시대 이후 근대화와 국가 형성 과정에서 많은 인간의 정열을 흡수하는 역할을 담당했던 아카데미즘 학문 시스템은 이제 역사적 소명을 다한 것일까? 그런 의미에서 지금 우리는 근대화 이후의 시대를 견뎌낼 수 있는 학문적 틀(枠組)을 새롭게 구축해야 할 시기를 맞이했다고 할 수 있다.

그 과정에서 지금까지 일본의 근대사에서 하나의 유력한 문화로서 성행했던 '국문학 연구'가 도대체 무엇을 했는가에 대한 역사적인 검토가 필요하다. 근대화와 국민국가화 과정에서 '국문학 연구'를 지탱했던 담론과 시스템을 역사적으로 상대화하고 탈구축하는 것을 통해 금후의 연구 주체를 위한 역사적인 토대를 정비하는 작업이 현재 요구되고 있다. '국문학'의 역사적 종언을 눈앞에 둔 지금이야말로 그것이 처음에 어떻게 태어나 전개되었는가를 알아둘 필요가 있다.

이 책은 근대 일본에서 '문학 연구'의 유력한 영역 중 하나였던 '국문학 연구'의 사상을 현재 시점에서 역사적으로 상대화하고 비판적으로 검증한 것이다. 이 책은 '국문학'의 사상을 '학설사'로 국한하지 않고, 근대 국민국가 '일본'의 형성과 그 전개 속에서 등장한 여러 내셔널한 담론 중 하나로 간주하여, 그 전체적인 사상 구조를 분석·논술하고 있다. '국문학 연구'는 '문학'이 퇴조해 가고 있는 현재와는 달리, 근대화를 추진해 가는 과정에서 일정한 사회적 존재감을 가지고 있었기 때문이다. 이 책에서는 주로 패전(1945) 이전의 주요 '국문학' 연구자의 담론을 분석하고 있는데 이것은 연구자 개개의 연구 성과를 비평적으로 감상하려는 목적이 아니다. 오히려 개별 연구자의 연구 성과를 검증하여 개별 연구의 방향을 규정하고 또 그 연구들의 우열을 결정했던 '국문학'이라는 학문의 내셔널한 혹은 '보편'적인 가치 체계를 드러내는 것에 있다. 달리 말하면 이 책은 국문학 연구가 어떻게 '상상의 공동체'로서의 국민국가 '일본'의 형성과 그 전개에 기여 혹은 가담했는가를 되묻고, 그것을 통해 근대화의 종언 이후, 학문적 틀을 재구축하기 위한 역사적 토대 구축에 공헌하는 것을 목적으로 한다.

현대 일본에서는 수년 전부터 역사교과서 문제와 주요 각료의 야스쿠니 신사 참배, 나아가 평양회담(2002년) 이후의 대북외교 및 중일·한일 관계 등의 문제를 둘러싸고 전례가 없을 정도로 내셔널리즘이 고양되고 있다. 특히 그것이 경제 분야를 축으로 한 급속한 글로벌화를 배경으로 발생했다는 것은 이미 많은 논자들이 지적한 바 있다. 예를 들어, 1990년 이후 일본의 경제 하락과 사회 불안정화는 '글로벌화' 및 그것이 동반했던 '개혁'과 '규제 완화'의 방향으로 여론과 정책이 극단적으로 휘둘린 것에 크게 기인하고 있다. 또한 자위대의 이라크 파병 문제가 단적으로 보여주는 것처럼 최근 일본의 국민국가로서의 주권은 특히 '미합중국'과의 관계에서 정치·경제·군사 등 여러 방면에 걸쳐 크게 위협받고 있다. 다른 한편으로 잡지와 신문, 텔레비전, 인터넷 등 여러 매체에서는 북한을 비롯해 중국, 한국 등 주변 아시아 국가에 대한 공격적인 언론이 분출되고 있다. 이것은 국민국가로서 일본의 사회적 제도와 자기동일성의 기반이 실질적으로 약화되자, 거기에서 생겨난 불안감을 메우고자 정서적·사상적 차원에서 내셔널한 가치관을 회복하려는 움직임이 드러난 결과라고 할 수 있다. 정치·경제·군사 면에서 진행되는 글로벌화는 동시에 과잉되고 공허한 내셔널리즘의 감정과 그것을 이용하려는 정치 세력을 만들고 있는 것이다. 따라서 내셔널리즘의 현재적 성격을 파악하고, 그것을 비판하기 위해서는 그 배경이 되는 글로벌화에 대한 문제를 함께 생각할 필요가 있다.

현대의 글로벌화와 그것이 동반하는 내셔널리즘은 우리에게 완전히 새로운 현상은 아니다. 일찍이 메이지 이후의 일본에서 내셔널리즘적인 언설은 언제나 서구화·근대화라는 이른바 당시의 '글로벌화' 현상을 배경으로 등장했고, 그것과의 대결 속에서 정당화되었기 때문이다. 물론 근대화 과정의 사회적·경제적 틀 속에서 등장한 과거의 내셔널리즘과 그러한 하부 구조의 정체와 붕괴를 배경으로 분출하고 있는 현재의 내셔널리즘을 같은 위치에 둘 수는 없다. 그럼에도 불구하고 내셔널리즘이 발생할 때, 그것이 어떠한 대상을 '적대적' 타자로 설정했는가를 따져볼 필요가 있다.

그런 맥락에서 일본 '국문학 연구'의 사상을 지탱한 내셔널한 틀과 구조의 존재 형태를 검토하기 위해 이 책에서는 '고유성'과 '보편성'을 둘러싼 논의들에 초점을 두고 있다. 왜냐하면 일본근대사에서 '일본', '문학'의 내셔널한 '고유성', '특수성'이 무엇인가라는 물음은 언제나 서구 문학과의 대응 속에서 국문학의 '보편성'과 '세계성'을 어떻게 생각할 것인가라는 질문과 맞물리면서 보완하듯이 함께 부상했기 때문이다. 과거의 '국문학 연구'가 전제로 했던 사상적 패러다임을 넘어서기 위해서는 이런 이항 대립을 낳은 역사성을 대상화하고, 비판적으로 검증할 필요가 있다.

일본의 '국문학 연구'는 서구 문명의 압도적인 영향 아래 형성되었다. 서구의 학문 시스템을 받아들이는 형태로 종래의 '국학' 및 '한학'이 '국문학 연구'라는 근대적인 틀로 개편되었다. 그리고 그것은 메이지 중기에 처음으로 만들어진 '일본문학사'를 필두로 근대 일본의 대표적인 연구자와 비평가가 개별적으로 그려내는 국문학의 상(像)을 다양하게 규정해 왔다. 근대 서구에서 만들어진 국민국가라는 틀을 수용하고, 그 틀 안에서 '국문학 연구'를 형성하고자 했기 때문에 일본의 '국문학 연구'는 일본에서 문학의 내셔널한 '고유성'과 '독자성'을 논하면서도 항상 '세계'로서의 서구를 의식하지 않을 수 없었다. 그것은 전쟁 중, 그리고 전후에도 기본적으로 변하지 않았다.

근대 '국문학 연구'라는 학문 시스템은 이렇게 '보편성'과 '특수성'의 문제를 처음부터 구조적·제도적으로 내포하고 있었다. 이것이 개개의 '국문학 연구자'의 '국문학'론 속에서 어떻게 구체적인 모습으로 나타났고, 또 어떤 방식으로 각각의 '국문학'상을 규정했는지 검증할 필요가 있다. 이에 이 책은 일본근대사의 '국문학'을 둘러싼 여러 모습을 검증하기 위한 보조선으로 '세계문학'이라는 개념을 중시한다. 왜냐하면 근대 일본에서는 '국문학' 및 '국민문학'의 개념이 서구의 압도적인 영향 아래 형성되었으므로 서구 각국의 문학을 의식하면서 '일본문학은 〈세계문학〉이 될 수 있는가?'라는 논의가 빈번히 전개되었기 때문이다. 뒤에서 자세히 논하는 것처럼, 하가 야이치(芳賀矢一)와 미카미 산지(三上參次) 등에 의한 메이지 시대의 '일본문학사'는 국문학의 개념을 '세계문학'과 짝을 이루는 형태로 제시했다. 또한 도이 고치(土居光知, 1886~1979)와 오카자키 요시에(岡崎義惠), 히사마쓰 센이치(久松潜一) 등 다이쇼 시대부터 쇼와 시대에 걸쳐 활약한 연구자들에게도 국문학을 연구하는 것은 '세계적 문학' 혹은 '세계문예'에 대해 말하는 것과 밀접한 관계가 있었다. '세계문학'이라는 개념은 '국민문학'과 마찬가지로 추상적인 개념에 지나지 않는다. 하지만 그것은 『세계문학전집』의 존재가 상징하는 것처럼 근대 사회의 문화적 공간 속에서 나름대로 그에 상응하는 실재성을 가지고 유통되었던 개념이기도 했다. 근대의 '국민문학' 및 '국문학'이 가진 내셔널한 틀에서 벗어나기 위해서는 그것을 '세계문학'이라는 개념의 대(對)개념으로서 파악하고, 그 이데올로기를 동시에 검토·비판해야 한다.

그리고 이 책은 일본의 '국문학' 사상을 검증하면서 구체적인 대상으로서 주로 제국대학 계열의 아카데미즘에서 활동한 '국문학 연구자'의 언설을 살펴보고 있다. 물론 그렇다고 '국문학 연구'를 그 이외의 방면에서 뒷받침했던 사립대학 계열 혹은 재야의 연구자와 교육자를 과소평가하는 것은 아니다. 야나기타 구니오(柳田国男)와 오리쿠치 시노부(折口信夫) 등에 의한 민속학적인 시점의 '국문학'론이 특히 쇼와 시대에 큰 영향력을 가졌던 것은 분명한 사실이다. 그러나 근대 일본의 정치·경제·학문 등 많은 분야는 '위로부터의 근대화'라는 말이 상징하는 것처럼 메이지의 번벌 정부와 관립대학 등 위로부터의 주도로 형성되어 전개된 측면이 강했고, '국문학' 영역도 예외는 아니었다. '일본문헌학'을 제창하며 근대 '국문학 연구'의 이념 전체를 정의하려 했던 메이지 시대의 하가 야이치를 따라 제국대학 출신 연구자들은 자신이 일본 전체의 '국문학 연구'를 주체적으로 이끌어 간다는 의식을 가지고 있었으며, 주변도 그것을 당연시했다. 그런 역사성을 무시하는 것은 불가능하다.

2. 선행 연구의 정리와 이 책의 과제

문학 연구 시스템에 대한 비판적 검증은 구미의 경우 이미 1980년대부터 이루어졌다. 예를 들어 영문학이라는 학문 영역이 19세기 후반 자본주의의 발달과 중첩되는 제국주의 전쟁을 배경으로 영국의 국민국가주의를 보강하기 위한 장치로써 새롭게 창출되었다는 점 등이 지적되었다. 테리 이글턴(Terry Eagleton)은 빅토리아조 중기 이후 영국에서 '영문학'이 대두한 이유 중 하나를 근대 사회에서 일어난 '종교의 파탄'에서 찾는다.

> 종교가 사회적으로 불안정했던 계급 사회를 하나로 묶는 '접착제'로서의 역할, 즉 정서를 중시하는 가치 체계와 그것의 기반이 되는 신화 체계를 서서히 제공할 수 없게 되자, 그때까지 종교가 띠고 있었던 이데올

로기적 사명의 담당자로 빅토리아조 중기 이후 '영문학'이 주목받게 되었다.[1)]

종교가 기존의 힘을 잃고, 자본주의의 발달과 함께 귀족 계급이 지배 계급에서 물러나는 시대적 상황 속에서 중산 계급에게 '나라의 최고 문화'를 배우게 하고, 동시에 노동자 계급을 회유하여 '모든 계급의 인간에게 공감과 동포 의식을 배양한다는' 의미에서 고전학을 대신해 '영문학' 교육의 필요성이 제기되었다는 것이다. 또 그는 여성이 과학과 전문직에서 배제되기 쉬운 사회 체제를 유지하는 가운데 여성의 고등교육을 승인하고자 할 때 '영문학'이 여성에게 최적의 과목으로 간주되었다고 말한다.

한편 일본에서는 최근까지도 '국문학' 연구자의 언설과 사상은 본격적인 연구 대상이 되지 못하는 상황이 계속되었다. 하지만 1990년대 후반부터 이른바 국민국가론과 포스트콜로니얼(postcolonial) 비평의 관점에 입각한 문학 연구의 융성과 함께 '국문학' 개념에 대한 비판적 검증이 본격적으로 이루어졌다. 즉, 그것은 근대 국민국가의 성립과 그 전개 과정에서 일본을 단위로 한 '문학 연구'의 제도성을 되묻는 시도였다.

국문학 연구에 대한 비판적 검증을 수행한 지금까지의 선행 연구는 접근 방법의 측면에서 몇 가지 형태로 분류할 수 있다. 우선 하나는 국민국가로서 일본이 가지는 자기동일성 영역을 전제로 하면서 근대 서구류의 '미(美)문학'으로서 문학을 연구 대상으로 다루는 국문학 연구 시스템이 메이지 이후 형성된 과정을 추적·검증하고 있는 연구들이다. 그런 연구로는 예를 들어 스즈키 사다미(鈴木貞美)의 『일본의 〈문학〉 개념』(作品社, 1998)과 간노토 아키오(神野藤昭夫)의 「근대 국문학의 성립」(『모리 오가치 논집 - 역사에 듣다〔森鴎外論集 - 歴史に聞く〕』, 神典社, 2000), 시나다 요시카즈(品田悦一)의 『만요슈의 발명 - 국민국가와 문화장치로서의 고전』(新曜社, 2001) 등이 있다.

이들 연구의 공통점은 첫째로 도쿄대학 문학부 및 제국대학 문과대학이라는 관학 아카데미즘에서 '국문학'의 교육과 연구 시스템의 제도적 성립 과정을 중시하고 있는 점이다. 메이지 이후 국문학 연구를 지탱한 인재의 대부분은 도쿄대학을 비롯한 제국대학 출신이었고, 거기에서 근대 국문학 연구의 이념과 성과가 나타났기 때문이다. 도쿄대학은 1877년에 설립되었는데, 당시는 한창 서구화 정책이 추진되던 시기였다. 그때 도쿄대학 총장 가토 히로유키(加藤弘之)의 건의로 화한(和漢)의 학문과 교양을 보전한다는 목적으로 '화한문학과'가 설치되었고, 또 1882년에는 '고전강습과'가 설치되었다. 화한문학과는 1885년에 화문학과와 한문학과로 분할되었고, 1886년에 도쿄대학 문학부가 도쿄제국대학 문과대학으로 개칭된 후, 1889년 화문학과는 국사학과와 국문학과로 분리되었다. 그에 따라 제도상에서 명확한 형태로 '국문학'이 독립된 학과로 발족하게 되었다. 스즈키 사다미는 이 점에 관해 이소다 고이치(磯田光一)의 선행하는 지적을 참고로 다음과 같이 말하고 있다.

그에 따라 일본의 '역사'와 '문학'이 제도적으로 분리된다. 화문학과의 내용은 영국이라면 'Language and Literature', 프랑스라면 'Lettes et

Humanite', 즉 언어·문헌 및 인문학에 상당하는 대학의 학부에 가까운 편성이라 할 수 있다.[2)]

도쿄대학은 1897년 도쿄제국대학으로 개칭되는데, 그 후에도 학과 제도의 개편이 계속되었다. 그 과정에서 문학이 철학이나 역사학과는 다른 독립된 분야를 의미하는 상황이 만들어졌다는 것이다.

선행 연구가 중시하는 또 다른 점은 1890년에 국문학 관계의 기초적 저작이 연이어 간행되었다는 사실이다. 일본 최초의 문학사인 미카미 산지·다카쓰 구와사부로(高津鍬三郎)의 『일본문학사』(東京金港堂)와 하가 야이치·다치바나 센자부로(立花銑三郎)의 『국문학독본』(冨山房)이 이때 출판되었다. 시나다 요시카즈는 이때 후일 '일본 국민의 고전'이 되는 서적이 일거에 나타났다고 지적하며 '1890년 획기(劃期)'라고 부른다. 그리고 이 시대적 배경을 다음과 같이 설명한다.

> 두 『전서』의 간행이 개시된 1890년은 전년에 발표된 제국헌법에 따라 최초의 제국의회가 소집되었고, 또 교육칙어도 발포되어 일본의 근대국가 체제가 확립된 해이다. 번벌 정부의 손으로 단행된 위로부터의 근대화는 그것에 저항하는 자유민권운동을 억누르면서 궤도에 올라 바야흐로 세계 시스템으로서의 국민국가에 참여한다는 막말 이래의 목표를 착실히 사정거리 안에 두고 있었다.[3)]

번벌 정부에 의한 위로부터의 근대화가 궤도에 오르고 일본의 근대국가 체제가 확립된 이 시기에 부상한 것은 계층과 출신 지역, 성별의 차이를 초월한 공통된 귀속, 즉 '내셔널 아이덴티티' 형성의 문제였다. 그 일환으로 그때까지는 존재한 적이 없었던 '국민'이라는 단체의 소유물로서 '고전'이 '부흥'이나 '국수보존'이라는 이름 아래 새롭게 창출되었다고 시나다는 설명한다.

한편 간노토는 메이지 시대에 가장 대표적인 국문학자로 알려진 하가 야이치의 독일 유학 체험과 그가 제창한 '일본문헌학'의 사상에 초점을 두고 있다. 하가 야이치는 1900년부터 1903년까지 독일로 유학해 P.A. 뵈크(Boeckh)와 F.A. 볼프(Wolf), 빌헬름 폰 훔볼트(Humboldt) 등 독일문헌학을 접하고, 귀국한 뒤 '일본문헌학'을 제창하며 그것을 국문학 연구의 지침으로 제시했다. 하가에 따르면 근세 일본의 국학은 자국 문화의 원류인 고대의 사정을 실증적으로 밝히려 했던 점에서 독일 민족 문화의 기원인 그리스·로마의 고전을 연구 대상으로 삼았던 독일의 문헌학과 유사하다는 것이다. 그것에 대해 간노토는 "하가는 여기서 국학의 이념과 방법이 서양의 문헌학과 겹친다고 말하며 그런 서양 학문의 근거와 권위를 매개로 국학이라는 학문을 재평가하고, 우리의 학문이 낡기는커녕 나라와 민족에 대해 알 수 있는 중요한 학문이라고 말했다. 이른바 전근대의 전통에 적당히 기준을 두고 솜씨 좋게 두 개의 시대를 이어 보였다"[4)]고 말하고 있다. 실제로 하가는 독일에서 귀국한 1903년 이후 도쿄제국대학 문과대학에서 국어국문학 제2강좌를 담당하며 민족 아이덴티티의 추구를 목적으로 하는 국문학 연구를 주도했다.

여기서 거론한 여러 연구는 국문학 연구의 정비를 메이지 시대 이후 국민국가 체제 확립을 지탱한 하나의 요소로 파악하고 있다는 점에서 커다란 성과를 거뒀다고 할 수 있다. 이들 선행 연구의 성과를 도식적으로 정리하면, 근대 국문학 연구는 다음과 같은 단계를 통해 형성됐다고 할 수 있다. 먼저, 메이지 초기부터 중기에 걸친 시기에 관립대학에서 학과 제도가 정비되고, 국문학 연구라는 학문 영역을 담는 그릇이 형성되었다. 이어서 제국헌법 발포와 의회 소집이라는 형태로 근대 국민국가 일본의 외연이 형성된 메이지 중기에는 일본문학사가 작성되면서 근대 국문학 연구의 실질적인 활동이 개시되었다. 그리고 메이지 후기에 독일 유학에서 돌아온 하가 야이치에 의해 '일본문헌학'이라는 이름으로 근대 국문학 연구가 국민국가 이데올로기 장치의 일부로 정착되는 흐름이다.

물론 시나다 및 간노토의 연구에 한계가 없는 것은 아니다. 이 두 연구는 국문학 연구라는 학문 장르의 형성 과정을 상세히 밝히고는 있지만 '외국문학 연구' 성립과의 관련성을 충분히 검토하고 있지 못하다. 국문학 연구는 내부적으로 성립한 것이 아니라, 영문학 연구와 지나문학 연구 등의 형성과 한 묶음으로 고찰되어야 한다. "'문학'을 둘러싼 내셔널리즘에 대해 국경을 넘어선 '세계문학'과 각국의 '문학'(작품)을 비교 참조하는 '비교문학'이라는 관념이 주장되었다는 점을 잊어서는 안 되며", "각국의 '문학'이라는 사고방식과 '비교문학'은 상호보완적인 관계를"[5] 이루고 있었기 때문이다. 그리고 전근대 동아시아에서 큰 권위를 가졌던 한학계 학문이 메이지 이후 어떤 모습으로 전환했는가, 특히 중국 문화 전반에 대한 의식 전환이 일어난 청일전쟁 직후, 중국과 일본에서 한문학이 어떻게 취급되었는가의 문제는 국문학 연구라는 영역 성립의 근간과 깊은 관련이 있다. 이런 점에서 '지나'문학의 문제는 근대 일본 국문학의 배경에 있는 '보편성'과 '세계성', 나아가 '세계문학'의 관념을 생각할 때 우회할 수 없는 문제라 할 수 있다.

또한 선행 연구에서는 국문학 연구라는 영역이 형성되는 초기 과정에 검증의 역점이 집중된 관계로, 다이쇼, 쇼와 시대에 국문학 연구가 어떻게 전개되었는가의 문제에 대해서는 충분한 고찰이 이루어지지 못하고 있다. 근대 일본에서 국문학 연구라는 학문 영역이 사회적 영향력을 가졌던 것은 만주사변부터 패전에 이르는 이른바 '15년 전쟁'의 시기이다. 그리고 다이쇼 말기부터 국문학계에는 연구자가 급속히 증가했고 국문학론을 둘러싼 다양한 견해와 학설이 쏟아졌다. 거기서 나타난 학문적 언설은 하가 야이치 등에 의해 대표되는 메이지 시대 국문학론과는 이질적이었고, 영미계의 문예 비평과 독일계 미학, 마르크스주의 등 다양한 이론을 매개로 하면서 메이지 시대에서 이어진 국문학 연구의 존재 방식을 새롭게 이론적으로 재구축하려는 성격을 띠고 있었다. 따라서 1945년 일본이 전쟁에서 패하기 전까지, 이른바 국문학 연구의 전성시대라 부를 만한 당시의 학문적 상황을 검증하지 않은 채 근대 국문학 연구의 전체상을 이해하는 것은 불가능하다. 이 책은 메이지 시대 국문학 연구의 형성 과정에 관한 문제를 중시하면서도, 거기에 머물지 않고 1920년대부터 1940년대에 걸친 시대를 주요 연구 대상으로 포함시키고 있다. 바꿔 말하면 이른바 다이쇼 시대부터 쇼와 시대에 걸쳐 국문학 연구가 어떻게 변모했는지, 역사적인 폭을 제2차 세계대전 시기까지 확대해 검증하는 것을 과제로 한다.

선행 연구에서 볼 수 있는 또 다른 접근 방법은 쇼와의 전전과 전중 시기 국문학자들의 국책적 언설을 비판하고 그 전쟁에 대한 책임을 묻는 것이다. 무라이 오사무(村井紀)에 의한 「국문학자의 15년 전쟁」(『批評空間』, 1998.1.7)은 후지무라 쓰쿠루(藤村作)와 히사마쓰 센이치, 이케다 기칸(池田亀鑑), 오리쿠치 시노부 등 당시 대표적인 국문학자들만이 아니라 곤도 다다요시(近藤忠義)와 가자마키 게이지로(風卷景次郎, 1902~1960) 등 '역사사회학파' 좌파 연구자들의 전쟁을 찬미하는 언설이 전후에 은폐·면죄되고 국문학자의 '저항'이라는 실체를 결여한 신화까지 만들어진 경위를 비판적으로 지적하고 있다. 예컨대 그는 전쟁 시기 고전문학 연구 자체가 소위 국책에 따르고 있어 국문학자는 연구 발표와 출판 기회에 대한 혜택을 받았다고 말한다. 그리고 "나는 이것 자체를 비판하려는 것은 아니다. 그것은 그것으로 인정할 수 있다. 그들이 '15년 전쟁', 특히 태평양전쟁을 정의로 믿었던 것은 전적으로 신뢰할 수는 없지만 지금 비판하는 것은 부조리일 것이다. 문제는 전후 '저항' 설화가 제작되고 그들이 전쟁 시기의 자신에 대해 침묵했다는 점이다. 아마도 그 침묵과 저항 신화의 제작은 동시에 진행되었다"[6]고 적고 있다. 그 위에서 무라이는 국문학자 사이에 전쟁 책임의 문제가 은폐된 배경으로 가족주의적 도제제도(徒弟制度)의 내부에서 곤도와 가자마키 등 좌익까지 포함하여 서로 결탁하는 정신 구조를 지목한다. 국문학자의 전쟁 책임을 추궁하는 무라이의 태도는 지금까지도 이어지고 있는 국문학계의 길드적 폐쇄성, 도제적 성격에 비판의 초점을 두고 있다는 점에서 극히 현재적인 비평 의식에 이끌리고 있다. 무엇보다 무라이 논문은 전쟁을 찬미하는 국문학자의 언설을 국문학자 개개인의 인격 문제로 환원하지 않고 오히려 당시 전체 국문학 연구의 성립 자체에 기인하는 것으로 간주하고 있다는 점에서 획기적이다.

> 그러나 분명한 사실은 15년 전쟁기를 통해 국문학은 오늘날의 형태를 띠게 되었다는 것이고, 그 시기는 (국문학의) 고도성장기였다는 점이다. 국문학이야말로 전쟁이라는 예외적인 상황에서 그 산물로 성장했고 여기에서 그 찬가도 태어났다.[7]

무라이에 따르면 관동대지진(1923) 이후 국문학계에서는 실증주의적인 문헌학파와 역사사회학파, 일본문예학파, 민족학파 등 다양한 파벌이 형성되었고, 그것들이 '15년 전쟁' 시기에 '보국'이라는 공통 언설 아래서 국책적인 언설을 형성했다는 것이다. 그리고 그들은 전후에도 국문학을 계속해서 견인하는 제학파가 되었다고 말한다. 실제로 전중기에 『국어와 국문학』(至文堂, 1924)과 『문학』(岩波書店, 1933), 『국문학 해석과 감상』(至文堂, 1936) 등 오늘날까지 이어지는 상업적 전문지가 창간되었고, 신초샤(新潮社)와 이와나미 서점(岩波書店), 가이조샤(改造社) 등에서 연이어 '일본문학 강좌'가 간행되었다. 무라이는 이 시기 국문학 연구와 교육 현장만이 아니라 그 외부까지 포함해 일본의 고전을 계몽하는 시스템이 형성되었다고, 그것은 전쟁 시기에 '신민·국민'을 창출하는 요소가 되었다고 말하고 있다.

무라이와 마찬가지로 국문학자의 전쟁 책임을 추궁하고 있는 연구로는 그 외에 쓰보이 히데토(坪井秀人)의 「〈국문학〉자의 자기 점검 – 인트로덕션」(『日本文学』, 2000)을 덧붙일 수 있다. 국문학자의 국책적 언설을 국문학 연구라는 학문이 본래 내포하고 있는 내셔널리즘에서 찾고 있다는 점에서 중요한 의미를 가진다. 반면 전쟁 당시 국문학자의 정치적 언설이 어떤 논리적 문맥 속에서 제출되었는가의 문제에 대한 고찰이 소략하게 처리되고 있다. 무라이가 말한 것처럼 당시 형성된 국문학 학파의 대다수가 국민국가 일본이라는 틀을 자명시했고 그 귀결점으로 국책적 사상과 연결되었다는 것은 사실이다. 그러나 국문학자에 의한 문학 연구의 이론적 논의가 설사 무라이 등이 지적하는 것처럼 거의 한결같이 전쟁 협력으로 수렴되었다고 하더라도, 당시 국문학론이 전시의 국책적 언설과 결합해 가는 양상은 국문학자들 개개인의 문학 이론에 내재한 논리와도 관련되어 있었다.

국문학 연구에 관한 선행 연구에서 보이는 세 번째 접근 방법은 '정전'의 형성과 평가의 변천에 관한 검증이다. 하루오 시라네(ハルオ シラネ)와 스즈키 도미(鈴木登美)가 엮은 『창조된 고전 – 캐논의 형성·국민국가·일본문학』(新曜社, 1999)에 수록된 모든 논문과 스즈키 사다미의 「〈일본문학〉이라는 관념 및 고전 평가의 변천 – 만요·겐지·바쇼를 둘러싸고 –」(『文学における近代 転換期の諸相』, 2001), 그리고 앞서 소개한 시나다 요시카즈의 『만요슈의 발명 국민국가와 문화 장치로서의 고전』 등이 여기에 속한다. 하루오 시라네는 다음과 같이 말한다.

> 오늘날 일본문학의 고전이라고 말할 때, 우리가 생각하는 것은 『만요슈』, 『고지키』, 『겐지 이야기』, 『헤이케 이야기』, 『쓰레즈레구사(徒然草)』, 노(能), 마쓰오 바쇼(松尾芭蕉)와 이하라 사이카쿠(井原西鶴)의 작품 등이다. 이들 작품과 작자는 현재 일본문학의 주요 텍스트를 대표하고 있고 일본 내외에서 발행되는 교과서와 선문집에 여전히 수록되고 있다. 그러나 이런 '고전'은 일본에서 처음 캐논(정전, 고전으로서 선별된 텍스트

군)이 형성된 중세 시기의 수용 방식을 받아들인 것이고, 문학과 학문의 개념이 근저에서 다시 형성된 19, 20세기에 전개된 역사 작용의 산물이기도 하다.[8)]

즉, 『만요슈』와 『겐지 이야기』 등의 고전적 텍스트는 메이지 이후 내셔널리즘의 발생이라는 정치적 문맥 속에서 일본 '전통'의 문화적 아이콘으로 특권화되었다는 것이다. 구체적으로 말하면 예를 들어 『사고로 이야기(狭衣物語)』, 『화한낭영집(和漢朗詠集)』 등은 중세부터 에도 시대에 걸쳐 시작(詩作)과 읽고 쓰기의 입문서 등 다양한 용도로 사용되는 등 중요한 텍스트로 간주되었다. 그러나 재미가 없고 한시의 가치가 추락한 탓에 캐논(정전)에서 탈락하게 되었다는 것이다. 반면 중세 내내 무시되었던 『다케토리 이야기(竹取物語)』는 근대에 소설 장르가 주목받기 시작하면서 캐논의 하나로 주목을 받게 된다. 게다가 지카마쓰 몬자에몬(近松門左衛門)의 조루리(浄瑠璃)와 가부키(歌舞伎)는 대본이 임의로 바뀌는 등 원래 특정 극작가에 의한 존중할 만한 작품으로 간주되지 않았다. 그러나 메이지 시대가 되자 셰익스피어 등 서구 극작가의 영향하에 지카마쓰는 일본을 대표하는 극작가로 부상하게 되었다는 것이다. 시나다 요시카즈는 『만요슈』가 '일본인의 마음의 고향'이라 불린 것은 그것이 널리 읽혔기 때문이 아니라, 근대 국민국가의 형성 과정에서 '국민가요'라는 지위를 부여받았기 때문이라고 지적한다. 『만요슈』가 '국민가요'로서 인식된 것은 메이지유신으로부터 십수 년이 지난 1890년이며, 그때 이후 고대 국민의 목소리를 여과 없이 담아낸 가집으로 간주되어 이후 일본인의 내셔널 아이덴티티를 지탱하는 문화 장치로 기능했다고 말한다.

이 책에서는 이런 근래의 연구 성과를 참고로 국문학 연구자 각자의 사상 구조를 밝히는 것에 중점을 두고 있다. 개별 작품과 작가, 사조, 장르에 대한 평가의 변천 문제도 중요하지만, 여기서는 그것보다 오히려 그런 평가의 배후에서 그것을 가능케 한, 이를테면 일본문학 전체의 역사성, 양식성, 또는 속성에 대한 국문학 연구자 한 사람 한 사람이 표명한 인식 형태에 초점을 두고 있다.

'보편', '세계', '세계문학', 그리고 '국문학', '국민문학'의 개념은 국문학자 개개인의 사상적 입장과 그들이 의거했던 구미의 각 문예 사조의 차이, 그리고 메이지부터 다이쇼, 쇼와에 걸친 시대와 정치적 배경의 추이 등에 의해 다양한 모습으로 인식되었기 때문이다. 근세의 국학과 한학의 전통에 근거한 학설, 문헌학과 관념론 미학 등 독일계 학문의 영향 아래 전개된 국문학 연구, 그리고 영미계 비평이론을 배경으로 한 문학사, 나아가 마르크스주의 입장에서 이루어진 일본문학론과 일본낭만파의 문예론 등은 서로 다른 모습으로 국문학의 세계성과 특수성 문제를 인식했는데, 이것들을 여러 단계로 비교하며 서술할 필요가 있다고 생각된다. '세계성'과 '보편성', '세계문학'의 관념을 어떻게 인식할 것인가에 따라 국문학 전체의 속성에 대한 인식 방법과 국문학자의 사상이 결정되며, 나아가 개별 고전적 텍스트와 작가에 대한 평가가 이루어진 부분이 적지 않다. 근대 국문학 연구에 수반되는 보편성의 사상에 대해서는 이미 야스다 도시아키(安田敏朗)가 『국문학의 시공－히사마쓰 센이치와 일본문화론』(三元社, 2001)에서 쇼와의 대표적인 국문학자인 히사마쓰 센이치의 언설을 검증하여 일부 언급하고 있다. 그것에 대해 이 책에서는 히사마쓰 센치이만의 특수 연구에 머물지 않고 메이지 이후 여러 국문학자의 언설을 살펴보면서 보다 전면적으로 고찰하고자 한다.

이 책의 전체는 6장으로 구성되었다. 우선 제1장에서는 국문학 사상의 이른바 원점을 찾기 위해 메이지 시대 '지나'문학에 대한 인식 양상에 착목한다. 국문학 영역의 자기동일성과 특수성을 확정하기 위해서는 전근대 동아시아의 공통 문화이자 어떤 의미에서 세계성과 보편성을 표상했던 한시문을 어떻게 취급할 것인가의 문제가 중요한 핵심이 된다고 생각하기 때문이다.

제2장 및 제3장에서는 근대 국문학 연구에서 '보편성'이라는 것이 무엇을 의미했는지의 문제를 '세계문학'이라는 개념을 보조선으로 설정하여 고찰한다. 이를 위해 영문학자인 도이 고치와 문예학자인 오카자키 요시에의 국문학을 둘러싼 언설을 살펴본다. 이 둘 사이에 있었던 대립을 살펴봄으로써 근대 국문학 연구가 세계문학의 문제와 마주하면서 국민문학과 일본문학이라는 언설을 창출한 양상을 확인할 수 있을 것이다.

제4장에서는 국문학의 특수성과 보편성을 강조하는 언설이 쇼와 전전, 전중기에 대외확장주의 및 식민지주의적 언설과 연계되었던 양상에 대해 논한다.

제5장 및 제6장에서는 쇼와 시대에 일본문학과 국문학의 특수성을 강조하는 언설이 국책 및 마르크스주의라는 이른바 '좌'와 '우'의 정치적 입장에 선 국문학자로부터 제시되었다는 점에 착목하고 있다.

1) テリー・イーグルトン(大橋洋一訳)『新版 文学とは何か 現代批評理論への招待』, 岩波書店, 1997년, 39쪽.

2) 鈴木貞美『日本の＜文学＞概念』, 作品社, 1998년, 185쪽.

3) 品田悦一『万葉集の発明 国民国家と文化装置としての古典』, 新曜社, 2001년, 61~62쪽.

4) 神野藤昭夫「近代国文学の成立」(『森鴎外論集 歴史に聞く』, 神典社, 2000년).

5) 鈴木貞美 (2)前掲書, 60, 62쪽.

6) 村井紀「国文学者の十五年戦争」(『批評空間』 1998년 1월·7월).

7) 앞의 글.

8) ハルオ·シラネ 鈴木登美編『創造された古典 カノン形式·国民国家·日本文学』, 新曜社, 1999년, 13쪽.

제1장

근대 '국문학 연구'의 형성과 '세계'

—'지나'문학과의 관계로부터—

1. 한시에서 신체시로

한시의 일본어역(和訳)이라는 것이 있다. 예컨대 메이지 이후로는 사토 하루오(佐藤春夫, 1892~1964)의 역사집(訳詞集) 『차진집(車塵集)』(武蔵野書院, 1929)과 『교칸의 정(玉関の情)』(浄善山房, 1943), 『옥적보(玉笛譜)』(東京出版, 1948) 등이 유명하다. 예컨대 이런 모습이다.

ただ若き日を惜め

勸君莫惜金褸衣
勸君須惜少年時
花開堪折直須折
莫待無花空折枝

綾にしき何をか惜しむ
눈부시게 아름다운 뭔가를 추억한다
惜しめただ君若き日を
애석하다 너의 젊은 날
いざや折れ花よかりせば
어제 꽃이 꺾여 사라지면
ためらはば折りて花なし
한숨이 꺾여 꽃이 되겠지[1]

이것은 한문의 훈독이 아니다. 중국의 고전시가를 근대 일본어의 신체시 형식으로 교묘하게 전환한 것이다. 물론 한시의 일본어역은 그 이전부터 존재하고 있었다. 근세 중기에는 오규 소라이(荻生徂徠)의 고문사학파를 중심으로 그러한 시도가 이루어졌다. 다나카 고난(田中江南)의 『육조시선속훈(六朝詩選俗訓)』(1774)과 가시와기 조테이(柏木如亭)의 『연주시격역주(連珠詩格訳注)』 등의 한시역집이 편찬되었다.

子夜歌

落日出門前
瞻囑見子度
治容多姿鬓
芳香已盈路

日くら方におもてへいでゝ
해 질 녘 밖으로 나가면
見て居たとき子度さまにあふた
눈 앞의 아이들에게 펄럭이던
風よしのきりやうよしで
좋은 바람의 좋은 재주
とめ木のかぼりがはつとそこらへいほふた
향나무 태우는 냄새가 문득 저곳에서 다가온다[2)]

사토 하루오의 한시 일본어역과 표면적으로는 매우 닮아 있다. 그런 이유로 근세에 이루어진 한시의 일본어역이 메이지유신 이후 신체시 운동의 원류가 되었다는 의견도 있다.[3)] 확실히 그러한 일면도 있을 것이다. 그러나 근세에 이루어진 한시의 일본어역과 사토 하루오의 번역 사이에는 역시 커다란 단층이 가로놓여 있다. 그것은 번역의 이면에 있는 세계관 차이이다. 근세의 유학자들에게 대개 '세계'란 동아시아 지역의 한자 문화를 축으로 구성된 것이었다. 따라서 한시의 일본어역이란 동아시아 세계에서 공통의 특권적인 지위를 점하고 있던 고전을 이른바 지방 언어로 세속화하는 지식인 특유의 지적 유희와 같은 의미가 컸다. 반면 근대의 사토 하루오에 의한 한시 번역은 당시 이미 확립되어 있던 서구시의 영향을 받아 성립된 신체시 형식을 염두에 두고 처음부터 그것에 맞추는 방식으로 이루어진 것이다. 서구의 서정시 형식을 공통된 매개로 한시를 '국어'로 번역하는 일이 일어나고 있었던 것이다.

사토는 패전 직후인 1947년에 『차진집』을 되돌아보며 "당시 잠시 잊고 있었던 이웃 나라의 시를 사람들에게 떠올리게 하려는 뜻이 없었던 것은 아니지만, 원래 잠 못 드는 밤에 행하는 익숙한 취미 같은 것에 지나지 않았다."[4]라고 적고 있다. 그가 한시의 일본어역을 발표한 것은 쇼와(1926) 이후의 일이다. 그때 일본에서 한시문을 자유롭게 창작했던 전근대 동아시아 지식인의 교양은 어느덧 과거의 것이 되어 있었다. 나쓰메 소세키(夏目漱石)와 모리 오가이(森鷗外)와 같이 한문 서적에 대한 교양이 깊었던 메이지의 문학자와는 달리, 다이쇼·쇼와의 대다수 작가와 독자에게 한시는 이미 '이웃 나라의 시'이자, 거의 하나의 '외국문학'처럼 간주되었다. 즉, 사토 하루오의 번역 작업 배후에는 서구 주도에 의해 일체화된 근대적 '세계'와 그것을 전제로 하는 내셔널리즘으로 분절화된 '지나'문학, '일본문학'과 같은 개념이 자리하고 있었다.

이 장에서는 근대 '국문학 연구'라는 시스템의 형성에 관해서 고찰한다. 메이지 시기 '국문학 연구'의 영역 형성은 다른 학문 분야와 마찬가지로 서구 문화의 유입과 국민국가의 제도적 형성에 동반된 측면이 컸다. 서구의 학문 개념이 이식됨에 따라 이른바 전근대적인 학문 양식을 근대 국민국가의 내셔널한 제도 안에서 재구성하려는 작업이 대대적으로 이루어졌다. 그리고 '국문학 연구'의 내셔널한 제도 형성에 문학 연구를 둘러싼 '세계' 개념의 변용이 중요한 역할을 담당했다. '국문학 연구'와 함께 형성된 '지나문학 연구'의 존재는 그 일단을 잘 보여준다. 이러한 문제의식에 따라 이하에서는 근대 '국문학 연구'라는 학문 시스템의 성립 조건이었던, 19세기 후반부터 20세기 초반에 걸쳐 일본에서 일어난 '세계'관의 전환 문제에 대해 고찰하고자 한다.

2. 근세의 학문과 '세계'

우선 메이지 시기에 일어난 '국문학 연구' 성립에 관해 논하기 전에 전근대의 '한학' 및 '국학'의 '세계'상을 선행하는 연구에 의거하여 살펴보고자 한다.

19세기 이전까지 유교에 바탕을 둔 이른바 한학은 일본열도를 포함해 동아시아 여러 지역에서 보편적인 문화로서 간주되고 있었다. 한문 문화는 5세기 이전부터 이미 일본열도에 유입되었는데, 7세기부터 8세기에 걸친 율령제 국가의 성립과 더불어 한자 및 한시문은 율령 격식과 정사, 각종 공문서, 학문 등 율령국가의 문화를 지탱하는 유력한 수단이 되었다. 헤이안(794~1185) 중기가 되면서 와카(和歌)와 일기, 모노가타리(物語) 등 히라가나로 쓰인 문화가 주로 귀족 여성들에 의해 발달하지만, 쓰키시마 히로시(築島裕)과 구로즈미 마코토(黒住真) 등이 지적한 것처럼 전체적으로 보면 한시와 한문이 여전히 지배적인 위치를 점하고 있었다. 우타(歌)와 모노가타리, 설화 그리고 서간문과 행정 문서 등에서 일본어와 한자가 혼합된 표현 형식이 발달해도, 후일 '국학', '화학(和學)'이 제창될 때까지 '학문'이라면 그것은 곧 한학을 가리키고 있었다.[5] 원래 '한학'이라는 명칭 자체가 국학이 등장한 후에 그것과 비교하기 위해 만들어진 표현이다.

근세(에도 시대)에 접어들자 주자학이 본격적으로 도입되었고, 그 철학 체계는 지식 계층을 중심으로 대다수의 사람이 생각하는 '세계'상에 지대한 영향을 미쳤다. 일본의 근세 사상사 연구자인 사와이 게이치(澤井啓一)에 따르면, 중세까지 일본에서는 불교의 언설에 근거하여 천축(天竺, 인도)·진단(震旦, 중국)·일본이라는 '세계'상이 널리 유통되고 있었다. 한편 선교사가 가져온 서구의 기독교적인 '세계'가 새롭게 제시되기도 했지만, 에도 시대 직전에 거의 붕괴되어 버렸다. 서구적인 '세계'상은 결국 충분히 정착하지는 못했지만, 중세적인 '세계'를 대신해 화이질서관에 근거한 유학적 '세계'상이 도쿠가와 일본(1603~1867)의 지식층에 수용되었다.

도쿠가와 전기의 지식인인 유학자들은 이러한 '화이질서'관에 근거한 일원적인 〈세계〉상을 수용하여 불교적인 〈세계〉상을 거의 자동적으로 해체시켰다. 하지만 동시에 중국 중심의 일원적인 〈세계〉상과의 다툼에 직면하기도 했다. 즉, 그것은 이 일원적 〈세계〉상 속에 일본을, 자기 자신을 어떻게 참여시킬 것이냐는 과제였다. 또 일본의 참여를 가능하게 하기 위해서는 어떠한 논거가 필요한가도 중요한 과제였다.[6)]

중화적인 화이질서 '세계'상은 도쿠가와 일본의 지식인에게 그 세계 안에서 자신들을 어떻게 평가할 것인가에 관한 여러 가지 논의와 갈등을 불러일으켰다고 사와이는 적고 있다. 이 문제에 관해서 사상사 연구자인 가쓰라지마 노부히로(桂島宣弘)는 근세 일본에서 유교적인 '세계'상을 전제로 논의된 '일본'이라는 '자기'상을 둘러싼 언설을 세 가지 유형으로 분류하고 있다. 첫째, '예'와 '문'을 보편적인 척도로 삼아 '중화'와 '이적(夷狄)'을 분류하고 '일본'을 후자로 인식하는 '예·문중화주의'. 둘째, '일본 내부'를 자각하고 중국에 대한 일본의 일정한 우위성을 주장하는 '일본형 화이 사상'. 그리고 셋째, 명확하게 일본은 '화', 중국을 '이적'으로 간주하는 '일본중화주의'.[7)] 가쓰라지마가 분류하는 '예·문중화주의', '일본형 화이 사상', '일본중화주의'라는 세 가지 언설 모두에 공통되는 것은 유교적인 화이 사상을 전제로 한 '세계' 인식이다. 이 분류법의 근저에는 화이 사상을 전제로 하면서도 일본과 중국, 어느 쪽에 보편적 근거를 두느냐에 따라 '예·문중화주의', '일본형 화이 사상', '일본중화주의'라는 세 가지의 언설이 만들어졌다는 사고방식이 놓여있다.

그런데 모토오리 노리나가(本居宣長, 1730~1801)의 국학 사상은 이러한 유교적 화이 사상에 근거한 '세계'상을 부정하는 것이었다.

원래 하늘과 땅은 하나로 떨어진 것이 아니다. 다카아마하라(일본 신화 속의 신들이 사는 천상계)는 만국이 다 함께 받드는 것으로서의 다카아마하라이고, 아마테라스 오미카미는 하늘을 다스리는 신으로서 계신다. 우주 사이에 비할 것이 없고 영원히 천지의 끝까지 남김없이 비춰 사해만국이 이 덕광(德光)을 받지 않는 곳이 없고 어떤 나라라도 아마테라스의 은혜가 없으면 한시도 존재할 수 없다. 세상에서 가장 존귀한 것은 이 아마테라스 신이다. 그런데 외국에는 모두 신대의 옛 전설을 잃어버린 까닭에 존경해 받들 것이 없고, 다만 인지(人智)의 추량으로 사려 없이 해와 달은 음양의 근원이라고 정했다. 또 당이라는 오랑캐의 나라에서는 천제(天帝)라는 것을 세워 가장 존경스런 것으로 삼고 그 밖의 나라에서도 천도(天道)를 받들었다. 이것들은 추량의 이치에 따라, 혹은 거짓의 주장으로 만들어진 것으로, 모두 인간이 가령 그 이름을 진실로 믿는다 하여도 실은 천제도 천도도 있는 것이 아니다.[8)]

익히 알려진 것처럼 모토오리 노리나가는 유교를 비롯한 중국 사상을 '가라고코로(漢意)'라 부르며 비판했고, 『고지키(古事記)』(712)와 『겐지 이야기(源氏物語)』(1001) 등 고대 긴키(近畿) 지방의 귀족 언어로 쓰인 텍스트에서 '마코토의 길(まことの道)'을 발견하려 했다. 그것에 근거하여 유교적인 화이 사상이 전제된 '천'과 '중화' 혹은 주자학의 음양오행설의 개념을 대신하여 '사해만국'을 비추는 아마테라스(황실의 시조가 되는 신- 역자 주)의 위광(威光)을 보편성의 중심에 두었다. 모토오리의 언설은 가쓰라지마가 거론한 '일본형 화이 사상' 내지 '일본중화주의' 사상과 유사해 보이지만, 유학자가 '일본'을 긍정적으로 논할 때에 그 근거로 사용하는 '천'이나 '화', '예', '덕', '성인' 등과 같은 유교적인 보편적 개념을 부정하고, '황국의 길'에 보편성을 부여했다는 점에서 근본적으로 달랐다.[9)] 그러나 모토오리가 제시하는 국학적 '세계'상의 근간이 되는 '황국의 길'과 '모노노아와레(物の哀れ)를 안다'는 개념은 '가라고코로'에 대한 철저한 비판 속에서 비로소 존립할 수 있었으며, 그런 의미에서 부정의 대상인 유학적 '세계'상에 의존하는 면도 포함하고 있었다.[10)]

한편 그것은 서구의 '세계'상이 소개되자 오히려 큰 영향력을 갖게 되었던 측면도 있다. 그러나 국학자와 유학자의 서구 사상 수용은 어디까지나 유교적인 '세계'상 혹은 '기기신화(記紀神話; 『고지키〔古事記〕』, 『니혼쇼키〔日本書紀〕』 속 건국 신화)'에 근거한 국학적 '세계'상을 전제로 하면서, 그 보강제로서 부분적으로 서구의 실증주의적인 과학과 신화적 '세계'상을 차용하는 성격이 강했다.[11)] 양학자에 의해 서구의 실증적·과학적 지지(地誌)의 소개와 수용이 계속해서 일어났던 것은 분명하지만, 그 범위는 제한적이었다. 국가적 규모에서 서구의 학술 시스템에 대한 체계적·구조적 수용은 메이지 이후가 되어서야 이루어졌다.

근세 도쿠가와 일본의 지식인들은 유학적 화이개념에 근거한 '세계'상에 대해 그 태도가 어떠하든 대부분 그것과 깊은 관련을 맺고 있었으며, 그 위에서 각각의 '세계'상을 제시했고 또 그 속에서 '일본'의 위치를 모색했다. 모토오리 노리나가가 제시하는 국학은 적어도 '세계' 인식에 있어서 유교적인 화이 사상에서 파생된 측면이 농후했고, 또 후기 미토학(水戸学)처럼 국학적인 '세계'상과 유교적인 화이 사상이 혼재하는 경우도 있었다. 그러나 메이지 이후가 되면 동아시아에 공통적으로 보급되고 있던 한자 문화와 이념적으로 상정된 유학적인 화이개념을 대신하여, 근대 서구에 기원을 둔 경제적·정치적·문화적 시스템이 차례로 '세계'상의 중추를 담당하게 된다. 그 결과, 유교적인 화이개념의 틀 안에서 언급되거나, 혹은 그것에 대한 반발로 제기된 근세의 언설들과는 질적으로 상이하고 자기언급적인 사상이 전개되기 시작한다. 이것이 바로 서구 문화의 압도적인 영향력 아래서 국민국가를 단위로 하는 근대 세계 시스템 속에서 '일본'의 민족성과 국민성을 강조하는 내셔널리즘의 사상이다. 그리고 그것과 함께 근대 국민국가 '일본'의 소유물로서 '일본문학', '국문학' 혹은 '국민문학'과 같은 개념이 제창되었다.

3. '서구의 충격(Western Impact)'과 '세계문학'

19세기 중반 이후 일본은 서양 함대의 내항과 불평등조약의 체결, 해외 무역의 본격화, 그리고 서구 문화의 압도적인 유입 등 다양한 방식으로 '서구의 충격'에 노출되었다. 그 과정에서 근대 서구에서 확립된 소설, 시, 희곡 등을 지칭하는 '문학'의 개념이 널리 침투되었다. 그 이후로 일본에서 문학을 논할 때면. 대부분 서구의 학설과 시조가 모델로서 큰 권위와 신용을 갖고 영향을 미쳤다. 그 구체적인 예를 일일이 열거하는 것은 끝이 없을뿐더러 이미 다수의 선행 연구에 의해 지적되었다. 그럼에도 불구하고 상식적인 선에서 확인하면, 예를 들어 1880년대 자유민권운동을 시대적 배경으로 하여 많은 서구 소설이 번안되었고, 그 영향하에서 정치 소설이 창작되었다는 점을 들 수 있다. 그리고 이 시기에 『신체시초(新体詩抄)』(1882)로 대표되는 시가개량운동, 마사오카 시키(正岡子規) 등에 의한 하이카이(俳諧)의 혁신운동, 페

놀로사(Ernest F. Fenollosa; 미국의 동양학자로 일본의 전통 문화에 관심이 많았고, 오카쿠라 덴신〔岡倉天心〕과 함께 도쿄미술학교 장립에 관여하기도 함 – 역자 주)에 의한 서양 '미술'론의 소개, 서양의 근대시와 찬미가의 번역, 소학창가의 작사 등이 동시에 전개되고 있었다는 점도 종종 지적되는 바이다. 또한 서양을 모방해 소설과 희곡 장르가 중시되면서, 그것과 함께 에도 시대의 게사쿠류(戯作類; 에도 시대 통속소설의 총칭 – 역자 주), 가부키와 조루리(주로 샤미센 등의 반주에 맞춰 이야기를 읊는 일본의 전통 예능 – 역자 주) 등 유교적인 한시문의 범주에서 벗어난 서사 텍스트가 재평가되었고, 니시 아마네(西周)와 쓰보우치 쇼요(坪内逍遙), 모리 오가이, 우치다 로안(内田魯庵) 등에 의한 근대적 소설론과 미학론이 등장한 것도 이 시기이다. 그리고 이러한 시대를 배경으로 일본의 언설 공간에서는 특히 청일전쟁을 전후로 하여 다카야마 조규(高山樗牛)와 이노우에 데쓰지로(井上哲次郎) 등이 '국민문학'의 개념을 주장한 것과 거의 비슷한 시기에 서구문학을 의식한 형태로 '세계문학'이라는 개념이 등장하여 논의되었다는 점도 주의해 둘 필요가 있다.

메이지 시대에 나타난 '세계문학'을 둘러싼 언설의 한 가지 예로서 우선 1895년 우치무라 간조(内村鑑三)의 「어떻게 문학을 할 것인가」(『国民文学』)를 들 수 있다. 우치무라 간조는 "세상에 세계문학이라는 것이 있는데, 일국의 산물이 아닌 세계의 공유물을 이렇게 칭한다."라고 기술하고 있다. 그리고 세계문학은 "희랍인의 성서처럼, 호메로스의 두 대작처럼, 단테의 성극처럼, 셰익스피어의 극작처럼, 세계 성서(Weltbible)로 칭해지는 파우스트처럼, 그 수는 한 손에 꼽을 정도이다."[12]라고 덧붙이고 있다. 여기서 우치무라는 '세계문학'을 '대(大)

문학'이라고 표현하며 설명하고 있다. 인류 공통의 재산인 가장 훌륭한 문학이라는 의미인데, 그것은 구체적으로 그리스·헤브라이부터 셰익스피어, 괴테에 이르는 유럽문학의 흐름을 가리키는 것이었다. 우치무라는 성서에 의해 대표되는 종교적 측면을 강조하고 있는데, 거기에는 기독교인으로서의 그의 태도가 나타나 있다고 할 수 있다.

또 그 이듬해인 1896년 종합잡지 『태양』에 게재된 다케마쓰 가게시로(竹末俤四郎)의 「국민문학의 혁신 시기」는 '문화의 쇄국주의와 편협한 섬나라적 사상'을 극복하고 '국민문학'을 혁신하는 것이 필요하다고 주장하며 '세계적 문학의 보급'을 제언하고 있다. 그것을 위한 방법으로서 다케마쓰가 제안하는 것은 외국문학의 번역과 번안, 작가의 전기와 작품 해석과 비평, 그리고 '세계문학사의 출판'이었다. 만약 '세계문학사'를 자신이 비용을 부담하여 만드는 것이 어렵다면 "실러, 슐레겔 등의 문학사뿐만 아니라, 슈바르트의 『세계문학약사』 정도는 속히 번역하는 것이 진실로 필요하다고 믿는다"고 말한다. 왜냐하면 "각국 고금 문학의 추세를 일반 독자에게 보급"[13]할 필요가 있기 때문이다. 여기서 다케마쓰가 말하는 '세계문학사'는 유럽인에 의해 만들어진 것을 모델로 하는 것이고, '각국의 고금 문학'이란 실질적으로 서구 각국의 여러 문학을 주체로 하는 것이다. 그 추세를 알고 계몽하는 것이 일본의 '국민문학'을 혁신하기 위한 수단이었다. 거기에 청일전쟁이라는 정치 상황을 배경으로 한 '탈아입구'의 의식이 개재되어 있었음은 분명하다.

그리고 마치 그러한 '세계문학' 작성의 '요망'에 응답하려는 형태로 1907년에 하시모토 다다오(橋本忠夫)의 『세계문학사』(博文館)가 출판되었다. 그 '서문'에는 "각국 문학사가 동일국의 각종 다양한 문학을 통합하여 그 발달을 보여 주는 것처럼, 세계문학사는 각국 문학의 장단이동(長短異同)을 관사(觀査)하고 그 상호 감화 영향을 고찰하며, 여기에 계통과 순서를 부여하여, 이를 통해 그 추이 발전의 흔적을 연구하려는 것이다."라고 되어 있다. 각국 문학사의 존재를 전제로 각각의 상호 영향 관계를 추적하는 것을 '세계문학사'의 목적으로 설정하고 있는 것이다. 하시모토는 『세계문학사』에서 "주로 Stern과 Leixner 두 사람, 그 외 여러 선배에게 공을 돌려야 한다"[14]고 말하고 있는데, 실제로 하시모토의 세계문학사는 그리스·로마로부터 18세기 서유럽 각국 문학에 이르기까지의 역사 서술에 대부분의 지면을 할애하고 있다. 1장에 '동양문학'을 설정하고 '지나'문학, '인도문학', '이란 민족의 문학', '유대인문학'에 대해 설명은 하고 있지만, 전체적으로 보면 극히 일부분에 지나지 않는다. 실질적으로 유럽문학사의 성격이 짙다. 덧붙여 하시모토 다다오는 '지나'문학의 특질로 '보수주의', '실리주의'를 거론하며 "모두 일종의 도덕주의에 구속되어, 그 감상(感想), 감서(感緖), 자유(自由)가 없다"고 적고 있다. 이러한 기술은 뒤에서 자세히 언급하는 청일전쟁 후의 정형화된 '지나'문학관을 계승한 것이다.

또한 1908년 『태양』에 실린 사이토 신사쿠(斎藤信策)의 「왜 현대 우리나라의 문예는 국민적이지 않은가」가 있다. 여기서 사이토는 일본에는 진정한 의미의 '국민문학'이 형성되지 않았다고 비판하고 있다. "현대 일본은 매우 안타깝다. 조금도 세계를 거론하고 있지 않아 국민적 서정도 감상도 없다", "그들은 외국을 말하고, 외국의 철학, 종교, 윤리를 말한다. 그러나 어떤 것이 외국의 것인지 그들은 알지 못한다. 따라서 국민적 성격이 없으므로 소화가 불가능하다."라고 말하고 있다. 사이토는 본래의 '국민문학'이란 '국민적'임과 동시에 '세계적'이라는 두 가지 조건을 충족시키지 않으면 안 된다고 생각했다. 그리고 진정한 의미에서의 '국민문학' 조건을 만족시키는 구체적인 예로 독일문학을 거론한다. "독일문학에서 세계적인 가치가 있는 부분은 모두 국민적인 것이다. 18세기 중엽에 클롭슈토크(Friedrich Gottlieb Klopstock)가 재래의 외국 추종 문학에 반항하여 독일 조국의 정감을 기초로 한 문예를 고취하면서 독일문학은 비로소 독립하여 국민적·세계적인 것이 되었다. 레싱, 헤르더, 괴테, 실러 등의 시인은 모두 그 감화 아래서 태어났다"[15]고 적고 있다. '세계적'이자 동시에 '국민적'인 문학의 기준을 독일문학에 두고, 그것을 일본문학이 지향해야 할 목표로서 설정하고 있는 것이다. 사이토의 이러한 주장 또한 서구의 문학 개념을 염두에 둔 '세계문학' 언설이었다고 할 수 있다. 이렇게 당시 일본에서 '세계문학'이란 직접적으로 서구의 문예를 가리켰고, 특히 청일전쟁과 러일전쟁 등을 거치면서 고양된 내셔널리즘을 배경으로 그것과의 대조 속에서 '국민문학' 창설이 주장되고 있었다.

현대 프랑스의 비평가 파스칼 카사노바는 1999년에 간행된 저작 『세계문학공간 - 문학 자본과 문학 혁명』에서 문학에는 통상 경제와 마찬가지로 사람들에게 인지되고 있는 특수한 문학적 '가치', '신용'이 있고, 그것이 유통되고 교환되는 세계적인 경쟁 '시장'으로서의 '세계문학공간'이 존재한다고 말하고 있다. 그는 그것이 16세기 이후에 유럽 제국, 특히 프랑스를 중심으로 형성되었다고 한다.

국제적 문학 공간은 문학이 쟁점(enjeu de lutte)으로서 발명된 것을 계기로 16세기에 창출되어, 이후 부단히 확장, 확대되고 있다. 참조, 인지, 거기에서 다시 라이벌 관계가 여러 유럽 국가의 출현과 건설 시기에 구축되었다. 처음에는 서로 닫혀 있었던 지역적 통합 속에 밀폐되어 있던 문학이 공통 쟁점이 되었던 것이다. 고대 로마의 유산을 이어받은 용약(勇躍)한 르네상스 시기의 이탈리아가 인지된 최초의 문학 세력이었다. 이어서 프랑스가 플레이야드(la Pléiade)파의 출현 시기에 이탈리아의 주도성과 고대 로마의 패권에 이의를 제기하며 초국가적인 문학 공간의 기반을 처음으로 그려냈다. 스페인, 영국, 이어서 전 유럽 제국이 다른 문학 '재(財)'와 전통에서 출발해 조금씩 경쟁에 들어갔다. 19세기를 통해 중앙유럽에 나타난 내셔널리즘 운동이 순풍이 되어 문학적 존재의 권리를 요구하는 새로운 요구가 출현했다. 북아메리카와 라틴 아메리카도 19세기를 통해서 점차 이 경쟁에 참여했다. 마지막으로 탈식민지와 함께 그때까지 고유의 문학이라는 관념 자체에서 벗어나 있었던 모든 나라(아프리카의, 인도의, 아시아의……)가 문학적 정통성과 문학적 존재에 도달할 것을 요구했다.[16)]

이렇게 쓰고 나서 카사노바는 유럽 제국을 기반으로 성립한 '세계문학공간' 내부에는 현실의 국제 정치 및 경제의 경쟁 관계와 일정한 상관 관계 아래 형성된 불평등과 서열적 질서가 존재한다고 덧붙인다. 예를 들어 프랑스와 이탈리아, 독일 등에서 인정받고, 그들 나라의 언어로 쓰인 작품은 널리 국제적인 '신용'을 얻어 유통되었고, 또한 아시아와 라틴 아메리카와 같은 '세계문학공간'의 주변 지역 사람들에게 프랑스문학과 파리는 오랫동안 문학적 동경의 대상이었다. 반면 소수만이 사용하는 언어로 글을 쓰는 작가가 국제적인 '세계문학공간' 속에서 강한 경쟁력을 갖는 것은 매우 어려웠으며, 아시아, 아프리카의 구식민지 출신 작가는 긴 식민지 통치 역사로 인해 자국어로 문학 활동을 하거나 국제적인 영향력을 행사하는 것이 극히 곤란했다고 말한다.

카사노바의 이 이론적 저작은 근대 세계에서 문학 가치를 둘러싼 경쟁 및 지배·피지배의 구조를 거시적 스케일에서 망라적으로 기술하고 있다는 점에서 획기적이다. 기존의 '문학 연구'가 대부분 한 나라 혹은 여러 나라 문학을 검토하고, 그것을 통해 작품과 작가의 '세계적', '보편적' 가치를 결정하거나 평가하는 것이었다면, 카사노바의 연구는 작품과 작가의 가치 평가를 결정짓는 국제적인 시스템 자체를 문제 삼고, 그 불평등성을 비판하고 있다는 점에 의의가 있다. 그리고 그 이론은 일본문학의 국제적 상황을 생각할 때도 일정한 유효성을 가진다. 왜냐하면 메이지 이후의 일본도 유럽문학의 영향을 받아, 유럽 제국 문학의 국제적 '신용'을 공유하는 것을 통해 '세계문학공간'의 경쟁과 지배·피지배의 구조 속에 포섭되었기 때문이다. 서구 열강과 맞서기 위해 국민국가의 아이덴티티를 강조하는 내셔널리즘이 유행하고 있던 당시의 일본에서 '세계문학'에 관한 논의가 이루어진 것에는 이러한 배경이 있었다고 할 수 있다. 그리고 근대의 '세계문학공간' 내에서 패권 경쟁에 돌입한 일본문학은 서구문학의 '가치', '신용' 앞에서 거의 일방적으로 서열 체계의 하부에 놓였다.

이런 획기적인 문제 설정에도 불구하고 카사노바의 이론에도 문제점은 존재한다. 예를 들어 카사노바는 일본에서 문학의 국제적인 '가치'와 '신용'의 수도가 프랑스, 특히 파리였다고 말하고 있지만, 번역자인 이와키리 쇼이치로(岩切正一郎)가 '역자 후기'에서 적고 있는 것처럼 일본문학의 서구화는 결코 파리만을 중심으로 일어나지 않았다. 잘 알려진 것처럼 일본에서 가장 이른 시기에 쓰인 근대소설 중 하나인 후타바테이 시메이(二葉亭四迷)의 『뜬구름(浮雲)』은 러시아 소설의 영향을 받았고, 모리 오가이나 다카야마 조규 등이 주도한 평론은 독일계 미학에 의존하고 있었다. 또한 이 책에서 검토의 대상으로 삼고 있는 일본 아카데미즘의 '국문학 연구'는 원래 독일의 문헌학, 미학, 문예학, 그리고 영미의 문예 이론에 근거하고 있었다. 나가이 가후(永井荷風), 하기와라 사쿠타로(萩原朔太郎), 다카무라 고타로(高村光太郎), 가네코 미쓰하루(金子光晴)와 같은 문학자들에게 프랑스와 파리가 특별한 문학적 의미를 띠고 있었던 것은 분명하지만, 전체적으로 보면 일본문학의 서구화와 '세계문학공간'으로의 참여는 영국, 프랑스, 독일, 미국, 러시아 등 여러 나라의 중층적인 영향 아래서 이루어졌다. 아마도 그런 특징은 근대 일본이 식민지화된 다른 아시아·아프리카 제국과는 달리, 특정 유럽 국가의 직접적인 지배를 받지 않았던 상황과 관련되어 있을 것이다. 그리고 열강에 의해 반식민지 상태에 빠졌지만, 인도처럼 완전한 식민지는 아니었던 중국의 근대문학의 양상도 크게 다르지 않다. 반면 일본의 직접적인 통치를 받았던 한국·조선과 타이완의 근대문학에서는 서구 각국으로부터 중층적 영향을 받아 형성된 일본 근대문학이 '세계'성과 '보편'성의 기준으로 군림하며 지배적인 위치를 점하고 있었던 상황이 만들어졌다.

또한 카사노바의 이론은 세계문학의 지배적 질서를 비판하고 '세계문학공간'의 중심에서 벗어난 주변 지역의 언어와 문학을 복권하는 것을 목적으로 했지만, 그 입론(立論)은 여전히 유럽 중심적인 경향을 농후하게 띠고 있다는 점을 지적하지 않을 수 없다. 그 이유는 '세계문학공간'의 역사적인 형성에 관해, 그것의 원형이 16세기 유럽에서 태어나 마치 역사적인 필연처럼 이후 비유럽 지역으로 확대된 것처럼 기술하고 있기 때문이다. 그러나 앞서 언급한 것처럼 19세기 후반 이래로 서구 문명이 급속히 유입되기 이전에 일본을 포함해 동아시아 지역에서는 한자와 유교 문화가 공통된 권위를 갖고, 독자적인 '가치'와 '신용', 경쟁과 반발의 체계를 가진 하나의 '세계'를 형성하고 있었다. 동아시아에서 한자와 유교가 담당했던 역할을 중동, 아프리카, 동남아시아에서는 이슬람계 문자 문화가 수행했다. 적어도 18세기 이전까지 서구를 중심으로 한 '세계문학공간'은 동아시아와 아랍 지역에서 각각 고유한 문자 문화 위에 형성된 '세계'의 외부에서 그것과 병렬적으로 존재하는, 유럽이라는 한정된 지역의 산물에 지나지 않았다. 따라서 다양한 문자 문화의 '세계'가 병렬적으로 존재하고 있었던 근세의 문화적 세계 공간과 19세기 후반 이후 유럽 제국을 정점으로 질서화된 '세계문학공간'은 각각 나름의 공시적인 구조와 논리를 가진 영역으로 파악해야 할 것이다.

게다가 근대의 동아시아 제국이 유럽을 주체로 하는 '세계문학공간'에 참여할 때 이러한 근세의 문화적 유산과 기억을 모두 포기한 것도 아니었다. 전근대의 유교와 한자 문화를 어떻게 새로운 '세계문학공간'의 틀에 맞게 전환할 것인가가 동아시아의 지식인들 앞에 중요한 과제로 떠올랐다. 뒤에서 자세히 논하는 것처럼 메이지 시기 일본의 미디어에 나타난 '지나'문학을 둘러싼 논의도 그 하나의 예이다. 즉, 파스칼 카사노바의 '세계문학공간' 이론에는 비유럽 지역의 문학 실정에 관한 시점이 빠져 있다. 그런 의미에서 동아시아에 거점을 두고 지적 활동을 전개하는 우리에게 카사노바 이론의 한계를 보충하는 것은 반드시 필요한 과제라고 할 수 있다.

4. '세계문학'과 국문학 연구

어쨌든 분명한 사실은 19세기 말 이후 일본은 확실히 '세계문학 공간'의 질서 내부로 편입되었고, 국내에서는 서구문학이 큰 권위와 신용을 갖는 경쟁 수단으로 인식되었다는 점이다. 이러한 상황은 당시 형성 과정에 있었던 아카데미즘의 '국문학 연구'라는 학문에도 커다란 영향을 미쳤다. 메이지 시기에 형성되어 현재까지 이어지는 '국문학'이라는 학문 영역은 처음부터 서구 문명과의 대결 없이는 성립할 수 없었다. 그것은 하가 야이치의 '국문학'론에 여실히 나타나 있다.

> 신대륙의 발견, 구교파의 전도, 탐험 사업, 식민지 정책 등 세계의 근세사는 동서 문명의 접촉을 촉진하고, 오늘날은 세계 각 인종이 같은 무대에서 활동하고 있는 시대이다. 근세의 정신과학은 언제나 비교 연구, 역사적 연구 방법에 의해 혹은 종교, 혹은 언어, 혹은 미술, 혹은 문예, 민족의 이동(異同)을 논하고, 국민의 특성을 발휘하는 것에 힘을 기울이고 있다. 여러 사정을 볼 때 세계를 하나로 합치려는 경향이 존재함과 동시에 한편에서는 국가분립주의가 일어나고 있다. 러시아의 짜르는 평화회의를 주창했지만, 그 영토 내에서는 끊임없이 유대인의 학살이 일어난다. 영일동맹, 미국의 원조도 있지만 한편으로 태평양 연안에는 항상 황인을 배척

하는 목소리가 높다. 지금 우리는 그들을 알아야만 한다. 동시에 우리는 우리 자신 또한 알아야 한다.[17)]

이 글은 하가 야이치의 저서 가운데 가장 유명한 『국민성십론(国民性十論)』(冨山房, 1907)의 '서언'이다. 하가는 '일본문헌학'의 이념 아래 '국민성'을 아는 것을 '국문학 연구'의 가장 중요한 목표로 두었는데, 거기에는 "세계의 각 인종이 같은 무대에 활동하고 있다"는 근대의 일체화된 세계 인식이 놓여 있었다. 하가는 여기에서 기독교의 전도와 탐험, 식민 정책 등을 일체화의 요인으로 들고 있는데, 이것은 그가 세계 일체화의 주체를 구미 열강으로 간주하고 있었음을 보여 준다. 구미 열강의 식민 활동으로 인해 확대되고 점차 일체화되는 '세계' 속에서 어떻게 '일본인'의 '국민성', 그리고 '국문학'의 독자성을 강조할 것인가가 그가 생각한 '일본문헌학'의 목적이자 '국문학 연구'의 역할이었다. 물론 이런 인식의 이면에는 서구 열강의 제국주의적 정책에 대해 메이지 지식인이 품었던 위기감도 작용하고 있었다. 하지만 당시의 '국문학자'들은 서구 열강의 제국주의로부터 일본을 지켜야 한다는 생각은 갖고 있어도, 자신이 주변국에 제국주의적인 태도를 보이는 것에는 어떤 모순도 느끼지 않았다. 실제로 하가 야이치는 자신의 '국문학'론을 전개하면서 일본 '국민성'의 우수함을 논하는 한편, 중국인과 조선인에 대해서는 멸시적 태도를 감추지 않았다.

1890년 일본 최초의 '일본문학사'로 간주된는 하가 야이치, 다치바나 센자부로의 『국문학독본』(冨山房)과 미카미 산지, 다카쓰 구와사부로의 『일본문학사』(東京金港堂)가 간행되었다. 미카미 산지와 다카쓰

구와사부로는 모두 도쿄제국대학 '화문학과' 출신이었고, 또 하가 야이치와 다치바나 센자부로는 당시 도쿄제국대학 '문과대학'에서 수학 중인 학생이었다. 이 해에는 일본 최초의 고전문학 총서인 『일본가학전집(日本歌学全集)』(전12권) 및 『일본문전서(日本文全書)』(전24권)가 박문관에서 간행이 시작되었다. 그리고 우에다 가즈토시(上田万年)의 『국문학』(双二館), 오치아이 나오부미(落合直文), 고나카무라 요시가타(小中村義象)의 『중등교육 일본문전』(博文館) 등도 간행되었다.

『국문학독본』과 『일본문학사』라는 두 저작은 모두 전근대적 '문학'이 아닌 literature로서의 '문학', 즉 근세 유학자와 국학자의 언설 체계에는 존재하지 않았던 근대 서구에 그 기원을 두는 개념에 보편성을 부여했다는 것이 특징적이다. 미카미, 다카쓰의 『일본문학사』는 문학을 '법률학, 이재학(理財学), 역사학, 철학' 등의 인접 학문으로부터 명확히 구분할 것을 주장했고, 하가, 다치바나의 『국문학독본』에서도 "문학은 타 백과의 학문과 그 사상의 경역(境域)을 달리하지 않으면 안 되"는 것이며 '고상한 사상'과 '정묘한 언어'를 겸비한 것으로 정의되었다. 그리고 둘 다 문학의 개념을 보편적인 것으로 간주함과 동시에 각 나라 국민의 성질을 나타낸 것으로 정의했다는 점도 주의해 두고 싶다. 달리 말하면 그들은 문학을 보편적인 가치와 국민적 가치가 동시에 공존하는 것으로 정의한 것이다. 하가, 다치바나는 『국문학독본』의 '서론(緒論)'에서 다음과 같이 적고 있다.

> 각 국민의 문학이 각각 특성을 갖는 것 또한 자연스러운 추세이다. 우리나라 문학은 우미(優美)가 장점이고, 지나문학은 호방(豪逸)함이 장점

이고, 태서문학은 정치함이 장점인 것처럼 주로 종족의 영향에 따르지 않는 것이 없다. (중략)

이상 대략 문학을 논하며 마치자면, 여기 우리나라 문학의 연혁을 약술해 그 개념을 얻는 것은 실로 당연한 것이다. 무엇보다 한편의 글, 한 절의 시는 각 문학가의 제작 일반을 나타내고, 각 시대의 문학은 각국 문학의 일반을 나타내고, 각국 문학은 세계, 즉 인간문학의 일반을 나타내는 것으로 마치 구슬을 이어 고리를 만들고, 고리를 이어서 띠를 만드는 것처럼 혼연한 질서가 그 사이에 존재한다.[18)]

여기서 하가와 다치바나는 '세계, 즉 인간문학'을 정점으로 한문학의 질서가 존재함을 지적하고 있다. 즉, 개개 단체의 시문이 모여 각 문학자의 창작 경향이 만들어지고, 여기에 각 시대의 그것과 총합하는 형태로 각국 문학의 전체적인 성질이 만들어진다. 그리고 각국 문학이 연관을 맺으면서 '세계, 즉 인간문학'이 형성되어 간다는 논리이다. 하가와 다치바나는 이렇게 세계문학의 형태를 이루는 질서를 구상하면서 일본문학사를 작성했다.

문학에 보편적 측면과 국민적 측면 모두를 부여하는 이러한 수법은 미카미, 다카쓰의 『일본문학사』도 공유하고 있다. 그 '총론'에서 미카미 등은 "사람으로 하여금 고상, 우미, 또 순결함, 정신상의 쾌락을 느끼게 하면서 도덕, 종교, 진리 및 미술에 대한 관념을 불러일으키는" 것을 문학의 목적이라 정의하는데, 그것은 "모든 나라의 문학에 적용할 수 있고, 특히 세계문학(또는 만국문학)에 적합"한 것이라고 쓰고 있다. 반면 "각 나라마다 고유의 특질을 갖춘 문학을 가리켜 국문학(national literature)이라 한다"[19)]고 말한다. 즉, 서구에 기원을 두는 '문학'

개념의 보편성을 전제로 '세계문학'을 상정하고 그 위에서 각국 '고유의 특질'을 분절화해 그것을 근거로 하여 '국문학'의 자기동일성을 제시하고 있는 것이다. 이렇게 최초의 '일본문학사'에서 '국문학'이라는 개념은 '세계문학'을 대개념으로 하여 등장하고 있었다.

그런데 미카미와 다카쓰의 『일본문학사』에서 '세계문학'이란 일본이 주도권을 잡고 만들어 가는 것이 아니었다. 미카미 등은 '세계문학'과 '국문학'에 독일어 및 영어의 '루비(가나로 한자의 소리를 적어 두는 것 - 역자 주)'를 붙여, 그것이 서구의 문예 사상에서 이입된 개념이라는 것을 스스로 보여 주고 있다. 자주 지적되는 것처럼 '세계문학'이란 개념은 원래 19세기 독일에서 괴테 등에 의해 제창된 것이다. 그리고 미카미 등은 일본문학사의 가치를 강조하기 위해 "지금, 우리는 우리나라 2천수백 년 간 출현하여, 제반의 문학을 총괄하고, 그것을 우리 국문학의 전체로 하고, 서양 제국의 문학과 대비·비교하여 그들에게 미치지 못하는 바 적지 않지만 그 특유의 장점 또한 많음을 본다"[20]고 빈번하게 서구 각국의 문학과 대조하고 있다. 이렇게 그들에게 세계문학은 직접적으로는 서구 각국의 문학을 의미했다. 그리고 거기에 일원으로서 일본의 '국문학'을 새롭게 참여시키기 위해 서구 제국에 뒤지지 않는 문학의 역사가 일본에 있음을 보여 주는 것이 '일본문학사' 서술의 목적이었던 것이다.

그것은 메이지 시대에 일본에서 활동했던 서구의 '일본문학' 연구자의 의도와도 대응하는 것이었다. 1889년부터 1916년까지 제국대학 문과대학에서 독일어와 독일문학을 강의하며 일본문학 연구에 종사했던 칼 플로렌츠(Florenz, Karl Adolf)는 1895년 "유신 이래 국운의 발흥에 따라, 또 목하 해륙에 있어서 공전의 승리를 통해 일본은 국민으로서 세계 열강 사이에 영광스러운 지위를 얻었다"고 말하며, 당시 청일전쟁에서 일본이 보여준 압도적인 우세를 찬미했다. 반면 "그 문학을 보면 유래가 오래되고 온축(蘊蓄)이 풍부함에도 불구하고 오늘날에 이르기까지 세계문학의 단상에서 극히 미천한 지위를 유지하는 데 불과하다"[21]며 독일을 비롯한 서구 각국에서 일본문학이 거의 알려져 있지 않아 '세계문학'에 포함되지 못하고 있음을 지적했다. 그리고 이런 현실을 극복하기 위해서는 서구인의 이해를 얻기 위해 일본의 시가를 어떻게 번역할 것인가, 그 방법을 고안할 필요가 있다고 덧붙이고 있다. 플로렌츠는 일본의 문학 작품이 '세계문학'이 되기 위해서는 서구 제국에 그 가치를 인정받는 것이 급선무라고 생각했다. 그것은 전쟁의 승리와 더불어 세계 열강 속에서 일본이 '영광스러운 지위'를 얻기 위한 또 다른 수단을 의미했다.

그런데 여기서 주목할 것은 메이지 시기 '일본문학사'에 그동안 동아시아 지역에서 어떤 의미로 보편적 지위를 누리고 있던 한시문을 세계 각국의 문학과 동렬로 파악하려는 자세가 보인다는 점이다. 예컨대 하가 야이치, 다치바나 센자부로의 『국문학독본』은 문학이 각 국민의 '특성'과 '인민 사상'을 반영하고 있다는 입장에서 '지나(支那)문학'을 거론하고 있다. '지나'문학에는 '호방함이 지나친' '종족'의 성격이 반영되어 있다는 것이다. 일본문학사 연구를 통해서 일본인의 '우미'한 국민적 특성을 분명히 한 것처럼, 중국문학 연구를 통해 '지나'의 국민적 특성을 알 수 있다는 논리이다. 아마도 그가 말하는 일본문학의 '우미'란 헤이안 시대(794~1185) 이래 가나로 쓰인 와카와 수필 등을 가리키며,

'지나'문학의 '지나친 호방함'은 이백의 시 등 중국의 한시문 중 극히 일부를 막연하게 상정한 후 일본문학과의 대조를 거쳐 내려진 결론이었다. 그러나 실제로 일본에도 막말의 지사(志士) 등이 지은 한시 중에는 '호방함이 지나치다'고 불릴만한 작품이 많고, 또 중국의 시문에도 '우미'에 가까운 작품이 있을 것이다. 그뿐만 아니라 서구 제국에도 '정치하다'라는 표현이 어울리지 않는 작품이 존재한다. 문학 작품의 검토를 통해 '국민의 성질'을 모색하는 발상은 지금도 내셔널리스트들 사이에 종종 사용되는 수법이지만, 앞서 지적한 것처럼 이것은 방대한 '예외'를 사고의 밖에 두고서야 비로소 성립하는 비과학적인 학문적 태도라고 할 수 있다. 그러나 당시에 그것은 프랑스의 이폴리트 텐느가 정립한 문학사 수법을 따른다는 점에서 일종의 최첨단 학문 수법으로서 문학 연구자들 사이에서 받아들여졌다. 그리고 그러한 문학적 시각은 일본의 문학 사상 속 한시문에 대한 이해 방식에도 영향을 미쳤다. 미카미와 다카쓰의 『일본문학사』에는 다음과 같이 서술되어 있다.

> 프랑스의 석학 텐트는 문학사를 편찬하면서 그 나라의 심리학을 연구해야 한다고 말한다. 이것은 심리학에서 마음 내부의 현상, 지정의(智情意)를 알아야 하는 것처럼 문학사는 그 국민의 마음을 파악할 수 있어야 한다는 의미이다. 우리나라의 경우 중고 이래 지나의 제도를 모방하고 지나문학을 배웠지만, 원래 우리나라의 사정은 (중국과) 같지 않고 민심도 달라 문학에 나타나는 점도 당연히 같지 않고, 마찬가지로 한어를 사용하고 한어 법칙에 따라서 만든 시문이라도 우리나라 사람이 지으면 그 정신이 중국인의 그것과는 다르다.[22]

여기에서는 일본인의 '정신'과 '사정(国柄)', '민심'이라는 주체성을 전제로 그 대상이 되는 한시문이 '일본문학'의 하나로 간주되고 있다. 이러한 논리는 뒤집어 생각하면 '지나인'이 만든 한시문은 '지나' 국민의 마음이 나타난 것이라는 사고방식이 전제되어 있음을 알 수 있다. 여기서 동아시아 공통적인 '보편' 문화였던 한시문의 지위는 부정되고 있다. 그 대신 '일본'과 '지나'의 국민성을 설정하고, '국문학', '지나'문학이라는 구분을 설정하고 있는 것이다.

1908년부터 이듬해에 걸쳐 문과대학에서 이루어진 강의를 토대로 한 하가 야이치의 『국어와 국민성 일본 한문학사』(冨山房, 1928)도 같은 맥락에서 쓰인 저작이다. 여기서 하가는 "일본의 한문학이란 일본인이 만든 지나문학의 역사이다. 이것을 나는 일본문학사의 일부로서 보고 싶다"[23]고 말하고 있다. 하가에 따르면 일본인이 '한시문'을 만들고 또 읽는 것은 서구인이 라틴어와 그리스어를 읽고 쓰는 것과는 다르다. 일본인은 한문을 훈독해서 읽고 또 창작하는 행위도 '일본문'을 '지나문'의 형식에 맞춘 것에 지나지 않기 때문이다. 그 때문에 '우리나라의 한시문'은 단지 사상적인 면뿐만 아니라 형식 면에서도 '일본문학'이 되지 않으면 안 되는 것이다.

물론 이러한 생각은 현재 시점에서 얼마든지 비판할 수 있다. 하가 야이치와 미카니 산지는 '문학'을 '문학'답게 하는 것을 실제로 문자로 쓰인 것(에크리튀르[écriture])이 아니라 그 이전에 '작자'의 머릿속에 존재했던 무언가에 두고 있다. 그래서 그들은 '작자'의 머릿속에 있었던 무언가를 일본적인 '정신성'이나 훈독체의 '일본문'으로 사고된 '원안'과 같은 것으로 상상했기 때문에 일본에서 만들어진 한시문은 '일본

문학'이라고 주장했던 것이다. 그런데 이런 논리에 따르면 가나가 섞인 문체와 서간에 사용된 소로문(候文, 문장 끝을 소로〔そうろう〕로 끝맺는 문어체 문장) 등의 문체가 이미 확립해 있었던 시대에 왜 사람들이 한시문 형식을 존중했는가를 설명할 수 없다. 반복되지만 그것은 동아시아 지식인들에게 한시문의 본질은 어디까지나 '쓰인 것' 그 자체의 형태로 인식되고 있었다. 한시문을 작성하고 또 독해하는 사이 어떠한 것을 생각하고 어떤 수단을 취했는가는 문제가 되지 않았고, 결과로서 쓰인 한시문의 형식이 보편적인 권위와 가치를 갖는 것으로 인식됐다. 중국에서도 구어는 지역에 따라 크게 상이했고, 또 시대에 따라서도 많이 변화했기 때문에 한시문은 그것을 사용하는 자에게는 결코 '모어'가 아닐뿐더러 '종족의 성질'을 표현하는 것도 아니었다. 한시문의 본질은 어디까지나 동아시아 지역의 보편적인 문자 표현이었고, 그것을 '일본문학', '지나'문학이라는 범주로 분리해서 생각하는 것은 오히려 '국민의 성질'과 '정신'이라는 근대 서구의 내셔널리즘과 세계관을 수용해 적용한 결과였다. 비록 중국에서 만들어진 한시문과 일본의 한시문 사이에 상이함이 있고, 또 그것이 창작한 인물의 개인적인 성향 및 그 시대의 특정 유파와 사회성에 기인할 가능성이 있어도, 그 차이가 상이한 '국민의 성질'에 따른 것인지를 논리적으로 증명하는 것은 극히 어렵다.

하가 야이치와 미카미 산지의 일본 한시문에 관한 이러한 발언은 당시 그들이 청에 대한 내셔널리즘을 갖고 있었음을 보여 준다. 하지만 그것은 전근대의 국학 사상에서 보이는 것과 같은 대륙 사상의 배격과는 다른 것이었다. 앞서 본 것처럼 근세 국학 사상의 특색은 유교

문화의 보편주의적 경향에 대한 반발로 『고지키』와 『겐지 이야기』 등의 텍스트를 검토해 '모노노아와레를 알다', '황국의 길'이라는 일본에서만 전해지는 절대적 사상을 추출하려 했던 점에 있었다. 그러나 하가 야이치와 미카미 산지 등에게 '보편' 사상은 근대 서구에서 생성된 문학 개념이고, 그것에 근거한 '세계문학'이었다. 달리 말하면 '국문학'과 '지나'문학은 이제 그것만으로 '보편'이 될 수 있는 성질의 것이 아니었다. '국문학'과 '지나'문학은 모두 같은 위상에서 각각 '국민'의 '정신'과 '인민 사상'을 나타내고 '세계문학'의 질서를 형성하는 수많은 '각국 문학' 중 하나인 것이다.

메이지 시대의 '국문학 연구'는 자기동일화의 대상이든 반발의 대상이든 전근대에 공통된 문화였던 많은 한시문을 '지나'문학이라는 형태로 자기 외부에 대상화하고 특수화함으로써 자신의 학문 영역을 구획했다. 그리고 특히 청일전쟁 이후가 되면 '각국 문학' 중 하나인 '지나'문학을 '국문학'보다 열등한 것으로 간주하는 움직임이 현저하게 나타났다. 근세부터 근대에 걸쳐 전개된 '세계' 개념의 변화는 서구를 주체로 한 '세계문학공간'의 경쟁 속에서 일본문학의 '국민'적 자기동일성을 주장하려는 움직임을 낳았고, 동시에 경쟁 상대인 '지나'문학에 대한 멸시 의식을 조장했던 것이다. 이하에서는 메이지 시대 일본에서의 '지나'문학관을 구체적으로 검토해 보자.

5. '지나'문학의 발견과 청일전쟁

메이지 초기에 한학계열 학문은 후쿠자와 유키치(福沢諭吉) 등 계몽주의자에 의해 근대화, 서구화의 장해물로 강하게 공격받으면서도, 국가 사상을 형성할 필요성에 따라 그 가치가 재인식되기도 하였다. 예를 들어 전 구마모토 번(熊本藩)의 유학자로 천황가의 시강(侍講)을 역임했던 모토다 나가사네(元田永孚) 등이 관여한 1879년의 '교학성지'와 1890년의 '교육칙어'는 충군애국의 유교 윤리를 국민 도덕의 기초로 하는 국가 방침을 담고 있는데, 특히 한문체로 작성된 '교육칙어'는 한자·한문의 사용과 교육을 폐지하거나 제한하려는 세력에 대항하기 위한 중요한 근거가 되었다.[24] 실제로 메이지 정부의 정치가들은 여전히 한시를 즐겼으며, 당시 한시와 한시인의 위치는 매우 높았다.[25] 게다가 메이지 시대에는 지식과 권위의 공공성을 표방한 국가에 의해 한어가 많이 쓰이기도 하였다. 관청과 대학, 잡지와 신문에서 한어가 대거 이용되었고 또 구미 문화를 받아들일 때에도 한어가 큰 역할을 했다.[26] 한편 대학 교육의 커리큘럼에서는 앞서도 말한 것처럼 1877년 도쿄대학이 생길 즈음 '화한문학과'가 설치되었다. 화한문학과는 1885년 한문학과와 화문학과로 나뉘어 후일의 지나문학과와 국문학과의 모태가 되었다. 그러나 '지나'문학이라는 학문 영역이 독립된 학과로 편성된 것은 1889년 화문학과가 국문학과로 개칭되고 국사학과 분리된 이후의 일이다. 즉, 한문학과가 지나철학과와 지나문학과로 양분된 것은 그로부터 15년 후인 1904년이었다.[27]

청일전쟁은 메이지 시기 한학계 학문에 대한 일본인의 태도에 가장 큰 충격을 제공한 정치적 대사건이었다. 청일전쟁이 한창이던 1895년 1월 당시 제국대학 문과대학의 관계자를 중심으로 문예 잡지 『제국문학』이 창간되었다. 이노우에 데쓰지로(井上哲次郎)는 『제국문학』 창간호부터 제3호까지 논문 「일본문학의 과거 및 장래」를 실었는데, 거기서 그는 국민 정신의 각성과 국민문학의 창출을 강조하는 등 애국심을 고취하려는 의도를 분명히 드러내고 있다. 그뿐만 아니라 『제국문학』에는 오마치 게이게쓰(大町桂月), 다카쓰 구와사부로, 하가 야이치, 고나카무라 기요노리(小中村清矩)의 '국문학'론이 게재되었고, 일본의 고전문학에 대한 고증을 다룬 「문학사료」라는 제목의 코너가 마련되기도 하였다.

당시 『제국문학』에는 이렇게 국민문학론의 언설이 범람하는 한편, '적국'인 청에 대한 관심으로 인해 '지나'문학을 다룬 기사가 다수 게재되기도 하였다. 예를 들면 1895년 8월에는 후지타 도요하치(藤田豊八)의 「위진문학과 도연명」(미완)이 실렸고, 이듬해 5월에는 사사카와 다네로(笹川種郎)의 「서상기를 읽는다」와 야마우치 세이쇼(山内静処)의 「구마라지바(鳩摩羅什)와 지나문학」이 게재되었다. 그뿐만 아니라 1897년 5월에는 시라카와 지로(白河次郎)의 「한학자의 신사업」, 1898년 2월에는 사사카와 다네로의 「지나문학과 무로마치문학」, 3월에는 도조(兜城, 구보 덴즈이〔久保天随〕)의 「한대의 낙부」가 연이어 게재되었다. 창간부터 수년간 『제국문학』지에 게재된 이런 기사들은 공통적으로 '지나'문학을 여러 학문 분야를 총칭하고 있던 종래의 '문학' 개념으로부터 분리해서 해석하려는 태도를 공유하고 있었다.

앞서 본 것처럼 1890년에 처음으로 등장한 '일본문학사'는 '문학'이라는 말을 근대 서구류의 미적인 문장의 의미로 사용하고 있었다. 물론 당시 나온 일본문학사 모두가 문학이란 말을 이렇게 협의로 사용하고 있었던 것은 아니다. 예를 들어 1892년 다카쓰 구와사부로·와다 만키치(和田万吉)의 『중등교과 국문학』(東京文学社)은 역사적인 사항에 중점을 둔 구성을 띠고 있었고, 같은 해 마스다 우신(増田宇信)·고나카무라 요시카타의 『중등교육 일본문학사』(博文館)는 학술, 학예 전반에 걸친 역사를 다루고 있었다. 더욱이 청일전쟁 이전에 '지나'문학을 서구류의 '미문학', '순문학'의 의미로 이해한 사례는 더욱 적다. 1892년 박문관은 『사서강의』, 『시경강의』, 『사기열전강의』 등을 포함한 『지나문학 전서』(전24책)의 간행을 시작했고, 잡지 『지나문학』은 고지마 호시에(児島星江)의 「지나문학사」라는 제목의 기사를 창간 이후 6회에 걸쳐 게재했다. 그러나 여기에 근대문학에서 중요시되는 소설이나 희곡은 포함되지 않았고, '지나'문학이란 넓게 학문 일반을 가리키는 오래된 의미에서의 '문학' 혹은 유교 문화 속의 한시문을 뜻하는 것이었다. 보다 근대적인 '문학'에 가까운 입장에서 중국의 문헌을 해석하려는 사례는 1890년의 하가 야이치, 다치바나의 『국문학독본』과 한시인인 모리 가이난(森槐南)의 「지나소설 이야기」(1891) 정도에 불과했다. 예를 들어 모리는 소설이란 한의 무제 시대에 시작된 것으로 따라서 세계 최고의 소설은 '지나소설'이라고 주장하며 다음과 같이 적고 있다.

> 철경록(輟耕錄)에 따르면 송에는 담사(譚詞) 소설이 있다. 담사란 '익살스러운 이야기(おどけ詞)'라는 뜻으로 담사 소설이란 즉 지금의 언문일치체로 해석할 수 있다. 여기서 이 담사 소설, 즉 지금의 소설체는 송대에 발생했음을 알 수 있다.[28]

여기서는 중국의 속어(백화) 문학이 근대의 언문일치체 소설에 대응하는 것으로 파악되고 있는데, 이러한 언설은 청일전쟁 이전의 일본에서는 결코 일반적인 것이 아니었다. 모리의 용법은 그런 점에서 선구적인 것이었다고 할 수 있다. 그런데 청일전쟁 시기가 되면 상황이 일변한다. 예컨대 1896년의 『제국문학』에 실린 무서명의 기사 「한학의 분류」는 '한학'이라는 것이 '지나 학술의 총칭'이라면서 한 사람의 한학자가 '수신제가의 학(學)'이나 '경세제민의 술(術)'을 논하거나, '문학자'이면서 '과학자'를 자처하는 태도를 비판하며 오히려 한학을 여러 전문 분야로 분류할 것을 주장하고 있다.[29] 그리고 『수호전』과 『서유기』처럼 유교적인 한시문의 틀에서 벗어난 장르를 한데 모아 '문학'으로서 다루려는 경향이 1890년대 후반부터 급속히 확산되었다. 이를테면 당연히 이런 현상은 일본문학에서도 나타났는데 서구의 소설과 희곡과 같은 문학 장르가 중시되면서 게사쿠류와 가부키 등의 가치가 사후적으로 재발견되어 높이 평가받는 일이 일어났다. 에도의 게사쿠 문학 수법을 적극적으로 받아들인 문학자의 한 사람인 고다 로한(幸田露伴)은 총합 잡지 『태양』의 창간호부터 9회에 걸쳐 「원시대의 잡극」이라는 제목의 기사를 게재했다. 또 1896년의 『제국문학』의 무서명 기사 「지나의 소설 및 희곡」은 『수호전』과 『서유기』, 『금병매』 등의 소설과 『서상기』 등의 희곡에 대한 연구의 필요성을 주장하고 있다. 즉, 무라사키 시키부(紫式部)가 한(漢)과 당(唐)의 소설을, 바킨(馬琴)이 원과 명의 문학에 영향을 받는 등 예부터 일본의 '문사'는 '지나의 연(軟)문학'에 크게 영향을 받았다고 언급하며, 소설과 희곡은 "화한문학의 교섭을 연구하는 데 최고의 재료"라는 것이다. 게다가 소설과 희곡은 풍자

등을 통해 시대와 사상을 대표하고 정사에 누락된 '여항의 쇄담(閭巷の瑣談)'을 전하는 것이어서 "지나문명사를 연구하는 자에게는 최고의 재료"가 된다고 덧붙이고 있다. '소설', '희곡'과 같은 서양적인 '문학' 개념에 근거하여 일본과 '지나'의 이른바 '비교문학'적 검증의 필요성이 주장되기 시작한 것이다.

6. '타자'로서의 '지나'문학

이렇게 청일전쟁 시기에 일본의 미디어에서는 근대적인 의미에서의 '문학'이라는 관점에서 '지나'문학을 논하는 경향이 강해졌다. 근대적인 '문학' 개념의 영향 아래 '국문학 연구'라는 학문이 형성되고 있었고, 그것을 뒤늦게 보완하는 형태로 '지나'문학이라는 장르가 발견되었다. 거꾸로 말하면 '국문학 연구'라는 장르가 자기동일성의 영역을 확보하기 위해서라도 외부의 '타자'로서 '지나'문학을 비롯한 '외국문학'을 확정할 필요가 있었다고 할 수 있다.

당시 미디어에 나타난 '지나'문학에 관한 언설은 대부분 그것을 '일본문학' 밖에 있는 '외국문학'으로 간주하고 있었다. 1897년의 『제국문학』에 기고된 시라카와 지로의 「한학자의 신사업」은 문과대학에서는 국문학과 영문학, 독일문학, 프랑스문학 등이 이미 독립된 학과를 이루고 있음에도 불구하고 '지나의 미문학'을 전문으로 하는 지나문학과가 아직 설치되지 않은 사실을 다음과 같이 비판하고 있다.

이를테면 지나문학은 조금도 우리나라에서 연구되고 있지 않다. 대학이 언젠가 지나문학과를 설립하는 날, 즉 이런 연구는 활발히 일어나지 않겠는가? 이렇게 해서 그 특질, 그 진가, 즉 그 세계문학에서의 위치는 점점 분명해질 것이다. 과거 및 미래에 일본문학에 미친 지나문학의 영향도 이것을 시작으로 정교하게 될 것이다.[30)]

시라카와는 '외국문학'인 서구 각국의 문학과 병렬하는 형태로 '지나'문학의 연구 시스템을 확립할 것을 주장하고 있다. 이러한 입장에서 '지나'문학을 이해하려는 언설은 당시 급격하게 늘어나고 있었다. 예를 들어 그것은 당시 만들어진 '지나문학사'의 제작 이념에서도 엿볼 수 있는 현상이었다. 1903년에 출판된 구보 덴즈이의 『지나문학사』에는 "문학사는 국문에 대한, 문학의 발달을 질서적으로 논구(論究)하는 것"[31)]이라고 되어 있다. 그리고 '지나문학 일반의 성질'을 설명하기 위해 '지나국민, 즉 한 인종'의 '보수적·실제적' 성격을 분석하고 있다. 구보에게는 『지나문학사』라는 제목의 또 다른 저작이 있는데, 거기서는 다음과 같이 문학사의 작성 이념을 더욱 명확하게 규정하고 있다.

어떤 국민의 문학사는 그 국민 특유의 문학에 대해 기원, 변천 및 발달의 흔적을 과학적으로 서술한 것이다. 무릇 국민은 개인과 같이 반드시 타인과 완전히 다른 사상이 있고, 감정이 있고, 상상이 있고, 이를 통해 정신적 생활을 이루고 여러 현실 행위에 그 동기를 부여한다. 그렇다면 외계객관(外界客觀)의 변화, 역사상 동정기복(動靜起伏)의 사적을 되돌아보면서 내계주관(內界主觀)의 발달에 대해 탐구하지 않는 것은 아직 하나의 국민적 실상을 이루었다고 할 수 없다. 그런 이유로 동아 투란(알

타이 민족) 인종의 문화를 숙지하려면 자연히 우선 지나의 문학사에 물들지 않을 수 없다.[32)]

구보는 '국민'이라는 것이 개인과 마찬가지로 남과 다른 사상과 감정, 정신생활을 가진다고 말한다. 따라서 '지나문학사'의 역할이란 일 국민의 그러한 '내계주관'을 탐구하고 '그 국민 특유의 문학'에 관한 '기원, 변천 및 발달 흔적'을 과학적으로 서술하는 것이 된다. 이것은 중국의 인종, 문화, 역사의 다양성에 눈을 돌리지 않고 '지나'를 단일한 '국민'으로 파악하는 논의라고 할 수 있다. 앞서 본 것처럼 문학사를 '국민'의 성질과 발달을 파악하기 위한 수단으로 간주하는 언설은 청일전쟁 개전 약 4년 전에 쓰인 '일본문학사'에서도 볼 수 있다. 하가 야이치, 다치바나 구와사부로의 『국문학독본』은 국민의 '각 특성'과 '인민사상'을 나타내는 '각국 문학' 중 하나로 '지나'문학을 들고 있기 때문이다. 즉, 구보의 『지나문학사』는 서구 각국의 문학사를 모델로 하여 만들어진 '일본문학사'와 같은 개념을 공유하고 있었다고 할 수 있다.

예를 들어 1897년에 잡지 『메사마시쿠사(めさまし草)』의 지상에서 이루어진 『수호전』을 둘러싼, 모리 가이난, 미키 다케지(三木竹二), 모리 오가이, 요다 가쿠카이(依田学海), 아에바 고손(饗庭篁村), 오자키 고요(尾崎紅葉), 모리타 시켄(森田思軒), 고다 로한, 사이토 료쿠(斎藤緑雨) 등 당시의 호화 멤버가 참여한 토의를 보자. 거기에는 '지나'문학을 통해 '지나'의 현실 사회 모습에 대한 고찰이 시도되고 있다. 이 토의에서 모리 오가이는 『수호전』을 일종의 '역사 소설'이라고 말한다. 『수호전』이 포함하고 있는 '지나의 문명사적 분자'는 바로 '지나의 사회적 분자'

라는 것이다. 바꿔 말하면 송대의 '지나'와 지금의 '지나'에는 '동일 현상'이 존재하고, 『수호전』에는 그것이 그림자를 드리우고 있어, 『수호전』은 '어디까지나 특수한 지나산(産)'이라는 것이다. 오가이는 "'지나'에는 왜 도적이 횡행하고, 관병은 왜 이것을 토벌하지 못하는가"라는 문제가 송대부터 현재까지 이어지고 있다고 말하고 있다. 그리고 모리타 시켄은 오가이의 발언을 이어 받아서 "수호전은 확실히 작자가 생존했을 때의 지나 사회 일면을 보여주는 사진과 같다. 게다가 지나 사회의 상태가 수호전이 생긴 때와 오늘날 커다란 차이가 없다고 한다면 또한 오늘날 사회의 일면이다."라고 말하며 그 예로서 뇌물이 많은 것, 관리의 부패와 수탈이 심한 탓에 기아가 심각하고, 인육을 먹는 풍습이 있고, 도적이 횡행하는 것, 미신이 많고 종교 단체가 힘을 갖추기 쉬운 점 등을 지적하고 있다.[33] 즉 '지나'는 지리적·정치적인 '외국'으로서 이해되고 있으며, 문학은 그 사회를 알기 위한 거울로서 읽히고 있다.

이 토의에서는 당시 일본 논자들이 청일전쟁의 '승전'에서 얻은 '지나'에 대한 일종의 여유와 멸시 의식을 볼 수 있다. 뇌물이 횡행하고 미신이 많으며 인육을 먹는 습관이 있다는 등의 이른바 전근대적이고 '야만'적이고 부정적인 이미지만이 돌출적으로 지적되면서, 그것이 현재 '지나'의 현실로서 표상되고 있기 때문이다. 덧붙여 이 토의에서는 전근대의 주자학과 고문사학 사이의 깊은 단층을 발견하는 것도 가능하다. 주자학이란 원래 음양오행설에 근거한 형이상학적이고 보편적인 세계관을 구상한 철학이었다. 또한 이토 진사이의 고의학(古義学; 공자와 맹자를 중시하고, 왕도의 실현을 목표로 함 - 역자 주)과 오규 소라이의 고문사학(육경을 모두 '선왕의 도'를 천명한 경전으로 간주 - 역자 주)은 이상화된 고대 '성인'의 사상을 해석하는 학문으로, '지나'의 '현재 사회의 일면'과 그 특수한 성격을 논하기 위한 것은 아니었기 때문이다.

'지나'문학을 이렇게 '외국문학'으로서 이해하려는 태도는 '지나' 언어에 대한 의식의 변화와도 관련되어 있었다. 1896년 잡지 『강호문학』에 게재된 무서명 기사 「지나문학의 연구」는 한문 훈독에 중점을 둔 학문 방식을 비판하며 다음과 같이 주장하고 있다.

> 지나문학은 여전히 조금도 우리나라에서 연구되고 있지 않다. 그래서 아직 어학 지식도 풍부하지 못하다. 성률(声律), 기격(気格), 어운(語韻)을 통해 비로소 알 수 있다. (중략) 나는 지나문학의 진정한 연구자는 그 음운을 알아야 한다고 주장하고 싶다.[34)]

'지나어'를 하나의 '외국어'로 간주해 그 발음과 문법 연구의 필요성을 주장하고 있다. 같은 주장으로 당시 오토리 게이스케(大鳥圭介)의 「지나어학을 권하는 설」(『東京学士会院雑誌』, 1898년 7월), 무서명 「지나어학의 필요」(『言語学雑誌』, 1900년 1월) 등도 있다. '지나어' 연구에서 음운을 중시하는 사고방식은 당시 우에다 가즈토시 등이 주도한 '국어학' 사상과도 호응하는 것이었다.

이상에서 살펴본 여러 언설은 '지나'문학을 다른 나라 문학과 동렬에 놓고 대상화·특수화하는 것인데, 이것과는 달리 한학과 한시문, 한문학을 '혈육화'된 것으로 이해하는 층도 뿌리 깊은 영향력을 가지고 있었다는 사실을 간과해서는 안 된다. 당시 많은 잡지 미디어는 한시란에 많은 지면을 할애하고 있었다. 읽기와 쓰기가 일체화된 동아시아의 한시문 전통은 이 시대에도 여전히 강한 생명력을 유지하고 있었다. 실제로 『지나문학사』의 저자인 구보 덴즈이는 당시 유력 한시인이기도 했다. 그리고 모리 가이난의 문하생이자 한시인이었던 노구치 이치타로(野口一太郎)는 청일전쟁 이후 중국 문명을 멸시하는 감정이 확산되던 1897년에 다음과 같이 적고 있다.

지나에서 볼 수 있듯이 나라가 흥하면서 시가 활발해지고, 나라가 훗날 멸망하려 하면 시도 쇠퇴한다 (중략) 우리나라가 멸하는 것을 나는 바라지 않는다. 즉, 시의 폐단을 바로잡고, 시를 일으켜 세우고 이를 통해 광란을 바로잡으려는 자는 과연 이것을 어떻게 할 수 있을까? 나의 답은 다음과 같다. 다름 아닌 우리가 앞장서서 이것을 맡을 수밖에 없다고.[35)]

노구치는 '지나'의 재흥을 위해 일본인이 도리어 '시'(한시)를 부흥시켜야 한다고 주장하고 있는데, 유의할 점은 그에게 한시라는 것이 타자로서의 '외국문학'이 아니라 보편적인 표현 형식으로 의식되고 있다는 점이다. 이렇게 '지나'의 재흥을 위해 '시'를 일으키려는 노구치에 대해 『제국문학』의 무서명 기사 「다시 한시에 대해」는 다음과 같은 비판을 던지고 있다.

지나문학을 위한다는 것은 지나인을 위한다는 것과 같다. 그런데 우리나라 국민문학이 아직 수립되지 않았거늘 무슨 여유가 있어 지나문학을 위한다는 것인가? 또한 본래의 이치로 돌아가는 것은 쉽지 않다. 자국 문학을 버리고 외국문(文)만을 추구하는 것은 고금동서에 그 예가 없고 실

로 들어보지 못한 일이 아닌가? (중략)

우리는 한시를 무미(無味)라고 하는 자가 아니다. 다만 우리 시의 무익을 논할 뿐이다. 한시는 지나문학으로서 연구할 가치가 충분히 있고, 우리의 외국문학에 대한 의견은 그 내부의 생각을 섭취하는 것이다. 마치 '칼라일(Thomas Carlyle)'이 독일문학의 정신을 영국문학계에 이입한 것과 같다.[36)]

여기에서는 거꾸로 한시가 '지나'문학이라는 '외국문학'으로서 간주되고, 독일문학이나 영문학과 같은 타국 문학과 동렬로 대상화되고 있다. 그렇다고 해서 한시문을 배격하고 있는 것은 아니다. '지나'문학은 일본인 스스로 참가할 만한 것이 아니라, '국민문학'의 외부에 존재하는 관찰 대상으로서 '영향'을 받아야 할 것으로 간주되고 있다.[37)]

7. '국문학'과 '지나'문학의 영향 관계

이렇게 '국문학 연구', '지나문학 연구'라는 연구 분야의 발생은 '국문학'과 '지나'문학 개념 영역의 분절화를 초래했다. 그리고 그것은 문학 상호 간의 '영향 관계'라는 개념을 낳았다는 것도 주의할 필요가 있다. 메이지 중기 이후 '지나'와 '일본'의 '문학'에 대해 '국민'적 주체성이 전제되면서, 서로가 '타자'로서 명확히 구분되었기 때문에 '지나'문학이 '국문학'에 미친 '영향'이라는 문제를 논하는 것이 가능하게 되었다.

물론 메이지 시기 이후에도 종래의 국학적 전통을 따르는 '국문학' 관계자 가운데 한학의 배격을 주장하는 의견이 뿌리 깊게 존재하고 있었다. 원래 1877년 도쿄제국대학 설립 즈음해 설치된 화한문학과에는 한학파와 화학파의 대립 관계가 존재하고 있었다.[38] 실제로 오치아이 나오부미는 1889년 「일본문학의 필요」에서 메이지유신과 왕정복고에 대해 "일본문학이 그 원인을 이루고 있다고 말하지 않을 수 없다"고 지적하면서, 미토학파와 일부를 제외한 도쿠가와 시대의 한학자들을 비난하고 있다. 그는 "이미 정신을 그것(한학)에 빼앗겨 한인의 한서를 읽는 것과 다름없다. 따라서 사회에 이익이 없을 뿐만 아니라, 그것을 존중하고 우리를 경시하여 왕실이 무엇인가를 모른다. 패업(霸業)을 저버린 것처럼 그 죄가 실로 작지 않다"[39]고 적은 바 있다.

그러나 시대가 흐름에 따라 '일본문학'론의 대부분은 점차 일본문학사에서 '지나'문학이 끼친 영향의 실태를 검증하려는 경향이 강해졌다. 예를 들어 1901년 4월 『제국문학』에 게재된 무서명 기사 「국문학 연구의 난관」은 "마치 우리 국민사상의 경과는 저 민족(중국) 사상의 은택에 힘입은 바 극히 크다"[40]고 적고 있으며, 이듬해 2월 잡지 『태양』에 게재된 후쿠이 가쿠호(福井学圃)의 「우리나라의 한시」는 "예로부터 문명의 진보는 거의 한학에 의해 이루어졌다고 해도 과언이 아니다."[41]라며 일본에서 한문학 연구의 필요성을 주장했다. 그리고 하가 야이치도 1899년 『국문학사십강』에서 '국문학' 전체의 '우미'한 특질을 지적함과 동시에 『만요슈』 등을 예로 들어 일본의 고대문학에 '지나'문학이 미친 영향을 지적하고 있다. 즉, 일본문학의 '진보'는 '지나'문학의 이입 없이는 있을 수 없었다는 것이다.

> 이렇게 지나문학에 접해 온 것이 확실히 우리나라의 문학을 진보시킨 원인이라고 생각합니다. 지나는 그 당시 당의 시대였기에 상당히 문화가 꽃핀 시대입니다. 그 시대의 시 문장을 보면 외국문학이라도 훌륭한 것이 있다는 것을 알 수 있습니다. 그 때문에 우리나라의 노래를 활발히 일으키려는 생각이 나온 것이 틀림없습니다.[42]

하가는 그 외에도 여러 기회를 이용해 '지나'문학이 끼친 영향의 중요성을 강조하며, 한학을 철저히 배격하려 했던 근세 국학자의 방식을 "실로 배짱이 작은 일"이라 비판했다. 이것은 청일전쟁 이후 일본의 언론계에서 '지나'문학에 대해 부정적인 견해가 많았던 점, 하가 자신도 '지나'에 대한 멸시 의식을 가지고 있었고, 로마자 국자론을 주장하며 한자의 폐지를 염두에 두었던 것을 생각하면 의외인 것처럼 보인다. 하지만 이런 이율배반에 이유가 없는 것은 아니다. 우선 식민지주의와의 관련성을 들 수 있다. 예컨대 나카야마 아키히코(中山昭彦)는 한국강제병합 전후에 쓰인 하가 야이치와 후지오카 사쿠타로(藤岡作太郎) 등의 문학사 및 일본인론을 거론하며 그들 대부분이 일본 민족은 다른 민족의 문화를 흡수하여 발전했다는 '동화론'과 '융화론'의 태도를 보이고 있었다고 지적한 바 있다. 즉, "어쨌든 이것이 한국병합을 수년 앞둔 시점에서 생산된 애매하고 불가해한 '일본인의 성격'입니다. 메이지 30년대부터 40년대에 쓰인 다른 '문학사'에도 '융화론'과 '동화론'이 많은 것은 이 식민지화의 추세와 관계가 없지는 않을 것입니다."[43]라고 말하고 있다. 확실히 한국강제병합이라는 정치적 대사건이 가져온 사회적 영향력의 거대함을 생각한다면, 이 시기의 '일본문학사' 서술에 그것이 어떤 형태로든 반영되었음은 충분히 짐작할 수 있다. 만약 일본문학이 외래 문화와 어떤 관계도 없이 전개되었다면 그것은 다른 민족을 흡수하는 식민지주의의 이데올로기로서 기능하기 어려운 학문적 언설이 되어 버리기 때문이다. 그런데 '일본문학사'에서 한학의 영향에 관한 지적은 일본이 아직 대외적인 영토 확장에 본격적으로 나서기 이전인 1890년의 『일본문학사』에서도 이미 나타나 있다. 그렇다면 보다 본질적인 요인을 찾을 필요가 있다.

후지오카 사쿠타로는 1908년의 저서 『국문학사 강화』(岩波書店)에서 메이지유신 이후의 사회변동을 다이카 개신(大化改新, 645)과 비교하면서 "따라서 더욱 거슬러 올라가 다이카 개신에 이르러 문자 그대로 대개신이 이루어지고 그때부터 앞서 전래된 불교와 지나 문물의 영향을 받아 국민의 사상 생활이 일시적으로 향상됐고, 이들 외래 문명을 참작해 눈부신 대쇄신이 이루어졌다. 우리 메이지유신은 오직 다이카 개신에 비견해 말할 수 있다"[44]고 쓰고 있다. '일본문학사'에서 '지나'문학의 이입은 메이지유신 이후 '서양 제국' 문학의 유입과 유사하다는 사고방식이다. 그렇게 후지오카의 '일본문학사'가 '지나'로부터의 영향을 적극적으로 인정하는 태도를 보였던 것은 메이지유신 이후 일본의 근대화를 가져온 전례를 고대까지 소급해 이해하려 했기 때문이다. 과거 '일본문학'이 '지나'문학을 적극적으로 이입한 만큼, 그것으로 일본인의 개명적(開明的)인 자질이 보증된다는 것이다.

하가 야이치도 1907년의 문과대학 강의에서 다음과 같이 지적하고 있다.

> 국문학의 진상과 변화를 알려면 당시 한학 및 지나로부터 받은 영향을 봐야 한다. 오늘날 메이지 문학을 이해하려는 자가 서양문학을 제쳐놓고 그것을 이해할 수 없는 것과 같은 이유이다. 서양 제국 문학에서는 그것이 서로 영향을 주고받는 것이 가장 예민하고 현저한 것임은 누구라도 알고 있는 바이다.[45)]

후지오카와 마찬가지로 하가도 메이지 문학이 서구문학으로부터 받은 영향을 전근대에 있었던 '지나'문학의 이입과 등치시키고 있다. 그리고 '일본문학'과 '지나'문학의 영향 관계는 서구 제국에서 각국 상호간의 영향 관계와 같은 것이라고 말한다. 그 배경에 '지나'문학을 구미 제국 각국의 문학과 동일한 위상을 가진 하나의 '외국문학'으로 보는 발상이 개재되어 있음은 두말할 나위도 없다. 이러한 각국 문학 간의 영향 관계를 탐구하는 것을 부정하는 것은 하가 야이치 등에게는 전근대 국학자처럼 자국중심주의적인 '편협'함을 의미했고, 문학 연구의 세계적 조류로부터 멀어지는 것이었다. 그 때문에 역사에서 '지나' 문학이 끼친 영향을 부정하고 그것을 배격하는 태도가 상대적으로 적었다고 할 수 있다.

8. '지나'문학의 이미지

메이지 시기 일본의 '국문학 연구'는 일본의 근대화를 긍정적으로 파악함으로써 자신의 존재 방식과 제도를 정당화하는 측면이 있었다. 그러나 그 배후에 청일전쟁 이후 근대화에 뒤처진 다른 아시아 제국에 대한 멸시 의식이 전제되고 있었던 점도 간과할 수 없다.

하가 야이치는 1900년에 행한 강연에서 메이지 시대 이후 일본의 "실로 성행한 모습"을 칭송하며 "동양 제국은 모두 활기를 잃었지만 홀로 극동의 일본국은 서양 제국과 나란히 문명의 무대에 나와 일을 하고 있다"[46]고 주장한 바 있다. 아시아에서 벗어나 '문명국'으로서 구미 열강과 대등해졌다는 것을 긍정하는 태도가 분명하게 제시되고 있다. 그리고 일본이 인도와 조선, 지나 등과 달리 홀로 발전하고 있음은 도쿠가와 시대의 3백년 간 키워온 학문 축적의 결과라고 지적한다. 그중에서도 한학에 대한 반발로 국학이 일어난 것이 "오늘날 우리나라가 유지되는 이유"라고 말한다. 즉, 하가는 탈아입구를 가능케 한 근세의 국학을 서양문헌학과 등치시켜 "국학자가 2백 년 간 해온 것은 즉 일본의 문헌학(Philologie)이다."[47]라고 말하고 있다. 하가는 이 강연 직후 독일로 떠나 1년 반 동안 유학했고, 귀국 후에는 독일문헌학을 참고로 일본의 국학을 '일본문헌학'으로 평가하며 '국문학 연구'의 이념적 원류로 삼았다. 그 근저에는 일본 '국문학 연구'의 내발적 발전의 뿌리를 서구 학문과의 유사성 속에서 이끌어내고, 중국 및 조선과 차별화하려는 의도가 작용하고 있었다. 그는 러일전쟁 후인 1907년에 간행된 저작 『국민성십론』에서 일본인의 우수한 '국민성'을 설명하면서 '지나'와의 대조성을 강조하고 있다.

근대화의 흐름에 뒤처진 '지나'에 대해 메이지 시기 대다수의 국문학자는 멸시적인 의식을 갖고 있었다. 물론 그것은 청일전쟁 이후 일본의 미디어 속에 범람했던, '지나'문학을 부정적인 이미지로 묘사하려는 다수의 언설에 강한 영향을 받은 것이다. 예를 들어 사사카와 다네로는 1896년 『제국신문』에 게재된 논설 「서상기를 읽는다」를 빌려 원대의 잡극을 일본의 노가쿠(能楽, 일본의 고전 예술 양식 중 하나인 가면악극 - 역자 주)보다는 발달했지만, 극으로서는 유치함을 벗어나지 못했다고 지적한다.

> 원나라의 극은 그 수가 무려 십여 종. 그래서 서상거격(西廂巨擘)이라 칭한다. 게다가 서상기의 일부를 따서 그것을 서구 명가의 희곡에 비하거나 혹은 우리나라 거장의 심직필경(心織筆耕)에 쓰인 극에 비할 수 있을까, 서상의 가치는 결코 떨어지지 않을 것이다.[48]

이 논설에서 사사카와는 원의 잡극을 일본과 서구의 극과 같은 토대에서 비교하면서 그 가치를 열등한 것으로 간주하고 있다. 이러한 발상 이면에 청일전쟁의 '승전'이라는 정치적 사건이 있음을 충분히 짐작할 수 있다. 중국에 대한 의식 전환과 멸시의 감정은 1897년에 『태양』에 게재된 다카야마 린지로(高山林次郎)의 「지나문학의 가치」에서 보다 분명하게 볼 수 있다. 다카야마는 '지나'문학과 '일본문학'의 오랫동안 이어온 친밀한 관계는 매우 중요한 의의가 있지만, 그렇다고 '일본문학'이 '지나노대국(支那老大國)'으로부터 배울 필요가 있는지에는 의문을 던지고 있다. 다카야마에 따르면 일본과 '지나'의 문화는 그 성질이 다르며, 지금 그 발달 방향은 '거의 반대'라는 것이다. 왜냐하면 지나의 중심 사상인 유교는 정해진 형식을 절대시하는 '보수주의적' 경향이 있고, 또한 내세와 피안에 대한 흥미를 거부하는 현세적 이해와 도덕을 요체로 하는 '실제적' 성격을 띠고 있기 때문이다. 지나에서 회화와 조각, 음악, 시 등은 '미적 욕망'을 만족시키기 위한 것이 아니라,

오직 교육의 위한 것이므로 "지나는 미술이 가장 빈약한 나라"일 수밖에 없다는 것이다.

> 지나 민족의 성질은 극히 천박한 공리주의를 따른다. (중략) 그래서 공리주의는 진보적이 아니고 보수적이다. 즉, 당오 삼대의 옛 제왕, 소위 선생의 위업을 인정하고, 일체의 행동 모두를 그것을 기준으로 하는 것은 지나 4천 년 역사의 중심 사상이다. 보수적 정신은 후세에 이르러 하나의 견고한 형식주의가 되었고 역사적 타성은 거의 절대무상의 위력으로 국민의 사상 행위를 통제하기에 이르렀다. 이것이 지나 역사에 변천은 있어도 발달은 없고, 회고는 있어도 전진이 없는 주요한 이유이다. 그래서 또한 노대제국이 세계 인문의 역사에서 또한 문학의 역사에서 극히 무의미한 위치를 점하게 된 이유이기도 하다.[49]

다카야마는 이렇게 말하면서 '지나'문학의 사상은 일본 '국민문학'의 진보에 필적하는 것이 없다고 단언한다. 다카야마처럼 중국문학은 교훈적·현실적·보수적이고 따라서 발전이 미흡하다는 식으로 파악하는 경향은 당시 빈번하게 나타났다. 1898년에 간행된 사사카와 다네로의 『지나문학사』는 '지나'를 '북방 인종'과 '남방 인종'으로 대별하고 그 문학의 성격을 설명하고 있다. 이것에 따르면 '남방인'은 '상상력'이 풍부하고 사부(辭賦, 전국시대 초나라에서 발상해 한대에 성행한 중국의 옛 운문 - 역자 주)와 노장 사상을 낳는 등 '시취'가 깊은 반면, 북방은 기후가 혹독하고 의식의 여유가 없기 때문에 그 인종이 '실제적'으로 되었다고 말한다. 사사카와는 고대 역사의 중심이었던 '북방 인종'이 낳은 유교가 도덕을 근본에 두는 '실제적' 성격 때문에 정치·종교· 문학과 같은 것을 그것의 지배하에 두게 되었다고 말하고 있다.

> 유교를 낳은 북방 인종의 문학은 실용적 문학으로, 이렇게 유교에 속박당한 지나인의 소산인 문학은 스스로 실용적 문학이 되었다. 역사, 논책(論策)과 같은 것은 이미 멀리 고대에서 명편 대작을 낳았다고는 하지만, 이상계의 산물인 소설, 희곡과 같은 것은 겨우 원명조에 이르러 그 모습을 드러냈다. 또한 이런 역사처럼 논책과 같은 것도 유교를 모방한 것에 지나지 않는다.[50)]

시와 서사문 등이 줄곧 유교의 견지에서 타산되었기 때문에 '웅혼한 서사시'와 '소설이나 희곡의 대작', '숭고하고 우미한 미술', '유현하고 심중한 종교' 등이 없다는 주장이다. 나아가 사사카와는 유교의 '숭고한 기풍'은 '지나'문학에 '전고(典故)의 범용'과 '복고', '의고'를 가져와, 그 '고문숭배의 폐해'는 결국 '속문학(俗文學)'의 발달을 저해하고 희곡에서조차 "전고를 범용하기에 이르렀다"고 논하고 있다.

이러한 '지나'문학에 대한 부정적 이미지는 1903년에 출판된 구보 덴즈이의 『지나문학사』에서도 볼 수 있다. 여기서 구보는 "보수적·실제적이라는 것은 지나인의 일반적 특징"이며, 공자의 경우도 그 "인종적 특성은 싸우지 않는 것으로 설사 (공자가) 후세에 옹호를 받더라도 지나인의 근성은 그대로 남아 있다"고 말하고 있다. 공자의 '상고주의', '형식주의'가 문학에 미친 영향은 "그다지 고마운 것이 없다"는 것이다. 공자는 "문학의 진실성을 충분히 몰랐던 것 같기" 때문에 그 영향은 도덕과 교육의 한 요소로 시를 응용하는 '조잡함'을 불러왔고, 그 때문에 '지나'에서는 "완상(玩賞)을 유일한 목적으로 하는 경문학(輕文學)의 진보가 매우 뒤처진 것도 결코 무리가 아니다"라고 말한다. 참고로 구보는 여기서 사사카와의 '북방 인종', '남방 인종'과 같은 분류 방법을 그대로 따르고 있다.

'지나'문학에는 '상상력'이 결여되어 있다는 이러한 이해 방식은 당시 자주 보이는 언설 중 하나이다. 1895년 『태양』 제1권 제5호부터 제6호에 걸쳐 실린 야나이 게이사이(柳井絅斎)의 「지나인의 시학 관념(상),(하)」은 시란 '사물의 정수 Image'를 비추는 것으로 반드시 '상상의 힘'을 요하며, '지나의 시'는 "상상보다 오히려 실제를 중시"하는데 대체로 "그 목표(目睹), 이문(耳聞), 경험, 열역(閱歷)에 관한 주장"으로 일관하고 있다.[51] 또 『태양』 제1권 제12호의 오야나기 시게타(小柳司気太)는 「지나문학 일반」에서 '지나인'은 "음영(吟詠)하는 것, 다수 주관적이거나 그렇지 않으면 눈에 보이는 것만을 다루는 것에 머물고 아직 사회적 사상 혹은 우주적 관찰은 이용하지 않"아서 그 '문학'은 '상상력'을 결여하고 있다고 말하고 있다. 그 때문에 원대(元代)까지 소설과 희곡은 발달하지 못했고 그 수도 적었으며 "그 묘사하는 바의 국면도 협애하고 취향 또한 단순"한 것이 되어 버렸다는 것이다.[52] 상상력을 중시하는 19세기 서구 낭만주의의 영향을 엿볼 수 있는 서술이다.

또한 '서사시', '서정시', '희곡', '소설'처럼 '문학'을 장르로 나누어 보는 관념도 '지나'문학을 깎아내리는 데 사용되었다. 앞서 소개한 야나이의 「지나인의 시학 관념」은 '서양문학'에서는 '희곡시'를 만든 셰익스피어가 최고의 시인이지만 '지나'문학에서는 '서정시'를 만든 이백과 두보가 최고라며 다음과 같이 말하고 있다.

시의 세 가지 중 그 발달 순서에 따르면 서정시로 시작해 서사를 거쳐 희곡으로 끝나기 때문에 희곡시는 가장 발달한 시체(詩體)라고 할 수 있다. 그리고 서양에서는 그것의 대표자로서 셰익스피어가 있다. 그런데 지나인이 이른바 대시인이라 부르는 이백과 두보는 그 시체에서 오히려 유치한 서정시를 대표하는 것에 지나지 않는다.[53]

'발달 순서'로 볼 때 원래 '유치'한 단계에 있는 것이 '지나'의 서정시라는 지적이다. 그런데 여기서 서양의 문학장르론을 적용하는 야나이의 주장에 문제가 없는 것은 아니다. 왜냐하면 통상 서양의 시론에서는 우선 처음에 오는 것이 서사시이고 다음에 서정시, 희곡이 뒤따르는 것이 일반적이기 때문이다. 그런데 여기서 주목할 점은 야나이가 '지나'문학에 대해 부정적 의견을 표명하면서도, 한편으로는 서정시와 희곡시는 양자 간에 실질적 우열 관계는 없고 따라서 '대서정시인'은 '대희곡시인'에 대해 결코 손색이 없다고 강조하고 있는 점이다. 그는 청일전쟁 이후 청에 대한 멸시의 감정이 확산되는 분위기 속에서 '지나'문학을 옹호하려 했다고 할 수 있다.

당시 '지나'문학을 둘러싼 언설의 대부분이 처음부터 멸시를 목적으로 한 것은 아니었다. 예를 들어 오야나기의 「지나문학 일반」은 "한토(漢土)의 사상은 멸하지 않고, 한토의 문학은 사라지지 않는다. 사서오경은 오랫동안 세계의 문단에서 우리 일본 문화에 기여할 것임을 의심치 않는다"고 말하며 '지나' 문명은 뭔가 결여되어 있다는 풍조에 경종을 울리기도 했다. 또한 구보 덴즈이는 1903년 『지나문학사』에서 지나문학의 '보수적', '실제적' 성격을 지적하면서도 "이렇게 논하면 지나문학은 전혀 가치가 없는 것처럼 생각되지만" 지나문학에는 "국민의 유희적 충동을 만족시키며 능히 근심을 없애고 사상을 높이며 그 생명을 소생시키는" 의미가 있다고 옹호하고 있다. 그럼에도 불구하고 당시 대부분의 국문학자들은 근대 서구의 문학 개념과 그것의 가치에 비추어 '지나'문학을 이해한 까닭에 '보수적', '교훈적'이라는 소극적인 태도에서 벗어나지는 못했다.

그렇다면 청일전쟁을 계기로 증대한 지나문학에 대한 이미지는 다음과 같은 도식으로 정리할 수 있을 것이다. 우선 지나의 중심 사상인 유교로부터 발생한 문학은 '교훈적'이고 '보수적', '형식적'이며, 또 '실제적'이고 '상상'과 '이념'이 빈약하다. 근대적인 문학 개념의 측면에서 보면 이러한 부정적인 성격을 보충하는 것으로 '소설'과 '희곡'이 발견된다는 도식이다.[54] 이러한 부정적 지나문학관에는 청일전쟁에서 청이 패배한 원인을 근대화를 거부하고 유교적 세계관 속에 빠져있는 전근대적 '보수성'에서 찾는 의식이 개재되어 있었다. 그리고 그 이면에 전제되고 있는 것은 서구적 문학 개념을 수용하여, 전근대적 보수성을 벗어나는 것이 일본문학의 방향성이라는 인식이었다고 할 수 있다. 근대 중국에는 서구의 근대적 문학 개념과 중국문학사의 형성에 관해 이미 많은 연구가 존재한다.[55] 다만 여기에서는 근대 일본에서 서구적 문학 개념에 근거하여 지나문학을 비판하는 서술이 청일전쟁 이후 일본 전체에 퍼진 중국에 대한 멸시 감정을 배경으로 했다는 점을 강조해 두고 싶다. 부연하면 근대 서구의 문학 개념을 도입하여 그것을 참고로 서구 및 일본의 문학과 중국의 시문이 각각 '우월'과 '열등'이라는 질서로 상정되고, 그러한 서열을 전제로 중국문학 연구와 일본문학 연구가 분절되었다고 할 수 있다.

참고로 그 후 일본에서는 이른바 '지나학의 교토학파'가 등장하는 등 중국에 대한 이미지가 결코 획일적이지는 않았지만, 청일전쟁 시기에 형성된 부정적 지나문학관은 일부에서 뿌리 깊게 저류하였다. 예를 들어 다이쇼 시기를 대표하는 일본문학사 중 하나인 쓰다 소키치(津田左右吉)의 『문학에 나타난 우리 국민사상의 연구』(洛陽堂, 1916~921)는 청일전쟁을 계기로 등장한 메이지 시대의 지나문학을 둘러싼 부정적 언설이 그 후의 일본문학 연구에 미친 파장을 여실히 보여준다.

쓰다는 기기신화와 고대가요, 『만요슈』 등 문학 작품을 비롯한 상대의 문물제도 대부분이 지나 사상의 영향을 받아 형성된 것임을 인정한다. 하지만 그는 지나 문화의 전래에 대해 그것을 메이지 이후 서구 문화의 유입에 빗대어 생각하는 하가 야이치와 후지오카 사쿠타로와는 다른 견해를 가지고 있었다. 즉, 고대에 일본으로 전해진 지나 문화는 일본 국민의 고유한 '실생활'과 합치되지 않았다는 것이다. 민족의 '실생활'에서 유리된 지나 사상은 이국숭배라는 나쁜 폐단을 낳았고, "우리 민족의 고유한 것은 자연의 경로를 따르지 못하고 유치한 정도에서 발달이 멈춰 그대로 고정되어 버렸다"[56]고 말한다.

그러나 쓰다의 문학사는 중국이 끼친 영향의 거대함을 승인하고 있다는 점에서 하가와 후지오카의 국문학사의 입장을 계승하는 측면도 있다. 또한 국문학, 지나문학이라는 영역의 분화를 대전제로 하고 있는 점도 하가의 문학사와 그 위상을 같이 한다. 쓰다는 "동아시아의 지리적 상태와 기타 여러 사정에서 배울 만한 문화는 지나의 것뿐이었고, 그 지나의 문화가 지나인 특유의 국민성을 바탕으로 성립한, 보편성을 결여한 것이었다는 점이 우리 국민에게 큰 누를 끼쳤다"[57]고 말한다. 지나의 사상과 문학은 결코 보편적인 가치를 가진 것이 아니며, 지나라는 국민성으로부터 형성된 특수한 것이라는 주장이다. 게다가 쓰다는 지나의 국민성으로 "정치주의가 지나치고" "공문허례가 강하다"는 특징을 들고 있다. "지나에서는 유교적 견지에서 문학을 정치 및 도덕적 방편으로 사용하거나 혹은 그것을 교훈적으로 취급하거나 혹은 정치의 보조 수단으로 사용하기도 한다"[58]고 말한다. 그리고 이러한 평가 방식이 청일전쟁 이후 다수의 미디어에 나타난 '형식적'이고 '교훈적', '실제적'이라는 지나문학에 부착된 이미지를 이어받았음은 분명하다.

9. 동아시아적 '세계'상의 해체와 근대적 '세계'상의 확립

메이지 시대의 '국문학 연구'는 근대 국민국가 '일본'이 구미 열강에 의해 주도된 근대 세계 시스템에 참여하는 가운데 형성되었다. 도쿄제국대학이라는 당시로써는 최첨단의 아카데미즘 세계에서 '국문학 연구'를 지도한 하가 야이치는 그러한 시대성을 배경으로 자신의 연구를 서구를 따라잡고 근대화를 추진하려는 것에 두었다. 특히 하가 등이 새로운 연구 틀을 주체적으로 만들어 내려는 열의를 갖고 활동했다는 점은 학문이 기득권익화하고 연구의 의미가 자기목적화하는 현대에 시사하는 바가 적지 않다. 그러나 한편으로 메이지 시대의 '국문학 연구'가 주변 아시아에 대한 멸시적인 태도를 동반하는 내셔널리즘의 영향 아래서 형성되었던 점을 간과해서는 안 될 것이다.

'지나'문학에 관한 관심과 연구는 청일전쟁 전후로 수년 사이에 급격히 성행했다. 그것은 전쟁 승리로 인해 종래의 '중화'에 대한 의식이 전환된 것과 무관하지 않았다. 당시 '지나'문학에 대한 평가는 '보수적', '형식적', '실용적'이라는 근대적 문학 틀에서 보면 부정적인 이미지를 전제로 하는 경우가 많았다. 그리고 이러한 언설은 '국문학'과 '지나'문학이라는 분화된 영역을 확정하는 기능을 수행했다. 서구 제국에 의해 주도되는 근대 세계와 '세계문학공간'에 참여하기 위해 서구에 근접하고 근대화를 추진하는 일본문학의 방향성 뒤에서 '지나'문학은 전근대성의 상징으로서 부정적으로 묘사되었다. 이러한 방식을 통해 양자의 분절화와 계층화가 이루어졌다.

이렇게 메이지 시기에 '국문학 연구'라는 학문 장르는 그 배후에 '지나문학 연구'의 형성을 전제로 하고 있었다. '국문학'이란 영역의 자기동일성을 확정하기 위해서는 전근대 동아시아의 공통 문화였던 한시문을 외부로 대상화하고 특수화할 필요가 있었기 때문이다. 그것은 근세에서 근대에 걸쳐 지식인에게 일어난 '세계'상의 전환과 연동되고 있었다. 전근대의 주자학과 고문사학이 추상적이고 보편적인 '중화'를 상정하는 것과는 달리, '지나'문학에 대한 언설의 대부분은 지리적·정치적 측면에서 외국으로 간주되는 '지나'를 그 표적으로 삼았다. 그 결과 당시 형성되고 있었던 학문 시스템으로서의 '일본문학사'는 '지나'문학과 서구 제국의 문학을 동렬에 놓고 보았다. '지나'문학은 서구의 국민국가 틀을 전제로 구성되는 '세계문학' 속에 존재하는 '각국 문학'의 하나로서 파악되었고, 최종적으로 그 보편적 성격을 박탈당했다. 하가 야이치는 일본인의 손으로 쓰인 한시문을 '일본문학사'의 일부에 편입

시키려 했는데, 그것은 동아시아의 공통 문화로서의 한시문의 '보편성', '세계성'을 부정하는 의미를 품고 있었다.

근대 일본 지식인의 대다수는 서구의 사상과 문화에 대한 의식 없이는 '보편'성과 '세계'성의 문제를 생각할 수도 없었다. 반면 중국문학은 '국문학'의 '보편'성을 측정하는 리트머스 시험지로서의 역할을 거의 수행하지 못했다. 그리고 그것은 그 이후 다이쇼, 쇼와 시대에도 '세계' 속에서 '국문학'의 자기동일성을 어떻게 생각할 것이냐는 문제를 계속해서 규정해 갔다.

1) 『定本 佐藤春夫全集』 第 1 巻, 臨川書店, 1999년, 72쪽.

2) 江南先生訓訳 『六朝詩選俗訓』, 東洋文庫, 2000년, 20쪽.

3) 근세 시기 한시의 일본어역에 관해서는 日野達夫, 「漢詩を和訳した先人たち」(『しにか』, 2001년 10월)와 「新体詩の一源流—漢詩和訳のもたらしたもの—」(『国語国文』, 2003년 3월)를 참조.

4) 佐藤春夫 (1)前掲書, 325쪽.

5) 黒住真 『近世日本社会と儒教』, ぺりかん社, 2003년, 191～230쪽 참조.

6) 澤井啓一 『〈記号〉としての儒学』, 光芒社, 2000년, 213～214쪽.

7) 桂島宣弘 『思想史の十九世紀 「他者」としての徳川日本』, ぺりかん社, 1999년, 165～232쪽 참조. 가쓰라지마는 「예·문중화주의(礼·文中華主義)」의 구체적인 예로 후지와라 세이카(藤原惺窩, 1561～1619)를 비롯해 아메노모리 호슈(雨森芳洲, 1688～1755), 사토 잇사이(佐藤一斎, 1772～1859), 오규 소라이(荻生徂徠, 1666～1728)에 의한 언설을 들고 있다. 그리고 「일본형 화이 사상(日本型華夷思想)」의 예로는 야마가 소코(山鹿素行, 1622～1685)와 구마자와 반잔(熊沢蕃山, 1619～1682), 아사미 게사이(浅見絅斎, 1652～1711) 등의 사상을 들고 있다. 게다가 「일본 중화주의(日本中華主義)」의 언설은 다니 신잔(谷秦山, 1663～1718)과 같이 18세기 중반 이후 스이카 신토(垂加神道)에 현저히 나타나게 된 것이라고 하고 있다.

8) 『本居宣長全集』 第八巻, 筑摩書房, 1972년, 311쪽.

9) 桂島宣弘 (7)前掲書, 198～203쪽을 참조.

10) 子安宣邦 『本居宣長』, 岩波新書, 1992년, 36쪽을 참조.

11) 桂島宣弘 (7)前掲書, 202쪽과 澤井啓一, (6)前掲書, 221～223쪽을 참조.

12) 内村鑑三 「如何にして大文学を得ん乎」(『国民之友』, 1895년 10월).

13) 竹末俤四郎 「国民文学の革新時期」(『太陽』, 1896년 10월).

14) 橋本忠夫 『世界文学史』, 博文館, 1907년.

15) 斎藤信策 「何故に現代我国の文芸は国民的ならざる乎」(『太陽』, 1908년 2월).

16) パスカル·カサノヴァ(岩切正一郎訳) 『世界文学空間—文学資本と文学革命』, 藤原書店, 2002년, 29쪽.

17) 『芳賀矢一選集』 第六巻 国民性·国民文化篇, 国学院大学, 1989년, 5～6쪽.

18) 芳賀矢一·立花銑三郎 『国文学読本』(『芳賀矢一選集』 第一巻 国学編, 国学院大学, 1982년, 17～18쪽).

19) 三上参次·高津鍬三郎 『日本文学史』 上, 日本図書センター, 1982년, 25쪽.

20) 앞의 책, 4쪽.

21) カ、ア、フローレンツ 「日本詩歌の精神と欧州詩歌の精神との比較考」(『帝国文学』, 1895년 3월).

22) 三上参次·高津鍬三郎 (19)前掲書, 28~29쪽.

23) 『芳賀矢一選集』 第五巻 日本漢文学史編, 国学院大学, 1987년, 11쪽.

24) 長志珠絵 『近代日本と国語ナショナリズム』, 吉川弘文館, 1998년 참조.

25) 鈴木貞美 『日本の〈文学〉概念』, 作品社, 1998년, 175쪽 참조.

26) 黒住真 (5)前掲書, 191~230쪽 참조.

27) 『東京大学百年史 部局史一』 東京大学出版会, 1986년, 412~424, 726~732쪽 참조.

28) 森槐南 「支那小説の話」(『早稲田文学』, 1891년 12월).

또한, 스즈키 사다미는 『일본의 〈문학〉 개념(日本の〈文学〉概念)』 (주 25번,전게서)에서 시, 소설, 희곡을 하나의 카테고리로 묶는 서구의 근대식 '문학' 개념이 중국에 영향을 미친 것은 메이지 시대에 일본을 통해서였다고 하면서, 고조 데이키치(古城貞吉), 사사카와 린푸(笹川臨風), 구보 텐즈이와 같은 일본인에 의해 비로소 「지나문학사(支那文学史)」가 쓰였다고 논하고 있다.

29) 無署名 「漢字の分類」(『帝国文学』, 1896년 9월).

30) 白河次郎 「漢学者の新事業」(『帝国文学』, 1897년 10월).

31) 久保得二 『支那文学史』, 人文社, 1903년, 1쪽.

32) 久保得二 『支那文学史』 上·下, 早稲田大学出版部, 1910년.

33) 「標新領異録 水滸伝」(『めさまし草』, 1897년).

34) 無署名 「支那文学の研究」(『江湖文学』, 1896년 11월).

35) 野口一太郎 『寧斎詩話』, 博文館, 1905년.

36) 無署名 「再び漢詩につき」(『帝国文学』, 1897년 6월).

37) 한자·한문학을 외국·'지나'의 것이라고 보는 태도를 두고 당시 많은 반대론이 출현했다. 오사 시즈에(長志珠絵)의 『근대 일본과 국어 내셔널리즘(近代日本と国語ナショナリズム)』(주 24번, 전게서)에 의하면, 1901년 1월에 잡지 『일본인(日本人)』에서 구가 가쓰난(陸羯南)은 진정한 유교 신자란 중국 인민이 아니라 일본 인민이라고 논하면서 유교와 한문학을 배척하는 것을 비판하고 있다. 또한, 1901년 2월 3일 자 『일

본(日本)』 신문에는 한자는 제2의 국학이며 이를 폐지함은 일본을 멸망으로 이끄는 것이라고 설파하는 다니 다테키(谷干城)의 연설이 소개되었다. 오사 시즈에는 언문일치운동과 그에 따른 한자 비판이나 한자제한론에 대하여 시게노 야스쓰구(重野安繹)나 이노우에 엔료(井上円了)를 비롯해 모리 가이난(森槐南), 노구치 네이사이(野口寧斎) 등과 같은 한시인을 포함한 당시 한학계 지식인이 반발하고 있음을 논하고 있다. 이러한 대립을 통해서 대부분의 한학옹호파도 중국의 음을 중시한 정식 읽기(正規読み)를 제창하는 등, 종래의 학문 체계에 대한 근본적인 반성을 요구받았다.

38) 神野藤昭夫 「近代国文学の成立」(『森鴎外論集 歴史に聞く』, 神典社, 2000년) 참조.

39) 落合直文 「日本文学の必要」(『日本学誌』, 1889년 2월).

40) 無署名 「国文学研究の難関」(『帝国文学』, 1901년 4월).

41) 福井学圃 「我国の漢詩」(『太陽』, 1902년 2월).

42) 『芳賀矢一選集』 第二巻 国文学史編, 国学院大学, 1983년, 208쪽.

43) 中山昭彦 「脱領土化の戦術—記述に向けて(文学史·日本·黄禍論)」(『日本近代文学』, 2002년 5월).

44) 藤岡作太郎 『国文学史講話』, 岩波書店, 1908년, 406쪽.

45) 芳賀矢一 (18)前掲書, 137쪽.

46) 앞의 책, 6쪽.

47) 앞의 책, 45쪽.

48) 笹川種郎 「西廂記を読む」(『帝国文学』, 1896년 9월).

49) 高山林次郎 「支那文学の価値」(『太陽』, 1897년 9월).

50) 笹川種郎 『支那文学史』, 博文館, 1898년.

51) 柳井絅斎 「支那人が詩学上の観念」 上·下(『太陽』, 1895년 5월·6월).

52) 小柳司気太 「支那文学一般」(『太陽』, 1895년 12월).

53) 柳井絅斎 (51)前掲書.

54) '지나'문학의 '비상상적'이고 '비이상적'인 면을 보완하는 방법으로 후지타 도요하치(藤田豊八)는 「중국문학에서의 도교 영향(支那文学に於ける道教の影響)」(『六合雑誌』, 1895년 6월)이라는 글에서 도교를 예로 들고 있다. 후지타에 의하면 '중국 고대'의 문학에서 '소위 문학자'는 '천지'나 '인간'과 같은 '추상적인 문제' 영역이 뇌리에 없었고, '물질적인 번뇌'를 벗어나 '이상적인 묘계(妙界)'에 들어서는 일은 없었다고 한다. 그리고 도교의 흥기는 이러한 '중국'의 '문학'에 '이상적 분자'를 더해줄 수 있었다고

서술하고 있다. 이와 더불어 청일전쟁을 계기로 일본의 미디어에 나타난 '문학'에 관련된 영역 이외의 중국에 관한 언설의 제상에 관해서는 다음을 참조. 銭鴎「日清戦争直後における対中国観及び日本人のセルフイメージ—『太陽』第一巻を通して」(『日本研究』, 1996년 3월).

55) 鈴木修次「『文学』の訳語と日・中文学」(古田敬一編, 『中国文学の比較文学的研究』, 汲古書院, 1986년), 興膳宏『中国の文学理論』(筑摩書房, 1988년), 鈴木貞美 (25)前掲書, 李征「中国・日本の近代における「文学」という翻訳後の成立—清末上海滞在のイギリス人宣教師エドキンスによる『希臘為西国文学之祖』の執筆をめぐって—」(『比較文学』, 1998년) 등.

리세이(李征)는 1850년대 영국인 선교사가 쓴 중국어 문장 중에 literature의 번역어로 '문학'이 사용된 용례가 이미 보인다고 한다. 또한 스즈키 슈지(鈴木修次)나 스즈키 사다미는 최초의 「중국문학사(中国文学史)」는 고조 데이키치, 사사카와 린푸, 구보 텐즈이에 의해 메이지 중기 일본에서 쓰인 『지나문학사(支那文学史)』이고, 이들을 참고로 하여 임전갑(林伝甲)이나 노신(魯迅)과 같은 중국인의 손에 의해 근대적인 '문학' 개념을 바탕으로 중국문학사가 형성되었다고 지적한다.

56) 『津田左右吉全集』 別巻第二, 岩波書店, 1966년, 38쪽.

57) 앞의 책, 60쪽.

58) 앞의 책, 124쪽.

제2장

문학사와 서구중심주의

—'영문학자' 도이 고치의 일본문학론—

1. 아베 도모지의 유럽 기행

작가이자 영문학자인 아베 도모지(阿部知二, 1903~1973)는 1950년 영국 에든버러에서 열린 펜클럽 대회에 출석했는데, 이듬해 그것에 관한 기행기 『유럽 기행』(中央公論社)을 출판했다. 이것은 제2차 세계대전 이후 일본인 작가가 쓴 최초의 유럽 기행문으로 일컬어진다. 당시에는 전쟁의 기억이 여전히 생생하게 남아 있는 시기였고, 책의 곳곳에서 '패전국민'의 의식을 읽을 수 있다.

아베는 필리핀 비행기에 올라 영국으로 향했다. 도중에 스페인 공항에 잠시 들렀는데, 그때 다채로운 색상의 아름다운 옷을 입은 젊은 여성들이 너덜너덜한 셔츠 차림의 동양인인 자신을 빤히 쳐다보며 웃거나 하는 것을 보면서 복잡한 심경에 빠지기도 했다. 예컨대 "만약 일본이 최근에 조금이라도 영리했다면 지금은 일본 비행기에 으스대듯 올라타 세계 이곳저곳을 돌아다니고 있었을 텐데"와 같은 심중을 드러낸 바 있다. 또한 에든버러의 회의 중 원폭이 화제로 떠오르자 "이층에서 '일본인만 남겨라' 하고 야유가 터졌고 일본인인 나는 등줄기가 서늘해졌다"고 술회하고 있다. 아베는 한 외국 문학자로부터 "일본 펜클럽은 전시 중 파시스트의 탄압에 부단히 싸웠고 지금 이렇게 먼 곳에 와준 것에 우리는 경의를 표한다."라는 말을 들을 때, "겨드랑이에 식은땀을 흘리면서 그렇지 않다고 반대할 수도 없었기에 고맙게 받아들였"다고 적고 있다.

『유럽 기행』에는 유럽 사회에 대한 일종의 열등감과 주눅 든 모습을 엿볼 수 있는 장면이 있다. 그것은 대부분의 일본 지식인이 짊어져야 했던 숙명이기도 했지만, 다른 한편 당시 일본의 경제와 사회 제도가 유럽에 크게 뒤처져 있을 뿐만 아니라 윤리적·이데올로기적인 측면에서도 세계적 위상이 땅에 떨어졌다고 생각한 것도 영향을 주었다. 그런데 실제로 전시 중 아베는 육군의 보도반원으로 남방으로 건너가 '대동아공영권' 건설을 위한 국책적 문장을 발표했다.[1] 그것에 대한 부끄러운 마음이 드는 것도 어쩌면 당연하다고 할 수 있다.

그런 아베의 열등감을 더욱 부추긴 것은 유럽 문명의 '전통'에 대한 의식이었다. 메이지유신과 패전으로 일본은 '문화적 변동'을 체험했지만, 그와는 달리 유럽 사회에서는 현대 생활 속에 '전통의 생명력'이 살아 숨 쉬고 있다고 아베는 느꼈다.

> 어디에도 전통은 있지만, 서구의 것은 규모가 크고, 양의 문제에서 질의 문제까지 고양될 계기를 가지고 있었다. 박물관과 미술관에 들어가면 전문 지식을 갖지 못해도 그리스와 로마로부터 르네상스로, 그뿐만 아니라 비잔틴에서 티치아노(르네상스기의 화가 – 역자 주)로, 미켈란젤로에서 브레이크로, 벨라스케스에서 모네로, 프산에서 세잔으로 등등 무수히 크고 작은 혈육을 연결하는 실이 태고부터 지금까지 매우 광범위하게 걸쳐 복잡하고 종횡으로 펼쳐져 있음을 맨눈으로 볼 수 있었다. 즉, 유럽에서—오늘날에는 미국까지 포함해 그 전승 유역이 되고 있고, 동시에 실은 빙글빙글 돌면서 움직이고 있다.[2]

그리스부터 20세기로 이어지는 유럽 문명의 '전통'을 아베는 선망의 눈으로 바라보고 있다. 아베에게 이런 사고방식은 극히 사실적으로 다가왔다. 그 때문에 '패전국민'인 일본인으로서 더욱 주눅이 들게 되었고, 서구에 대해 필요 이상으로 위축된 마음을 품게 되었다고 할 수 있다. 특히 T. S. 엘리엇 등 19~20세기 영국 문예 비평의 영향 아래서 『주지적 문학론』(厚生閣書店, 1930)을 쓴 영문학자 아베에게 고대부터 이어지는 서구 문화의 전통이라는 언설은 특별할 수밖에 없었다. 영문학자로서 서구의 문학 작품과 사조를 연구하고 번역하는 것은 그에게 엘리엇을 비롯한 서구 지식인 대부분이 중시한 그리스 이래의 문화적 전통과의 대결을 의미했다. 후일 아베는 『세계문학의 역사』(河出書房新社, 1971)라는 책을 간행했다. 이 책은 그리스 이래의 '서쪽 문학'과 아시아의 '동쪽 문학', 두 개의 커다란 문학사의 조류로 이루어지는 '세계문학' 역사를 구상한 것이다. 서구문학사에서 전통의 문제는 후일까지 아베 문학을 구성하는 중요한 요소였다고 할 수 있다.

물론 그리스 문화로부터 서유럽으로라는 언설이 내포한 오류를 지적하는 것은 그다지 어려운 일은 아니다. 원래 고대 그리스 문화는 유럽보다는 이집트에 가까웠다. 그리스에서 서유럽으로라는 문화사의 흐름은 서구가 자기동일성을 확보하기 위해 박물관과 미술관의 전시 시스템 등을 통해 인위적으로 만들어낸 근대의 이야기이다. 그런데 이런 의식은 아베뿐만 아니라, 근대 일본의 '문학 연구' 전체를 제도적으로 옭아맸다. 메이지 이후 서구 문화의 전통에 관한 언설의 배후에 감춰진 유럽중심주의의 사상에 대해 혹자는 반발하고, 혹자는 그것을 받아들이면서 굴절된 방식으로 다양한 서구 표상을 산출했다. 그리고 그것은 국문학 연구에도 적지 않은 영향을 끼쳤다.

이 장은 근대 일본의 학문 시스템에서 서구중심주의적인 사유 양식의 위치에 관해 고찰하는 것을 목적으로 한다. 이를 위해 다이쇼·쇼와 시대의 대표적인 영문학자였던 도이 고치의 문학론에 초점을 맞춰 검토하고자 한다. 도이 고치는 아베 도모지의 도쿄제국대학 영문학과 선배였고, 1934년부터 1945년까지 도호쿠대학 영문학과 강사로 근무할 때는 그의 동료이기도 했다. 도이는 이른바 다이쇼 교양주의 시대에 수행한 연구 활동을 통해 매슈 아널드, 리처드 몰턴 등의 19세기 후반부터 20세기 초반의 영미문예이론에 근거해 문학사의 전개를 설명하는 독자적인 '일본문학'론을 제시한 것으로 유명하다. 그는 영문학의 이론 개념을 본격적으로 받아들여 '세계적 문학'의 관점에서 그때까지 없었던 '일본문학사'의 서술을 전개했다. 그렇다면 근대 '국문학 연구'에서 서구란, 그리고 '서구문학 연구'는 어떤 의미를 가진 것이었을까.

2. 구미문학 연구의 성립

근대 일본에서 국문학 연구라는 학문은 외국문학 연구자를 매개로 구미로부터 부단히 다양한 학문 조류를 받아들이면서 그때마다 자신을 활성화하며 지금에 이르고 있다. 최근 수십 년만 돌아보아도 뉴크리티시즘(new criticism), 기호론 및 구조주의, 포스트 구조주의 등 외국 사조가 외국문학자의 손을 거쳐 차례로 유입되어 국문학 연구를 석권하고 잊혔다. 한편 구미에서 유입된 연구 방식이 유행하는 것에 대해 알레르기 반응을 보이는 국문학자도 적지 않다. 하지만 구미의 연구 방식에 반발하는 형태로 자기를 규정하는 것 자체가 거꾸로 그것에 의존하는 것이라고 할 수 있다. 국문학 연구의 전통 혹은 정통성도 그 기원을 따져 보면 외국문학자에 의해 좀 더 앞서 소개된 구미의 문학 연구 방법에 근거하고 있는 경우가 대부분이기 때문이다. 그런 점에서 외국문학 연구의 영향 없이 국문학 연구는 성립할 수 없었다고 해도 과언이 아니다. 그 자체가 이미 일본의 문학 연구 전체의 내셔널한 제도성에 각인되어 있다.

제1장에서 본 것처럼 메이지 시기 일본에서는 '웨스턴 임팩트'를 계기로 서구 모델에 근거한 문학 연구 시스템이 형성되었다. 그리고 동시에 서구 제국의 문학을 연구하는 학문이 차례로 정비되었다. 여기에서는 그 한 가지 사례인 영문학 연구를 중심으로 살펴보고자 한다.[3]

막말부터 메이지 초기에 걸쳐 일본에서는 의학, 법률, 경제학, 천문학, 건축학, 수학 등의 실학을 중심으로 '영학(英學)' 교육이 실시됐다. 그런 시대성을 배경으로 후쿠자와 유키치에 의해 영학을 모체로 한 서구 학문의 계몽운동과 문명론이 유학과 국학 등 이른바 전근대의 학문을 부정하며 전개되었다. 또한 1871년 나카무라 마사나오(中村正直)는 『서국입지편』을 통해 셰익스피어와 리튼, 워즈워스, 카라일 등을 거론하며 영국적인 윤리 사상과 자유주의 사상을 소개하였다. 게다가 서남전쟁(1877)을 전후로 일어난 자유민권운동의 영향을 받아 나타난 정치 소설은 영미 및 프랑스 문학의 번안에 촉발된 측면이 강했다. 1880년대 중반에는 각지에 미션스쿨이 만들어지고 영미 계열의 선교사에 의해 성서 등이 교재로 사용되거나 혹은 번역되어 일본인 사이에 유용되기에 이르렀다.

1880년대 중반까지 일본의 '영문학'은 번역과 번안, 부분적 번역 등을 통한 소개가 중심이었다. 영문학이 본격적인 연구 대상이 된 것은 도쿄대학 졸업 후 도쿄전문학교에 재직했던 쓰보우치 쇼요가 셰익스피어를 비롯한 영미문학에 관한 연구를 토대로 『소설신수』(松月堂, 1885~1886)를 발표한 이후로 간주된다. 그리고 1890년대에 들어와서는 '국문학 연구'의 영역에서 등장한 일본문학사를 뒤쫓는 형태로 일본인에 의한 '영문학사'가 집필되기에 이른다. 1891년 일본에서 처음으로 영문학자인 시부에 다모쓰(渋江保)의 『영국문학사』(博文館)가 간행되었다. 쓰보우치 쇼요도 1893년 5월부터 9월에 걸쳐 잡지 『와세다 문학(早稲田文学)』에 「영문학사강령(英文学史綱領)」이라는 제목의 글을 연재했다. 도쿄전문학교에서의 강의를 모태로 한 이 글의 '서언(緒言)'은 다음과 같다.

> 만약 어떤 국민의 진정한 경력을 알고자 한다면, 이른바 국사에 나타난 외면(유형)의 나쁜 소행만을 아는 데 그치지 않고 그 내면의 은미(隱微)한 변동, 즉 그 나라 문학에 보이는 정신상(사상, 감정상)의 현상도 더불어 알아야 한다는 필요성은 두말할 나위도 없다. 환언하면 이른바 국사는 국민의 객관적 역사이고 문학사는 그 주관적 역사, 즉 해당 국민의 사상, 감정, 이상 등의 변천을 서술한 것이다. 프랑스의 학자 텐느가 『영문학사』에서 한 것도 결국 내가 이른바 주관적 국사의 취지에서 엮은 것이다.[4)]

여기서 쓰보우치는 문학사란 어떤 '국민'의 '사상, 감정, 이상'을 묘사하는 것을 목적으로 한 것이라고 주장한다. 즉, 같은 시기에 작성된 '일본문학사'나 청일전쟁 후에 간행된 '지나문학사'와 마찬가지로 쓰보우치의 『영문학사강령』에서도 텐느의 문학사 서술 이념의 영향을 확인할 수 있다. 여기서 쓰보우치는 문학사 서술을 제안하면서 '문학에 보이는 상(想, 뜻)'뿐만 아니라 '시문의 양식(体式)', '사형(辭形)의 변천'을 분명히 할 필요가 있다고 주장한다. 일종의 형식주의적 문학론이라 할 수 있는데, 같은 시기에 모리 오가이와의 사이에서 일어난 '몰이상 논쟁'의 여파를 엿볼 수 있다. 어쨌든 시부에 다모쓰 및 쓰보우치 쇼요에 의한 당시의 '영문학사'는 셰익스피어와 밀턴 등의 문헌을 축으로 내셔널한 틀에서 '영국'의 문학사를 통시적으로 정리하고 있다. 메이지 시대에는 그 외에 아사노 와사부로(浅野和三郎)의 『영문학사』(博文館, 1906)도 간행되었다. 또 시부에 다모쓰의 『희랍로마문학사』(博文館, 1891)와 『독불문학사』(博文館, 1892), 아사노 와사부로의 『미국문학사』(大日本図書, 1908) 등의 간행에서 보이는 것처럼 구미 각국의 문학사 연구도 본격적으로 시작되었다.

한편 고등교육에서도 '구미문학 연구'의 기본 틀이 정비되었다. 1872년 학제가 공포됨에 따라 개성학교(開成学校)와 사범학교(師範学校)가 창설되었고, 이듬해 이것들은 각각 도쿄개성학교, 도쿄사범학교로 개명되었다. 이때 도쿄개성학교에 프랑스학과, 독일학과, 영학과가 개설되었다. 1886년에 도쿄대학이 제국대학이 되면서 문과대학 안에 영문학과가 설치되었다. 제임스 사만즈와 라프카디오 헌와 같은 외국인 교사를 거쳐 1903년부터 영국인 아더 로이드와 함께 나쓰메 소세키와 우에다 빈(上田敏)이 영문학을 강의했다. 1887년에는 문과대학에 독일문학과가 설치되었고, 1889년에 프랑스문학과가 설치되었다. 1889년에 국문학과가 독립하고, 1904년에 지나문학과가 설치되면서 관학아카데미에서 '국문학', '영문학', '독일문학', '프랑스문학', '지나(중국)문학'과 같은 지금 그대로 이어지는 '문학 연구'의 제도적 틀이 확립되었다. '자신'을 대상으로 하는 '국문학 연구'와 '타자'로서의 '외국문학'을 대상으로 하는 '외국문학 연구'라는 도식에 입각한 제도적 기반이 만들어진 것이다.

메이지 시대에 확립된 이러한 아카데미즘 내부의 외국문학 연구도 국문학 연구와 마찬가지로 근대 서구의 국민국가라는 틀을 전제로 하고 있었다. 서구의 경우 학문의 분화는 19세기 이후 낭만주의 운동과 내셔널리즘 운동을 거치면서 언어 정책을 비롯해 각종 교육 정책에 의해 형성의 도상에 있었던 국민국가라는 틀이 자신을 역사적으로 보편적인 존재였던 것처럼 상정하여 이루어졌다. 서장에서 언급한 것처럼 영문학이란 보편적인 것이 아니라, 19세기 이후 영국에서 산업혁명과 사회 구성의 변화, 거듭되는 제국주의 전쟁을 배경으로 국민적 이데올로기 통합을 위해 찾아낸 근대의 역사적 산물이다(특히 종종 지적되는 것처럼 영미의 고등교육에서는 가급적 그리스, 로마의 고전 교육이 중시되었고 '영문학'이라는 학문이 커리큘럼과 학과 제도 속에 도입되어 정착된 것은 20세기 이후의 일이다. 그런 의미에서 메이지 시대 중반 이후 일본에서 '국문학'과 '영문학' 제도가 정비된 것은 결코 시기적으로 '뒤처진' 것이 아니다).

'영문학', '프랑스문학', '독일문학', '중국문학'과 같은 학과의 분류가 보여주는 것처럼 당시 만들어진 아카데미즘 내부의 '외국문학' 제도에서 구미의 문학은 압도적인 비중을 차지하고 있었다. 즉 성립 그 자체가 대단히 서구중심주의적이었다. 그런 이유로 중국을 제외한 아시아·아프리카 지역의 문학 연구는 학문적 불모지대로 떠밀릴 수밖에 없었다. 여기에는 문명론적인 입장에 근거를 두고 있는 근대 일본의 근린 아시아 지역에 대한 멸시 의식도 작용하고 있었다. 앞장에서 살펴본 것처럼 메이지 시기의 국문학 연구는 외국 여러 나라 문학과의 '영향 관계'에 관한 고찰을 중시했다. 그러나 비교문학적인 검토 대상은 중국에 한정될 뿐, 그 외의 근린 아시아 지역의 언어 문화에 대한 검증은 연구 제도 안에서 극히 작은 위치만을 점했다.

또한 영국과 프랑스 등 구미 열강의 통치하에 있었던 외국 식민지 지역의 문학적·언어적 상황이 거의 고려되지 않았던 점도 지적할 필요가 있다. 최근에 이르러 학문적 관심이 모이고 있지만, 당시 아시아와 아프리카의 식민지 출신 사람들 중 일부는 종주국의 언어로 창작 활동을 전개했다. 또 종주국의 사람들 가운데 식민지에 머물면서 집필 활동을 하거나 식민지 체험을 창작에 반영하는 경우도 나타나고 있었다. 그러나 일국의 풍토성과 국민성을 드러낸다는 목표 아래 수립된 텐트의 문학사 이념을 수용해, 국민국가의 틀을 전제로 출발한 근대 일본의 '외국문학 연구'가 그런 현상에 눈을 돌리는 것은 거의 구조적으로 불가능했다.

그리고 '외국문학 연구'는 구미의 연구자와 연구 성과를 놓고 경쟁도 했지만, 기본적으로 외국문학을 자국에 소개하는 역할을 담당하는 경우가 많았다. 일본에서의 '외국문학 연구'는 구미의 문학 작품의 번역과 소개, 이론과 사조의 수입을 주요한 과제로 생각했다. 아마도 그것은 근대 일본이 구미 문화의 압도적인 영향 아래 놓여 있었지만, 정치적 독립을 유지했고 아울러 일정한 규모의 학문적 시스템을 국가적 차원에서 형성했던 것과 무관하지 않을 것이다. 특정 종주국에 의한 식민지 지배를 받은 지역, 상대적으로 적은 언어 인구밖에 갖지 못한 지역에서는 종주국 혹은 서구 각국의 언어와 문학을 접하고자 할 때,

'그쪽' 연구자나 창작자와 같은 자리에서 경쟁하면서 자기를 표현해야만 하는 장면에 노출되는 빈도가 늘어나기 때문이다. 한편 '국문학 연구' 측에서 보면 '외국문학 연구'는 구미의 문학사조를 전문적으로 소개하고, 새로운 연구 수법을 안정적으로 공급해 주는 편리한 존재로 기능하게 된다. '외국문학 연구'는 '국문학'이 '세계문학'으로 나아갈 수 있는 창의 역할을 했다고 할 수 있다. 메이지 시기에 활약한 하가 야이치는 영어, 독어, 불어에 능통했고, 독일문헌학의 이론을 흡수했다. 그러나 시대가 흘러 '외국문학 연구'의 영역이 충실해지고 '국문학 연구'와의 분업화가 진전되자, '국문학 연구'를 전문으로 하는 사람들에게 외국어 습득은 더 이상 필수 항목이 되지 않았다.

게다가 '외국문학 연구'의 전문가는 자신이 직접 배운 구미의 연구 수법과 사조, 발상을 살리는 방식으로 종종 '국문학 연구'의 영역에 뛰어들어 '국문학 연구'에 파란과 더불어 새로운 기운을 불어넣는 역할을 담당했다는 점도 특기해 둘 필요가 있을 것 같다. '국문학 연구'에서 '외국문학 연구자'는 공동체의 외부에서 들어와 공동체를 활성화하는 이른바 제도화된 '이방인'의 측면이 있었다. 이처럼 근대 일본의 '국문학 연구'는 그 자체만으로 기능한 것이 아니었다. '국문학 연구'는 근대 문학의 총본산이 서구의 문예 사조를 들여오는 '이방인'으로서의 '외국문학 연구자'의 존재 없이 안정적인 존속이 불가능했다고 할 수 있다. 다이쇼 시기의 가장 대표적인 영문학자인 도이 고치가 전개한 일본문학론은 근대 일본에서 '국문학 연구'와 '외국문학 연구' 사이에 존재했던 이러한 관계성을 가장 빠른 시기에 체현한 것이라고 할 수 있다.

3. 『문학서설』의 등장과 다이쇼 시대의 세계문학

도이 고치는 제임스 조이스(James Joyce)를 일본에 본격적으로 소개한 사람으로, D.H. 로렌스와 매슈 아널드, T. S. 엘리엇 등의 수용사에서도 결코 빼놓을 수 없는 다이쇼, 쇼와 시대의 대표적인 '영문학자'이다. 저서로는 1922년의 『문학서설』(岩波書店) 외에 『고대 전설의 비교 연구』(岩波書店, 1932년), 『영문학의 감각』(岩波書店, 1935년) 등이 있다. 여기에 『문학의 전통과 교류』(岩波書店, 1964년)를 비롯한 다수의 번역서와 주역서가 있다. 도이는 1910년 도쿄제국대학 문학부 영국문학과를 졸업한 후, 대학원에 진학했고, 1911년에는 니치렌슈(日蓮宗)대학 강사를 거쳐, 1918년에는 도쿄여자대학 교수에 취임했다. 그 후 도쿄고등사범학교 교수를 거쳐 1922년부터 2년간 하버드대학교와 옥스퍼드대학교에서 공부했고, 귀국 후인 1924년 도호쿠제국대학 법문학부 교수에 취임했다.

도이의 일본문학을 둘러싼 이론은 그것을 그대로 받아들이든 아니면 절충적으로 포섭하는 방식이든 또는 그것에 반발하는 형태든 국문학자들에게 적지 않은 영향을 미쳤으며, 그 후의 일본문학사 서술을 여러 가지 측면에서 제약했다. 그러나 도이 고치의 문학론은 지금까지 사상사적인 검증 대상으로 거의 거론되지 않았다. 영미문학과 일본문학 연구에서는 '선행론'과 개인적인 회상, 전기적인 소개로서의 색채를 띤 것이 많았다. 달리 말하면 도이 고치가 저명한 영문학자라는 것은 알려져 있었지만, 그의 사상과 문학론이 가진 역사적인 의미와 정치성, 그리고 현재성을 문제시하는 연구는 거의 존재하지 않았다.[5] 이런 경향은 이 책에서 검토의 대상이 되는 많은 국문학자에 대해서도 마찬가지이다. 민속학 영역에서는 야나기타 구니오와 오리쿠치 시노부의 사상이, 또 역사학에서는 하니 고로(羽仁五郎)와 핫토리 시소(服部之総), 정치학에서는 마루야마 마사오(丸山真男) 등의 역사관이 부단히 사상사적인 검증의 도마 위에 올려졌다. 영문학 연구라는 작업이 이들에 비해 직접적인 사회적 임팩트가 적고 매우 범용한 것이라 하더라도, 문학 연구의 영역에서 학문사라는 장르의 이러한 불모성은 이해하기 어려운 측면이 있다고 할 수 있다.

일본의 외국문학 연구자는 구미의 새로운 문예 사조와 연구 방식을 차례차례 수입하는 것에 열중했고, 국문학자는 그 혜택을 누려왔다. 문제는 수입된 사조와 방법론이 종종 일본의 학문 세계에서 잠시 유행했다가 사라지는 방식으로 소비되어 버렸다는 것이다. 최신 사조가 수입되면 이전에 풍미한 사조는 그것에 대한 충분한 반성과 대상화가 이루어지지 않은 채 잊혀 버렸다. 한편으로 새로운 연구 스타일을 유행이라 부르며 경멸하거나 반발하는 것도 일시적인 감정론으로 흐르기 쉽다. 일본의 문학 연구에서 학문사 장르의 불모성은 이러한 폐해를 직접적으로 보여 준다. 과거 연구자의 사상은 각각 세부적인 전문 분야에서 선행 연구로서 부분적으로 참조될 뿐이다. 일본의 문학 연구 업계에 뿌리 깊게 남아 있는 도제제도와 상하 관계의 의식도 선행하는 연구자의 역사적 대상화를 제약했다.

이야기를 도이 고치로 돌리면, 그의 많은 저서 가운데 가장 대표적이고, 널리 읽힌 것은 1922년 이와나미 서점에서 간행된 『문학서설』이다. 『문학서설』에서는 매슈 아널드와 카라일 등 영미계 문학자와 비평가의 사상이 소개되고 있다. 또 이 책은 세계문학의 문제에 대한 논의와 함께 서구의 문학 이론에 촉발된 참신한 '일본문학사' 서술로도 유명하다. 도이 고치의 세계문학론과 문학사론은 외국문학 연구가 서구의 이론에 근거해 국문학 연구에 참여하는 실태를 가장 전형적으로 보여 준다. 도이 고치는 제도적으로 영문학이라는 학문 영역에 속해 있어 국문학계에서 보면 이른바 외부인이었다. 그런 의미에서 그의 일본문학사론은 이단적이지만, 역설적으로 바로 그런 이유로 당시의 국문학자들에게 커다란 영향과 파장을 미치게 되었다.

도이의 『문학서설』이 간행된 다이쇼 후기는 출판자본주의의 성장을 배경으로 많은 '세계문학전집'이 간행된 시대였다. 제1장에서 본 것처럼 메이지 시대에는 청일·러일전쟁을 계기로 내셔널리즘이 고양되는 가운데 국민문학론이 유행하는 한편, 그것과 대립하는 형태로 세계문학에 관한 논의가 쏟아졌다. 그러나 그것은 제국대학 출신을 비롯한 일부 엘리트 지식층 내부에서 전개된 것에 불과했다. 서구 문화의 유입에 노출되면서 일본의 '국민적' 문화를 구축하려는 메이지 시대 지식인에 의한 사변적인 수준의 논의였다고 할 수 있다. 반면 다이쇼 시기에 접어들면서 국민문학, 세계문학과 관련된 직접적인 논의가 상대적으로 줄어들기는 했지만, 일본문학의 세계성 및 세계문학에 대한 문제까지 사라진 것은 아니었다. 당시에는 구미의 문학 작품이 대량으로 번역, 출판되어 지식인 계층을 넘어 넓은 독차층으로 확산되면서 세계문학의 개념이 현실성을 띠고 인식되었기 때문이다. 세계문학은 사변적인 차원을 넘어 실제적인 것으로 사람들의 생활 속에 친근한 이미지로 자리 잡게 된다. '세계문학전집'의 등장은 이러한 상황을 여실히 보여 준다.

1914년 가나미도 서점(鐘美堂書店)도 '세계문예 총서 초이스 시리즈'라는 제목의 총서를 간행했는데, 이것은 일본 '세계문학전집'의 효시에 해당한다. 내용은 다음과 같다. 1914년 10월 5일 『요미우리 신문』에 게재된 광고에 따르면 여기에 수록된 것은 『맥베스』, 『악마의 자식』, 『곰과 개』, 『살로메』, 『푸른 새』, 『파우스트』, 『햄릿』, 『베니스의 상인』, 『로미오와 줄리엣』, 『부활』과 같이 모두 서구 및 러시아의 문학 작품이었다. 그리고 다이쇼 후기가 되면 여러 출판사가 이런 식의 세계문학전집을 간행하기에 이른다. 그 가운데서도 대표적인 것이 1921년부터 1926년에 걸쳐 신초샤에서 간행된 『세계문예전집』(전36편)이다. 거기에도 플로베르의 『보바리 부인』(中村星湖訳), 괴테의 『빌헬름 마이스터』(中島清訳), 톨스토이의 『전쟁과 평화』(米川正夫訳), 메레시콥스키의 『신들의 죽음』(米川正夫訳), 스트린드베리의 『붉은 방』(安部次郎, 江馬修訳), 스탕달의 『적과 흑』(佐々木孝丸訳), 졸라의 『목로주점』(木村幹訳), 빅토르 위고의 『레미제라블』(豊島与志雄訳), 로맹 롤랑의 『장 크리스토프』(豊島与志雄訳), 발자크의 『사촌누이 베트』(布施延雄訳) 등과 같이 19세기 이후 유럽, 러시아 작가의 작품이 수록되었다. 그 외에도 『세계단편걸작총서』(北文館, 1913), 『세계단편걸작총서』(新潮社, 1919), 『세계명작문고』(越山堂, 1919~1920), 『세계명작총서』(東京堂, 1922~1926), 『세계명시총서』(八光叢書, 1923), 『세계명작총서』(生方書店, 1925), 『세계단편소설대계』(近代社, 1925~1926), 『세계명작대관』(国民文庫刊行会, 1925~1926), 『세계명시선』(文英堂, 1925~1926), 『세계문학대상』

(東方出版社, 1926), 『세계문호대표작전집』(国民文庫刊行会, 1926) 등 다수가 있으며, 1926년에는 가이조샤가 『현대일본문학전집』을, '엔본 붐(한 권에 1엔인 전집류가 유행한 현상 -역자 주)'을 일으켰던 신초샤가 『세계문학전집』을 간행하였다. 모두 서구와 러시아 문학자의 작품을 주로 수록하고 있었다.

다이쇼 시대에 일어난 『세계문학전집』의 유행에는 제1차 세계대전 이후 자본주의의 진전이 크게 영향을 미쳤다. 당시 문학 전집뿐만 아니라 정치, 경제, 군사, 지리, 문화 등 여러 방면에서 『세계의 대세』, 『세계의 전쟁』, 『세계 문화의 추세』와 같은 '세계○○'이라는 제목의 간행물이 다수 유통되었다. 거기에는 제1차 세계대전 참전과 국제연맹 가입을 계기로 '5대 강국'으로서 세계 시장에 참여하게 된 일본의 변화된 국제적 위상이 반영되어 있었다. 그리고 대량으로 간행된 '세계문학' 번역서는 메이지 시대에는 일부 지적 엘리트의 전유물이었던 서구 제국의 문학 작품을 더 많은 독자가 수용하게 하는 역할을 담당했다. '세계문학'이 그대로 서구 제국의 문학을 지칭했다는 점은 메이지 시대와 다르지 않았지만, 자본주의의 진전과 도시 시민층의 증가 속에서 세계문학은 급속히 대중화되었다. 게다가 메이지 시대 말기부터 시라카바파(白樺派)와 자연주의 작가들처럼 근세 한학 소양을 갖추지는 못했지만, 근대 학교 교육 속에서 '자아'를 형성했던 새로운 세대의 문학자들이 차례로 문단의 중핵을 이루게 된 상황도 언급해 둘 필요가 있다. 메이지유신을 전후로 나쓰메 소세키와 하가 야이치 등은 근대적인 학교 교육 제도 안에서 배웠지만, 그에 앞서 사숙과 같은 장소에서 유소년기부터 한문 서적의 읽기와 쓰기를 익혔다. 그러나 점차 이러한 교육 환경은 사라지고 근대적인 학교 교육 제도로 일원화되었다. 예를 들어 아쿠타가와 류노스케(芥川龍之介)처럼 중국과 일본의 고전에서 소재를 얻은 작품을 다수 창작한 작가에게 고전은 한문 서적이나 설화라기 보다는 심리주의적인 입장에서 재발견된 서구적인 '문학'에 가까웠다.

이처럼 서구 각국 문학 작품의 번역과 대중화가 진행되고, 전근대적인 한학 소양이 사라져 가는 시대에 간행된 것이 바로 도이 고치의 『문학서설』이었다. 그리고 『문학서설』의 일본문학론이 겨냥한 것은 구미문학의 사회적 침투라는 배경 속에서 일본문학의 세계화를 다시 논의의 장에 올리는 것이었다.

4. 서사시, 서정시, 극

그럼 도이 고치에 의한 일본문학론의 서술을 구체적으로 살펴보자. 『문학서설』에는 「일본문학의 전개」라는 제목의 장이 있다. 이 글은 1920년 『철학 잡지』에 3회에 걸쳐 연재된 논문 「일본문학을 통해 본 문화의 전개」가 초고인데, 도이의 학문 업적 속에서도 매우 강한 영향력을 자랑한다. 거기서 도이는 서사시, 서정시, 모노가타리(物語), 극이라는 서양의 문학 장르에 근거하여 문학사 전개의 보편적 법칙을 설정하고, 그것에 따라 '일본문학사'의 흐름을 서술하고 있다. 그 후 그것은 국문학 연구에 다양한 형태로 흔적을 남기게 된다.

일본에서 서사시, 서정시, 극과 같은 서양의 문학 장르 개념이 논의된 것은 근대 이후의 일이다. 이른 시기의 용례로는 『소설신수』 속

쓰보우치 쇼요의 언급, 그리고 쓰보우치와 모리 오가이의 사이에서 전개된 이른바 '몰이상 논쟁(몰이상이란 이상 혹은 주관을 드러내지 않고 대상을 객관적으로 묘사하는 태도를 말한다. 쓰보우치는 이런 태도를 지지했고, 모리 오가이는 이상 없이 문학은 없다고 응수했다 – 역자 주)'에서 찾아볼 수 있다.[6] 서사, 서정, 희곡의 세 가지를 병렬시켜 논하는 쇼요에 대해 오가이는 희곡은 다른 두 개보다 고차원적인 것이라고 주장했다. 그 이전에도 니시 아마네는 「지설(知說)」(『메이로쿠 잡지』, 1874)에서 "에픽(賦体)은 옛사람의 용렬(勇烈) 등을 부여하는 것(헤이케와 같은 종류라 할 수 있다)이며, 리릭(興体)은 자기의 정감을 읊는 것(금가[琴歌]와 같은 종류라 할 수 있다)이다."라고 기술하고 있으며, 기쿠치 다이로쿠(菊地大麓)는 『수사 및 화문』(文部省, 1878)에서 '악시(즉 소곡)', '사시', '희곡'의 개념에 대해 언급하고 있다. 또한 우치다 로안은 『문학일반』(博文館, 1892)에서 헤겔 미학에 따라 서사시는 "가장 최초의 시체", 서정시는 "이상을 노래한 문자", 희곡은 "가장 진보한 시"라고 적고 있다. 게다가 일본 최초의 일본문학사로 불리는 미카미와 다카쓰의 『일본문학사』(金港堂, 1889)의 '서문'에는 "서양에서는 대체로 특별히 운문을 대별하여 풍요(諷謠)의 시(또는 악시), 서사(또는 사시) 및 희곡의 세 종류로 나누는데, 우리나라의 운문은 이 분류와 일치하지 않는다"고 적혀 있다. 일본문학은 종류가 풍부하고 다른 나라에 있는 것은 거의 모두 망라하고 있어, 서사, 서정, 극으로 분류하는 방식은 받아들일 수 없다는 것이다.

이러한 선행하는 논의에 대해 도이 고치의 「일본문학 전개」에 나타난 새로움과 독창성은 서양문학 장르에 관한 소개와 그것을 일본의 개별 문학 작품에 적용하는 논의에 그치지 않고, 일본문학사의 전체 흐름 속에서 서사시, 서정시, 모노가타리, 극이라는 장르의 순차적 전개와 그 주기적 법칙성을 이끌어내 정리된 체계를 구축하려고 했다는 점에 있다. 그에 비해 그 이전의 국문학 연구는 하가 야이치의 『국문학십강』(1899)과 『국문학사개론』(1913)과 같이 시대순으로 작품과 작가를 나열하여 각각에 개설을 덧붙이거나 『국민성십론』(1907년)처럼 일본의 국민성에 관한 초역사적인 의미 부여를 논의하는 것이 일반적이었다. 그리고 기무라 마사코토(木村正辞)와 사사키 노부쓰나(佐佐木信綱)의 고대 가요에 대한 문헌학적 기초 연구 등이 다수를 점했고, 일본문학사 전체를 전망하는 연역적이고 동시에 형이상학적인 이론을 갖춘 것은 없었다.

도이는 고대부터 헤이안 시대까지를 일본문학사의 제1기, 헤이안 말기부터 근세까지를 제2기, 메이지 시대 이후를 제3기로 설정하고, 각 시기에 서사시, 서정시, 모노가타리, 극의 각 장르가 순서대로 그리고 주기적으로 전개되었다고 말한다. 우선 도이는 제1기의 대표적인 서사시로 기기신화를 든다. 이어서 『만요슈』와 『고킨슈(古今集)』 등의 서정시가 나타나고, 그 뒤를 이어 『이세 이야기』와 『겐지 이야기』 등의 모노가타리가 전개된다고 설명한다. 그리고 극 장르로서 요쿄쿠(謠曲)와 교겐(狂言)이 나타난다고 말한다. 중세 이후인 제2기에는 『헤이케 이야기』 등의 군기물(軍記物)이 서사시로서 처음 출현하고, 그 후에 하이카이, 고우타(小唄)가 서정시로서, 이하라 사이카쿠(井原西鶴)와 다키자와 바킨(滝沢馬琴)의 소설이 모노가타리로서, 그리고 지카마쓰 몬자에몬 등의 '조루리'가 극 장르로서 차례로 나타난다. 메이지 이후인 제3기에서는 국회 개설 이전에 유행한 정치 소설이 서사시에 해당하며, 서정시의 장르로서 신체시가, 모노[illegible]타리로는 자연주의 계열의 소설이 각각 전개되었다고 주장한다. 그 후[illegible] 나타난 극 장르에 해당하는 것으로 구라타 햐쿠조(倉田百三)의 『출가[illegible] 그 제자』, 나가요 요시로(長與善郞)의 『항우와 유방』 등의 희곡 형식[illegible]품을 들고 있다. 이렇게 도이는 일본문학사의 전개를 선험적으로 존[illegible]하는 문학사의 보편적 법칙성에 따른 것으로 제시하고 있는 것이다.

도이에 따르면 "어떤 시대에도 문학은 자아가 자[illegible]지 않는 한 외면적인 서술이 되고, 열정적이 될 때 서정 문학으로 향[illegible]며, 반성적이 될 때 소설 형식으로 표현되고, 반성이 더욱 깊어져 주관[illegible] 초월이 요구될 때 극과 철학적 표현이 된다"는 것이다. 『고지키』는 과[illegible] 기억의 단순한 연대기적 기록이 아니라 황실을 중심으로 한 야마토 조[illegible]의 이념에 따라 전설적 자료를 통일한 것이다. 약육강식의 사회에서는 [illegible]사 문학뿐만 아니라 서정적 정신도 자라기 어렵고, '공명정대한 정[illegible]의 주체'인 고대국가 확립에 의해 비로소 개인의 내적 생활이 개척되[illegible] 이른다. "우리나라에서는 특히 일찍부터 서정시가 번성했는데 이것[illegible] 일찍부터 국가적 통일이 확립되었기 때문"이다. 이렇게 실현된 자[illegible]의 표현이 보다 '반성적'이 되고, '상상력에 의한 구성적 표현'을 획[illegible]함에 따라 나타난 것이 『겐지 이야[illegible]와 같은 헤이안 시대의 소설[illegible]라는 것이었다. 그리고 이 주관적 표[illegible]이 더욱 '초월'되어 태어난[illegible]이 극 장르라고 말한다.

도이의 문학장르론은 헤겔 [illegible]표되는 근대 서구의 시에 관한 분류 개념과 유사하다. 헤겔은 「미학 강의」에서 서사시의 성격을 "민족정신이 가진 세계관과 객관성 전체가 스스로 객관적인 모습을 취해 나타난"[7])것으로 정의하고 있다. 민족과 국민 공동체의 전체성을 객관적으로 표현한 것이 서사시이며, 그것에 대해 개인의 주관적인 내면 움직임을 표현한 것이 서정시이다. 그리고 서사시와 서정시, 두 가지 모두를 지양한 시의 최종 형태로 극 장르가 등장한다고 말한다. 도이는 헤겔의 영향을 직접적으로 언급하고 있지는 않다. 하지만 서사시에서 서정시, 그리고 극 장르에 이르는 전개 과정을 설명하는 문학사 서술이 극히 헤겔적인 역사적 발전단계설의 틀에 따른 것임은 분명하다.

물론 양자 사이에는 적지 않은 차이점도 존재한다. 예를 들어 헤겔의 시론은 어디까지나 그리스·로마의 이른바 고전 예술을 대상으로 삼고 있었다. 헤겔의 역사 철학은 19세기 유럽에서 프러시아가 근대 국민국가로 발흥하기까지의 역사를 계속되는 변증법적인 발전의 관점에서 이념화한 것이다. 그러나 미학론에 한정해서 말하면 그는 고대 그리스·로마에서 이상적인 정점에 달한 예술은 그 이후의 역사에서 쇠퇴했다는 태도를 보이고 있다. 서사시, 서정시, 그리고 극이라는 시의 변증법적 전개가 보이는 것은 고대에 국한된다. 반면 도이는 서사시부터 극에 이르는 문학 장르의 교체는 고대뿐만 아니라, 중세, 근대에서도 주기적으로 반복된다고 말한다.[8]) 또 도이 고치가 논하는 서사시로서의 일본신화론에서는 어디까지나 천황이 그 절대적 중심으로 간주되고 있다는 점도 특징적이다.

특히 도이의 문학장르론은 1940년대 후반부터 1950년대에 걸쳐 전개된 '국민문학론'에도 지대한 영향을 미쳤다. 예컨대 사이고 노부쓰나(西鄕信綱)는 1951년의 저서 『일본고대문학사』를 간행하면서 서사시,

서정시, 모노가타리라는 장르의 교체론을 도입하면서, "이 방법은 도이 고치 씨의 『문학서설』이 이미 채용한 것으로, 본서는 그 뒤를 좇은 것에 불과하다"[9]고 밝히고 있다. 사이고의 고대문학론은 도이 고치의 문학장르론에서 힌트를 얻었고, 기기신화에 관한 기술에서는 헤겔이 그리스 서사시에서 발견한 '영웅 시대'와 같은 민족정신의 흔적을 볼 수 있다고 주장하고 있다.

이러한 차이에도 불구하고 도이의 문학론은 큰 줄기에서 근대 서구의 시론을 의식하는 형태로 문학사의 보편성을 상정하고 있는 점에서 헤겔의 그것과 궤를 같이한다. 장르 교체를 축으로 하는 문학사관이란 일본문학사의 서술에 이른바 추상적으로 설정된 초월적 보편 법칙과 원리를 도입하는 것을 의미했기 때문이다.

일본의 사회구조와 사상, 학문에서 전체를 관통하는 하나의 초월적 원리와 법칙이 결여되어 있다는 견해는 소위 일본문화론이라 불리는 영역에서 여러 논자에 의해 수차례 제기되어 왔다. 중세의 스콜라 철학을 비롯해 칸트와 헤겔의 철학, 마르크스주의 역사 이론 등과 비견해 본다면, 확실히 일본에서 전개된 학문과 사상에는 체계성이 부족한 측면이 있다. 물론 체계성의 결여라는 점에서 보면 영국의 법제와 학문 경향에서도 일부 찾아볼 수 있으며, 원래 넓게 보면 일본뿐만 아니라 많은 지역의 문화에 칸트나 헤겔, 주자학의 철학 체계와 같은 것은 존재하지 않는다. 그러나 메이지 이후의 근대 일본에서는 항상 구미의 학문·문화와 대결한다는 의식 속에서 자신의 '일본적' 아이덴티티를 모색하는 작업이 반복되었고, 그 때문에 마르크스주의 등 서구로부터 초래된 일신교적 사상이 '일본적'인 비체계성의 '특수성'과 대조되는 형태로 '외래 사상'으로서 독특한 위치를 점유하는 경우가 많았던 것도 사실이다.

『문학서설』에서 도이 고치가 일본의 문학사에 적용했던 문학사의 변증법적 보편 법칙은 특히 수미일관한 전체성과 논리적 정합성을 지향했다는 점에서 근대 일본에서 볼 수 있는 전형적인 '외래 사상'의 조건을 갖추고 있다. 그것은 얼마 후 일본의 지식층을 휩쓸었던 마르크스주의의 역사 이론을 방불케 한다. 그런 이유로 도이의 사상은 후대에 사이고 노부쓰나와 같은 마르크스주의적 국문학 연구자에 의해 계승되기도 했다. 앞서도 말한 것처럼 『문학서설』 이전의 국문학 연구에는 국문학 연구를 통해 문학사의 보편 법칙을 추출하거나 혹은 거꾸로 추상적인 보편 법칙을 설정하여 그것을 문학사 전체에 적용하는 작업은 존재하지 않았다. 그 점에서 외국문학이라는 영역에 속한 '이방인' 도이 고치의 시도는 획기적인 것이었다. 현대 일본의 국문학 연구에서도 연구의 거대한 이론적 틀을 자기 스스로 만들기보다는 외국문학 연구자가 소개한 것을 사용하는 경우를 자주 찾아볼 수 있다. 그런 의미에서 그것은 거의 제도화되어 있다고 해도 과언이 아니다. 『문학서설』을 통해 표출된 도이의 시도는 지금까지도 계속되는 문학 연구의 도식을 가장 이른 시기에 그것도 가장 전형적인 모습으로 보여 주고 있다는 점에 역사적인 의미가 있다고 할 수 있다.

5. 일본문학의 도피적 성격

도이 고치의 문학사론은 구미의 사상을 일본에 적용할 때 종종 빠지기 쉬운 전형적인 학문적 폐해를 드러내고 있다는 점에서도 주목할 가치가 있다. 도이는 문학사의 보편 법칙에 잘 부합하지 않는 사항이 나오면, 자신의 이론을 수정하기보다 서구와 비교해서 일본문학사의 특수성 혹은 결함이라 지적하며 비판하는 쪽을 선택했다. 일본문학사에서 극 장르가 발달하지 않았다는 지적이 그 대표적인 예이다. 그는 장르의 전개에 따른 문학사관에서 보면 서사시, 서정시, 모노가타리 다음에 오는 문학 형태인 극 장르가 일본에서는 충분히 발달할 수 없었다고 지적하고 있다.

일본문학사에서 극의 미발달을 지적한 것은 물론 도이가 처음은 아니었다. 예컨대 하가 야이치는 1904년의 논문 「희랍의 고극과 우리나라의 노가쿠」에서 일본의 노가쿠(能楽, 일본의 전통 예능)를 그리스 연극과 비교하고 있다. 그리고 "한편으로 우리나라 노가쿠의 발달이 지연되어 결국 그것(그리스 연극)에 미치지 못한 것을 개탄하지 않을 수 없다. 그것의 발달은 어떻게 빨랐고, 우리의 진보는 어찌하여 이렇게 지체되었나."[10]라고 말하며 '국민 연극'의 창출을 호소했다. 그러나 도이는 극 문학 장르의 특질을 사회 전반의 변증법적인 진보 발달 원리를 반영한 것으로 여기고 있던 점에서 하가와는 달랐다. 도이는 "서로 대립하는 사상이 동등한 권리를 주장하고 필연을 드러내는 곳, 개성과 개성이 진정으로 부딪치는 것처럼 긴장된 접촉을 유지하며 사건을 역동적으로 전개하는 곳에서 극이 번성한다"[11]고 말한다. 사회의 진보 발달은 정치적 자유 아래 여러 '당파, 단체, 조합'이 각각의 입장을 서로 주장하는, 이른바 변증법적인 발전 원리에 따라 "한층 높은 정의가 점차 현재함"으로써 실현된다는 것이다. 마찬가지로 극 문학 장르란 각각 서로 다른 입장의 개성이 "쌍방을 내면화하는 것에 의해 정화되고, 자기 속에 쌍방을 지양하"는 정신을 내포한 것이라고 말한다.

도이 고치는 종래의 일본인은 '서정적'인 성격을 가지며 그 때문에 극의 정신에 익숙해질 수 없었다고 말한다. 그런 이유로 일본에서는 사회생활에서 개성과 개성이 충돌하는 극적 표현은 거의 나타나지 못했다는 것이다.

> 일본인은 일반적으로 향락의 방식에서 특히 개인적이다. 사회적 생활의 긴장을 조건으로 하는 극은 우리나라에서는 번성하지 못했다. (중략) 고지키 이후 대부분의 일본문학은 눈에 띄게 객관성을 상실했고, 사회적도 국가적도 아닌 개인적이어서 연애와 자연에 대한 사랑을 그 내용으로 했다.[12]

일본사에서 흔히 일본문학은 사회로부터 도피하려는 경향이 있었다고 말한다. 화조풍월과 연애를 노래하는 문학은 개인이 사회에서 적극적으로 자기를 주장하는 것이 아니기에 일본에서는 긴장된 사회생활을 배경으로 하는 극 문학이 번성하지 못했다는 것이다. 여기에서 일본문학사에 대한 도이의 태도는 상당히 비판적이다.

더불어 도이가 문학에서 '개인주의'를 '국가 의식' 혹은 '국민 정신'과 표리일체로 파악하고 있는 점도 유의해 두고 싶다. 앞의 인용 부분에서 도이는 일본에서는 개인이 '국민적 정신'에서 유리되는 경향이 있다고 말하고 있다. 문학사 전개에서 최종 장르인 극은 이러한 이유로 일본에서 발달할 수 없었다. 개인이 사회성을 잃고 도피적인 문학에 몰두했다는 것은 달리 말하면 개인이 국가 의식 및 국민 정신과 동떨어졌다는 것을 의미한다. 따라서 도이는 『만요슈』 등 개인의 내면을 중시한 고대 서정시는 야마토 조정에 의한 국가 통일을 배경으로 발생했다고 말한다. 도이의 사상 구조 내부에서 개인의 자유로운 자기 주장을 중시하는 태도와 천황을 중심으로 한 국가주의에 대한 존중은 서로 일체하는 것이다.

도이는 『만요슈』가 대표하는 '개인중심주의'와 『고지키』가 대표하는 '국가중심주의'는 일본문화사를 구성하는 2대 요소이며, 유럽 문화에서 보면 헤브라이즘과 헬레니즘에 상응한다고 말한다. '개인주의'와 '국가주의'는 본래 서로를 전제로 하면서 두 개의 바퀴처럼 융화되어 발달하는 것인데, 실제 일본문학사에서는 양자가 서로 교섭하지 않는 시대가 길게 이어져 버렸다는 것이다. 고대에서조차 일본 사람들은 국가 정신을 이룩하는 바가 적었다는 것이다. 또 메이지 이후의 국가주의는 자연주의로 대표되는 개인주의적 경향을 흡수하지 못했고, 개인주의적 경향은 국가에 반대하는 것으로 받아들여졌다고 말한다. 게다가 중세 이후의 전란은 개인주의의 전제가 되어야 할 국가주의마저 파괴해 버렸다고 덧붙인다. 도이는 다음과 같이 지적한다.

> 전국 시대가 위대한 서사 문학을 낳지 못한 것은 그 전란이 고귀한 이상 없이 치러졌기 때문이다. 제2기를 통해 국가는 공명정대한 정신에 의

해 통제되지 않았고, 패자에 의해 사유화되었다. (중략) 국가 의식이 만족스러운 발달을 이루지 못한 제2기의 서정시에서도 솔직한 표현도 볼 수 없고, 사회의 불건전한 상태는 문인으로 하여금 극도로 개인적인 향락주의에 빠지게 했다.[13)]

가마쿠라 시대부터 에도 시대까지 문학사 전개 '제2기'는 도이의 문학사 서술에서 가장 낮게 평가되고 있다. 고대국가에 의한 전국 통일이 달성된 헤이안 시대 이전의 '제1기'와 왕정복고를 이룬 메이지유신 이후인 '제3기'에 비해 무사 지배 체제가 구축된 '제2기'는 "오늘날의 독자를 감격시키고, 그 정신을 고양시키는 요소를 갖지 못했다"고 말한다. 왜냐하면 남북조부터 전국 시대에 걸친 전란과 군웅할거의 사회는 황실을 중심으로 한 국가 의식의 발달을 저해했고, 그로 인해 개인주의적 서정시는 점점 협소한 주관에 갇혀 버렸기 때문이다. 게다가 근세 이후 에도 막부에 의한 봉건 체제는 황실을 대신해 천하를 '사유'하고, "각성하려는 국가 이념을 잠들게 함"과 동시에 유교주의를 내걸어 '자아의 각성'을 직접 부정해 버렸다고 말한다.

도이의 문학사는 이렇게 개인주의적인 것과 '초개인주의'적인 것의 상호 관계에서 문학 장르의 전개 원리를 파악하려는 것이었다. 개인이 사회적으로 자기를 발전시키기 위해서는 국가와 국민이라는 '초개인'적 문제와 어떤 형태로든 교섭이 있어야 하며, 국가주의와 개인주의의 접점이 없는 곳에서 문학사는 그 전개 법칙을 온전히 실현할 수 없다는 것이다. 당연한 귀결로 문학사 전개의 최종 형태인 극 장르는 발달할 수 없다. 국가적 확산 속에서 다른 개성이 각각 자기를 주장할 수 있는 사회적 조건이 갖춰짐으로써 극이라는 문학 장르가 전개될 수 있기 때문이다. 이러한 주장은 국가적 표현으로서의 서사시와 개인적 표현으로서의 서정시·모노가타리, 이 두 가지 성질이 이른바 변증법적으로 지양됨으로써 극 장르가 형성된다는 논리라고 할 수 있다. 종래의 일본문학에는 문학의 변증법적인 발달 법칙이 실현되기 위한 사회적 조건이 부족했다. 하지만 이제부터 일본문학은 문학사 전개의 보편법칙 실현을 지향해야 한다고 도이는 말한다. 그러기 위해서는 개인이 사회와 국가와 관련되지 못하는 '도피적', '향락적'인 태도는 극복되어야 한다. 일본 사회는 개인이 사회적으로 자아를 신장시키고, 개성과 개성, 개인과 단체가 대립·갈등하는 '비장극'과 같은 문학을 추구해야 한다고 도이는 역설한다.

문학의 보편적 법칙성과 가치성에 대조하여 일본문학사의 성질을 비판적으로 지적하는 것이 도이의 수법이었다. 그는 일본문학사에서 개성의 위축과 극 장르의 미발달이라는 성질을 문학사의 보편적 기준에 의해 도출된 이른바 '변칙성'의 문제로서 파악했다. 그러한 수법은 지금의 시각에서 보면 여러 가지 문제를 안고 있다.

우선 도이가 주장하는 문학 역사의 변증법적 전개는 개인 대 국가라는 근대 국민국가가 형성되면서 비로소 가능해진 대립의 도식을 시대를 초월해 적용하고 있다. 메이지 이후의 근대문학에서 주제가 되는 문제를 고대부터 현대에 이르기까지 문학의 가치를 측정하는 척도로서 적용하고 있는 것이다. 개인과 국가라는 근대문학의 틀을 전근대 일본에 적용하는 한 방대한 '예외'가 나오고 일본 역사에 변증법적인 '발전'이 결여된 것처럼 보이는 것은 당연하다. 물론 중세의 귀족과 승려에 의한 은자문학에 '도피적'인 경향이 보이는 것은 사실이다. 하지만 그것은 '장원공령제'하에서 귀족층의 상대적인 지위 하락과 불교의 말법 사상 확산과 같은 중세 사회 고유의 역사적 문맥에 따라 해석되어야 할 것으로, 개인 대 국가라는 도식에서 이해될 문제는 아니다. 실제로 개인이란 자연주의와 시라카바파 등 근대문학의 제도 속에서 중시된 것이다. 더욱이 도이가 말하는 국가란 서구, 특히 독일의 국민국가 형성을 본보기로 만들어진 메이지 이후의 천황제 국가 체제를 염두에 둔 것이다. 그런 점에서 도이의 역사 인식은 서구 근대류의 선진적인 교양에 근거하고 있음에도 불구하고, 국가가 분열해서 천황의 권력이 실추된 중세 사회에 대해서 극히 낮은 평가를 하는, 소위 '황국사관'이라 불리는 일본사학의 입장과 매우 닮았다. 이런 입장에 따른다면 아미노 요시히코(網野善彦) 등이 지적하는 근대 일본에 비해 훨씬 다원적인 시스템을 형성했던 중세와 근세의 사회를 역사적 시점에 근거하여 있는 그대로 보는 것이 곤란해진다.

또한 도이의 문학사 서술에서는 미리 설정된 문학 장르가 강조되기 때문에 작품의 구체적인 분석이 빠져 버린 점도 지적하지 않을 수 없다. 즉, 작품보다 장르가 선행함으로 인해 개개 작품의 차이와 고유성을 드러내는 시점이 존재하기 어렵다. 서사시와 서정시, 극이라는 장르는 고대 그리스와 근대 서구에서는 작품의 창작이 이루어질 때 직접적으로 의식되는 경우가 많았다. 따라서 서구의 문학을 고찰할 때 그러한 장르론은 유효한 점이 없지 않다. 그러나 그것을 사회적·문화적 맥락이 전혀 다른 비서구 지역에 적용하자마자, 그것은 극도로 추상적인 이데올로기로서 기능하지 않을 수 없다. 헤이안 시기의 시가와 수필, 모노가타리 등은 확실히 서구의 서정시와 소설에 상응하지 않는 것처럼 보이지만, 다른 한편 그러한 개념 규정을 고수함으로써 그 시대의 언어 자료가 가진 고유한 문화적·사회적 문맥은 시야에서 사라져 버리기 쉽다.

덧붙여 도이의 일본문학 비판이 자아의 힘이 약하고 형상의 규모가 작고, 자연을 사랑하는 서정적인 성격을 가지며, 타국어로 번역하기 어려운 언어적 성질을 가진다고 하는 소위 일본문학에 대한 민족성론과 결부되어 있다는 점도 간과할 수 없다. 사회에 대한 '도피적' 경향 때문에 극 장르가 발달하지 못했다는 일본문학사의 변칙성에 대한 주장은 그러나 입장을 달리하면 특수성, 고유성이라는 형태로 얼마든지 긍정적으로 재해석될 수 있다. 보편성이라는 것을 설정하고 그것과 대조하여 또 다른 특수성을 비판하는 수법은 바로 대상을 비판하는 행위에 의해 그 비판 대상인 일본문학 그 자체의 내셔널한 자기동일성을 만들어 낸다.

도이 고치의 일본문학론은 근대 일본의 외국문학자가 서구의 이론을 수입할 때 초래하기 쉬운 가장 전형적인 공죄를 극단적으로 보여준다. 도이의 문학론은 국문학 연구에 결여된 거대한 이론성을 제공했지만 동시에 서구 사상을 기계적으로 적용하는 폐해도 드러냈다. 여기서 근대 일본의 문학 연구 역사 속에서 수차례 반복된 외국문학 연구의 정형화된 패턴을 확인하게 된다. 다음 장에서 상술하는 것처럼 실제로 도이 고치의 문학사론이 가진 이러한 연역적인 태도는 후에 일본문예학을 제창한 오카자키 요시에로부터 서구 사상을 일본문학사에 기계적으로 적용한 사례로 비판을 받게 된다. 물론 현재의 문학 연구

현장에서는 이 정도로 노골적인 형태로 서구 사상을 국문학 연구에 기계적으로 적용하는 경우는 흔하지 않다. 그러나 국문학 연구자가 외국문학 연구자를 비판할 때는 지금도 종종 서구의 이론을 단순히 적용하려 한다고 비난하는 경우를 볼 수 있으며, 다른 한편으로 국문학 연구자는 이론성을 결여하고 있다는 비판도 여전히 들려온다. 근대 일본의 국문학 연구와 외국문학 연구는 이렇게 상호 정형화된 상을 전제로 하면서 서로 대립하는 가운데 공생해 온 측면이 있다. 달리 말하면 쌍방의 대립적 공생 관계에 의해 문학 연구의 역할 분담이 재생산되어 왔다고 할 수 있을 것이다.

그럼 도이는 왜, 무엇을 위해 서구의 문학장르론을 채용하여 서사시, 서정시, 극이라는 극히 연역적인 법칙성을 일본문학사의 서술에 도입했던 것일까. 그것을 알기 위해서는 도이가 제기한 '세계적 문학'에 관한 논의를 탐색할 필요가 있다. 뒤에서 보는 것처럼 그의 장르 교체를 통한 문학사론은 일본문학은 '세계문학'이 될 수 있는가라는 그 자신이 설정한 명제와 연동하는 형태로 제시된 측면이 컸기 때문이다.

6. 세계적 문학과 국민적 문학

1921년 도이 고치는 잡지 『사상』 창간호부터 2회에 걸쳐 「국민적 문학과 세계적 문학」이라는 제목의 논문을 게재했다. 제목에서 보이는 것처럼 그 내용은 '국민적 문학'과 '세계적 문학'을 개념적으로 고찰하고 그것들의 정의를 내리는 것이었다. 전년에 발표된 논문 「일본문학을 통해 본 문화의 전개」의 논지와 겹치는 부분이 많고, 그 후속편의 성격이 강한 이 글도 『문학서설』에 수록되었다. 앞서 본 것처럼 당시 일본에서는 자본주의의 급속한 발전 속에서 구미 각국 및 러시아 문학의 번역과 간행이 활발히 이루어졌고, 또한 제1차 세계대전 참전과 국제연맹 가입을 계기로 대외적 상황에 대한 새로운 의식이 형성되고 있었다. 즉, 일본은 19세기 이후 구미 열강의 주도에 의해 형성된 정치·경제상의 근대적 세계 시스템에 더욱 깊숙히 참여하게 되었다. 그런 가운데 발표된 도이의 세계문학론은 극히 노골적인 형태로 서구중심주의를 드러내고 있었다.

도이는 '세계적 문학'과 '국민적 문학' 양자가 서로 대립하는 개념이라고 설명한다. 우선 국민적 문학의 개념에 관해서는 '동일한 국토, 언어, 사회제도' 속에서 생활하는 민족이 낳은 문학이라고 정의하고 있다. 그것은 민족의 '내면 생활의 자서전'이며, 타국민의 문학과 대비하여 발견되는 '통일된 전체'로서의 특징을 가진다고 지적한다. 한편 그는 '국민적 문학'은 고대와 중세에는 존재하지 않았고, 17세기 이후 헤르더와 괴테, 실러 등에 의해 그 관념이 더욱 분명해졌는데, 바로 그때 '세계적 문학'의 개념도 자각되기 시작했다고 말한다. 즉, 세계적 문학이라는 사고방식은 국민적 문학 개념의 연장선상에서 부상했다는 것이다. 도이는 "세계적 문학의 관념은 한편으로는 모든 문학 양식과 시형(詩形)같이 우리에게 내재하는 율동감과 사상의 형상으로부터 필연적으로 발생하는 것으로, 나라마다 문학은 문화의 발달 정도, 환경, 언어 특질 등에 의해 제도화되고, 특색이 만들어지는 인간성의 표현이라는 견해에 근거"[14]한다고 말한다. 즉, 세계적 문학의 조건으로 '인간성의 관념'이라는 개념을 제시하고 있는 것이다. 각국 문학은 각각의 사정에 의해 다양한 형태로 나타나는 개별적인 것이지만, 인간성의 개념은 모든 나라와 민족에 공통되는 '보편적' 가치로 간주된다. 세계적 문학이 다른 것을 배제하는 편협한 애국주의로부터 태어날 수 없는 것은 분명하지만, 그렇다고 해서 세계 속의 문학을 단일하게 통일한 것도 아니라고 말한다. 각국의 국민적 문학 차이를 지양한 것이 세계적 문학의 조건으로서의 인간적 관념이라고 도이는 말한다. 그리고 이 인간적 조건이라는 개념에 근거해 도이는 일본문학은 세계적 문학이 될 수 있는가를 과제로서 제시하고 있다. 바꿔 말하면 일본문학의 역사에는 과연 '보편적 인간성'의 요소가 내재되어 있느냐를 묻고 있는 것이다.

지금까지 살펴본 것처럼 도이는 서사시·서정시·모노가타리·극의 요소로 구성되는 문학장르론을 전개하고 있다. 서사시로 대표되는 '초개인적'인 정신과 서정시·모노가타리로 대표되는 '개인적'인 정신의 관계로부터 일본문학사의 전개를 설명하려 했다. 도이는 그것을 일본에서 찾아볼 수 있는 인간성 관념의 내재적 발달의 역사라고 말한다. 왜냐하면 문학에서 인간성의 관념은 개인적 정신과 초개인적 정신이 어떠한 형태로든 융합함으로써 성립하기 때문이라는 것이다. 그는 '진정한 개성'은 단지 개인적인 주관을 중시하는 태도가 아니라, 동시에 자아를 넘어선 것에 접근해 그것을 내면화함으로써 형성된다고 말한다.

나는 결국 개성적으로 살려는 경향과 전체적으로 살려는 경향으로 돌아갈 수 있다, 이런 사조의 합류 속에 국민적 문학을 보려는 것인데, 이 사조가 각자 분리된 길을 걷는 사이 우리 국민문학의 관념도 애매해졌다 고 믿는다. 이렇게 분리된 사조의 합류는 오직 인간성의 관념 속에서만 가능할 것이다.[15]

일본문학에서 '인간성의 관념'에 발달에 대해 도이의 시각은 엄격하다. 일본문학사에서는 개인과 국가의 교섭이 없고, 개인이 사회로부터 도피하는 경향이 있기 때문에 인간성에 대한 관념 형성이 충분히 이루어지지 못했다는 것이다. "메이지 문학 창조자의 대다수는 국가로부터 존중과 장려를 받지 못한 사인(私人)이었다. 이렇게 민중의 문학, 전통에 구속된 언어 기술가나 학자의 문학, 개인 중심의 문학, 초개인적 정신 문학은 분리되어 서로 영향을 주고받는 일이 드물었다. 우리나라의 문학에 심원하고 위대한 것이 부족한 것은 그 때문이다."라고 도이는 말하고 있다. 그 때문에 일본에서는 진정한 의미에서의 국민문학의 윤곽이 명확하지 않고, 나아가 세계적 문학이 될 수 있는 '보편성'을 충분히 획득할 수 없었다는 것이다. 이러한 도이의 세계문학론은 변증법적인 사고 양식에 의해 지탱되는 면이 컸다. 개인주의적인 문학이 황실 중심의 국가를 매개로 지양됨으로써 국민적 문학이 성립하고, 국민적 문학은 다른 국민적 문학과의 접촉을 통해 다시 지양되어 세계적 문학이 형성된다는 사고방식이다. 보편적인 세계는 이른바 삼위일체와 같은 것으로 구상되고 있었다. 따라서 일본문학에서 개인주의와 국가주의의 교섭이 결핍되었다는 것은 '보편적 인간성'의 미발달을 의미하는 것으로 이해되었다.

도이는 일본문학의 역사를 볼 때 세계적 문학의 조건을 구비한 작품이 적다고 하면서도, 그 속에서 '보편적인 흥미가 있는 것'으로서 몇 개의 고전문학 작품명을 거론하고 있다. 즉, 『만요슈』, 『겐지 이야기』를 비롯해 『가게로 일기』, 『무라사키 시키부 일기』, 『마쿠라노소시』, 『사라시나 일기』, 『쓰레즈레구사』와 같은 일기 및 수필 문학이 여기에 해당한다. 이들 문학은 "조용하고 낮은 목소리이기는 하지만, 과거 일본문학에서는 매우 드물게 개성을 직접적으로 표현했다"는 것이다. 그러나 도이의 기본적인 태도는 어디까지나 일본문학은 "보편적 가치가 결여된 협애한 전통" 속에서 형성된, 세계적 문학으로부터 동떨어진 성격을 가진 것이었다.[16] 일본에도 서사, 서정, 모노가타리, 극으로 전개되는 내발적인 문학사 전개의 계기와 '보편적 인간성'의 계보가 있기는 했지만, 서양의 세계적 문학에 더욱 접근하지 않는 한, '섬나라 특유의 협애'한 성질을 탈피할 수 없다고 보았다. 메이지 이후의 일본문학은 세계적 문학과의 만남에 의해 보편적 인간성에 한 걸음 다가섰고, 그로 인해 발전을 이루었지만 여전히 불충분하다. 이제부터라도 일본문학이 보편적인 세계문학이 되기 위해서는 과거 일본문학에서 벗어나 서양문학에 다가서려는 부단한 노력이 필요하다는 것이 도이의 주장이었다.

만약 우리가 서양인처럼 자아의 각성을 경험한다면, 그것만으로 우리 문학도 과거의 동양문학에서 탈피해 서양문학과 같은 요소를 더욱 많이 갖게 될 것이다. 즉, 과거 문학 중에서 정숙주의인 것, 오로지 감상적인 것, 자연에 대한 사랑을 중심으로 하고 있는 것은 과거에 속하는 것이 되고, 자유로운 나의 표현, 인간성의 표현과 같은 문학이 중시될 것이다. 이

> 것은 이미 현저하다. 과거의 국한(国漢) 문학에서 중요한 위치를 점하고 있던 자연에 대한 사랑은 대부분 정관주의 속에서 자라란 감정이어서 사회생활 속에서 자아를 강하게 긍정하지 못했고 인생을 벗어나려는 경향에서 태어난 것이다.[17]

도이에게 세계적 문학이란 구체적으로는 서양문학을 의미했다. 문학에서 '인간성'과 '보편성'이란 그대로 서양의 가치 기준을 가리키며, 일본문학의 세계문학화는 곧 서양화를 의미했다. 도이는 세계적 문학의 원류를 그리스 신화에 있다고 보았다. 그리스 신화에 보이는 '인간성의 흥미'는 세계 여러 민족의 신화를 초월해 모든 민족에게 가치가 있다는 것이다. 도이는 "인간적인 모습을 하고 숲과 바다와 하늘을 가득 채운 아름다운 그리스인의 상상은 한 민족의 신화에 머물지 않고 우리에게도 세계적 문학의 고향이 되었다"고 말하고 있다. 그러한 '그리스 정신'과 성서에 의해 대표되는 '헤브라이 정신' 이 두 가지를 그는 세계문학의 2대 원류로 여기고 있다. 그 연장선상에 서유럽에서는 중세의 서정시와 무용담 등을 거쳐 르네상스 시대에 단테의 「신곡」이 태어났고, 셰익스피어, 루소, 괴테, 니체, 톨스토이 등 세계적인 가치를 가진 문학이 차례로 나타났다는 것이다. 그리스·헤브라이를 원류로 한 이러한 유럽문학의 조류를 도이는 '인간성의 정신'이 표현된 역사로 간주한다. 그것은 한 시대와 한 지방의 편협한 흥미와 전통을 중심에 두는 문학에서 벗어난 '높은 산과의 연계'이며, '모든 사람이 우러러보는 문학'인 것이다. 도이에게 서양문학이란 일본문학의 '변칙성' 혹은 '특성'을 이끌어내는 기능을 가진 추상화된 이상이었다고 할 수 있다.

세계적 문학의 근거로서 도이가 주장하는 '인간성'과 '자연의 성정', '정신', '도덕성', '자아', '개성'과 같은 개념은 실로 추상적이고 공허한 것이다. 도이는 고대 그리스 예술과 성서로부터 셰익스피어, 괴테, 톨스토이 등의 작품에 이르기까지 이 인간성의 정신이 이어지고 있다고 주장한다. 그러나 당연하게도 본래 이들 작품은 각각 전혀 다른 시대와 문화의 문맥 속에서 전혀 다른 형식과 사상 아래 쓰인 것이다. 도대체 각각의 작가와 작품 어디에 그리고 어떤 모습으로 인간성 및 정신 등이 공통적으로 존재하고 있는지 도이는 자세한 설명을 덧붙이고 있지는 않다. 도이는 어떠한 대상과 현상에 대해서도 적용하려면 적용할 수 있는 추상적인 언어를 강조했고 그것을 문학의 보편성에 대한 근거로서 사용하면서 일본문학을 비판했던 것이다.

물론 그 배경에는 다이쇼 시대의 문단과 비평의 전체적인 상황이 놓여 있다. 인간성과 보편성, 세계성과 같은 용어는 당시 다이쇼 데모크라시와 교양주의, 문화주의 혹은 제1차 세계대전 후의 국제협조주의의 시대 풍조를 배경으로 나타난 여러 언설에서 흔히 볼 수 있다. 하스미 시게히코가 지적한 것처럼 시마무라 호게쓰(島村抱月)와 무샤코지 사네아쓰(武者小路実篤), 아베 요시시게(安倍能成) 등 메이지 말기부터 다이쇼 시기에 걸쳐 활동한 논객의 비평에는 '생명', '자아', '보편', '국제', '우주'와 같은 '표어'적인 언어가 돌출해서 유행하는 폐단이 특징적으로 보인다.[18] 이러한 구체성을 결여한 '표어'만이 표류하는 상황 속에서 개개의 문학 텍스트가 지닌 각각의 고유한 논리와 형식, 사회적 문맥 등에 대한 분석과 비평은 활성화되기 어렵다. 시마무라 호게쓰와 이쿠타 조코(生田長江) 등의 문예 비평에 대해서 하스미가 비판하는 것처럼 도이의 문학사 서술에는 거기서 열거된 서구와 러시아, 그리고 일본 작가들의 작업이 구체적으로 어떤 의미를 갖는지 분명하게 드러나 있지 않다.

그리고 문제는 도이가 이 실체가 없는 인간성과 정신적인 것의 '본고장'이 그리스·헤브라이를 조상으로 하는 서구문학이라고 어떤 의심도 없이 받아들여 일본문학을 비판하고 있는 점이다. 왜 그리스·헤브라이 문화만이 '만인이 우러러볼 만'한 보편적인 문학의 기준이며, 중국과 아랍의 고전을 비롯해 비유럽 지역의 다양한 문화는 그렇지 못한가에 대한 설명은 전혀 찾아볼 수 없다. 19세기 이후 서구 열강이 거대한 군사력과 경제력을 앞세워 전 세계를 주도하게 되고, 그들의 문학이 비유럽 지역에까지 강한 영향력을 미쳤다. 그리스·헤브라이 및 서구 제국의 문학이 세계문학으로서 신용을 가질 수 있었던 배경에는 이렇게 근대 식민지 정책과 제국주의 정책의 역사성과 정치성이 깊이 관여하고 있다. 적어도 1장에서 검토한 메이지 시기의 하가 야이치의 국문학론에서는 그것에 대한 의식이 엿보인다. 그러나 도이 고치가 자신의 세계적 문학론 속에서 전개하는 인간성, 자연의 성정, 자아, 도덕성과 같은 추상적 개념과 개인, 국가, 세계의 세 가지 항으로 구성되는 변증법적 발전 논리에서는 그러한 현실의 정치성과 폭력성에 대한 시점이 완전히 빠져 있다. 인간성, 자아, 개성과 같은 탈취된 추상 개념이 사용됨으로써 도이의 세계적 문학론은 결과적으로 서구 열강의 침략과 제국주의적 정치성을 은폐하고 그것에 수반되는 서구중심주의를 정당화하는 역할을 했다고 할 수 있다.

7. '영문학'과 '세계문학'

도이 고치의 '세계적 문학'론은 다이쇼 데모크라시의 시대 풍조를 반영한 탓인지 메이지 시대의 강렬한 내셔널리즘과 쇼와 시대의 일본주의와 비교할 때 확실히 어떤 '리버럴'한 성격을 드러내고 있다. 그러나 그의 노골적인 서구중심주의는 지금의 눈으로 보아도 동시대의 기준으로 보아도 그대로 받아들이기가 쉽지 않다. 다만 도이가 분명 서양의 고전문학을 자신의 연구 대상으로 삼았지만, 자신이 창조한 '세계적 문학'의 기원이 그리스·헤브라이에 있다고 직접 언급하고 있지 않다는 점은 주의할 필요가 있다.[19] 이하에서 보는 것처럼 그는 '세계적 문학'론을 전개하면서 몇 명의 구미 비평가와 연구자의 영향을 거론하고 있다. 어떤 의미에서 원재료였던 구미의 언설이 그리스·헤브라이를 존중했다는 이유로 그도 같은 입장에서 '인간성'과 '보편성', '정신'과 같은 말을 어떠한 거리낌도 없이 사용할 수 있었던 것이 아닐까.

『문학서설』이 간행된 다이쇼 시대 후기는 제1차 세계대전의 특수를 계기로 일본에서 산업자본주의가 발달하고 급속한 도시화와 노동자의 증가 등 전례 없는 사회 변동이 일어난 시기였다. 『문학서설』에서 도이는 그러한 당시 시대성에 대해 "세계대전과 함께 노동자 계급 및 부인의 각성 등을 중심으로 새로운 사회가 시작되고 있었다"고 언급한 바 있다. 이 사회 문제야말로 새로운 '제4기' 문학사의 시작을 알리는 서사 문학의 배경이 된다고 말한다. 그리고 "자본 및 기계의 위력으로부터 인격의 자유를 구출하는" 서정시가 출현했다고 논하고 있다. 자본주의화에 따른 사회 변동에 대한 대처법을 세계적 문학의 인간성에서 찾았다고 할 수 있다. 이런 도이의 사고방식은 우선 프롤레타리아문학의 등장에 관한 예언 중 하나로 간주할 수도 있지만, 오히려 19세기 후반 영국의 문학자 매슈 아널드에게 영향을 받은 측면이 컸다.

도이는 아널드의 사상에 대해 『문학서설』에 「아널드의 비평주의」라는 제목의 논문을 게재해 소개하고 있고, 패전 이후인 1949년에는 아널드의 주요 저작 중 하나인 『교양과 무질서(Culture and Anarchy)』의 주석서를 간행했다. 도이의 해설에 따르면 아널드의 문학론은 19세기 산업혁명과 프랑스혁명의 여파, 선거법 개정, 다윈의 진화론이 등장하고 기계주의, 민중주의 혹은 과학주의의 신조류가 번성한 시대 풍조를 배경으로 한다는 것이다. 도이는 당시 아널드가 예부터 전해진 영국 귀족주의와 종교의 전통이 무너지는 것을 우려했다고 말한다. 그런 영국 사회의 '속물주의'와 '무질서'에 대항하기 위해 그가 발견한 것이 유럽의 '문화' 혹은 '교양'의 원류인 '그리스 정신' 및 '헤브라이 정신'이었다는 것이다. 교육행정관이기도 했던 아널드는 19세기 사회의 자본주의화 속에서 영국인에게 '교양'을 제공했다는 것이다. 도이는 제1차 세계대전을 기점으로 급속하게 자본주의가 발달하던 1920년대 일본의 사회 상황을 아널드가 직면했던 19세기 영국의 문화 상황에 대응시키며 그리스·헤브라이 정신의 인간성, 보편성을 평가했다고 할 수 있다.[20] 결국 도이는 아널드를 따라 자본주의 발달이 동반하는 사회 변동 속에서 세계문학의 개념을 설파해 사람들을 계몽하려 했다고 할 수 있다.

그러나 도이가 계몽을 위해 제시한 세계문학의 인간성, 보편성, 자아와 같은 개념은 그 실체가 불분명하다. 당시 일본은 자본주의 발달과 사회생활의 서구화, 국제연맹 가맹과는 다른 차원에서 적지 않은 사회문제를 안고 있었다. 제1차 세계대전의 특수 경기는 얼마 되지 않아 식었고, 뒤이은 전후의 불황 속에서 실업자는 급속히 증가했다. 러시아에서 사회주의 혁명이 성공하자 일본에서도 1920년 노동절을 기념하기 시작했고 일본 사회주의 동맹이 결성되었다. 또 그 이듬해에는 일본노동총동맹이 발족하면서 '대역사건' 이래 주춤했던 사회주의 운동이 다시 활발해졌고, 그 사이 '쌀소동'(1918)이 일어나기도 했다. 한편 이 시기에는 대중국 21개조 요구와 시베리아 출병, 조선과 타이완의 식민지 지배 등 일본의 제국주의적 정책이 지속적으로 추진되었다. 안팎의 정치적·경제적 문제에 대해 도이가 주장하는 그리스·헤브라이의 '인간성', '자아의 신장', '개성', '세계적 문학'과 같은 추상적인 '표어'는 그 자체로 어떤 현실적인 해결책이나 행동을 촉구하는 것은 아니었다. 오히려 구체적인 문제를 추상적 이념으로 바꿔치기함으로써 사회문제 해결에 대한 지식인과 대중의 관심을 멀어지게 하는 측면이 있었다. 실제로 테리 이글턴이 지적한 것처럼 19세기 영국에서 매슈 아널드가 교양과 문화를 주장한 배경에는 노동자 계급의 사회주의화를 억제한다는 직접적인 정치적 의도가 존재하고 있었다.[21] 아널드의 사상을 일본에 이식하려 했던 도이의 세계적 문학론은 사회주의에 대한 강한 경계심을 그 이면에 내포하고 있었다.

아널드와 함께 도이의 사상에 직접적인 영향을 준 것으로 영국의 문학 연구자 리차드 몰턴(Richard G. Moulton, 1849~1924)의 저작 『세계문학(World Literature)』(1911)을 들 수 있다. 도이 고치는 1919년 논문 「영문학 연구의 태도 및 대상성」에서 영문학 연구의 목적은 세계적 문학의 탐구에 있다고 주장하며 “시카고대학 문학론 교수 몰턴은 World Literature 및 The Modern Study of Literature와 같은 저술을 통해서 World Literature의 개념을 주장하고 있다”[22]고 몰턴의 저작을 구미의 대표적인 세계문학론의 하나로 소개하고 있다. 몰턴의 『세계문학』은 그리스·헤브라이의 2대 원류에서 출발하는 세계문학의 조류가 중세 로망스어 계열 문학을 경유해 현재의 영문학을 형성시켰다는 학설을 전개하고 있다. 즉, 몰턴에게 세계문학은 영문학을 역사적으로 형성하는 데 관여한 세계의 다양한 문학 사이의 영향 관계를 하나의 계보로 나타낸 것이었다.

> 나는 ‘세계의 문학’과 ‘세계문학’을 구별한다. 전 세계의 문학은 오직 모든 문학의 총화를 의미할 뿐이다. 세계문학은, 나의 이 용어 사용법에 따르면 전 세계문학을 일정한 관점에서 다분히 관찰자의 국민적 견지라는 원근법으로 본 것이다. (중략)
>
> 영국인의 입장에서 생각한 그러한 세계문학이 이 저술의 제목이다. 그리고 우리의 첫 번째 걸음은 영어를 말하는 국민의 문학적 계보를 쫓아가는 것이다.[23]

몰턴이 내건 세계문학이라는 개념은 어디까지나 ‘영어를 말하는 국민’을 주체로 한 것이었다. 원래 세계문학(weltliteratur)이라는 용어와 개념은 19세기 전반 만년의 괴테에 의해 처음 제기된 것이다.[24] 그러나 괴테의 세계문학론은 유럽뿐만 아니라 중국과 아라비아 등 아시아를 포함한 ‘인류 전체’를 염두에 두고 고대 그리스의 예술을 그 전체 규범으로 간주하는 것이었다. 이에 대해 몰턴이 제시하는 세계문학은 직접적으로 그리스·헤브라이로부터 근대 '영문학'에 이르는 유럽문학사의 지역적이고 동시에 구체적인 계보를 나타내고 있다는 점에 그 특징이 있다. 추상적인 보편성이 아니라 영문학의 역사적 근거를 탐구하는 것이 바로 몰턴이 말하는 세계문학이었다. 그리고 주목할 점은 그의 세계문학 개념이 대학 교육에서 '영문학(English)'이라는 학문 분야의 형성과 밀접한 관계를 맺고 있었다는 것이다. 이미 말한 것처럼 영미의 대학 교육에서 '영문학' 커리큘럼이 확립된 것은 19세기 말에서 20세기 초 사이였다. 몰턴은 저서 『세계문학』에서 "본서는 교육의 견지에서 정식 대학 교육 및 사상가와 독서가의 생활을 충족시킨다는 반쯤은 자발적인 자기 교육의 견지에서 쓰인 것이다."[25]라고 덧붙이고 있다. 그는 기존의 대학 교육은 고전어의 어학 교육을 중시하여 영국인을 위한 영문학 교육을 등한시했다고 비판하고 있다. 고전어에 대한 어학적 학습만으로는 문학 교육으로 불충분하며 영문학을 더욱 잘 알기 위해서는 그 문학적 원류가 되는 '그리스 정신'과 '헤브라이 정신'을 배울 필요가 있다는 것이다. 몰턴의 『세계문학』의 목적은 영문학을 대학에서 교육과 연구의 한 영역으로 확립시키는 것이었다. 그는 미국의 시카고대학에서 오랫동안 교편을 잡았고, 그의 세계적 문학론은 영국과 미국에서 내셔널한 교육장치로서 영문학 연구, 영문학 교육이라는 장르가 형성되어 가는 과정에서 전개된 언설이었다고 할 수 있다.

도이는 그리스·헤브라이를 원류로 하는 세계문학의 관념에 입각한 영문학 사상을 원용하여 그것을 일본의 영문학 연구 및 일본문학 연구의 교육 이념을 세우는 데 근거로 삼으려고 했다. 아직 영문학의 학문 장르가 충분히 형성되지 않았던 영미에서 영문학 연구를 제도화하려는 시도 중 하나로 제기된 몰턴의 세계문학론이, 마찬가지로 확립 도상에 있었던 일본에서 영문학 연구 및 일본문학 연구의 이념으로서 도이에 의해 발견되었다고 할 수 있다. 그런데 문제는 수용 그 자체보다 이런 노골적인 서구중심주의적 발상을 근저에 두고 있는 세계문학 개념이 도이에 의해 일본에 이식되는 과정에서 어떠한 현상이 일어났는가 하는 점이다.

도이와 몰턴의 문학론 사이에는 여러 근본적인 차이점이 존재한다. 예를 들어 몰턴은 『문학의 근대적 연구(The Modern Study of Literature)』(1915)에서 장르에 의한 문학론을 전개하고 있지만, 도이와는 달리 순서를 계시적으로 전개하는 발전 법칙의 논리를 주장하고 있지는 않다. 몰턴은 모든 문학의 원천인 민요무답(舞踏)에서 서사시·서정시·희곡·웅변·철학·역사라는 6개의 장르가 각각 개별적으로 분절되어 나왔다고 생각했고, 각각을 공간적으로 병렬시켜 다루고 있다. 달리 말하면 이들 장르는 시간순으로 전개되는 것이 아니라, 화학 원소처럼 서로 조합되어 개개의 다양한 문학 형태를 결정하는 요소로 거론되고 있다.

무엇보다 간과할 수 없는 것은 도이가 그리스·헤브라이에 원류를 두는 유럽문학사를 만인에게 추앙받아야 할 보편적 '인간성'이 전개된 역사로 간주하고 있는 점이다. 도이는 메이지 이후 일본문학은 이런 보편적 문학과 만남으로써 발전을 이루었고, 따라서 일본문학이 세계적 문학이 되기 위해서는 서구문학에 한층 접근해야 한다고 생각했다. 그것은 도이가 영문학을 주체로 하여 그 성립 계보를 탐색하는 가운데 발견한 몰턴의 세계문학 개념을 선험적인 '보편' 개념으로 수용했음을 보여준다. 도이는 유럽 제국의 문학사를 기준으로 그것과의 대조 속에서 일본문학의 비(非)세계적 문학성을 비판하고 있는 것이다.

몰턴은 일본문학과 중국문학을 자신의 세계문학의 계보와는 무관한 것으로 여기고 있다. 그러나 그것은 일본문학의 특수성 때문이 아니라 일본문학이 영문학의 형성에서 역사적으로 관여한 바가 거의 없다고 생각했기 때문이다. 몰턴은 다음과 같이 적고 있다. "같은 종류의 원근법에 의해 세계문학은 영국인과 일본인에게 다른 것이며, 영국인에게 그렇게 추앙받고 있는 셰익스피어가 일본인에게는 작은 부분인 것에 반해, 후자의 문학 풍경에서 전경이 되는 지나문학은 전자의 문학 풍경에서는 거의 분간하기 어려울 만큼 작다."[26] 영문학에는 영문학의 시각에서 구성된 세계문학이 있다면 일본문학에는 일본문학을 중심으로 한 세계문학이 있을 수 있다는 주장이다. 가령 몰턴의 세계문학론을 '충실'히 일본에 적용한다면 일본문학의 시각에서 구성된 세계문학에 조선이나 중국문학을 포함하지 않을 수 없다. 그러나 도이에게 세계문학은 유럽문학을 보편적으로 규정함으로 얻은 개념으로서, 주변 아시아 지역이 일본문학에 미친 영향에 대한 인식은 극히 미미했다.

실제로 문학 장르의 교체설에 근거하고 있는 도이의 일본문학사론에는 한문학의 영향이 거의 언급되고 있지 않다. 예를 들어 『만요슈』 속 야마노우에노 오쿠라(山上憶良)의 노래에 보이는 부자의 정에 관한 표현을 언급하며 그는 그것이 유교적 윤리 의식이 아니라 '일본 고유의 정신'에서 비롯된 것이라고 말한다. 나라 시대에 불교가 이입되었지만, 그것은 '만요의 인도적·서정적 정신' 덕분에 가능했던 것으로,

인도와 중국의 불교와는 달리 일본 불교에는 일본 특유의 '서정적' 특질이 깃들어 있다고 주장했다. 도이는 대륙 문화의 영향 자체를 부정하지는 않았지만, 일본문학의 고유한 원리 앞에서는 거의 가치가 없는 주변적인 요소로 간주했다.

그런 점에서 도이의 일본문학론은 같은 다이쇼 시대에 간행된 대표적 일본문학사인 쓰다 소키치의 『문학에 나타난 우리 국민사상의 연구』(洛陽堂, 1916~1921)와 이질적이다. 쓰다도 도이와 마찬가지로 일본문학사에서는 '국민문학'의 발달이 건전한 모습으로 이루어지지 못했다고 주장한다. 하지만 1장에서 확인한 것처럼 쓰다는 그 원인을 일본문학사에 끼친 '지나'의 절대적 영향에서 찾고 있다. 쓰다에 따르면 '지나 문명' 때문에 일본 고유의 문화는 발달이 저해되었고 그 때문에 민족적 '서사시'가 형성되지 못했다고 말한다. 물론 여기서 쓰다가 중국 문화를 세계문학으로 간주하고 있는 것은 아니다. 또한 고대 일본의 '국민 생활'에 중국 문화가 끼친 영향을 단죄하듯이 논하면서도 메이지 이후 서구 문명 유입의 의미를 긍정하고 있다. 그러나 도이의 문학사와 비교하면 지나문학이 일본문학에 미친 영향의 정도에 관한 인식을 둘러싸고 큰 차이를 보이고 있다.

도이의 일본문학사는 전근대 동아시아에서 중화 문명이 가졌던 어떤 '세계성' 속에서 일본문학을 파악하는 것이 아니라, 문학 장르의 내재적 변천이라는 시점에서 일본 고유의 문학사 전개 원리를 드러내고 있다. 결국 도이에게 서사시, 서정시, 모노가타리, 극의 순으로 전개되는 문학사 전개 원리는 일본문학사에서 한문학의 영향을 배제함과 동시에 일본인이 메이지 이후 일어난 서구문학과의 접촉을 고대부터 준비하고 있었음을 보여주는 근거였다.

8. 외국문학 연구와 국문학 연구

도이 고치의 세계문학 개념은 그리스·헤브라이 문학을 보편으로 규정하고, 서사시·서정시·모노가타리·극이라는 문학 장르가 주기적으로 전개되는 문학사의 보편 법칙을 상정하고 있다. 그는 그리스·헤브라이를 원류로 하여 근대 유럽 각국 문학에 이르는 세계문학의 개념을 보편적인 문학의 조류로 수용하고, 그 위에서 유럽문학과의 거리를 측정하여 일본문학을 비판했다. 이러한 도이의 일본문학론은 전근대 시기에 한문학이 가진 세계성을 배격함과 동시에 유럽문학의 역사를 보편으로 상정하고 일본문학을 거기에 새롭게 참가시킨다는 극히 서구 중심적인 성격을 띠고 있었다.

한편 그의 유럽중심주의가 일본인은 자아의 힘이 약하고 자연을 사랑하며 서정적인 성격이라는 민족성론의 입장에서 일본문학을 규정했다는 점도 주의할 필요가 있다. 도이 고치의 문학론은 전형적인 유럽중심주의의 언설이지만, 다른 측면에서 보면 유럽이 아닌 다른 '무언가'를 상정하고 있었다. 도이에게 일본은 실로 유럽이 아닌 다른 '무언가'이며, 『문학서설』에서는 이른바 '역오리엔탈리즘' 방식으로 일본문학사의 자기동일성이 주장되고 있다. 도이는 일본문학의 부정적인 측면을 강조했지만, 일본문학이라는 범주의 자기동일성을 자명한 것으로 간주했다는 점에서 그의 언설은 국민국가적 틀을 보강하는 역할을 했다. 그의 문학사론은 서구를 쫓아간다(모방한다)는 당시 일본 국민이 가진 의식을 일정하게 반영했다고 할 수 있다.

근대 일본의 국문학 연구는 그 제도적인 외부에 외국문학 연구라는 존재를 전제로 성립하고 있었다. 도이 고치의 일본문학론은 서구중심주의적 입장을 비롯해 많은 문제를 안고 있다. 그러나 국문학이라는 근대 내셔널리즘의 적자(赤子)는 도이 고치와 같은 외국문학 연구자가 소개한 서구의 학문 이론을 받아들이지 않고서는 현재까지 계승될 수 없었다. 근대 일본에서 외국문학 연구라는 제도는 원래 '웨스턴 임팩트'에 동반되는 서구중심주의의 산물이지만, 이러한 외국문학 연구가 있었기 때문에 서구의 학문 이론을 그대로 받아들이든 혹은 그것에 반발하는 형태를 취하든 국문학 연구의 내부에는 끊임없이 학문적 논의가 일어났고 새로운 혈액이 주입되었다고 할 수 있다. 국문학과 외국문학은 서구중심주의가 낳은 일종의 공범 관계를 이루고 있었다.

그러나 포스트모던적 상황의 도래가 여기저기서 언급되고 있는 지금, 이전과는 전혀 다른 사태가 진행되고 있다. 외국문학 연구자가 활발히 서구의 학문 이론을 일본 학계에 소개하고 국문학 연구가 그것을 필사적으로 받아들이려는 상황은 지금도 사라지지 않고 있다. 그런데 근래 외국문학자가 외국에서 일본으로 활발히 받아들이고 있는 것은 '문화 연구'라는 문학 자체의 실효(失效)를 알리는 학문 조류이다. 게다가 문화 연구는 근대 국민국가의 틀을 전제로 한 내셔널한 연구가 가진 한계성에 대한 비판을 포함하고 있다. 일찍이 국문학의 공동체성을 반복해서 활성화했던 '이방인'이 가져온 선물 자체가 지금은 종래의 국문학 연구, 외국문학 연구의 내셔널한 틀의 해체를 촉진하고 있는 것이다.

1) 남방에서의 아베 도모지의 국책적인 집필 활동에 관해서는 다음을 참조.

木村一信編·解題『阿部知二』南方軍政関係史料25-1南方徴用作家叢書ジャワ篇 4~5, 龍溪書舍, 1996년.

2)『阿部知二集』, 現代日本文学全集 補巻 9, 筑摩書房, 1973년, 405쪽.

3) 영국과 미국, 일본에서 「영문학」 연구나 교육 제도의 확립에 대한 내용은 이하의 서적을 참고했다.

テリー·イーグルトン『文学とは何か 現代批評理論への招待』(大橋洋一訳, 岩波書店, 1985년), 東京大学百年史編集委員会『東京大学百年史』部局史一(東京大学出版会, 1986년), 川口喬一編『文学文化研究』(研究社出版, 1995년), Widdowson, Peter, ed. *Re-reading English*. London: Mathuen, 1982,『日本の英学100年 明治編』(研究社出版, 1968년), 荒木正純「明治の英語·英文学関連雑誌と英文学研究—〈自助〉から〈教養〉へ—」(『明治期雑誌メディアにみる〈文学〉』, 筑波大学近代文学研究会, 2000년).

4) 坪内逍遙,「英文学史綱領」(『早稲田文学』, 1893년 5~7월).

5) 도이고치 문학론에 대한 선행 연구는 다음과 같은 것이 있다.

川副国基による注釈「国民文学と世界的文学—土居光知「文学序説」より—」(『国文学』, 1957년 8~11월), 菊田茂男「土居光知」(『国文学』, 1960년 10월), 益田勝美「日本神話の劇的性格—土居光知説を検討しつつ—」(『解釈と鑑賞』, 1972년 1월), 北垣篤「シンデレラ·ストーリーのルーツ論—土居光知氏の「シンデレラと鉢かつぎ」から」(『比較文学』, 1984년 3월), 斎藤明「日本語のリズム—土居光知の理論によせて」(『アメリカ·カナダ大学連合日本研究センター紀要』, 1986년 6월), 田桐正彦「土居光知—比較文学からとらえた日本古典—」(『解釈と鑑賞』, 1992년 8월), 太田直也「土居光知の読んだ『アラスター』」(『比較文化』, 1995년 9월). 또 이외에도 단편적인 수준에서 도이의 문학론을 다룬 것이 다수 있지만, 도이고치의 저작은 그 '학은(學恩)'에 대해 찬사를 받는 저작으로 변한 측면이 커서, 사상사적인 대상화가 좀처럼 이루어지지 않았다고 할 수 있다.

6) 坪内逍遙「新作十二のうち既作四番合評」(『読売新聞』, 1890년 12월 7일), 森鴎外「柵草子の山房論文」(『月草』, 1896년) 등.

7) フリードリヒ·ヘーゲル(長谷川宏訳)『ヘーゲル美学講義』, 作品社, 1995년~1996년.

8) 도이는 1922년『문학서설(文学序説)』초판 간행 4년 후, 논문「문학의 양식 전개에 대하여(文学の様式の展開に就いて)」(『英文学研究』, 1926년 2월)를 발표했다. 여기서 도이

는 『문학서설』 간행 후 1922년부터 1924년에 걸쳐 유럽 유학 시절에 읽었다는 스위스 문학사가 Ernest Bovet의 1911년 저작 *Lyrisme*, *Epopee*, *Drame*에 대해 언급하고 있다. Bovet에 의하면 프랑스와 이탈리아 문학사에서는 고대로부터 현대에 이르기까지 서정·서사·극이라는 장르의 교체가 3번에 걸쳐 주기적으로 반복되었다고 한다. 도이는 이를 자생적 '일본문학사'관과 관점을 같이하는 견해라고 서술하는 한편, 서정시와 서사시의 전개 순서가 자신의 생각과는 반대된다고 비판하고 있다.

9) 西郷信綱 『日本古代文学史』(岩波書店, 1951년, 8쪽). 사이고 노부쓰나는 기기(記紀)와 같은 일본의 서사시는 기본적으로 황실의 정치적인 입장에 따라 제작되었지만, 스사노오(スサノオ) 등의 인물 조형의 배후에는 황실에 의한 통치기구가 확립되기 이전에 호족이 군웅할거했던 '영웅 시대'의 역사적 존재를 엿볼 수 있다고 지적한다. 사이고나 이시모다 쇼(石母田正)와 같은 전후의 국문학자나 역사학자들이 주창했던 '고대 영웅 시대론'은 전후 민주주의와 민족 자립의 시대 풍조 속에서 일본의 근대적 자아 및 프롤레타리아 혁명 영웅의 계보를 민족의 주체적인 역사 속에서 찾으려고 한 것이라고 할 수 있다. 전제적인 국가주의의 지배를 받지 않는 순수한 민족 공동체의 존재를 고대 일본에서 구함으로써 전전 황국사관에 기초한 고대사·고대문학 연구에 대해 비판한 것이다. 이는 문학 장르의 교체를 전제로 하는 도이 고치의 '일본문학사'관을 그대로 수용하면서, 그 토대 위에 황실 중심 사관을 전제로 한 도이 고치의 고대 서사시론을 민주주의 시대에 부합하도록 반전시키고 또 마르크스주의의 계급론 개념이 가미되어 형성된 측면이 컸다고 할 수 있다.

10) 芳賀矢一「希臘の古劇と我国の能楽」(『帝国文学』, 1904년 1월).

11) 土居光知 『文学序説』, 岩波書店, 1922년, 100쪽.

12) 앞의 책, 80~81쪽.

13) 앞의 책, 107~108쪽.

14) 앞의 책, 107~108쪽.

15) 앞의 책, 305쪽.

16) 스즈키 도미(鈴木登美)는 『문학서설』에서 제시된 도이 고치의 문학장르론 중에서도 가장 중시되었던 것이 서정시 및 그 발전된 양식으로서의 모노가타리 장르였고, 이 부분에서 헤이안 시대의 여류 일기문학이 갖는 '서정성'과 개성주의에 대한 도이의 높은 평가가 이루어지고 있다고 지적한다. 그러나 '일본문학'의 '서정적'인 성질이 개성의 사회적 성장과 '일본문학'의 '보편'화를 저해해 온 요인으로 파악되어 온

것을 감안하면, 결코 도이가 헤이안 시대의 일기문학을 조건 없이 평가하고 있는 건 아니라는 점에 주의해야 한다. 鈴木登美「ジャンル·ジェンダー·文学史記述―「女流日記文学」の構築を中心に」(ハルオ·シラネ, 鈴木登美編, 『創造された古典』, 新曜社, 1999년) 참조.

17) 土居光知 (11)前掲書, 321쪽.

18) 蓮實重彦 「「大正的」言説と批評」(柄谷行人編, 『近代日本の批評 明治·大正篇』福武書店, 1992년).

19) 『문학서설』에 수록되어 있던 여러 논문 중에서 가장 빠른 시기에 쓰였다고 추정되는 것은 「예술적 형상(芸術的形象)」이라는 제목의 장이다. 도이는 니치렌슈 대학 강사 시절인 1916년에 동인지 『현대비판(現代批判)』에 「예술적 형상과 유동(芸術的形象と流動)」이라는 제목의 평론을 기필했고, 『문학서설』의 「예술적 형상(芸術的形象)」이라는 장은 이 평론을 기초로 하고 있다고 판단되기 때문이다. 여기서 도이는 고대 그리스 예술을 예로 들어 예술의 발생과 그 일반적인 성격에 대해 논하고 있다. 내용에 따르면 예술이란 모순에 찬 혼돈스러운 자연계에 대한 공포의 감정에서 시작한다고 한다. 그리스 예술은 이것에 명확한 '형상'을 부여함으로써 질서와 조화를 도모하는 것을 목적으로 하고 있다고 한다. 보다 원시적인 예술에서는 자연의 혼돈과 모순이 여전히 충분히 질서화되어 있지 못하고 소박하면서도 기괴한 상징적 표현 단계에 머물러 있다. 그러나 그리스 예술은 곧 그러한 난잡한 표현의 단계를 벗어나 보다 '순일(純一)'하고 '청랑(晴朗)'한 형상을 만들어 내고 있다고 하는 것이다.

이러한 그리스 예술관을 규범으로 하여 예술의 일반적인 성격을 규정하려고 한 도이의 자세는 동시에 '일본문학'에 대한 비판적인 언설을 낳기도 하였다. 도이는 그리스인은 끊임없는 혼돈과 전투, 그것을 정복하는 것을 예술의 역할로 삼았다고 서술한다. "몽롱하고 희박한 사상을 투명하고 농후하게 하고 이를 통해 형상을 결정지으려 했다"는 것이다. 그러나 한편 일본의 예술가에게는 이러한 '정복 정신'이 결여되어 있고 현실의 추악함이나 고뇌를 도피하려는 태도가 특징이라고 말한다.

일본의 가인(歌人)이나 하이카이인(俳諧人)이 추구한 한아(閑雅), 주탈(洒脱), 유현(幽玄), 정숙(静寂)이라는 경지는 소극적인 태도가 낳은 것이었다고 말한다. 도이는 이러한 것들이 분명 고도로 세련된 섬세한 표현을 실현시키고 있다고 하면서도 현실의 혼돈과 잡다함을 정복할 적극적인 의욕을 결여하고 있기 때문에 너무나도 작은 형상밖에 가질 수 없었다고 서술한다. 예술의 '건전'한 존재 방식을 고대 그리스에서 구하고 그것과의 대비를 통해 '일본문학'의 '소극적' 태도와 형상의 작음을 비판하는 것이다. 그리스 예술에 대한 평가를 자명한 것 혹은 보편적인 것으로 제안함으로써 '일본문학'의 이른바 변칙성 또는 특수성을 도출해 내려 한 논의라고 할 수 있다.

20) 아널드에 따르면 17~18세기 영국에서는 청교도운동으로 영국 정신이 부정되어 버렸고, 그리스 정신과 헤브라이 정신이 상호 유기적으로 결합된 형태의 유럽 문명의 주류에서 영국 문화가 오랜 기간 이탈되어 버렸다고 한다(『교양과 무질서』). 도이 고치는 『문학서설』에서 '일본문학'의 '섬나라적 협소함'을 여러 번 비판하고 있는데, 이는 영국 문화의 고립성에 대한 아널드의 비판적 언설을 배경으로 한 논의로 생각할 수 있을 것이다. 도이는 유럽의 '그리스 정신'과 '헤브라이 정신'에 상응하는 것으로서 '일본문학'의 '국가적 정신'과 '개인적 정신'을 대응시키고 '일본문학'의 비세계성을 양자의 몰교섭 때문이라고 지적하고 있다. 또한 1949년에 연구사 출판(研究社出版)에서 『영미문학 총서(英米文学叢書)』라는 단행본으로 간행한 「문화와 무질서(Culture and Anarchy)」의 머리말에서 도이는 "아널드는 보수적인 성향임에도 중용을 지켜 문화에 의해 위기를 극복하려 생각했다. 문화인가 무질서인가? 이것이 이 시대의 화두였는데 오늘날 일본에서는 열 배나 더 심각하게 우리 자신의 문제이기도 하다."라고 서술하고 있다.

21) テリー·イーグルトン(大橋洋一訳)『新版 文学とは何か 現代批評理論への招待』, 岩波書店, 1997년, 39~41쪽.

22) 土居光知「英文学研究の態度および対象性」(『英文学研究』, 1920년 3월).

23) リチャード·ヂー·モウルトン(本多顕彰訳), 『世界文学 及び一般文化におけるその位置』, 岩波書店, 1934년, 7~9쪽.

24) 괴테의 '세계문학' 언설에 대해서는 다음을 참조.
西勝「ゲーテの『世界文学』についてのスケッチ—主に提唱の問題をめぐって—」(『明治学院論叢』, 1970년), 佐野春夫「世界文学と世界文学史」(『山口大学教養部紀要〔人文科学篇〕』, 1996년 2월), 八木昭臣「ゲーテと「普遍的世界文学」」(『熊本学園大学文学·言語学論集』, 1998년 6월).

25) モウルトン (23)前掲書, 451쪽.

26) 앞의 책, 8쪽.

제3장

'미'의 이데올로기

— 오카자키 요시에와 일본문예의 보편성 —

1. 사토 하루오와 고전

쇼와 전전기(戰前期) 문학자의 대부분이 이른바 일본주의에 경도되었다는 사실은 잘 알려져 있다. 예를 들어 사토 하루오도 그 중 한 사람이다. 원래 사토는 다이쇼 시대 작가 중에서도 아쿠타가와 류노스케, 다니자키 준이치로(谷崎潤一郎) 등과 함께 고전에 정통한 작가로 간주된다. 일본의 전통적인 미학과 미관을 적극적으로 찬미하는 태도를 보였다는 점에서 특징적인 위치를 점하고 있다.

사토의 대표적인 평론으로 알려진 「'풍류'론」(1924)에는 그러한 입장이 직접적인 형태로 드러나 있다. "풍류를 명확하게 그리고 정당하게 이해하는 것은 우리 민족 예술의 대부분을 해설하는 것이며, 국민성을 밝히는 데 매우 중요한 하나의 안목"이라고 말한다.

> '저것!' 내가 지금 아이처럼 말을 듣지 않는 것을 독자 여러분은 비웃어서는 안 된다. 말의 왕이라 칭하는 사람이 있어도 그 사람이 진정으로 현명한 사람이라면, 우리 민족의 시적 영혼에 접촉하여 저 일종의 감정을 묘사하려 한다면, 아마 입을 닫게 될 것이다. 사실 우리 선조 가운데 몇몇 천재도 결국은 실로 내가 지금 여기에서 할 말을 잊고 '저것'을 너무나도 적확하게 포착하고 너무나도 단적으로 표현할 것이라는 그 일념 하나로 그들의 생애를 바친 것이다. '저것'의 진정한 표현을 추구하여 우리 선조는 끝없이 거기에 31자든 나아가 17자든 다른 민족에 비해도 가장 침묵에 가까운 문학 양식을 발견했다.[1)]

여기서 말하는 '저것(あれ)'이란 '풍류'를 말한다. 사토에 의하면 그것은 인간적인 의미를 최소한도에 묶어둔 생활 태도에서 태어난 것이며, '모노노아와레', '쓸쓸함' 혹은 '무상감'과 같은 말로 바꿀 수 있다. 이 '민족의 시적 영혼'에 의해 감각과 정조에 근거한 많은 일본문학 작품이 만들어졌다는 것이다. 근대문학에서도 나가이 가후, 무로 사이세이(室生犀星), 기타하라 하쿠슈(北原白秋), 나쓰메 소세키, 이즈미 교카(泉鏡花) 등의 작가에게는 '풍류'에 연결되는 감각이 있다고 덧붙이고 있다. 풍류를 둘러싼 이러한 해석에는 『전원의 우울』 등 사토 자신의 창작 태도를 스스로 분명히 하려는 의도가 작용하고 있었다. 「오키누와 그 형제(お絹とその兄弟)」와 같이 자연주의 경향의 작품도 일부 있지만, 대개 사토 하루오의 소설은 스토리의 기복과 등장인물의 움직임이 비교적 적고, 탐미적인 산문시에 가까운 성격을 띠고 있기 때문이다. 사토가 추구한 것은 미적이고 정관적인 경향이 강한 자신의 작품을 일본 문화 속에 보이는 '풍류'의 전통 안에 위치시켜 결과적으로 자신의 미적 태도를 긍정하는 것이었다. 물론 이러한 태도는 그가 종종 세상에 대한 아웃사이더로서의 의미를 담아 자신을 '세외인(世外人)'이라 불렀던 것과도 무관하지 않다.

그러나 고전을 중시하는 사토의 태도는 이윽고 쇼와 전전, 전중(戰中)기를 거치면서 일본주의적 시대 풍조에 흡수되는 결과를 초래했다. 쇼와 시대에 접어들자 사토는 「일본문학의 전통을 생각한다」(1937), 「문학적 민족주의」(1937), 「일본문학의 중심」(1938), 「일본문학의 계보」(1942), 「일본문예의 길」(1945) 등을 통해 일본 고전의 '민족적' 전통을 찬미하는 시국적인 발언을 다수 남겼다. 일본문학 속 '미야비(우아한

미)'의 전통이 궁정 그리고 천황을 중심으로 계승되었다는 점을 찬양했으며, 예술의 사명은 '일본정신'에 기여하는 것이라고 주장했다. 1943년에는 대동아 문학자 결전 대회에서 「황도 정신의 침투-미야비의 나라의 대조화(皇道精神の浸透—みやびの国の大調和)」라는 제목으로 강연을 했다. 세속적인 의미와 거리를 두는 사토의 풍류 혹은 세외인의 사상은 문학을 정치로부터 분리시키는 계기를 포함하는 측면이 있었지만, 일본문학의 민족적 전통을 강조하는 것 자체가 당시에는 국책의 방향성에 합치하는 조건을 충족하고 있었다.

그런데 일본 고전문학의 전통을 극히 중시했던 사토의 문학론은 결코 그만의 독창적인 것이 아니었다. 즉, 아카데미즘에서 구축된 국문학 연구 성과를 배경으로 성립된 측면을 무시할 수 없다. 예를 들어 그는 1938년에 발표한 평론 「일본문학의 중심」에서 일본문학의 중심은 궁정의 와카이며, 그 사서(詞書)에서 산문이 발달했다는 지론을 전개한다. 그때 "모두 만학자의 독단이다. 망상이다. 만약 그렇다면, 일찍이 몇 명인가가 말하지 않을 리가 없다. 우연히 자신이 발견한 것 같은 느낌이 드는 것은 전문 지식을 결여하고 있기 때문에 드는 느낌이다. 자기 생각만을 고집한다면 후일 도무지 결말이 나지 않을 것이다."[2]라고 다소 모호한 태도로 하가 야이치의 저작을 펼쳐보라고 말하고 있다. 전문 지식을 가진 아카데미즘의 국문학자에 대한 배려라고 할 수 있다. 그리고 풍류를 둘러싼 논의를 전개하면서 사토는 국문학자의 논의를 근거로 삼고 있다. 앞서 말한 것처럼 사토는 풍류 사상을 '모노노아와레'와 거의 동일시하고 있다. 이 '모노노아와레'의 해석에 관한 사토의 견해는 동시대의 대표적인 국문학자이자, 일본문예학의 제창자인 오카자키 요시에의 주장에 따른 것이다.

그렇다면 '모노노아와레'란 무엇을 의미하는가? 나는 오늘날까지 여러 용례를 신중하게 검토한 오카자키 씨의 설에 따르는 것 외에 다른 견해를 갖고 있지 않음을 고백한다.[3)]

1937년 「일본문학의 전통을 생각한다」에서 사토는 이렇게 적고, 오카자키 요시에의 저작 『일본문예사』를 길게 인용하며 '모노노아와레' 및 '아와레'의 개념을 정의하고 있다. 쇼와 전전, 전중기에 일반인들이 일본의 고전문학에 관심을 갖게 된 것은 아카데미즘의 국문학 때문이 아니었다. 그것은 오히려 사토와 같이 다수의 독자를 가진 문단 작가와 비평가들의 영향 때문이었다. 전문적 논문은 일반 독자에게는 무미건조한 논증에 불과했기 때문이다. 제5장에서 다루는 것처럼 아카데미즘의 국문학자는 그것에 대해 적지 않게 굴절된 기억를 품고 있었다. 그러나 작가와 비평가라 하더라도 역시 고전문학에 대해 논할 때는 전문적인 국문학자의 연구 성과를 완전히 무시할 수 없었다. 사토 하루오 문학의 중핵을 이루는 세속적인 의지성이 제거된 미적 감각은 오카자키 요시에의 일본문예학의 학문적 성과를 도입함으로써 이론적으로 보강되고 권위를 부여받을 수 있었다.

오카자키 요시에(1892~1982)는 미학적 입장에서 예술로서의 문예를 연구한다는 '일본문예학'을 제창했고, 일본문예의 양식적 특징을 종합한 연구자로 알려져 있다. 예술지상주의적 미학의 시점에서 일본문예 전체에 대한 포괄적인 틀을 제시했고, 그 학문적 대상은 고대부터 현대까지 포괄하고 있다. 그런 점에서 쇼와 전전, 전중기의 국문학자의 이론주의적 언설을 지탱했던 사상을 이해하는 데 있어 오카자키의 문학론을 검토하는 것은 불가피하다. 또 오카자키의 논의는 도이 고치의 문학론과 함께 근대 일본에서 대표적 '세계문학' 언설의 하나로도 간주된다. 제2장에서 본 것처럼 국문학 연구는 외국문학 연구라는 제도적 존재 및 도이 고치와 같은 외국문학 연구자의 지원을 필요로 했다. 그렇다면 국문학 연구라는 학문의 공동체 쪽은 어떤 태도를 갖고 서구의 학문 이론을 받아들였던 것일까. 그리고 그 결과로 초래된 것은 무엇일까.[4)]

2. '일본문예학'의 등장

메이지 시대도 중반을 지난 1892년에 태어난 오카자키 요시에는 1917년 도쿄제국대학 문과대학 국문학과를 졸업하고 대학원에 진학했다. 그 후 도쿄제국대학 강사와 고쿠가쿠인(国学院)대학 강사를 거쳐 1924년부터 이듬해에 걸쳐 영국, 독일, 프랑스에서 연구 경험을 쌓은 뒤, 1927년 도호쿠(東北)제국대학에 부임해 1955년 정년 퇴직 때까지 교편을 잡았다. 그의 저작으로는 『일본문예학』(岩波書店, 1935년), 『일본문예의 양식』(岩波書店, 1939년), 『미의 전통』(弘文堂, 1940년), 『일본문예와 세계문예』(弘文堂, 1940년), 『문예학개론』(勁草書房, 1951년) 등이 있다. 다이쇼 시대 도쿄제국대학에서 대학 교육을 받은 오카자키는 당시 같은 국문학과에 재적하고 있던 2살 아래의 히사마쓰 센이치와 4살 아래인 이케다 기칸과 함께 전전부터 전후에 걸쳐 일본 국문학계를 대표하는 위치에 있었다. 그의 학설은 국문학계에서 하나의 권위를 형성했고, 특히 도호쿠제국대학을 중심으로 전후에 이르기까지 도제제도적 인 파벌을 형성하기도 했다.

대학시절 오카자키는 초창기 국문학 연구의 대표적 인물인 하가 야이치의 지도를 받았다. 하지만 그는 하가가 제창한 일본문헌학의 이념에 불만족스러운 기억을 가지고 있었다. 도쿄제국대학의 일본문헌학이란 19세기 독일문헌학 및 일본의 근세 국학을 참고로 예술, 법제, 사상, 풍속 등에 걸친 언어 자료를 대상으로 일본의 국민성을 총합적으로 재인식하는 것을 목적으로 하는 강한 국가주의적 성격의 학문이었다. 그런데 오카자키는 그것을 문학의 예술성을 고려하지 않는 '잡학적'인 것으로 간주했다. 후일 오카자키는 학창 시절 국문학 강의보다 오쓰카 야스지(大塚保治)의 독일 미학 강의에 매료되었다고 회상하고 있다.[5] 28세에 돌연 도쿄제국대학 강사직을 그만두고, 회화 수업을 받기 위해 고향인 고치(高知)로 잠시 돌아갔는데, 이런 일화는 미학과 예술적인 것에 대한 그의 지향성을 잘 보여 준다. 실제로 다른 국문학 연구자들과 비교할 때 오카자키의 학문 전체를 현저하게 특징짓는 것은 미학의 시점에 근거해 '일본문예학'의 대상을 엄밀하게 한정하는 것이었다.

일본문예학의 대표적 제창자로서 오카자키 요시에의 이름이 유명해진 것은 1935년에 간행된 저서 『일본문예학』이 결정적이었다. 그는 전년인 1934년 10월에 잡지 『문학』의 일본문예학 특집호에 권두 논문으로 「일본문예학의 수립에 대해」를 발표했는데, 저서 『일본문예학』은 그것을 비롯해 몇 개의 논문을 모아서 간행한 것이다. 거기서 오카자키는 언어 예술의 의미를 강조한 '문예'라는 말을 채용해, 그것을 연구하는 학문을 '문예학'이라 부를 것을 주장한다. 그는 '문학'이라는 말이 원래 학문 일반을 가리켰다는 점을 들어 '잡학적'이라 하여 기피했다. 문예학이라는 학문은 문헌의 훈고 주석과 이본 연구, 혹은 문화사적 연구가 아니라, 문예의 '문예성'을 순수하게 검토하는 것으로 "금일의 국문학과 일본문예학의 차이점은 주로 어떤 점에 있는가 하면, 국문학의 중심적인 연구 영역에까지 들어와 있는 문헌학, 서지학, 비학술적인 관상과 비평, 국어학적 해석, 풍속사적 천착, 그 외 잡학적 요소의 불식이다."[6]라고 말하고 있다. 메이지 이래 도쿄제국대학 국문학과를 중심으로 전개된 일본문헌학의 이념에 대한 반발로 제기된 주장이라 할 수 있다. 바꿔 말하면 미학 혹은 예술학의 한 분야로서 '일본문예학'이라는 학문 분야를 자립시키려는 것이 그의 목적이었다. 문학뿐만 아니라 다양한 언어 자료를 통해 국민성 전체를 해명하려는 하가 야이치와 도쿄제국대학 아카데미즘의 이념에 따르면 문예의 예술성을 해명하는 것은 불가능한 것이다. 또 오카자키는 다이쇼 말기부터 국문학 연구에서 유행한 고전 작품의 이본 연구와도 확실한 차별성을 두었다. 서지학적인 조사 연구에서도 문예의 성격을 해명하는 것은 불가능하다고 생각했다.

이렇게 언어 예술로서의 문예 개념을 명확히 하려고 했던 오카자키의 시도는 다이쇼 말기부터 쇼와 초기에 걸쳐 독일문예학이 이입을 추진한 당시 일본의 아카데믹한 문학 연구의 전체적인 상황과 관련되어 있었다. 독일에서 문예학은 19세기 중반 이후 특히 딜타이에 의한 '정신과학' 개념의 확립을 계기로 발생했고, 여러 대학에서 강좌로 개설되었다. 미학과 심리학의 이론을 활용하여 기존의 서양고전학 및 문헌학과는 다른 문예 독자의 영역성을 중시한 학문 장르로서 발전을 이룩했다. 일본에서는 다이쇼 말기 이후 다카하시 데이지(高橋禎二)와 유키야마 도시오(雪山俊夫), 쓰즈미 쓰네요시(鼓常良), 오쿠쓰 히코시게(奥津彦重), 쓰이타 준스케(吹田淳助) 등 외국문학자의 손에 의해 엘스터와 벨프린, 군돌프와 같은 독일문예학의 사조가 차례로 소개되었다. 그 영향으로 국문학 연구에서도 독일어인 'Literaturwissenschaft'의 번역어로 '문예학'이라는 용어와 개념이 의식되었다. 그리고 그것은 메이지 시대 하가 야이치가 의거했던 독일문헌학의 사상을 대신해 다이쇼 말기부터 쇼와 초기에 걸쳐 국문학 연구의 이론적 기반이 되는 서구 최신 학문 사조로 채용되었다.

예를 들어 다카기 이치노스케(高木市之助)는 1932년 1월 논문 「국문학과 일본문예학」을 발표하면서 국문학이란 명칭의 애매함을 비판했다. 국문학이라는 명칭은 '국문의 학'인지 '나라의 문학'을 의미하는 것인지 모호하며, 따라서 근대적인 '문예' 개념을 명확히 나타내고 있는 '일본문예학' 쪽이 보다 적합하다고 주장했다.[7] 또한 1929년 이시야마 데쓰로(石山徹郎)는 저서 『문예학연감』(廣文堂)에서 "문예란 인간의 의식 언어에 의한 미적 표출이다."[8]라는 정의를 내리면서 문예학의 대상을 규정한 바 있다. 또한 가자마키 게이지로도 1931년에 「일본문예학의 발생」이라는 제목의 논문을 발표했다. 이러한 당시의 학계 풍조 속에서 오카자키는 '문예'의 독자성을 중시하는 입장에서 '일본문예학'을 독자적인 학문 영역으로 제시하려 했다.

그리고 이 시대의 국문학계에서는 일본문예학뿐만 아니라 다른 종류의 학파가 차례로 형성되었다는 점도 부연해 둘 필요가 있다. 제5장에서 다루는 것처럼 도쿄제국대학 국문학과에서는 하가 야이치의 일본문헌학의 뒤를 이어 '일본학'의 입장을 취한 히사마쓰 센이치와 이본 수집과 정리, 교합 등을 전문적으로 수행한 이케다 기칸 등의 '문헌학파'가 자신들의 연구 방식을 이론화하고 사상적인 무장을 감행하고 있었다. 게다가 이시야마 데쓰로와 곤도 다다요시, 가자마키 게이지로 등 마르크스주의자들은 소비에트 문예학의 영향을 받아 '역사사회학파'라 불리는 좌익적인 국문학론을 전개했다. 또 오리쿠치 시노부 등에 의해 민속학의 관점에서 국문학 연구가 본격적으로 시작된 것도 이 시기였다. 무라이 오사무가 이 시기를 '국문학의 고도성장기'라 부른 것처럼 전후까지 계속되는 국문학 연구의 여러 학파가 이때 대부분 형성되었다. 달리 말하면 독일문예학과 마르크스주의 등의 영향으로 메이지 이후 일본문헌학 이념은 재검토되었고, 지금까지도 계속되는 아카데미즘 국문학 연구의 원형이 당시에 형성되고 있었다.

3. 미학에서의 국문학론

오카자키가 '국문학'이란 명칭을 대신해 '문예학'을 채용한 것은 일본문헌학의 이념에 대한 반발적 성격을 띠고 있었다. 제1장에서 본 것처럼 하가 야이치의 국문학은 근대적인 의미의 '문학' 개념을 이미 전제로 하고 있었고, 그런 점에서 오카자키의 입장과 기본적으로 다르지 않았다. 그러나 오카자키는 한 발 더 나아가 언어 예술로서 '문예'의 개념을 원리주의적 태도에 입각해 철저하게 협잡물을 배제하려 했던 점에서 하가와 달랐다. 그때 오카자키가 기준으로 삼은 것은 사물 인식에서 주체적 행위를 중시하는 독일의 관념론적 미학이었다.

오카자키는 예술 작품으로서의 문예가 다른 여러 실용적 문헌 자료와 구별되는 것은 창작자 및 독자에 의한 '감상' 행위에 있다고 생각했다. 예술 작품은 그 자체가 '예술'로서 객관적으로 존재하는 것이 아니며, 또 그 자체에 '미'가 내재하는 것도 아니라고 말한다.

> 문예가 하나의 예술이고, 예술이 미의 표현이고, 미는 감상을 떠나서 존재하지 않는다는 원리를 잘 파악하면 감상과 분리해서 작품의 기능과 같은 것을 생각할 수 없을 것이다. 작품이란 작품 측면에서 말하면 감상에 의해 비로소 그 생명을 부여받는 장치에 지나지 않으며, 감상 측면에서 보면 감상 작용에 활동의 관계를 부여하는 하나의 동력 장치이다. 이렇게 작품이라는 것이 예술로서 존재하는가, 다른 것으로 존재하느냐는 것은 주로 감상과의 합일체인가 아닌가에 의해 결정된다. (중략) 예술은 의미의 세계이다. 그렇기 때문에 작품이라는 것도 결국 '감상되는 것'이라는 의미에서 비로소 예술의 한 계기가 되는 것이다.[9)]

오카자키는 예술 작품이란 단지 물질적인 존재가 아니라고 생각했다. 예를 들어 건축물이 예술로서 성립하기 위해서는 그 자체의 물질성과는 별개로 예술 작품으로서의 미적인 의미가 부여되어야 한다. 그 의미를 부여하는 것이 바로 감상 행위라는 것이다. 예술 작품은 미적으로 '감상'하는 주체적 시선에 의해 비로소 성립한다.

그는 감상을 문예학이라는 학문을 떠받치는 근본적인 개념으로 중시하여 1938년의 저서 『일본문예의 양식』에서 그것에 대해 자세히 서술했다. 그것에 따르면 예술 작품의 형성은 우선 제작자가 풍경, 정물,

인물, 역사, 심리, 사건, 사회적 행동 등의 대상물을 미적으로 감상하는 것에서 시작된다. 실용성과 도덕성을 도외시하고 외계를 미적으로 파악하는 예술가로서의 주체적인 시점을 근거로 예술 작품은 제작되기 때문이다. 그리고 세계 감상을 통해 작자가 제작한 작품은 감상자에 의해 예술 작품으로서 다시 감상되지 않으면 안 된다. 훌륭한 예술가에 의해 쓰인 문예 작품도 그 자체로는 다른 실용적인 언어 자료와 다르지 않다. 독자가 '문예'로서 다루고, 읽는 것에 의해 미적 가치가 태어난다. 달리 말하면 예술 작품이란 감상자가 감상하는 것을 전제로 제작되는 것이라 할 수 있다. 예술 작품이란 제작자와 감상자의 감상 행위라는 공동 작업에 의해 성립한다는 것이다. 또 작품의 제작과 향수는 모두 감상에 근거하고 있다는 점에서 본질적으로 같은 것이라고 오카자키는 말한다. 여기서 오카자키는 감상이라는 인식 작용이 진행되는 과정을 '관조', '향수', '판단'의 세 단계로 구분한다. 우선 어떤 미적 대상이 하나의 표상으로 눈앞에 나타나는 '관조'가 일어난다. 다음에 거기서 미가 감지되면서 미적 만족을 일으키는 '향수'의 단계가 온다. 마지막으로 거기서 얻은 미의 가치를 비평하고 계량하는 '판단'이 이루어진다는 것이다.

이러한 오카자키의 문예 이론은, "모든 사회 현상을 옛사람이 알고 있었던 것처럼 오늘날 사람의 눈앞에 구조(構造)해서 보이도록 한다."[10]라는 주장에서 보는 것처럼 일본의 '국민성'을 객관적으로 파악하는 것이 학문 연구의 목적이었던 하가 야이치의 일본문헌학과 그 지향성이 전혀 달랐다. 그리고 그것은 동시대의 곤도 다다요시와 이시야마 데쓰로 등 마르크스주의의 영향을 받은 역사사회학파의 국문학 연구 방법을 비판한다는 의도도 포함하고 있었다.

오카자키는 "가령 최근 유행에 따라 사회를 과학적으로 관찰하고 그것을 예술 작품에 반영시킬 경우를 채택해 본다. 사회의 과학적 관찰은 어떻게 해도 사회과학만 성립시킨다."라고 말한다. 마르크스주의가 표방하는 '과학적' 학문 수법은 미적인 감상이 개재하는 예술의 성격을 해명하는 데 도움이 되지 않는다는 것이다. 문예 작품은 예술가의 세계에 대한 감상에 의해 규정되는 것으로 사회의 하부구조를 단지 '반영'한 것이 아니기 때문이다. 그리고 당연하게도 이러한 마르크스주의에 대한 오카자키의 비판은 문예학을 정치로부터 분리하려는 이념에 따른 것이었다.

> 미적 쾌감은 그 정관성에 규정되고 있는 점에 특징이 있다. 직접 이해를 동반하는 세계 - 보편적·실제적 혹은 실용적 세계로 생각되는 지점으로, 이 쾌감이 진입하는 것을 허락할 수 없다. 이것은 미적 만족의 존재 방식에 의해 내부로부터 규정되는 것인데, 이러한 규정이 실현되는 것은 그 만족이 미적 대상의 관조 이외의 외부에서 와서는 안 된다는 조건을 포함하기 때문이다. 만약 관조가 무엇인가를 알지 못하는, 단순한 향락가와 실리주의자가 예술품을 대할 때, 그 안에서 성적 만족과 이용 가치의 타산, 그 외의 비(非)미적인 것을 보고 즐거움을 느낄지도 모른다. 미적 대상에서 무한 쾌락을 얻으려 그 안에서 여러 비미적인 만족을 이끌어 내는 것은 오히려 흔한 일이다. 도덕가, 종교가, 계급 투쟁의 지도자 등이 예술품을 각각 자기의 생활 목적을 위해 이용하게 된 것은 대부분 관조를 벗어난 곳에 미의 적극적인 목적이 있다고 생각하고 그곳에서 뭔가 만족을 얻을 수 있다고 잘못 생각한 것에 의해 발생하는 경우가 많지 않은가.[11]

예술의 감상(관조)에 미적 쾌감 이외의 현실적인 타산과 도덕성을 가져와서는 안 된다는 것이 오카자키의 주장이다. 문예학의 학문적인 목적은 예술을 위한 예술로서 문예 작품을 다루는 것이며, 경제적·정치적·종교적·도덕적 이용에 종속시켜서는 안 된다. 프롤레타리아문학과 같은 정치적 주의 주장을 선전하는 문학은 예술 본래의 특질을 왜곡시켜 불순한 것으로 타락시킨다고 말한다. 여기서 오카자키가 말하는 미적 감상을 지탱하는 '정관성'이라는 개념은 칸트의 『판단력 비판』 속의 미학론을 염두에 둔 것으로 봐도 무방하다. 칸트는 도덕성과 실용성 등 현실적인 '관심'을 제거하고 대상을 파악하는, 이른바 주체의 취미 판단에 '미'의 근거를 두었다. 그리고 그의 미적 정관성은 이후 독일의 관념론 미학에 압도적인 영향을 미쳤다. 오카자키는 1951년의 저작 『문예학개론』에서 대상에 대한 주체의 심리적 감정이입에 미의 근거를 두는 한스 립스(Hans Lipps)와 요하네스 폴켈트(Johannes Volkelt) 등의 감정이입 미학을 비롯해 여러 독일의 미학과 철학을 검토하고 있는데, 그 중에서 그가 가장 중시한 것이 칸트의 미적 정관설이었다. 오카자키는 칸트의 입장을 대체로 지지하면서 "나는 예술 의지로서의 문예 의지는 미적 요소의 근원에서 나온 것으로, 다른 영역으로 해소할 수 없는 것이라고 생각했기에 역시 칸트류의 미적 정관설을 주장하게 되었다"[12]고 말하고 있다. 여기서 그가 일본문예학의 미학 사상을 칸트 미학의 연장선상에 놓고 있음을 알 수 있다. 이렇게 미학적 입장에서의 독자적인 '일본문예'론을 구축하는 것이 그의 학문적 목표였다.[13]

오카자키의 문예학은 감상이라는 관념론적 인식 형태가 하나의 사상적 거점으로 상정하고 있었다. 그리고 구체적인 일본문예론을 전개할 경우 오카자키는 '양식'이라는 개념을 중시한다. 그것은 예술 작품의 성격을 규정하고 학문적으로 분류하는 데 도입된 개념이자, 서양미술사에서는 Stil 및 Stile, 혹은 일본의 가론에서 말하는 '풍체(風体)'에 대응하는 개념이라고 설명한다.[14] 예술은 다양한 양식으로 분류할 수 있지만, 그것은 어디까지나 문화적 관점에서 대상을 분류한 것으로 자연과학과 같은 학문에서의 분류 개념과는 근본적으로 다르다. 왜냐하면, 문화적인 현상에는 인간의 '정신' 혹은 '문화 의지'가 개입하고 있기 때문이다. "지금 첫째로 말하는 것은 문화 의지의 주체로서 인간이 양식의 근원이라는 점이다. 둘째로 양식이 나타나는 장소는 문화의 객체인 사물이라는 점이다."[15]라고 오카자키는 말한다. 인간의 정신과 문화 의지가 객관적인 물질 속에 구체적인 모습으로 나타날 때, 거기에 여러 종류의 문화 양식이 발생한다는 주장이다. 이렇게 양식을 획득함으로써 정신은 비로소 추상성에서 벗어나 역사적 세계 속에 자신을 구현하는 것이 가능하다고 오카자키는 생각했다. 오카자키는 문화적 현상과 물질적 세계 중 전자를 담당하는 정신성을 가리켜 '문화 의지'라고 불렀다. 이러한 구분법은 딜타이(Dilthey)의 해석학 속 '정신 문화'의 개념과 유사한 것이다. 오카자키는 말년인 1951년 『문예학개설』에서 딜타이 외에 리케르트(Rickert)와 빈델반트(Windelband)와 같은 신칸트학파 철학자의 이름을 거론하며 문화 의지와 양식의 개념을 검토하고 있다.

인간의 정신성이 담긴 것이 양식이라면, 인간이 만든 모든 문화적 현상에는 각각의 양식이 존재하게 된다. 오카자키에 따르면 양식이란 인간의 문화 형태 그 자체이다. 그리고 많은 문화 양식 가운데 실용적 혹은 권력적인 정신이 아니라 '예술 의지'처럼 현실에 대해 정관적인 미의 정신성이 담긴 것을 오카자키는 예술 양식으로 간주한다. 독자와 창작자가 미적 감상 행위로 불어넣은 정신성에 의해 예술 양식이 형성된다는 사고방식이다. 회화와 조각, 음악 등 다양한 하위 예술 양식 가운데 미적인 정신성이 언어라는 물질성을 매개로 양식성을 획득한 것이 문예의 영역이 된다. 예술과 문예는 그 틀 자체가 하나의 양식이고, 그것은 나아가 개개의 민족과 시대, 지역, 계급, 유파, 작가 등의 양식으로 세분될 수 있다. 덧붙여 개개의 문예 작품 하나하나도 정돈된 최소 단위의 예술 양식이라는 것이 오카자키의 사고방식이다. 그는 이러한 관점에서 일본문예를 양식이라는 관점에서 분석하고 구미 제국 및 중국 문예와의 상이함을 드러내는 것이야말로 일본문예학의 학문적 역할이라고 간주했다.[16)]

이러한 오카자키의 문예학 이론은 이미 살펴본 하가 야이치나 도이 고치 등 다른 '국문학'자들처럼 서구의 근대적인 개념을 역사적·공간적으로 자명한 것으로 생각하고, 그 위에서 그것을 전근대 비유럽 지역의 문화 현상에 적용한 것이었다.

그의 예술 이론에서 중핵을 이루는 '감상'이라는 개념은 독일관념론의 미학 사상에서 온 것인데, 그것은 예를 들어 미술관으로 대표되는 근대 서구 예술의 독특한 존립 형태를 반영한 것이다. 근대에서 미술관은 특정 물체를 그것이 원래 속해 있던 시대와 사회, 문화, 용도 등의 맥락에서 분리해 '예술품'으로 전시물을 창조하는 기능을 한다. 예술품에 대한 감상은 이러한 과정을 거쳐 가능하게 된다. 마르셀 뒤샹(Marcel Duchamp)이 규격품인 변기를 미술관에 전시함으로써 '샘'이라는 '예술품'으로 전환시킨 것처럼 예술을 예술답게 한다는 것은 물질과 같은 객관적 형태가 아니라, 미적 감상의 대상이 되도록 취급하는 주체적인 행위 자체이다. 그런 의미에서 오카자키의 미학론은 근대 예술의 본질적인 존재 방식을 어떤 의미에서 정확하게 파악했다고 할 수 있다. 그는 이 근대 예술의 존재 방식을 지탱하는 미적 감상 형식을 고대의 기기신화와 『만요슈』로부터 동시대의 근대문학에 이르기까지 초역사적으로 적용하여 자신의 문예론을 전개하고 있다. 여기에 오카자키 문예론을 지탱하는 또 하나의 기둥인 '양식'론은 미적인 '정신성'과 '문화 의지'와 같은 독일관념론과 정신과학의 개념을 일종의 보편적인 기준으로 설정하고 있다. 그의 문예학이 추구한 궁극적 목표는 19세기부터 20세기에 걸친 독일이라는 시간적·공간적으로 극히 제한된 곳에서 만들어진 개념을 기준으로 삼아 동서고금의 언어 자료를 분류한 도표를 만드는 것이었다.

하지만 오카자키가 생각한 예술품의 미적인 존재 방식이 실제로 보편적이고 일반적인지는 재고될 필요가 있다. 예를 들어 와카와 하이카이, 한시는 궁정과 무가, 서민 사회 등에서 사교와 정치 활동의 일환으로 만들어지는 경우가 일반적이었고, 또한 『겐지 이야기』, 『고킨와카슈』 등 다수의 고전 작품은 예술적인 감상의 대상이라기보다는 시가와 문장을 창작하기 위한 실용적인 규범서의 성격이 강했다. 또 메이지 이후에 창작된 작품 중에도 정치 소설처럼 명확하게 정치적이고 사회적인 문제의식을 가지고 쓰인 것이 방대하게 존재한다. 오카자키에 의하면 이러한 작품을 시대 문맥에 입각해 정확하게 해독하고 비평하는 것은 불가능하다. 즉, 그의 문예론은 역사적인 시점을 완전히 결여하고 있다. 아니 그보다도 그것을 의식적으로 배제함으로써 성립한 것이 그에게 '일본문예학'이었다고 할 수 있다. 그 점이 오카자키 이론의 치명적인 결함이자 오늘날 그에 대한 재평가가 곤란한 이유이기도 하다. 실제로 일본문예학은 당시에도 마르크스주의자인 이시야마 데쓰로 등으로부터 그 비역사성을 추궁당했다.

한편 '문예'를 문예로 만드는 것은 주체의 '감상' 방식에 있다는 오카자키의 주장은 볼프강 이저(Wolfgang Iser)의 '독자수용론'과 유사하다는 점에서 그 이론적 선구성을 평가하는 것이 가능할지도 모르겠다. 혹은 메이지 이래 형성된 기존 국문학 연구의 틀에 편승하지 않고 독자적이고 주체적인 의식을 가지고 연구 방법과 개념을 재구성하여 학문 전체를 활성화한 공적도 인정될 수 있을 것이다. 외국문학 연구라는 영역에 본거지를 두었던 도이 고치와는 달리, 도제제도가 강력하게 기능하는 국문학 연구 내부에서 오카자키처럼 독자적인 연구 이론을 전개하는 것은 결코 쉬운 일이 아니었다.

그러나 오카자키의 문예론에는 그것의 근거가 되는 문예의 역사성에 대한 자기 비평 의식이 완전히 빠져 있었다. 따라서 역사상의 언어자료를 감상하는 사람의 주관적인 감상 태도가 어떠한가에 의해 자의적으로 문예로 간주하거나 혹은 반대로 거부하는 상황도 일어날 수 있다. 분명히 문학 연구란 연구자의 주체적인 태도 없이는 대상 규정도 해석도 이루어질 수 없다. 하지만 그때 연구자가 간과하지 말아야 할 것은 연구 대상을 대면할 때 자신이 서 있는 역사적·사회적, 그리고 이데올로기적 상황을 점검하는 자기비평성이다.

4. '일본문예'의 '양식'

출세작이었던 1935년의 『일본문예학』 이후, 오카자키는 『일본문예의 양식』(1939), 『미의 전통』(1940)과 같은 주요 저작을 연이어 간행하며 일류 연구자의 지위를 확고히 했다. 당시는 천황기관설 문제와 2·26사건, 우가키 가즈시게(宇垣一成)의 조각(組閣) 실패, 중일전쟁의 발발 등의 사건을 계기로 군부가 서서히 힘을 키워 의회 세력을 압박하고 정치적 주도권을 장악하던 시기였다. 1933년 사노 마나부(佐野学)와 나베야마 사다치카(鍋山貞親)의 전향 선언을 시발로 일본공산당은 실질적으로 붕괴하기 시작했고, 다수의 마르크스주의자들은 전향을 강요받았다. 한편에서 일본 프롤레타리아 동맹이 1934년 해산되고, 이듬해인 1935년 『일본낭만파』가 창간되었으며 와쓰지 데쓰로(和辻哲郎)의 『풍토』가 간행되었다. 1937년에 연재되었던 요코미쓰 리이치(横光利一)의 「여수」(東京日日, 大阪毎日新聞)와 나가이 가후의 「묵동기담(墨東奇談)」(東京·大阪朝日新聞), 그리고 1938년 하기와라 사쿠타로의 『일본으로의 회귀』(白水社) 등은 당시 문단과 사상, 학문 분야 전체에서 확산되고 있던 이른바 일본주의적 혹은 일본회귀적인 경향을 대변한다. 물론 국문학 연구도 예외가 아니었다. 원래 국문학 연구는 일본 고전문학의 우수성을 강조하는 민족주의적인 경향이 강한 학문이었다. 쇼와 시대가 되면 일본주의적인 시대 풍조가 그것을 더욱 자극했고, 국문학자들은 일본 국문학의 우수성을 특히 서구문학과의 대비 속에서 역설했다.

오카자키 요시에의 일본문예학 또한 이러한 시대 상황과의 밀접한 연관 속에서 전개되었다. 오카자키의 미학 사상 형성에는 그가 학창 시절을 보냈던 다이쇼 시대의 문화주의와 교양주의가 적지 않은 영향을 끼쳤다. 실제로 1930년대 후반 이후 그의 그러한 문화주의적 배경은 프롤레타리아문학론에 대한 비판의 형태로 표출되었다. 그것은 이를테면 일본문학사에서 말하는 '문예부흥기'(1930년대 중반 전향으로 프롤레타리아 문학이 퇴조하자 새로운 문예지가 창간되고, 기성 작가를 중심으로 창작이 활성화된 시기를 가리킴 - 역자 주)에 다이쇼 시대의 사상과 문학을 재평가하는 현상의 일례라고 할 수 있는데, 결과적으로 만주사변과 중일전쟁, 그리고 태평양전쟁으로 이어지는 전쟁기 속에서 일본주의 언설로 수렴되어 갔다. 이 시기에 전개된 오카자키의 주요 학문적 업적인 '일본문예'의 양식성에 관한 논고도 그러한 경향에서 결코 자유롭지 못했다.

1938년의 저서 『일본문예의 양식』에는 『겐지 이야기』와 『만요슈』, 시마자키 도손(島崎藤村)의 작품 등에 대한 양식론, 와카와 하이카이의 유파 양식, 그리고 지방과 시대에 의해 분절되는 각각의 문예 양식에 대한 고찰이 담겨져 있다. 오카자키는 이 모든 것을 총괄하는 형태로 '일본문예'의 전체적 양식을 제시하고 있다. 그는 구미와 중국에 비해 일본문예가 전체로서 어떠한 양식을 가지고 있는가라는 질문을 설정하고, '문예의 일본적 양식'이라는 제목의 장에서 해답을 내놓고 있다. 그 내용은 전년인 1938년 문부성 교학국으로부터 「교학총서」의 '특집일(特輯一)'로 간행되었던 소책자 『일본문예의 양식』과 거의 일치하고 있다. 「교학총서」는 만주사변 이후 교학 쇄신 운동의 일환으로 1937년부터 간행된 시리즈 형식의 책자인데, 같은 해 출판된 『국체의 본의』

와 연동되어 있었다. 참고로 거기에는 오카자키 외에 다나베 하지메(田辺元)와 고야마 이와오(高山岩男), 아베 지로(阿部次郎), 사쿠다 소이치(作田荘一), 후지무라 쓰쿠루, 스즈키 다이세쓰(鈴木大拙), 마쓰오카 요스케(松岡洋右) 등 당시 각 분야를 대표하는 필자가 참여했다.[17)]

오카자키는 문예의 일본적 양식에서 세 가지의 특징을 이끌어내고 있다. 그 세 가지란 '형식의 혼융성', '표현의 융화성', '세계관의 정조성'이다. 그리고 오카자키의 사고 안에서 이것들은 각각 고립되어 존재하는 것이 아니라 서로 맞물려 있다. 유사한 뉘앙스의 내용을 다른 세 가지 관점에서 논하고 있기 때문이다. 먼저 '형식의 혼융성'에 대해 그는 이것이 일본문예의 비구축적 일면을 보여 준다고 말한다.

> 그러나 일본의 문예 작품이란 이런 견지에서 보면 부분과 전체 사이의 관계가 뭔가 명료하지 않은 것처럼 생각된다. 부분과 전체의 구별이 없는 것 같고, 부분 즉 전체, 전체 즉 부분과 같은 특색을 띠고 있다. 이것은 오히려 혼일적이라고 부를 수 있는 것으로 보편의 통일 원리에서 보자면 통일이 없는 것처럼 생각되는 경우가 많다. 그럼에도 불구하고 역시 어떤 독특한 통일 방식임이 틀림없다. 이른바 통일 방식이 극히 자유롭고 유동적이다. 부분은 부분으로 그 자신이 생동하는 듯한 힘을 갖고 있는데, 그러나 어딘가 깊은 곳에서 확실히 융합해 존재하고, 부분은 부분으로 끝나지 않는다. 그런 식의 통일 방식을 취하고 있는 것이다. 이것은 통일 원리가 법칙적이지 않다는 말로 표현해도 좋을 것이다. 혹은 지적·합리적으로 정리되어 있지 않고, 혹은 의지적인 힘으로 속박되거나 통제되고 있지 않고, 마음대로 존재하며 깊게 융합되어 있어 그 융합하는 것은 파악하기 어려운 정조와 같은 것, 기분과 같은 것이라고 말할 수 있다.[18)]

구미와 중국의 문예 작품에는 어떤 단일한 것에 이끌려 전체가 통일되어 있다고 오카자키는 지적한다. 거기에서는 부분이 이지적·구축적인 이념에 의해 통제되면서 작품 전체가 완성되고 있다. 그런데 일본의 문예 작품은 부분과 전체의 구별이 명료하지 않고, 보편적 통일의 원리에서 보자면 통일성을 결여하고 있다고 간주되는 경우가 많다는 것이다. 이지적인 법칙성에 의해 구축되고 있는 것이 아니라, '기분'에 따라 작품이 만들어진다. 오카자키는 다수의 일본문예에서 보이는 '서정적'인 성격은 여기에서 유래한다고 말한다. 예를 들어 당시의 '심경 소설(작가의 일상생활을 바탕으로 그 심경 묘사에 중점을 두는 일본 사소설의 한 장르 – 역자 주)' 등은 형태가 불확실하고 구상력이 결핍되어 있으며, 소설이라기보다는 산문시에 가깝고, 헤이안 시대의 일기, 수필 등과 닮아 있다고 지적한다. 서양 소설의 기준에서 보자면 일탈처럼 보이지만, 거기에는 자연과 감성에 의지하는 혼융적인 세계를 낳는 정신 유형이 나타나 있다는 것이다.

오카자키는 일본문예의 비구축적이고 감각적인 측면을 '여성적' 혹은 '소년적'인 경향으로 설명한다. 실제로 서양과 중국에 대해 일본문학의 특질을 여성적인 비유로 파악하는 수법은 근대 일본의 많은 국문학 연구에서 찾아볼 수 있다.[19] 오카자키의 양식론도 그 중 하나이다. 그뿐만 아니라 일본문예의 서정적 성립을 유기체적인 이미지로 파악하는 측면도 볼 수 있다. 오카자키는 "매우 골격이 뚜렷한" 중국문예에 비해서 일본의 예술 작품은 "혈육으로 모여 있다"고 말한다. 그것은 명확한 법칙성에 따라 설계된 것이 아니라, "구성 의지를 움직이는 일 없이, 있는 그대로의 것을 솔직하게 성장시켜, 순종적으로 그 성장을 좇아갈 때, 구슬처럼 혼연한 예술적 형상이 끓어오르"듯이 만들어진다고 덧붙인다. 일본문예 작품의 서정성은 자연의 힘에 의해 스스로 만들어지는 것으로 식물이 자라는 것에 비할 수 있다고 설명한다. 달리 말하면 대상으로서의 문예 작품을 그 제작자인 작자의 일방적인 의지 아래 종속시키는 것을 부정하는 인식이다.

작자의 명확한 주체성과 그것에 따른 작품의 구축성을 부정하는 이런 사상은 '표현의 융화성'이라는 일본문예의 두 번째 양식적 특징으로 이어진다. 그는 일본문예에서는 전체적으로 표현의 주체와 객체가 혼합되는 경향이 있다고 말한다. 미적 대상과 감상 주체가 명확히 분리되지 못하고, 양자가 '혼합적'으로 존재하는 경향이 있다는 것이다.

> '기물진사(奇物陳思)'는 일본에서는 마쿠라코도바(枕詞), 조코토바(序詞), 엔고(緣語), 가케코토바(掛詞)와 같은 특별한 수사와 관련해서 발달했고, 계절의 말도 어느 정도 '기물'적 의의가 있으며, 사물과 마음의 융합 방법에 일본적 특성을 부여한다. 이렇게 해서 마음이 사물에 부착되어 나타나는 단계에 그치지 않고, 그와 같은 지적 판단 형태를 넘어 마음인지 사물인지 알 수 없는 상태를 나타내는 경우가 생겨난다. 비유에서도 비유하는 마음과 비유되는 사물과의 구별이 분명하지 않은 경우가 일어난다. 즉, 마음은 정조성을 띠고 사물이 본래 갖고 있는 마음인지, 사물과는 다른 인간의 마음인지, 그 사이의 경계를 세우기 곤란한 경우가 생긴다.[20]

오카자키는 미적 표현의 존재 방식을 『만요슈』의 사서(詞書)를 따라 '정술심서', '기물진사', '비유' 그리고 '영물(詠物)'이라는 유형으로 분류한다. 우선 '정술심서'는 마음에 떠오른 것을 직접적으로 나타내는 수법인데, 이것은 일본뿐만 아니라 만국 공통으로 보이는 표현법이라고 말한다. 오히려 중요한 것은 '기물진사', '비유', '영물'이다. 이것들은 내적 주관이 외부 사물을 매개로 자신을 표현할 때 나타나는 일본적 수법이라는 것이다. 자연의 풍물에 의탁하여 비유를 사용해 마음을 표현하는 와카의 기법이 여기에 해당하는데, 거기에서는 종종 표현하는 주체의 마음과 그것이 의거하는 사물의 구분이 성립하지 않는 사태가 발생한다고 말한다. 대상이 사람의 마음에 영향을 미친 것인지, 혹은 사람이 대상에 영향을 미침으로써 나타난 표현인지 분명하지 않다는 것이다. 외부 물체와 사항을 단지 차가운 외적 존재로 간주하지 않고 인상적인 정조 내부에 융합시켜 표현하는 것이 일본문예의 양식성이라는 주장이다. 그는 자연의 운행을 일상생활 속에 도입하는 세시(歲時)에도 그런 특질이 반영되어 있다고 본다. 이러한 주체와 객체의 융합이라는 논의에는 '니시다 철학'의 영향을 발견할 수 있다. 또 주객 융합의 일본문예 양식론은 저서 『일본예술사조 제1권』(1943) 등의 저작에서 전개한 나쓰메 소세키의 '측천거사' 사상에 대한 평가와도 공명하고 있다. 오카자키는 측천거사 사상을 대승적인 '천'과 합일하는 것으로 해석하고, '동양적 정신'의 일본적 표현으로 간주했기 때문이다. 오카자키는 소세키의 전 작품을 만년의 측천거사 정신을 향한 과정으로 파악하고 있다. 지금 시점에서 보면 개별 작품의 형태와 사상의 다양성을 무시함으로써 성립하는 소세키상(像)처럼 보이는 점도 없지 않다. 이런 오카자키의 소세키론은 이후 서구와의 대결 속에서 근대 일본의 운명에 대해 고뇌하면서 결국 '일본 회귀'를 선택한 국민 작가로

서의 소세키상이 형성되는 데 영향을 미쳤다.[21)]

이상에서 '형성의 혼융성'과 '표현의 융화성'이라는 두 가지의 성질에 대해 검토했는데, 오카자키는 이러한 특징이 발생한 원인을 일본문예의 '정조적' 혹은 '서정적'인 특질에서 찾고 있다. 비구축적 혹은 주객융합과 같은 양식적 특징에 대해 오카자키는 감각과 정조에 따르는 일본인의 서정적인 경향을 강조한다. 그는 적극적인 의지와 이지의 힘에 의지하지 않는 서정성을 '세계관의 정조성'이라 이름 붙이고, '일본문예 양식'을 규정하는 제3의 특징으로 든다.

> 서양의 문예에서는 그리스 이래 드라마가 매우 고상한 것이 되어, 희곡은 비극과 희극으로 구분되고 비극이 첫째이고 희극이 둘째라고 생각되는 경향이 있다. (중략) 그런데 이것을 일본에 그대로 적용할 수는 없다. 이것에 해당하는 것이 일본에서는 '아와레'라든가 '오카시'와 같은 미적 영역이라고 생각된다. (중략) 예를 들어 운명 비극과 같은 것은 운명에 맞서 어디까지나 인간의 의지를 관철하고, 그것에 대해 운명의 힘이 더욱 강하게 억누르고, 결국 인간을 멸망시켜 버리는 형태로 나타난다. 그런데 '아와레'와 같은 마음가짐은 운명을 참고 따르며, 운명과 화해하는 상태이다. 운명과 친밀해져 운명대로 몸을 맡겨 버리는 것과 같은 기분이 드는 것이다. 거기에서는 극적인 투쟁은 성립하기 어렵다. 필연적으로 서정적인 예술이 발생한다. '아와레'는 이렇게 투쟁과 고난의 세계가 아니라 화합, 동정, 동감의 세계이다.[22)]

감각과 정조, 서정성을 중시하는 '일본문예 양식'을 상징적으로 나타내고 있는 것으로 오카자키는 '아와레'와 '오카시'를 거론하면서 그것을 "일본문예의 중심을 이루는 미적 정조"라고 부른다. 그는 '아와레'와 '오카시'는 서양에서 비극과 희극에 상응하지만, 그것과는 근본적으로 다르다고 말한다. 원래 서양의 비극은 인생의 여러 모순과 갈등, 투쟁을 전제로 형성되었다. 인간의 의지와 운명의 대립, 개인과 개인의 갈등, 내면에서 분열하는 성격을 그린 것이라고 할 수 있다. 그런데 '아와레'에 근거하는 일본문예에는 그런 심각한 대립이 보이지 않는다는 것이다. 왜냐하면 일본문예에는 인생의 여러 문제를 동정과 공감의 탄식 속에 녹여 사상적인 고뇌를 철저히 행하지 않는 경향이 있기 때문이다. 극적인 투쟁과 고민, 비장이 존재하지 않고 화합과 동감의 정조에 지배되는 서정적인 미가 일본문예의 양식을 결정한다는 것이다. 서양의 희극에는 인간 사회의 모순과 추악함을 적발해 고발하는 기능이 있지만, '오카시'의 문예에는 그런 엄격한 태도가 결여되어 있다고 말한다. 아름다운 것을 보아도 추한 것을 보아도 '오카시'라고 가볍게 웃어넘겨 버린다. 거기에는 정조와 기분이 중시될 뿐, 적극적인 의지와 이지적인 사상성은 개입되어 있지 않다고 말한다.

오카자키는 '아와레'가 일본문예의 전경을 이룬다면, '오카시' 계통의 미가 후경을 이룬다고 말한다. 이 양자를 통해 비구축적이고 주객이 융합된, 투쟁을 기피하는 비의지적인 문예 작품이 다수 만들어졌다고 말한다. 그리고 정감을 나타내는 미적 개념인 '아와레', '오카시'는 헤이안 시기의 문예에 가장 전형적으로 나타나 있다고 덧붙인다. 그 파생물로서 다양한 일본의 미적 개념이 등장했다고 말한다. '아와레'의 미는 중세 승려의 문예에서는 지성적인 형태로 이행하여 '유현', '유심', '사비', '시오리'와 같은 형태로 전화되었다. 그리고 무사들 사이에서는

의지적인 경향이 강해져 '앗파레(あっぱれ)'와 같은 미가 파생되었다고 말한다. 그러나 지성적 혹은 의지적인 형태로 변화해도 그것은 어디까지나 일본문예 전체 속의 상대적인 경향에 불과한 것으로 간주된다. '앗파레'와 '유현'도 외국의 문예에 비하면 사상성과 의지성과 이지성이 희박하고 감정적이고 감각적인 성격을 벗어나지 못했다고 생각했다. 이렇게 의지성을 배제한 오카자키의 양식론과 '아와레' 사상은 '세외인(世外人)'을 자칭했던 사토 하루오의 공감을 불러오는 요소였다.

이러한 '아와레' 미의식은 도덕성과 종교성, 과학적 진리로부터 구별될 필요가 있었다. 오카자키의 설명에 따르면 일본의 전통 사상 속에서 대상의 가치를 긍정적으로 받아들이는 인간의 인식 태도는 '마코토(まこと)'라고 불렸다. 거기에는 도덕성과 종교성, 과학성, 역사성같이 서로 다른 방향성의 가치에 대한 태도가 혼재해 있다. 그 안에서 예술적인 방향성을 향한 태도로 나타난 미적 감동을 특별히 '아와레'라고 부른다.

> 그 때문에 '아와레'는 대상에 대한 배격을 포함하지 않으며, 대상이 가진 의미와 자기가 추구하는 가치 사이의 갈등이 없다. 무구축적으로 주객 양자가 융합한다. 거기에는 부드러운 평화는 있어도 강렬한 투쟁은 없다. 근본적으로는 여성적인 것이다. 특히 '아와레'는 미적 방향에 나타난 순수한 '마코토'이기 때문에 과학에서 진리의 인식과 같은 지성의 예리함도 없고, 또 도덕적 성의와 같은 의지적 강인함도 없으며, 오히려 종교적이고 역사적인 '마코토'에 가까운 성질을 갖고 있으며, 게다가 그보다도 한층 감정적 유연성을 띠고 있다.[23)]

오카자키는 일본문예의 미의식에는 도덕성, 진리성, 종교성과는 구별되며, 여성적인 정조성을 중시하여 다른 것과의 사상적 대결을 거부하는 태도가 보인다고 말한다. 물론 이러한 인식은 근세 모토오리 노리나가의 '모노노아와레' 사상을 염두에 둔 것이다. 잘 알려진 것처럼 모토오리는 유교와 불교에 의한 교계적(敎戒的)인 언어 표현을 부정하고, "세상에 살아있는 모든 것은 모두 정이 있다. 정이 있어 사물에 닿으면 반드시 떠오르는 것이 있다. 그 때문에 살아있는 모든 것에 노래가 있지 않은가."[24]라고 말하며 희노애락 같은 감정적 측면을 중시하는 '모노노아와레' 사상을 '야마토 우타(歌)'의 원리로 제시했다. 그러나 실제로 오카자키의 문예학은 '모노노아와레' 사상에 근거한 '야마토 우타'를 '천하의 정도에 이르는 길'이라 하여 그 정치적 역할을 중시하는 모토오리의 사상과는 본질적으로 달랐다. 오히려 도덕성과 종교성을 배제한 순수한 예술 개념인 오카자키의 '아와레', '오카시'에는 그가 독일 미학에서 배운 미적 정관 사상이 짙게 투영되어 있었다. 앞서 본 것처럼 오카자키는 문예의 기초를 이루는 '감상'이라는 행위를 정치적 공리성과 도덕적 의지성을 결여한 미의식으로 규정하고, "도덕가, 종교가, 계급 투쟁의 지도자 등이 예술품을 각각 자기의 생활 목적을 위해 이용하는" 것을 금지했기 때문이다. 이렇게 오카자키의 '아와레'론은 독일 미학의 미적 정관설을 배경으로 그것과 조응하는 방식으로 근세의 '모노노아와레'론을 재해석하여 현대에 통용될 수 있는 '일본문예 양식'론으로서 탈바꿈시키려는 의도의 산물이었다.

5. 미의 이데올로기

앞장에서 본 것처럼 도이 고치의 문학사론은 변증법적 논리에 입각한 초월적인 원리에 따라 일본문학 전체를 재단하는 것이었다. 달리 말하면 이른바 유다·그리스도교의 일신교적이고 부권적인 원리를 일본문학사에 도입하려는 시도였다. 오카자키가 주창한 '일본문예의 양식'론 또한 이론적인 체계화에 대한 지향성을 강하게 띠고 있었고, 그런 점에서는 도이 고치의 문학론과 닮아 있다. 그러나 오카자키는 자신의 학설을 통해 일본문예 속의 비구축적·비이성적·비정치적인 원리를 이끌어내 그것을 긍정적으로 기술했다. 논리적인 것보다도 감성적인 것, 변증법적인 대립보다 모든 것을 애매하게 포괄하는 정서성을 중시했다.

서구 문화를 구축적인 것으로 간주하고, 그것과 대조하는 방식으로 일본 문화를 비구축적으로 규정하며, 각각을 긍정과 비판 대상으로 삼는 방식은 이제까지 '일본문화론'의 영역에서 자주 있었던 패턴이다. 또 오카자키가 일본문예 작품의 특징으로 주장하는 단일의 이지적인 이념에 근거한 작품 전체의 통일성 결여라는 문제도 10여 년 전에 포스트모던의 텍스트론에서 활발히 논의된 문제이기도 했다. 주지하는 것처럼 1980년대에 버블 경제를 배경으로 프랑스 포스트구조주의의 영향 아래 근대 서구의 구축적·부권적인 문화에 대해 비구축적인 일본 문화가 주목을 받았고, 그런 흐름에서 일본의 문학 텍스트의 존재 방식이 첨단적인 것으로 평가받는 상황이 벌어졌다.

실제로 일본에서 만들어진 언어 텍스트 안에는 오카자키가 주장하는 것과 같은 비구축적이고 정서적인 측면이 강하게 존재한다. 예를 들어 헤이안 시대의 일기와 수필, 모노가타리 등은 확실히 이지적인 사상성보다 감성적인 요소에 의해 지배되고 있다. 또한 다이쇼 시대에 구메 마사오와 다니자키 준이치로가 지적한 것처럼 메이지 이후에 만들어진 문학 작품 중에도 서구 소설과 비교할 때 비구축적인 것이 적지 않다. 오카자키가 말하는 일본문예론은 일본의 언어 문화 텍스트 일부에 보이는 특징을 어느 정도까지는 설명하고 있으며, 반세기 후에 등장한 포스트모던의 논의와도 일부 중첩되고 있다. 게다가 주체와 객체의 융화, 부분과 전체의 경계가 모호한 일본문예의 양식적 특징은 니시다 기타로와 다나베 하지메 등 교토학파의 영향을 보여 주기도 한다. 이런 점에서 오카자키의 학설이 일정한 이론적 첨단성을 가진 것처럼 보이는 것도 무리는 아니다.

하지만 전체적으로 볼 때 오카자키의 문예론은 많은 문제점을 안고 있다. 우선 그가 말하는 비구축성, 비이지성의 문제는 몇몇 문자 자료에는 분명 부합하는 측면이 있다. 하지만 그것을 일본문예 전체의 특질로서 논하려 한다면 방대한 '예외'에 부딪치게 된다. 오카자키의 양식론은 그러한 '예외'를 완전히 사장함으로써 성립하고 있다. '예외'를 제대로 설명할 수 없는 이론에 학문적인 설득력이 있을 수 없다. 예를 들어 오카자키는 일본문예의 양식성을 설명하면서 일본에서 만들어진 다수의 한시문을 전혀 고려하고 있지 않다. 하지만 실제로 고대부터 근세까지 일본열도에서 권위를 가진 것은 가나로 쓰인 일본어 텍스트가 아니라, 오히려 한시문 쪽이었다. 화한(和漢)텍스트와 달리 한시문에는 비구축성, 비이지성, 비의지성과 같은 특징을 적용하기 어렵다. 여기서 오카자키가 주장하는 일본문예 양식론의 파탄은 피할 수 없다.

오카자키는 근세 국학의 '모노노아와레'론을 중시한다. 그는 모토오리 노리나가 등의 국학 사상을 독일 미학의 관점에서 재해석하고, 그 위에서 일본어 텍스트를 중심으로 고대부터 메이지 이후에 이르기까지의 일본문예 전체를 설명하고 있다. 그러나 노리나가의 사상은 어디까지나 당시 그가 처한 특수한 역사적·사회적 배경 속에서 출현한 것이다. 근세에 나타난 화폐 경제와 도시의 발달, 상인층의 경제적 지위 상승이라는 상황에서 상인 문화의 생활 감각 속에서 태어난 것이 감성적인 것을 중시하는 국학의 '모노노아와레'론이다. 노리나가 등의 국학자들은 고대에 쓰인 일본어 텍스트를 이른바 사후적으로 해석하여 막번 체제의 기둥인 유교 문화와 그 도덕에 대치시켜 주체적인 입장에서 그것의 가치를 역전시키려 했다. 하지만 '모노노아와레'라는 가치관이 선험적으로 존재하여 그것이 일본문예 전체를 규정해 온 것은 아니다. 실제로는 일본열도에서 권위를 가진 것은 노리나가가 중시하는 일본어 텍스트가 아니라 한시문이었다. 그런 점에서 오카자키의 문예론은 근세의 특수한 역사적 배경 속에서 생겨난 이데올로기를 무비판적으로 답습함으로써 성립하고 있다고 할 수 있다. 이 때문에 그의 일본문예론은 그 속에 방대한 예외를 포함하지 않을 수 없었던 것이다.

게다가 오카자키의 사상에는 정치적으로 극히 소박한 점이 있다는 점도 간과할 수 없다. 앞서 본 것처럼 오카자키는 미적인 측면을 중시해 문예학에 정치성과 이데올로기성을 관여시키는 것을 거부했다. 그러나 서구문예의 구축성, 이지성에 대해 일본문예의 비구축성, 비이지성을 대치하는 것 자체가 갖는 정치성에 대해서는 둔감했다. 원래 일본문예의 특징은 '이렇다'고 규정하거나 표상하는 행위는 개개의 텍스트가 가진 고유성과 단독성을 배제한다는 점에서 극히 정치적이다. 또한 일본주의적 풍조가 힘을 얻고 있던 1930년대에 근세 국학을 전범으로 삼아 일본문예의 특질을 서구와 대치하는 발상은 정치적 이데올로기를 띠지 않을 수 없다. 일본문예라는 것에서 내셔널한 실체성과 독자성을 발견하고, 그것을 긍정적인 태도로 서술하는 작업은 시대의 추세에 합치하는 것이었다. 게다가 문부성 교학국의 「교학총서」라는 발표 매체를 고려하면, 오카자키의 일본문예 양식론이 정부의 교학 쇄신 운동의 연장선상에 있었음은 자명하다. 엄밀히 말해 일본주의적인 시국성과 정치성에 대한 오카자키의 편승과 가담은 분명했다고 할 수 있다.

다만 문제가 복잡해 보이는 이유는 오카자키가 그 자신의 주관적 논리 속에서는 일본문예론을 정치성 및 도덕성, 종교적인 요소와 엄밀히 구별하려 했기 때문이다. 이미 말한 것처럼 직접적으로 그러한 시도는 마르크스주의의 정치성에 대한 비판을 의식한 것이다. 그리고 그것은 전시기 국책에 대한 오카자키의 가담 방식에도 약간의 영향을 미쳤다.

1930년대부터 1940년대에 걸쳐 국문학자의 대다수는 교학 쇄신 운동과 국민 정신 총동원 운동과 같은 국가적 움직임에 적극적으로 참여했다. 예를 들어 제5장에서 보는 것처럼 당시 도쿄제국대학의 아카데미즘을 대표하는 국문학자 히사마쓰 센이치는 1937년 만주사변 이후 문부성이 '기기'신화에 관한 기술을 토대로 국체의 존엄과 신민의 대의를 선전하기 위해 출판한 『국체의 본의』의 편집위원을 역임했다. 정부의 정치적 활동과 밀접하게 연동하는 방식으로 국문학의 입장에서 일본정신론과 일본풍토론을 논하고 국민 교화 정책에 가담한 것이다. 히사마쓰는 일본정신의 원점에는 진, 선, 미의 삼요소가 융합된 '마코토'의 정신이 존재한다고 주장했다. 달리 말하면 그는 유교적 도덕에 의거하지 않는 방식으로 일본 고유의 국민 도덕을 이끌어내고자 했다.[25] 그에 따르면 '마코토' 정신에는 순수하고 소박한 마음과 고학적인 정신에 더해 '황도의 길'로서의 도덕성이 동시에 포함되어 있다는 것이다. 이처럼 '일본정신'에서 국민 도덕을 이끌어내려는 히사마쓰의 국문학론은 쇼와 전전, 전중기에 국가 차원의 정치적 요청에 직접 호응하는 성격을 강하게 띠고 있었다.

반면 오카자키는 반드시 국가적인 정치성과 직결되는 형태로 일본문예학을 구상하지는 않았다. 왜냐하면 오카자키가 생각한 일본의 미의식과 문예 양식은 명확한 의지 아래 구축된 정치 사상이 아니라, 정감적인 감각에 의해 지배되는 것을 의미했기 때문이다. 예를 들어 오카자키는 1941년 저서 『미의 전통』에서 히노 아시헤이(火野葦平)의 국책적 소설 『보리와 병사』를 제재로 전쟁문예와 일본의 미적 전통의 관계를 논하고 있다. 오카자키는 감정을 버리고 군인으로서 적극적으로 전쟁에 참여하는 '사상'과 '지성'의 태도를 '서양적인 것'으로 규정한다. 반면 『보리와 병사』에서 지성과 사상은 전혀 작품 전체의 성격을 지배하지 못하고 있으며 오히려 감정적인 세계에 머물고 있다고 말한다. 『보리와 병사』에서 주인공이 보여 주는 애국심이란 서양적 휴머니즘과의 갈등 속에서 태어난 것이 아니라 "개인적 생명을 존중하는 기분이 비극적인 힘이 되어 작품의 주제를 관통하지 않고 비교적 안이하게, 이른바 재빠르게 조국의 생명으로 순국하는 결의 속에 표류하고 있다"[26]고 설명한다. 전쟁의 비참함을 호소하든 조국애를 표명하든 사상적·이데올로기적인 갈등과는 무관한 것으로 이루어진 주제들이 기분과 감정 수준에서 애매하게 해소되는 것이 『보리와 병사』라는 소설의 특징이며, 일본적 '아와레'의 사상이라고 오카자키는 주장한다.

이러한 문예론이 군국주의를 지지한다고 해석하기는 어렵다. 왜냐하면 '아와레', '오카시'로 대표되는 일본문예는 어디까지나 오카자키 자신의 미학적 시점에서 파악된 것이었기 때문이다. 하지만 그렇다고 오카자키의 주장이 군부에 대한 '저항'을 의미하는 것도 분명 아니었다. 오카자키의 학설은 중국에서 일어나고 있는 침략 전쟁 자체를 비판하는 것도 아니며, 다만 그것을 일본적인 미의 전통과 양식성을 거론하며 미적으로 설명하는 것에 지나지 않기 때문이다. 미학적 입장에 근거한 오카자키의 일본문예학은 군국주의의 정치적 이데올로기와 상대적으로 거리를 두었지만, 다른 측면에서 내셔널리즘의 고양에 기여하고 국책을 보완하는 역할을 수행했다고 할 수 있다.

오카자키의 문예론은 마르크스주의자들이 문학을 교조주의적 방식으로 정치성에 종속시킨 것을 엄격하게 비판했다는 점에서 일정한 역사적 평가가 가능할지도 모르겠다. 다만 이데올로기적인 것에 대한 불신을 이해하더라도, 마르크스주의의 문예론을 비판하는 자신의 이데올로기적인 위치에 대해 어떠한 반성적 의식도 없었다는 점은 지적해 둘 필요가 있다. 전후 오카자키는 "일지사변을 거쳐 이후 전쟁에 돌입하게 되자, 일반적으로 학문과 예술의 자유는 사라지고 사회적·역사적 학풍은 극단적인 압박을 받아 거의 질식 상태에 빠졌다. 동시에 일본문예학 또한 그 국민적 일면만을 인정받고 예술성의 존중이라는 점은 무시된 채 점차 학회로부터 잊혔다"[27]고 말하며 일본문예학의 예술지상주의적 측면을 전전, 전중기의 국가주의적·정치적 이데올로기와 대비시켜 이질적인 것이었다고 회상한 바 있다. 이러한 자기 변호를 통해 오카자키는 역사사회학파에 의한 전쟁 책임 추궁을 피해 학계의 거물로서 전후까지 살아남았다. 어쩌면 그는 사후적 변명을 한 것이 아니라 진심으로 자신의 문예학은 어디까지나 미적 영역을 특화하는 예술지상주의 이념에 따를 뿐이라고 생각했을지도 모른다. 그러나 오카자키 자신의 생각과는 무관하게 외부에서 보자면 그의 양식론을 국책에 직접적으로 편승한 당시 많은 국문학자의 일본정신론과 다른 것이 아니었다. 하지만 실제로 오카자키의 일본문예론은 정치적 이데올로기가 가진 함정에 대해 무감각한 사람들에게 종종 받아들여졌다. 그러나 이데올로기성에서 자유로운 입장이란 원리적으로 존재할 수 없다. 그것은 '자유주의 사관'과 같은 것이 여실히 보여 주는 것처럼 '좌와 우의 이데올로기와 무관하다'고 자칭하는 것이 대개 보수파의 이데올로기를 체현하는 사례에서도 확인할 수 있다.

6. 미의 보편성과 서구미학 비판

오카자키 요시에의 문예양식론은 1930년에 발표된 구키 슈조(九鬼周造)의 『'이키'의 구조』(岩波書店)와 미학자인 오니시 요시노리(大西克

礼)의 『유현과 아와레』(岩波書店, 1939년)와 같은 동시대의 일본문화론과 호응하는 것이었다. 이것들은 일본의 미적 개념을 적극적으로 사상화하고 언어 속에서 일본의 민족성을 발견하려는 해석학적 태도를 공유하고 있다. 1940년 저서 『미의 전통』의 '서문'에서 오카자키는 "과거 나 또한 서양 미학에서 배운 우미, 숭고, 비장, 유머 등과 같은 미적 범주를 바로 일본에 적용하려 조바심을 냈던 적이 있다. 그러나 지금은 오히려 아와레와 오카시, 사비와 유현, 웅대함 등과 같은 일본적인 것의 진출에 의해 보편적인 미의 체계가 새로운 체제를 모색하는 것도 드물지 않게 되었다"[28]고 말하고 있다. 서구의 미적 범주론이 아니라 일본 고유의 것을 축으로 문예학의 수립을 추구해야 한다는 주장이다. 쇼와 전전, 전중기의 일본주의적 시대 배경과 밀접한 관련성을 가진 해석학적 입장이라고 할 수 있다. 그리고 그것은 1941년의 저서 『예술론의 탐구』에서 서양의 미적 개념에 대한 비판이 되어 나타나기도 했다.

> 예를 들어 서양에서 미는 종종 숭고, 비장, 웅대, 심각과 같은 것이 최상으로 간주되는 경향이 있다. 희랍의 비극과 미켈란젤로의 조각, 렘브란트의 화화, 베토벤의 음악 등이 최고의 예술로 생각되었다. 하지만 이들 작품의 매력은 미(美)라기보다는 힘에 있다. 인간의 정복적 힘이 과도하게 나타나 영웅적인 모습을 드러내거나, 또는 인간과 운명의 격렬한 투쟁이 제시되거나, 혹은 외계 현상과 철저하게 결별하거나 하는 것으로 가치가 있다고 생각된다. 나아가 서양 예술은 다수가 도덕, 종교, 철학, 과학 등의 요소를 그 속에 내포하고 있고, 그런 미 이외의 가치에 떠받쳐짐으로써 겨우 미라는 것이 존재한다고 할 수 있다.[29]

많은 서양 예술에는 외계와 운명의 힘에 대한 적극적인 투쟁과 정복 의지가 보이며, 도덕성, 종교성, 철학성 등 미적인 것과 이질적인 요소를 포섭하는 측면이 있다고 말한다. 그런데 미가 자기를 주장하고 다른 것을 지배하려 하면 할수록 정관성이 사라지고 미 그 자체의 본질을 잃게 된다. 그는 서양 예술이 일본 예술에 비해 열등한 이유는 여기에 있다고 말한다.

오카자키는 서양 예술과 달리 일본의 미는 다른 것에 대해 정복적으로 기능하지도, 배타적인 의지를 가지지도 않는다고 말한다. 따라서 주로 병풍화나 창그림(襖絵)이 일상 용품으로 사용되고, 와카와 하이쿠가 의례와 증답에 사용되는 것에서 알 수 있듯이 미는 인간의 실생활에서 다른 요소와 섞여 서로 화합하여 존재한다. 그러나 그는 그것이 미의 순수성 상실을 의미하는 것은 아니라고 말한다. 일본의 미는 도덕성, 종교성, 철학성 등을 그 내부에 포함하려 하지 않고, "친밀하게 화합해 가려고" 하기 때문이라는 것이다. 그렇기 때문에 거꾸로 외계와의 심각한 대립과 투쟁을 선호하지 않는 몰의지적인 일본문예의 미는 서양 예술보다도 순수하며 "그것이 실로 있는 그대로 본래의 모습으로 존재하고 있다"고 평가하는 것이다.

이러한 주장은 독일관념론의 미학 사상을 독자적으로 재해석함으로써 가능해진 것이다. 앞서 본 것처럼 오카자키는 칸트의 미적 정관론의 영향 아래 사회적인 '실용성'을 배제하고, 대상을 미적으로 '감상'하는 것을 일본문예학의 근본 이념에 두었다. 그것이 그에게 모든 현실적인 요소에 대한 의지적 지향성이 소거된, 이른바 정숙주의적 태도에 의해서만 순수한 의미에서의 미가 형성된다는 사고방식을 가져왔다고 할 수 있다. 그런 이유로 '숭고'와 '비장', '웅대', '심각'과 같은 '정복적'인 요소를 가진 서양 예술보다 오히려 외계와의 대립을 거부하는 '아와레', '오카시'와 같은 일본의 미적 개념과 그것에 근거한 일본문예의 양식성이야말로 미적 정관의 정통적인 태도에 가깝다는 발상이 성립하는 것이다.

그런데 여기서 주의할 점은 서양 예술을 비판하는 오카자키의 학설이 반드시 일본의 미 그 자체에 절대적인 가치 기준을 부여하고 있지는 않다는 점이다. 그의 예술론은 추상적으로 설정된 미의 보편성을 전제로 하여 그것과의 거리 관계를 통해 서구와 일본의 우열을 판정하고 있을 뿐이다. 그가 의거한 미적 정관설의 가치 기준은 원래 칸트에서 비롯된 독일관념론을 토대로 한 것이었다. 하지만 오카자키의 내적 논리 안에서 그것은 어느새 독일이라는 특정한 맥락과 분리되어 버렸다. 그에게 미적정관설 이론은 추상적으로 설정된 미의 절대성을 설명하기 위해 우연히 독일에서 발명된 하나의 보편적 실마리에 지나지 않는다. 그의 예술론은 보편적인 미의 기준을 상정한 뒤 그것에 입각해 이루어진 서양 예술 비판이자, 일본의 미가 가진 상대적 우위성에 관한 주장이었다. 달리 말하면 '아와레', '오카시' 그 자체에 절대적 가치 기준이 있다고 주장하는 것은 아니었다. 예컨대 미의 보편적이고 동시에 절대적인 본질과 각국의 구체적이고 개별적인 미적 양식 사이의 상호 관계에 대해 오카자키는 다음과 같이 설명하고 있다.

> 양식에 대해 우리가 큰 관심을 보이는 것은 하나의 양식이라는 것이 항상 전체와 관련을 갖기 때문이다. 즉, 근본적인 어떤 것이 개개의 양식을

통해 나타남에도 불구하고, 그것은 어디에나 숨어 있기 때문이다.

그러나 이렇게 말해도 양식은 개성이 바로 보편성을 표현한다는 의미에서 상징적이라고 간주해서는 안 된다. 개성과 보편성의 상징적 융합은 융합 형태가 오직 하나밖에 없고, 그것은 어디에서나 한 가지 모습으로 일어나는 것이며, 양식처럼 몇 가지 단계와 조직적 체계를 보여 주는 것은 아니다. 어떠한 개성도 대등하게 병립하고 게다가 그것은 평등하게 하나의 보편성에 참여하고 있다고 생각할 수 있다. (중략) 이렇게 어떠한 개별적 양식의 상(相)도 결국은 궁극적인 것을 상징한다고 할 수 있다. 그러나 이 세계에서 상대적인 것이 일거에 절대적인 것을 직접 지시하는 일은 불가능하다. 상당히 복잡한 단층적 과정을 거치지 않으면 이 세계의 본질은 해명할 수 없다.[30)]

오카자키는 예술 양식에 인간의 미적인 정신성을 지탱하는 '근본적인 것', '절대적인 것'이 숨어있다고 가정했다. 그리고 그 미의 '본질'은 하나의 특정 양식에만 나타나는 것이 아니다. 여러 가지 '개성'을 가진 양식성은 어느 것이나 평등하게 절대적인 본질과 연결되어 있다. 미의 보편성이란 다양한 양식성을 비교·검토해 각각의 복잡한 위치 관계와 서열을 드러냄으로써 최종적으로 도달할 수 있는 것이다. 미의 절대성이란 직접 눈에 보이는 것이 아니다. 그것은 형이상학적이고, 따라서 그것에 단숨에 접근하는 것은 불가능하며 하나하나의 특수한 예술 양식을 검토함으로써 비로소 단계적으로 근접할 수밖에 없다. 그런 의미에서 '아와레'와 '오카시'의 양식성을 검토하는 것은 일견 지엽적인 작업처럼 보이지만, 예술성을 해명하기 위해 반드시 거쳐야 하는 연구가 된다.

오카자키 요시에의 문예론은 일본이라는 특정 지역에서 형성된 미의 양식성을 검토하고 타국의 문예 양식과의 비교를 통해 최종적으로 예술의 보편성에 도달하는 것을 표면적인 목표로 한다. 그는 "고지키, 만요, 겐지와 같은 것이 고전으로 간주되기 위해서는 일본 민족에게 그렇게 생각되었다는 역사적 사실이 존재하고, 그 사실이 이것들을 세계적인 고전으로 만드는 기초가 되어야 한다"[31]고 말하고 있다. 일본적인 특수성에 밀착된 학문의 존재 방식을 경유할 때 세계적인 보편성이 보인다는 발상이다. 그렇다고 해서 그가 일본문예에 대한 연구에 서구 예술 사상의 도입을 전면적으로 배제한 것은 아니었다. 분명 그는 일본문예를 생각하면서 서구의 미적 범주론을 그대로 적용해서는 안 된다고 생각했다. 하지만 일본문예의 양식성을 서구인도 이해할 수 있도록 외국의 미적 개념과 비교하는 행위가 필요하다고 보았다. 오카자키는 '감동'과 '관조', '아와레'라는 개념의 예술적 위상을 서구와의 언어 비교 속에서 논증했다. '아와레'를 중시하는 유미주의적인 오카자키의 사상은 어떤 의미에서 동시대 일본낭만파의 예술론과 유사하지만, 제4장에서 보는 것처럼 서구미학과 문예학을 철저하게 물리칠 것을 호소한 야스다 요주로(保田與重郎)와는 이 점에서 근본적으로 달랐다. 처음부터 서구 사상을 기준으로 그것을 적용하기 위해 일본의 예술 양식을 왜곡해서 해석하는 것은 용납될 수 없었다. 하지만 일본의 특수한 미적 개념에 보편적인 정의를 부여하기 위해 타국의 개념을 끌어들이는 것은 오카자키의 입장으로서는 수용 가능한 것이었다. 그 경우 일본의 미적 개념과 서구의 미적 개념은 어디까지나 서로 동등한 수준에 올려놓고 보아야 하고, 어느 한쪽을 보편적인 기준으로 취급해

서도 안 된다. 비교 검토를 통해 도출된 우열 관계는 어디까지나 상대적인 것으로 간주된다.[32)]

오카자키의 문예론은 추상적이고 보편적인 미를 설정하고, 그 탐구를 최종적으로 지향하는 것이었다. 이른바 플라토니즘적으로 추상화된 절대적 미에 도달하기 위한 과정으로서 일본문예 양식의 독자성에 대한 검증을 중시했고, 그 위에서 서구 문화를 비판했다. 그리고 이러한 관념적인 논법에는 현실 세계에서 문화적으로 열세에 놓인 탓에 국제적 영향력을 행사할 기회를 충분히 얻지 못한 나라와 지역의 지식인이 역설적으로 자신들의 문화적 우위성을 주장할 때 나타나는 고뇌와 굴절이 보인다. 제4장 및 제5장에서 상술하는 것처럼 1930년대부터 1940년대의 일본에서는 중국과 동남아시아에 대한 군사적 침략을 배경으로 일본의 문화와 문학이야말로 서구를 대신하는 세계성을 가질 수 있다는 주장이 광범위하게 일어났다. 예를 들어 일본낭만파인 야스다 요주로, 도쿄제국대학 히사마쓰 센치이 등의 언설이 대표적이다. 오카자키가 주창한 미학론 또한 그러한 '근대의 초극'적 시대 풍조와 결코 무관하지 않았다. 그러나 당시에도 세계적인 영향력을 가진 것은 여전히 구미의 문학과 예술이었다. 오카자키는 그러한 상황 속에서 일본 예술 양식의 상대적 우위성을 주장하기 위해 미의 보편성을 서구 예술에서 직접 추구하는 대신, 어디에도 존재하지 않는 추상적인 미의 절대성이라는 논리를 사용했다. 현실에서는 일본 고전 문화의 권위가 일본의 '내지'와 조선, 타이완 등 식민지 정도에서만 통용되는 제한적인 것에 불과했기에 그는 공상적인 방식으로 일본 문화의 보편적 가치를 증명하기 위해 이러한 관념적 논리를 직조했다고 할 수 있다. 오카자키가 주장하는 미의 보편성은 서구중심주의에 대한 비판이라는 측면에서 일정하게 동시대적인 의의를 인정할 수도 있다. 하지만 결국은 당시의 일본주의적인 시대 문맥 속에서 '일본의 미적 전통'의 우수함을 주장하는 과장된 나르시시즘 효과밖에 가질 수 없었다.

그리고 설사 이론상에서 탈국적화된 추상적인 미의 절대성을 예술의 기준에 두었다고 해도 오카자키가 서구 문화의 속박에서 벗어나지 못했음은 분명하다. 그가 미의 절대성에 관한 이론을 전개하면서 비교 대상으로 삼은 것은 서구 문화에 국한되었기 때문이다. 서구 문화에 대항해서 일본 예술의 보편성을 논증하려는 것 자체가 서구 문화에 의존하는 행위이며, 이것은 역설적으로 당시 서구 예술이 가졌던 문화적 헤게모니를 드러낸다. 그리고 이것은 오카자키가 전전부터 전후에 걸쳐 수행한 '영문학자' 도이 고치와의 논쟁에 여실히 나타나 있다.

7. 오카자키 요시에의 세계문학론

앞장에서 본 것처럼 근대 일본의 국문학 연구는 외국문학 연구를 동반하는 형태로 기능하는 가운데 존속했다. 외국문학 연구자가 도입한 구미 학문 사조의 영향 없이 국문학 연구라는 학문은 성립될 수 없었다. 그러나 국문학 연구자는 외국문학 연구가 도입한 서구 사상을 국문학에 도입하는 것에 대해 종종 감정적으로 반발하는 이율배반을 드러내기도 했다.

오카자기 요시에의 미학론은 직접적으로는 영문학자 도이 고치가 다이쇼 시대에 간행한 저작 『문학서설』에 대한 비판의 측면이 있었다. 이미 살펴본 것처럼 도이 고치의 『문학서설』은 서사시, 서정시, 모노가타리, 극이라는 순서로 장르가 전개되는 문학사의 보편 규칙을 설정했다. 그것은 세계적 문학의 조건이라 할 수 있는 '인간성의 관념'의 실현을 향한 보편적인 발전 과정을 보여 주는 것으로 제시되었다. 문학의 정신은 '개인' 문학에서 '국민' 문학으로, 나아가 '국민적 문학'에서 '세계적 문학'으로 건전한 성장을 이룩함으로써 보편적인 '인간성의 관념'을 획득한다는 것이다. 도이는 실제로 일본문학의 역사에는 이런 문학사의 보편 법칙에서 벗어난 부분이 많다고 생각해 일본문학의 특수성과 '섬나라의 협애함', 그리고 비세계적 문학성을 비판했다. 그에게 세계적 문학이란 그리스·헤브라이를 원류로 하는 유럽문학의 전통을 조건으로 하는 것이었다. 이러한 도이의 세계적 문학론에 가장 크게 영향을 미친 것은 영국의 문학 연구자 리차드 몰턴이었다. 몰턴은 세계문학이란 세계의 문학을 단순히 합친 것이 아니라, 각국 문학이 주체적 시점에서 구축해야 할 목표로 정의했다. 그리스·헤브라이로부터 근대 영문학의 형성에 이르는 역사적 과정이 영국인에게는 세계문학에 해당한다는 것이 그의 주장이다. 하지만 몰턴의 영향 아래 쓰인 도이 고치의 『문학서설』은 유럽문학의 역사를 세계적 문학으로 간주하고, 일본문학을 그곳에 참여시키려는 것이었다. 원래 몰턴이 영문학의 시점에서 상정한 세계적 문학을 일종의 보편성으로 파악한 것이다.

도이의 세계적 문학론이 등장한 이후 세계문학의 문제를 사상적으로 접근한 저서로는 1934년 아베 지로가 간행한 『세계 문화와 일본 문화』(岩波書店)를 들 수 있다. 아베 지로는 도호쿠제국대학 법문학부에서 오카자키 요시에와 도이 고치의 동료였다. 아베는 도이가 의거했던 리차드 몰턴의 세계문학론을 "시험삼아 이러한 국민문학적 견지에서 그려질 서양문학의 경관을 일본문학의 입장에서 그려보는 것도 좋을 것 같다. 그것은 서양문학 그 자체의 역사적 발전에서 보면 거의 상상할 수 없을 정도로 왜곡된 상이 되어 나타날 것이다."[33]라고 비판했다. 아베는 몰턴이 주창하는 '국민문학적 세계문학관'과 '세계문학 그 자체'는 서로 차원이 다른 문제라고 말한다. 그리고 세계문학은 영국 혹은 일본이라는 각국의 주관적 시점에 근거한 상대적인 것이어서는 안 된다고 말한다. 그것은 천문학에서 성도가 특정 관측자의 주관적 시선에 이끌려서는 안 되는 것과 같다. 아베는 세계 역사에서 보이는 모든 대립과 추이 속에는 '인류적 이념'의 '자기 동일'이 내재해 있다고 말한다. 역사의 진행 전체를 관통하는 "영원히 현재인 인류의 전체적 통일 이념"을 체현한 것이 세계문학의 작용이라는 것이다.[34] 아베의 논의는 특정 지역의 시점에 근거를 두는 세계문학론을 물리치고, '인류적 이념'이라는 극히 추상화된 개념을 전면에 내세웠다. 아베는 괴테와 헤르더와 같은 19세기 독일문학자의 언설에 의거하는 태도를 보였으며, 실제로 그가 말하는 인류의 이념이란 이들 서구 사상의 농후한 영향 아래서 만들어졌다. 그러나 세계문학은 어디까지나 특정 지역을 넘어선 보편성의 문학이어야 했다. 그런 점에서 문학의 탈지역화된 보편성을 상정하는 태도는 오카자키의 사상 경향과 어느 정도 공통된다고 할 수 있다. 오카자키의 일본문예 양식론도 일본과 서구 제국의 특정 예술 양식을 초월한 형이상학적인 '미의 보편성'의 해명을 최종적으로 지향했기 때문이다. 앞서 본 것처럼 일본의 문예 양식을 검증해 그러한 미의 보편적 절대성에 육박하려는 오카자키의 태도는 달리 말하면 세계문예의 개념에 대한 자신의 견해를 피력한 것으로 이해할 수 있다.

1938년의 저작 『일본문예의 양식』에서 오카자키는 일본문예의 양식적인 특징으로서 '형식의 혼융성'을 지적하고 있다. 일본의 문예 작품에는 비구축적인 경향이 있다는 논의이다. 이런 주장의 연장선상에서 그는 서사적 문예란 본래 명확한 구상 아래 전체가 통일된 형태를 갖지만, 일본의 『고지키』와 모노가타리 장르에는 그러한 구축성이 결여되어 있다고 말한다. 따라서 순수한 의미에서의 서사시는 일본에는 존재하지 않는다.

> 서정시·서사시·극시와 같은 서양풍의 형태론은 일본문예에도 어느 정도까지 적용할 수는 있지만, 엄밀하게 말해 이런 세 가지 형태 모두 순수한 모습으로 찾아보기는 어렵다고 생각된다. 와카는 가장 서정시적이지만 그 다수는 서사·서경의 요소를 포함하고 있고, 하이카이는 그 서사와 서경의 요소가 더욱 많다. 발구(発句)의 다수는 서경(혹은 영물〔詠物〕)이며 부합(附合)의 다수는 서사이며, 게다가 그것이 서정시적 성질과 융합해 있다고 생각되며, 다른 경우에는 희곡적인 것을 포함하고 있다고 말하는 자도 있다. 고지키와 군기물처럼 서사적이지만 엄밀한 의미에서 서사시라고 하기에는 난점이 있다. (중략) 일본적 표현 형태는 수필처럼 완전히 자유롭게 마음의 움직임을 그대로 좇아가거나 그렇지 않으면 서정·서사·극과 같은 요소를 분리하기 어렵게 압축 상태로 응축한 듯한 극히 간박단순(簡樸單純)한 인상적·상징적 형태일 것이다. 그래서 이후는 즉 무구조적·단편적인 것처럼 보이고, 깊이 초점을 가진 듯한 표현 방식이 일본적인 최고의 형태라고 생각한다.[35)]

서사시·서정시·극의 장르적 구별은 일본문예를 분석하는 데는 도움이 되지 않는다고 오카자키는 생각했다. 왜냐하면 일본에는 순수한 의미에서의 서사시와 극 장르가 존재하지 않고, 문예 작품의 다수는 그 내부에서 복수의 장르적 특질이 섞여 있어, 작품 하나를 특정 장르로 분류하는 것이 불가능하다고 생각했기 때문이다. 그는 일본의 문예를 전체적으로 주도하는 것은 서사시와 극의 장르성을 무화해 버리는 듯한 비구축적이고 감각적이며 정조적인 문예 형태라고 말한다. 일본 문예의 양식성을 결정짓는 것은 서사시, 서정시, 극이라는 서양의 문예 장르가 아니라, 앞서 본 것처럼 '아와레'나 '오카시'와 같은 일본에 고유한 미적 개념이다.

오카자키는 전후 1950년에 간행된 저서 『일본문예와 세계문예』(弘文堂)에서도 같은 주장을 반복하고 있는데, 거기에서 도이 고치의 『문학서설』을 직접 거론하며 비판하고 있다. 도이의 세계적 문학론을 비판하면서 그것을 지렛대로 삼아 자신의 세계문학론을 전개하고 있다. 그러나 여기에서 도이와 오카자키의 주장 중 어느 쪽이 합당한가를 따지는 것이 문제는 아니다. 여기서 묻고자 하는 것은 문학에서 세계성 혹은 보편성의 문제를 둘러싸고 펼쳐진 논의 그 자체가 근대의 언설 공간에서 가졌던 역사적인 의미이다.

장르 교체에 근거한 도이의 일본문학사론이 오카자키의 눈에는 서구에서 생성된 개념을 기계적으로 적용함으로써 일본문예 양식의 특성을 부당하게 깎아내린 것으로 비쳤다. 그는 『문학서설』에서 도이가 일본의 중세 문학을 문학사의 정상적인 전개에서 벗어난 이상 상태로 설명했다고 말한다. 그러나 문예의 역사적 전개란 어디까지나 구체적인 사실로서 나타나며, 그것을 정상인가 아닌가를 어떤 법칙성에서 연역적으로 재단할 수는 없다는 것이다. 그리고 다음과 같이 지적한다. "도이 씨는 그 장르 전개의 이법을 그리스와 일본 고대의 문예로부터 이끌어내 그것을 정상이라 판정하지만, 그 정상이라는 것은 역사적 현실에 숨어 있는 전개의 이법에서가 아니라, 그리스와 일본 고대의 건전한 인간성의 발로로 보는 고전주의적 휴머니즘 입장에서 초월적으로 재단되고 있다."[36] 유럽과 같은 특정 영역의 역사적 산물을 처음부터 보편성으로 설정하고 연역적으로 다른 사례에 적용하려는 수법을 오카자키는 받아들일 수 없었다. 세계문예의 보편성이란 처음부터 특정 지역에 실체로서 존재하는 것이 아니라, 다양한 문예 양식의 비교 검토를 통해 최후에 귀납적으로 해명되어야 할 것이라고 생각했기 때문이다.

> 세계문예는 세계 속의 작품에서 공통점을 추출한 것이 아니라, 각국 문예의 특징적인 점도 서로 주고받으며 전체로서의 세계문예로 융합해 가는 것을 필요로 한다. 이 융합 방법은 교류성에 의한 것이고, 특수적인 것이 융합할 수 있는 근거는 특수를 보편의 상징으로까지 고양시키는 인간성의 요청에 따른 것이다. 이렇게 전술한 견지가 서로 관련되고 제휴하고 종합 통일의 상태로 들어가는 것을 생각할 수 있다. 이 종합된 모습에 대해 포용성이라든가 융합성이라는 이름을 부여하는 것도 가능할 것이다. (중략) 세계문예의 경우에도 각 국민의 문예 양식이 대립하고 있다고 본다면 세계문예는 성립할 수 없지만, 그것들이 포용하여 융합된다고 생각할 때 세계문예가 인정될 수 있다. 세계적이라는 것은 세계의 각 구성원이 불만 없이 참가할 수 있는 상태를 가리키며, 한 구성원의 지배력이 강

> 대함을 의미하는 것이 아니다. 동서 양측의 융합이라는 것도 이런 견지에서 생각하지 않으면 안 된다. 이러한 포용적인 것이라면 일본문예의 양식적 특징도 세계문예의 양식을 이루는 하나의 징표로서 혹은 그 하나의 징표를 지지하고 성립시키는 요인으로서 세계문예에 참가할 수 있을 것이다.[37]

오카자키는 세계문예의 고찰에서 각국 문예 양식의 특수성은 '변태성'으로 처리되어서는 안 된다고 주장하고 있다. 세계문예란 각국의 다양한 양식성이 모여 성립하기 때문이다. 그래서 그는 "자국 문예의 특수성을 지키는 전통과 다른 여러 나라의 전통을 존중하고 그것이 서로 수수(授受)하고 영향을 주고받으며 진정으로 원만하고 다양한 전일한 세계문예가 만들어져야 한다."라고 말하고 있는 것이다.[38] 절대적인 미는 각국 문예의 상이한 양식적 특징 속에 다양한 형태를 취하며 평등하게 나타나는 것이 세계문예로 간주된다. 따라서 일본문예의 양식적 특색을 탐구하는 것이 그에게는 곧 추상적이고 절대적인 미의 표현인 세계문예의 해명으로 연결된다. 도이처럼 그리스·헤브라이를 원류로 하는 특정 지역의 문학사만을 세계문학으로 규정해서는 안 되며, 또 서구의 장르 개념을 그대로 초월적인 기준으로 다루어서도 안 된다는 것이 오카자키의 입장이었다.

또한 오카자키는 도이가 서구문학의 강렬한 '자아'와 '개성'의 표현을 높이 평가하는 점에 대해서 다음과 같이 비판하고 있다. "도이 씨가 예로 들고 있는 서양적 자아와 인간성은 모두 동물적 생활력의 강함과 윤리적 가치의 높음을 그대로 예술에 들여온 것이 아닌가 생각된다.

예술의 본질을 미적 가치에 두는 한 감성적·정관적인 것이 높이 평가되어야 한다."[39] 도이 고치는 『문학서설』에서 서양의 극 문학 장르에는 인간이 각각의 자아와 개성을 강하게 주장하고 대립과 갈등을 전개하는 모습이 그려져 있다고 말하며, 그것을 세계적 문학의 조건으로 높이 평가했다. 그에 대해 기존의 일본문학은 자아의 힘이 약하고 도피적인 표현으로 일관하는 경향이 있으며, 그 결과 극 장르의 미발달이라는 중대한 변칙성이 보인다고 지적한다. 그런데 오카자키에게는 일본문예에서 극 장르의 미발달과 자아의 소극성은 서구의 미적 양식에 뒤지지 않는 미의 본모습을 나타내는 것으로 높은 평가가 부여되고 있다. 서구문예에서 보이는 자아 주장의 강렬함과 의지성은 미적 정관의 관점에서 보면 오히려 불순한 것이다. 반면 '아와레', '오카시'와 같은 일본문예의 양식은 도덕성과 의지성을 결여한 감성적·정관적인 미적 특질을 가진 것으로 간주된다. 도이는 서사, 서정, 모노가타리, 극이라는 장르의 전개가 충분히 실현되지 못했다고 말하며 일본문학에 내재하는 세계적 문학성을 전체적으로 낮게 보았다. 하지만 오카자키는 도덕성과 사회적 의지성이 약한 '아와레', '오카시'의 양식성이 문예를 규정하고 있기 때문에 일본에서는 서사시, 서정시, 극 장르론이 잘 적용되지 않는다고 주장한다. 그리고 오카자키는 "모노노아와레의 주정성과 애(愛)의 정신을 미적 의식에서 나는 높이 평가한다. 하여튼 서구풍의 지성은 과학에서, 의지적 성격은 도덕에서 그 특색을 발휘하는 것이지만, 감정은 예술에 가장 적합한 것이기 때문이다", "아와레, 소카시(そかし), 마코토, 유현, 사비, 와비, 요염, 이키, 시부미(しぶみ), 다케타카시(たけたかし) 등과 같은 옛 일본의 전통미는 그 자체가 세계

문학의 미를 독점할 수 있다고는 생각하지 않지만, 역시 그것을 구성하는 한 요인으로서 작용할 수 있으며, 그렇지 않으면 세계문예는 성립할 수 없다고 생각해야 하지 않을까."[40]라고 말했다. 즉, 서구와는 다른 일본적 문예 양식은 오히려 정관적인 미의 본질을 잘 보여 주며, 이것이 이른바 일본문예 양식이 가진 세계성의 증거라는 것이다.

하지만 오카자키가 이끌어낸 일본문예의 고유성이란 현실적으로는 외국문학 연구자에 의해 소개된 독일계의 관념론 미학을 토대로 하고 있었다. 그런 점에서는 오카자키의 문예학도 서구의 사상적 영향 안에서 일본문예를 논했고, 도이와 마찬가지로 서구중심주의 언설의 한 유형에 지나지 않았다고 지적할 수 있다. 유럽의 문예 개념을 근거로 그것을 프리즘으로 일본문예의 특수성을 발견한다는 점에서 도이와 오카자키의 일본문학(문예)론, 혹은 세계문학(문예)론은 공통되고 있다. 또 오카자키의 일본문예학에는 독일계의 관념론 미학과 정신과학에서 비롯된 이론적인 체계성과 구축성에 대한 지향을 볼 수 있다. 오카자키는 유럽에 유학한 경험이 있으며 구미의 학문 사조에 대한 직접적인 이해와 어학 능력을 소유하고 있었다. 그렇다고 하더라도 여러 외국문학자에 의한 서구 사조의 번역, 소개 없이 일본문예학의 이론적 틀을 구축하는 것이 가능했다고는 생각하기 어렵다.

도이와 오카자키의 대립은 일본문학이라는 자기동일성을 자명한 것으로 간주하고, 그 이면에서 그것을 보증하는 세계문학의 보편성을 연역적으로 도출할 것인가, 아니면 귀납적으로 탐구할 것인가를 둘러싼 대립이었다. 즉, 양자는 이른바 동전의 양면과 같은 관계에 있었다. 오카자키의 문예론은 일본 문화의 특수성과 고유성을 주장하는 근대의 학문적 언설 다수가 종종 서구중심주의적 언설을 뒤집은 형태에 불과하다는 것을 결과적으로 본인의 의도와는 관계없이 드러내고 있다. 또한 도이에 대한 오카자키의 격한 반발의 이면에는 외국문학 연구에 대한 국문학의 '영토 의식'도 개입되고 있었다. 오카자키는 도이와 같은 외국문학 연구자가 구미의 학문 이론을 일방적으로 국문학 연구에 적용하려는 것을 혐오했고, 일본문예의 고유한 실태에 근거한 일본의 '내발적'인 학문으로서 일본문예학을 발전시키려 했다. 그리고 이러한 국문학자와 외국문학자의 관계성은 현재도 종종 볼 수 있다. 그러나 실제로 그런 양자의 대립은 구미학문 대 일본학문과 같은 것이 아니라, 양자가 각각 의거하고 있는 영미계 혹은 독일계 문예 사조의 이른바 일본 내 지점 간의 대리 전쟁에 불과한 측면이 강하다. 세계문학의 근거를 영문학의 직접적인 역사성에 접목하려는 몰턴의 학설과 현실적인 관심을 제거한 일반적·보편적 태도에서 미적 기준을 보려는 칸트 미학의 상이성이 도이와 오카자키의 대립으로 나타났다고 할 수 있다.

덧붙여 서구와의 대결 속에서 형성된 근대 일본의 국문학론 다수가 아시아 여러 지역에 대한 시점을 결여하고 있었다는 점도 지적해 둘 필요가 있다. 오카자키의 일본문예론은 세계의 다양한 문예 양식에 대한 평등성이라는 이념을 주장하면서도 실제로는 거의 서구 혹은 중국과의 비교에만 몰두했다. 그것은 서구 혹은 중국과의 대비 속에서 일본문예의 단일민족적인 자기동일성을 확정하는 것에 지나지 않았다. 게다가 도이와 오카자키를 비롯해 당시 많은 문학 연구자가 문학에서 세계성과 보편성의 문제를 생각하며 다이쇼 후기 이후 일본 사회에서 급격한 확장을 보였던 미국 대중 문화에 대해 거의 무관심했다는 점도 확인해 둘 필요가 있을 것이다.

8. '보편'주의와 '특수'주의의 공범관계

이상에서 세계문예를 둘러싼 개념 검토를 축으로 오카자키의 '일본문예학'이 내포한 사상사적 문제성을 고찰했다. 오카자키는 문예의 예술성을 추구하면서 일본문예학이라는 학문 분야를 제창했다. 바꿔 말하면 그는 도덕성, 정치성, 실리성을 배제한 문예의 예술성만을 추출해 검증하려 했다. 그것은 직접적으로는 메이지 이래 국문학 연구를 주도한 주류적 이념인 일본문헌학을 비판하고 극복한다는 의도에 따른 것이다. 그는 세계문학에 대한 문제는 유럽문학의 성격을 보편적 기준으로 설정함으로써 해명될 수 있는 것이 아니라고 보았다. 이러한 오카자키의 세계문예론은 동시에 동시대 영문학자인 도이 고치의 일본문학론에 대한 비판적인 측면이 있었다. 그러나 도이 고치와 오카자키 요시에에는 이러한 표면적인 대립에도 불구하고, 근저에는 무시할 수 없는 공통점 또한 존재하고 있었다. 도이의 문학사와 오카자키의 일본문예 양식론은 둘 다 '일본문학(문예)'의 민족적 특질을 논의의 전제로 삼고 있었다. 양자의 차이점은 일본문학(문예)의 자기동일성을 보증하는 속성을 긍정적으로 파악할 것인가 아니면 부정적으로 파악할 것인가에 있었을 뿐이다.

근대 서구는 비유럽 지역에서 식민지 정책을 전개하면서 그 과정에서 비유럽 문화를 유럽이라는 '자기'의 동일성에 대한 '비(非)자기'로서 '발견'했다. 그런 의미에서 도이의 학설은 근대 오리엔탈리즘의 전형적인 사례라고 할 수 있다. 다만 유럽의 오리엔탈리즘 사상이 반드시 도이와 같이 비유럽 문화에 대한 멸시적 태도로 일관된 것은 아니었다는 점은 지적해 둘 필요가 있다. 미술사에서 '자포니즘' 운동이 보여 주는 것처럼 비유럽 문화는 종종 유럽보다 훌륭하고, 유럽 문화가 배워야 할 측면을 갖춘 것으로 표상되기도 했다. 그리고 그것은 비서구 지역에서 내셔널리즘을 지탱하는 중핵이 되었다. 비서구 지역에서 내셔널리즘은 오리엔탈리즘이 만든 서구 대 비서구라는 대립 도식을 답습하면서 서구중심주의를 뒤집은 형태로 발흥했다. 일본의 국문학 연구에 동반되었던 내셔널리즘의 사상도 또한 그런 측면을 다분히 내포하고 있었다. 게다가 원래 서구적 지식의 탐구를 중심에 놓고 서구 어학을 극히 중시했던 근대 일본의 고등교육에서 국문학을 지망하는 청년의 대부분은 외국어에 능숙하지 못하다는 좌절감에서 그 길을 선택했다. 그런 의미에서도 그들은 서구적 문학 사상에 강한 열등감을 품고 있었다. 결과적으로 서구의 새로운 문예 사조와 학문 이론에 대한 환상과 그것을 강하게 거부하는 두 개의 양 극단이 거의 제도적으로 생산된 것이다.

외래 사상을 기준으로 자국의 특수성을 비판하는 태도만이 아니라 그것에 반발하면서 거꾸로 자국의 고유성을 전면에 내세우는 태도도 실은 같은 토대 위에 존재한다. 결국, 그것들은 '공범적 관계'에 있으면서 함께 내셔널리즘적인 언설로 수렴되는 것이다. 외래 사상에 대한 반발로서 '고유한 실태'에 근거한 주체적인 학문의 형성을 모색하는 과정은 도이와 오카자키의 논쟁에 국한되지 않고 그 이후로도 수차례 반복되었다. 거기에서 문학 연구를 포함한 근대 학문에 숙명적으로 붙어 다니는 오리엔탈리즘과 짝을 이룬 근대 일본의 내셔널리즘의 본질을 엿볼 수 있다.[41]

1) 『定本 佐藤春夫全集』 第19巻, 臨川書店, 1999년, 217쪽.

2) 앞의 책, 第22巻, 32쪽.

3) 앞의 책, 第21巻, 298쪽.

4) 오카자키 요시에(岡崎義恵)의 학문과 사상에 대해서는 다음과 같은 연구가 있다.
菊田茂男 「岩城準太郎と岡崎義恵」(『国文学』, 1961년 9월), 赤塚行雄 「岡崎・土居論争」(『国文学 解釈と鑑賞』, 1961년 7월), 長谷川泉 『近代日本文学評論史』(有精堂, 1966년), 鷹津義彦 『日本文学史の方法論』(桜楓社, 1966년), 小野寛 「日本文芸学派― 岡崎義恵・北住敏夫」(『国文学』, 1969년 7월), 菊田茂男 「岡崎義恵―日本文芸学の提唱」(『解釈と鑑賞』, 1992년 8월). 그런데 이러한 논고들은 오카자키 요시에의 사상과 일본 문예학의 등장에 관해서 개설적으로 소개하고 있는 정도에 그치고 있다. 아베 모토오(阿部元雄)의 「岡崎文芸学における言語と文芸―岡崎義恵・時枝誠紀の論争を観点として」(『文芸研究』, 1984년 1월)는 전후에 일어났던 오카자키와 도키에다 모토키(時枝誠紀) 사이의 논쟁을 언급하고 있다. 또한 나카무라 미하루(中村三春) 『フィクションの機構』(ひつじ書房, 1994년)는 오카자키 문예학에서의 미적인 '감상' 개념을 이저(Wolfgang Iser)나 야우스(Hans Robert Jauss)에 의한 수용 미학의 선구로 평가한다. 그러나 근대를 재검토하는 사상사 연구의 시점에서 일본에서의 '세계문학' 개념에 대한 검토라는 틀 속에서 논하고 있는 연구는 좁은 견식으로는 지금까지 발견할 수 없다.

5) 오쓰카가 도쿄제국대학에서 강의한 내용에 관해서는 다음을 참조.
大西克礼編 『大塚博士講義集 1 美学及芸術論』(岩波書店, 1933년), 同 『大塚博士講義集 2 文芸思潮論』(岩波書店, 1936년).

6) 岡崎義恵, 『日本文芸学』岩波書店, 1935년, 22쪽.

7) 高木市之助, 「国文学と日本文芸学」(『国語と国文学』, 1932년 1월).

8) 다이쇼 후기에서 쇼와 초기까지 일본 학계에서 확산되었던 문예학에 대한 관심에 대해서는 다음을 참조.
長谷川泉 『日本文学評論史』(有精堂, 1966년, 159~164쪽).

9) 岡崎義恵 『日本文芸の様式』, 岩波書店, 1938년, 143~144쪽.

10) 『芳賀矢一 選集』第一巻 国学編, 国学院大学, 1982년, 155쪽.

11) 岡崎義恵 (9)前掲書, 137쪽.

12) 岡崎義恵 『文芸学概説』, 勁草書房, 1951년, 155쪽.

13) 오카자키는 1938년 저서 『일본문예양식(日本文芸の様式)』에서 감상의 개념에 기초

하여 예술에서 '고전'이란 무엇인가에 대해 정의하고 있다. 고전이란 그리스·로마에서 실체를 갖고 존재했던 것으로서의 미(美)의 전형을 가리키는 것이 아니다. 시대의 주체적인 입장에 의해 감상되고 현대의 시점에서 재검토됨으로써 고전은 고전답게 된다. 각 시대를 통해 반복적으로 감상되고 다음 시대로 인도되어 가는 것이 고전의 생명력이자 보편적인 가치라고 한다.

14) 오카자키는 『일본문예양식(日本文芸の様式)』(주[9], 전게서)에서 리글(Alois Riegl), 뵐플린(Heinrich Wölfflin), 보링거(Wilhelm Worringer)와 같은 독일계 미술사가를 예술의 양식성을 중시한 인물로 뽑고 있다.

15) 岡崎義恵 (9)前掲書, 203쪽.

16) 오카자키는 하나의 예술 양식에는 그 속의 모든 것에 관철되는 하나의 유형성이 존재하는 점을 상기해야 한다고 주장하고 있다. 내부를 하나로 묶는 일정한 유형성이야말로 작품 양식이라고 한다. 또한 예술 작품의 양식성이란 다른 예술과 분리된 고정적인 실체를 가리키는 것이 아니다. 다른 작품 양식과의 비교 속에서 외부와의 차이성으로 부각되는 특수성이 바로 작품 감상의 유형성이자 문예 작품 내부의 양식적 일관성이라고 한다. 내부적인 모순과 다양성의 요소는 외부와의 대조에 의해 해소된다. 이른바 비교문학적 수법이 오카자키 양식론의 이념에는 전제되어 있었다. 예를 들어, 가키노모토노 히토마로(柿本人麿)의 각 작품의 공통점은 그 자체만을 가지고도 히토마로의 개인 양식을 명확히 할 수 있다. 히토마로 이외의 다른 작가와의 대비를 통해 '히토마로적 정신'을 밝히는 것도 가능하다. 마찬가지로 바쇼(芭蕉) 문학 전체를 통괄하는 '예술적 본질'은 다른 작품과의 비교를 통해 하나의 예술 양식으로서의 자기동일성을 도출해 내려는 문예양식론에 의해 도출될 수 있다. 작가 혹은 민족의 문예 양식은 다른 작품이나 시대, 민족과의 차이 속에서 외적으로는 '개성', '특수성', 내적으로는 '일반성', '일관성'으로 분절될 수 있다고 한다. 인식 주체에 의한 감상 양식 자체의 유형성을 다른 작품과의 비교를 통해 분류하고 검토하는 것이 오카자키 문예학의 학문적 목적이었다고 할 수 있다. 또한 이는 서로 다른 수많은 이본 가운데에서 어떻게 작품의 자기동일성을 확보할 것인가라는 당시 '국문학'계에서 문헌학 연구가 직면해 있던 문제에 대한 오카자키 나름의 대답을 의미하기도 했다. 아무리 서로 다른 여러 이본이 발견된다 해도 다른 작품과의 비교를 통한다면 『겐지 이야기』에는 『겐지 이야기』로서의, 『헤이케 이야기(平家物語)』는 『헤이케 이야기』로서의 양식적인 일관성을 도출해내는 것이 가능하다는 것이다. 어떤 대상의 자

기동일성을 그 자체의 실체성으로부터가 아니라 다른 작품과의 관계성을 통해 파악하려는 사고는 일견 소쉬르 이후 전개된 구조주의적 발상과 유사하다고도 보인다. 그러나 오카자키의 양식론은 예술론의 입장에 바탕을 두는 '일본문화론'을 구축하는 것을 거대한 목적의 하나로 하고 있었다는 점에 특징이 있다고 할 수 있다.

17) 1930년대 교학 쇄신 운동에 대해서는 다음을 참조.

近代日本教育制度史編纂会 『近代日本教育制度資料』(第一巻, 大日本雄弁会講談社, 1956년), 앞의 책(第一四巻, 1957년), 中島太郎 『近代日本教育制度史』(岩崎学術出版, 1969년), 寺崎昌男·戦時下教育研究会編 『総力戦体制と教育 皇国民「錬成」の理念と実践』(上·下, 東大出版会, 1987년), 久保義三 『昭和教育史 天皇制と教育の史的展開』(上·下, 三一書房, 1994년).

18) 岡崎義恵 (9)前掲書, 279~280쪽.

19) 스즈키 도미는 근대 일본의 '국문학'론이 종종 여성성의 비유를 통해 언급되는 점을 젠더론의 관점에서 비판적으로 검증하고 있다. 鈴木登美, 「ジャンル・ジェンダー・文学史記述—「女流日記文学」の構築を中心に」(ハルオ・シラネ, 鈴木登美編, 『創造された古典』, 新曜社, 1999년) 참조.

20) 岡崎義恵 (9)前掲書, 327~328쪽.

21) 히라오카 도시오(平岡敏夫)는 『漱石 ある佐幕派子女の物語』(おうふう, 2000년)에 수록된 「소세키 연구사론(漱石研究史論)」에서 쇼와 10년대 전 시기에 쓰여진 소세키론을 몇 가지 예로 들면서 '여유파(余裕派)', '측천거사(則天去私)'라는 소세키상이 이 시대에는 동양적·일본적이라는 이유로 크게 받아들여졌고, 오카자키도 『소세키와 측천거사(漱石と則天去私)』(1943년)의 서문에서 '일본 민족 예술'에 대한 관심에 대해 서술하고 있다. 소세키가 그렇게 말한 측면이 '일본 민족'적이었다는 것이다. 측천거사를 강조하는 당시의 소세키론 대부분이 전시 체제하의 일본주의적인 시대 풍조를 배경으로 하고 있다는 지적이 있다.

22) 岡崎義恵 (9)前掲書, 363~365쪽.

23) 앞의 책, 372쪽.

24) 『本居宣長全集』 第二巻, 筑摩書房, 1968년, 99쪽.

25) 쇼와 전전·전중기의 히사마쓰 센이치의 언설에 대해서 다음을 참조.

安田敏郎, 『国文学の時空— 久松潜一と日本文化論』(三元社, 2002년)

26) 岡崎義恵 『美の伝統』 弘文堂, 1940년, 469쪽.

27) 岡崎義恵 「日本文芸学の将来」(『国語と国文学』, 1946년 3월)

28) 岡崎義恵 (26)前掲書, 3쪽.

29) 岡崎義恵『芸術論の探求』, 岩波書店, 1941년, 46쪽.

30) 岡崎義恵 (9)前掲書, 241~242쪽.

31) 앞의 책, 181쪽.

32) 다만, 실제 오카자키의 '일본문예'론에서는 일본과 서구의 미적 개념과의 비교 연구가 오카자키 자신이 비판했던 "서양 사상의 일본으로의 기계적 적용(西洋思想の日本への機械的な当てはめ)"과 종종 구분되지 않는 점도 있었다. 1935년 『일본문예학(日本文芸学)』이나 1938년 『일본문예 양식(日本文芸の様式)』 등에서 오카자키는 '일본문학'의 시대 양식을 설명하는 전제로 '숭고(崇高)'와 '우미(優美)'라는 서구의 미적범주론을 적용하고 있다. '숭고'와 '우미' 2대 조류가 번갈아 가며 신축함으로써 '일본문학사'가 전개되어 왔다고 한다. '일본문예'의 미의 실제에 관한 연구든 또는서구의 개념을 적용시킨 학설이든 모두 명확히 구분을 할 수 없는 일례라고 할 수 있다.

33) 阿部次郎『世界文化と日本文化』, 岩波書店, 1934년, 217쪽.

34) 앞의 책, 338쪽.

35) 岡崎義恵 (9)前掲書, 276쪽.

36) 岡崎義恵『日本文芸と世界文芸』, 弘文堂, 1950년, 76쪽.

37) 앞의 책, 133~134쪽.

38) 앞의 책, 100쪽.

39) 앞의 책, 130~131쪽.

40)앞의 책, 130, 135쪽.

41) '일본문예 양식'의 '고유'성을 중시하는 오카자키의 '일본문예'론은 전전·전후에 일본주의적인 시대 풍조 속에서 전개된 측면을 갖기도 했다. 그리고 전후에 와서는 1950년 샌프란시스코 강화 조약과 일본의 독립을 기점으로 한 국민문학론의 융성을 하나의 배경으로 하고 있다고 봐도 좋다. 그러나 오카자키의 '일본문예'론은 전시 중의 이른바 초국가주의에 대한 비판과 반성을 배경으로 발생한 측면이 크며, 전후 국민문학과는 별개의 독자적인 미학적 사상 체계로 전개된 것이었다. 그의 '일본문예 양식'론은 그 미학 사상의 체계에 의거함으로써 전전부터 전후까지 거의 그대로 일관되게 주장된 것이었다. 오카자키는 '국문학자'인 사이고 노부쓰나나 역사학자인 이시모다 쇼와 마르크스주의자들 사이에서 왕성하게 논의되고 있던 일본 고대의 민족문학론에 관해 지극히 부정적이었다. 사이고 노부쓰나는 1951년 저서 『일본

고대문학사(日本古代文学史)』에서 도이 고치의 문학장르론을 계승하는 형태로 서사시·서정시·모노가타리라는 장르의 전개로부터 일본의 고대문학사를 서술하고 있다. 그러나 오카자키는 저서 『일본문예와 세계문예(日本文芸と世界文芸)』에서 "요즘 유물사관에 입각한 사람이 일본에 영웅 시대·서사시 시대를 추구하려고 하는데, 이는 여전히 상상의 영역을 벗어나지 못한 듯하다. (중략) 일본에서는 서사시라는 것은 발달하지 않았다. 서사시는 그리스적인 문예이고 따라서 서양풍의 문예 양식이라 생각하는데, 일본에서는 그것이 충분히 성숙하지 못했다"고 서술하고 있다. 오카자키는 사이고나 이시모다의 마르크스주의자들의 서사문학 장르론을 도이 고치의 것과 상반되는 것이라 말하면서도 마찬가지로 전면 부정했다.

제4장

'국문학'의 주변

— '대동아공영권'과의 관계 —

1. 하스다 젠메이와 '전장'의 '국문학'

고노에 후미마로(近衛文麿) 내각이 기존의 불확대 방침을 포기함에 따라 중일전쟁이 확대되던 1938년 10월, 문예 평론가 하스다 젠메이(蓮田善明, 1904~1945)는 육군에 소집되어 구마모토 보병 제18연대에 입대, 이듬해 4월에 중국 전선으로 향했다. 하스다는 세이조(成城)고등학교에서 '국문학'을 가르쳤으며, 젊은 날의 미시마 유키오(三島由紀夫)도 참가하던 일본낭만파 계열의 잡지 『문예문화(文芸文化)』의 주축 멤버였다. 중국 전선에서 그는 줄곧 호남성 동정호 동쪽 산악 지대의 수비를 담당했다. 전장에서도 하스다는 집필 활동을 계속하여 참호 속에서 대표작인 「시와 비평 – 고킨와카슈에 대하여」(1939) 등 일본의 고전문학을 제재로 한 다수의 평론과 수필을 발표했다. 그 후 남방 전선으로 이동한 하스다는 말레이 반도에서 패전을 맞이하자 권총으로 자결을 감행한다. 그 죽음은 미시마 유키오가 나중에 일으킨 행동(자위대 본부에서의 할복자살)에도 큰 영향을 준 것으로 알려져 있다. 적어도 미시마에게 문학자로서의 하스다와 패전에 즈음하여 자살을 결행한 육군중위 하스다는 결코 분리될 수 없었던 것이다.

하스다가 중국에서 머물던 당시, 일본에서는 히노 아시헤이(火野葦平)의 『보리와 병대(麦と兵隊)』가 베스트셀러에 오르는 등 소위 전기문학(戰記文學) 장르가 대중적인 인기를 구가하고 있었다. 다수의 작가는 종군 형태로 중국과 남양으로 건너가 그곳 전장의 모습을 '후방'에 전달하는 역할을 담당했다. 마르크스주의 운동이 붕괴한 이후, 많은 문학자는 전쟁과 국책을 사회적 혹은 문학적 문제로서 대대적으로 다루었다. 히노 아시헤이와 마찬가지로 한 사람의 병사였던 하스다의 문학 활동도 중국에서 남방에 걸쳐 전쟁에 임했던 그 자신의 전쟁 체험과 이국 체험을 배경으로 전개된 측면을 띠고 있다.

이 하스다 젠메이에게는 「구름의 모습(雲の意匠)」(1938)이라는 평론이 있다. 부상 때문에 일본으로 송환되었을 때 쓴, 일종의 일본문화론이다. 이 글에서 하스다는 중국 전선에서 실제로 그가 목격했던 중국의 건축물과 가구, 갖가지 기구 등에서 볼 수 있는 '용(龍)'의 모습에 대해 언급하고 있다. 그는 그것이야말로 '지나'의 '민족적 표상'이며, "이상할 정도로 선명하고 사실적으로 만들어지고 묘사된" 점에 특징이 있다고 말한다. 한편, "그것에 비해 우리가 어린 시절부터 보아온 일본 그림 속의 용은 거의 구름 사이로 신체 일부를 겨우 엿볼 수 있는 용에 불과했다"[7)]고 덧붙이고 있다. 그런데 그에게 그것은 중국을 뛰어넘는 일본 문화의 우월성을 나타내는 것이다. 왜냐하면, 일본의 회화와 문예에서 자주 볼 수 있는 구름의 표상은 "천황은 신이어서 구름 위 궁전에 살고 계시다."라는 가키노모토노 히토마로(柿本人麻呂)의 노래(歌)로 대표되는 것처럼, 구름 사이로 보이는 신의 '신비로운 힘'을 우러러보는 일본인의 사상을 나타내고 있기 때문이다. 그는 그 사상이 중국과 인도의 유교와 불교, 나아가 구미의 그리스 신화와 기독교보다도 훨씬 본원적인 가치를 가진다고 강조한다. 사실적인 불상과 신상을 숭배하는 외국의 종교와 사상은 '가짜 신(擬神)'을 숭배하고 있는 것에 불과하다는 것이다. 구름 사이로 모호하게 드러나는 신의 '신비로운 힘'에 존경을 표하는 일본 신앙에 접하게 됨으로써 비로소 '진정한 신'에 다가가는 것이 가능하다고 생각했다.

그들(서구인, 저자주)은 아시아 대륙에 연결되는 반도인 구주로부터 도피하여 참주적(僭主的)으로 새로운 천지를 얻으려 함과 동시에 착취하려 지구의 반대 방향으로부터 아시아를 향한 자 가운데 성공한 자이다. 그러나 그들은 그 야망과 함께 신에 직면하는 것을 피할 수 없었다. 그것은 결코 오늘날 시작된 것이 아니다. 가장 가깝게는 페리가 태평양을 건너 일본을 방문한 그때부터이다.

아 슬프다 우둔한 아메리카가 두려운 것을 너는 모르는가
(중략)

신풍에 날려 가라앉으며 후회하는 우둔한 아메리카

–가모치 마사즈미(鹿持雅澄)

이 국학자의 와카는 결코 단순한 적개심을 위한 노래가 아니다. 세계를 뒤덮는 팔굉일우(八紘一宇)를 세울 것임을 일본인은 결코 의심하지 않을 것이다.[2)]

하스다가 태평양전쟁이 일어나기 수년 전에 쓴 것인데, 그 의도는 분명하다. 구미 열강의 세계적인 침략과 패권에 대항할 수 있는 것은 중국 등 다른 아시아 제국의 문화가 아니라 일본의 신들이며, '국문학'에 나타난 '구름의 사상'이라는 것이다. 그렇기 때문에 국민당군과 공산당군은 '응징'해야 하며, '지나'는 '황군'의 '위광'에 의해 '위무'받아야 한다. 이런 논리로 하스다는 한 사람의 병사로서 관계했던 일본의 중국 침략 행위를 정당화했다. 그리고 그 근저에는 '지나'에 대한 불식하

기 어려운 멸시 의식이 드리워져 있다. 그는 이런 의식을 배경으로 일본의 고전에 대한 사색을 심화해 가면서 평론을 써 갔던 것이다. 그런데 그의 주장은 단지 '일본'이라는 특수한 풍토성과 민족성에만 한정된 것이 아니었다. 그것은 '세계를 뒤덮는' 사상으로서 제시되고 있었으며, 이를테면 외부를 향해 국민국가의 틀을 넘어서려고 하는 지향도 있었다.

하스다 젠메이의 주장은 그 안의 독선적인 논리를 하나하나 비판하는 것조차 허무할 정도로 돌출적이다. 그러나 중일전쟁이 태평양전쟁으로 확대되고 '대동아공영권'의 건설과 일본의 '지도적 입장'을 주장하는 사회 전체의 목소리가 높아지는 상황에서 보자면 그다지 극단적인 것도 아니었다. 당시 다카무라 고타로와 미요시 다쓰지(三好達治), 사이토 모키치(斎藤茂吉)와 사이조 야소(西条八十) 등 고명한 시인 다수와 가인은 '미영격멸'과 '팔굉일우'의 정신을 담은 전쟁 시가를 창작했고, 그것이 라디오를 통해 전 국민을 대상으로 울려 퍼지고 있었다. 학교의 입학시험 문제와 도나리구미(隣組)의 독본, 관혼상제의 식사(式辞)와 인사 등 일상적인 텍스트에 이르기까지 전쟁 수행의 언문이 지배했고, 그런 상황에서 하스다가 고등학교 교사로서 참여했던 '국문학 연구'의 세계에서도 유사한 언설이 넘쳐나고 있었다. 그러나 일본의 패배로 전쟁이 끝나자 그 자신이 굳게 믿었던 세상도, 신념처럼 생각했던 '팔굉일우'의 세계도 철저히 부정되었다. 상관의 입에서 "일본은 패배한 것이다. 패배한 이상은 연대장님이 말씀하신 것처럼 이제 천황과 국민 사이에 어떤 구별도 있을 수 없다. 이제부터 일본의 아이들에게 누가 가장 훌륭한가를 묻는다면 아마 장개석 혹은 루스벨트라고 대답할 것이다. 천황…… 등이라고 대답하는 자는 단 한 사람도 없을 것이다."[3]라는 말을 듣자마자 하스다는 그 상관을 사살하고 자신도 자결하는 길을 선택했다.

메이지 이후 일본에서 '국문학'은 서구에 대한 대항 의식 속에서 형성된 일국주의적 학문으로 간주되는 것이 일반적이었다. 이러한 경향은 쇼와 전전·전중기에 '근대의 초극'이 주창되는 시대 풍조 속에서 한층 현저해졌고, 어떤 의미에서 전후를 거쳐 현대까지도 이어지고 있다. 다른 한편 일찍이 쇼와 전전·전중기에 제국 일본의 팽창이라는 정치적인 배경 속에서 많은 문학 연구자는 '국문학'과 '세계'성의 관계에 관한 발언을 쏟아냈다. '팔굉일우'와 '대동아 건설'이라는 정치적 슬로건 아래서 당시의 국문학 연구는 '세계'성과 '보편'성의 문제에 대한 재고를 요구받았던 것이다. 여기에서는 근대 국민국가의 산물로 태어난 '국문학'이라는 학문 장르가 일본의 아시아 지역에 대한 침략 전쟁이 진행되는 상황에서 어떠한 태도를 보였는지 검토해 보고자 한다.

2. 일국주의적 '국문학'의 논리

근대 일본의 '문학 연구'에서는 서구 제국의 문학이 중시되는 한편, '지나'문학을 제외하면 아시아 여러 지역의 문학이 '국문학'의 비교 대상으로서 거론되는 경우는 거의 없었다. 그것은 대학에서 '문학 연구'의 제도가 '국문학', '지나'문학, '구미문학'이라는 세 개의 축으로 이루어진 것에서도 확인할 수 있다. '국문학'이 '보편'성 혹은 '세계'성을 가지는가의 문제는 주변 아시아 지역의 문학을 무시한 채 저 멀리 서구 제국과의 비교와 검토 속에서만 논의되었던 것이다. 이 점에 관해서 스즈키 사다미는 다음과 같이 지적한다.

> 서구의 '문학사'가 '일국문학사'론적인 틀을 유지하기 위해서는 거꾸로 부단히 문화적인 상호 영향 관계에 의식적이지 않을 수 없었고, 또한 비교의 관점과 국민 문화의 분석이 요구된다. '문학'의 영역에 고립된다고 해도 '비교문학'의 관점이 요구된다. 그런 의미에서 '일국문화(사)'론과 '비교문화(사)'론은 서로 보완 관계에 있다고 할 수 있다.
>
> 그것에 대해서 메이지 이후 일본의 경우, 영향 관계는 서구의 영향을 받았다는 것만 일방통행식으로 간주되어, 특히 '문학' 개념이 자율적인 것이 되자 서구'문학사'의 모델이 적용될 뿐 다른 문화와의 비교뿐만 아니라 다른 나라 '문학'과의 비교는 결여된, 이른바 폐쇄적인 '일국문학사'가 형성되기 쉬웠다.[4]

19세기 서구에서는 프랑스혁명과 나폴레옹 전쟁 후 수십 년간, 독일과 프랑스, 이탈리아 등에서 차례로 내셔널리즘 운동이 전개되어 '민족문학' 혹은 '국민문학'이 태어났다. 그리고 그것이 서유럽이라는 비교적 좁은 지역 내부에서 일어났기 때문에 각각의 민족문학, 국민문학은 상호 간의 비교와 대립, 영향 관계 속에서 자기를 의식하지 않을 수 없었다. 예를 들어 19세기 독일에서 처음으로 거론된 '세계문학'론의 배경에는 프랑스를 비롯한 주변 유럽 제국 문학과의 대비 속에서 '독일문학'의 내셔널한 자기동일성을 어떻게 확보할 것이냐는 문제의식이 작용하고 있었다. 또 서구 문화권에서는 고대 그리스와 헤브라이의 문화가 각국 문학의 공통 원류로서 간주되었다. 따라서 영국, 독일, 프랑스 등에서 내셔널리즘에 입각한 문학사가 형성되었다고 해도 그것들은 결코 상호 교섭을 향한 시선을 상실한 '일국문학사'가 될 수는 없었다.

그러나 메이지 이후 일본의 사정은 조금 달랐다. 일본의 근대화와 내셔널리즘 운동은 유럽 제국에 대항하면서 동시에 그것을 모범으로 삼아 전개되었기 때문이다. 그 때문에 일본의 문학 연구 속에는 서구 제국의 문학을 강하게 의식하는 경향이 있는가 하면, 그 이면에 주변 아시아 지역의 문학에 대한 구조적인 무관심과 경시가 뿌리를 내렸다. 그것은 예를 들어 하가 야이치가 제창한 일본문헌학의 기본 이념에 명확히 드러나 있다.

> 원래 고대 일본어의 계통을 연구하려면 당연히 아이누어를 연구해야 하고, 조선어를 연구해야 하고, 몽골어를 연구해야 하고 또 나아가 터키어, 말레이어 등의 연구가 필요한데, 이들 모든 언어를 합쳐도 문헌학은 그 비중이 작다. 그렇다고 우랄 알타이 문헌학이라는 것이 생겨날 것 같지도 않고, 말레이 문헌학이 생겨날 것 같지도 않다. 일본어와 같은 우랄 알타이어에서 일본어는 가장 발달한 것이기 때문에 일본문헌학 외에는 성립하지 않을 것이고 다른 것은 참고에 머물기 때문에 스페인어에 아라비아어의 영향을 연구하는 정도가 될 것이다. 즉, 오직 한 민족의 문헌학이기에 매우 간단하다고 할 수 있다. 따라서 일본어라는 단일 언어를 연구하고 일본인의 문학을 연구하는 것을 주제로 하면 충분하다. 시대적인 면에서도 영국, 독일보다 약간 길고 또한 젊다는 점이 있을 뿐이다.[5]

여기서 제시되고 있는 것은 일본 주변 지역의 언어 문화를 '문헌학' 대상에서 제외하려는 논의이다. 근대 국문학 연구는 '오직 한 민족의 문헌학'이라는 '일국 국문학'의 이념 아래 출발했다. 하가 야이치는 국문학이 '지나'문학에서 받은 영향의 검증을 중시했지만, 그 외 다른 아시아의 언어 문화에는 전혀 관심을 보이지 않았다. 물론 그것은 주변 지역의 문화에 대한 문명론적 멸시 의식에 의해 정당화되었다. 하가는 다른 곳에서 이렇게 말하고 있다. 즉, "문헌학은 문명이 없는 나라에서는 원래 생겨나지 않습니다. 언어학은 문명이 없는 나라의 언어도 다룹니다. 에스키모어 등도 언어학자는 연구해야 합니다. 문헌학에서는 문헌이라 부를 만한 것이 없으면 연구가 성립하지 않습니다. Philology라는 학문, 즉 문헌학은 어떤 경우에도 과거 문명이 성대했던 나라에서 비로소 성립하는 것입니다."[6]라고 말했다. 구두 자료보다 문자 문헌을 고도의 '문명' 정도를 나타내는 것으로 간주하는 사고방식이 여기에 존재한다. 언어학과 국문학은 이런 발상에서 그 구분이 시도되었다.

종종 지적되는 것처럼 근대 서구의 언어학은 언어가 가진 본질적 성격을 음성언어에서 찾는다. "언어학은 문명이 없는 나라의 언어도 다룹니다."라는 하가의 지적은 이 근대 언어학의 사고방식을 따른 것이다. 음성언어를 소재로 하기 때문에 언어학은 문자와 문헌이 없는 '문명이 없는 나라의 언어'도 그 대상으로 할 수 있기 때문이다. 메이지 시대 일본의 아카데미즘에서는 우에다 가즈토시를 중심으로 언어학의 학문 분야가 정비되었다. 도쿄제국대학 문과대학의 박언학과(博言学科)에서는 우에다 자신과 하시모토 신키치(橋本進吉) 등은 '국어학'

외에 긴다이치 교스케(金田一京助)의 아이누어 연구, 이하 후유(伊波普猷)의 류큐어 연구, 오구라 신페이(小倉進平)의 조선어 연구 등 음운론 중심의 비교언어학 수업이 이루어지고 있었다. 그러나 한편으로 근대 일본의 국문학은 '야마토' 계열의 문자와 문화만을 연구 대상으로 하는 경향을 강하게 띠면서 출발했다. 거기에는 문명을 갖지 못한 '야만'의 문화를 검증 대상으로 하는 언어학과 엄격히 구분되는 방식으로 국문학의 자기동일성을 확보하려는 의도가 개재되어 있었다. 비교언어학적 수법에 의해 '국어'의 기원을 찾으려는 근대 일본의 언어학은 결국 식민지 영유와 통치를 정당화하는 이데올로기적 의미를 강하게 띠면서 발달했다. 또한 문명국으로서 일본의 자기동일성과 권위의 확보는 어디까지나 문자 자료를 다루는 국문학이 담당해야 한다는 사고방식이 하가 야이치의 일본문헌학의 이념을 지탱하고 있었다.

물론 현대의 시점에서 볼 때 구두 자료보다도 문자 자료 쪽이 우월하다고 단정하기 어렵고, 나아가 후자가 더 '문명'적이라고 할 수도 없다. 시나다 요시카즈의 연구가 분명히 밝힌 것처럼 『만요슈』에 기재된 '아즈마우타(東歌)'를 원초적인 '민족의 소리'로 간주하는 문학론은 19세기 독일 낭만파 문학론의 영향을 받아 메이지 시기에 성립했다. 실제로 언어학과 민속학에서의 아이누 그리고 류큐의 구승문예 연구에도 이러한 발상을 확인할 수 있는데, 구두 자료를 문자 자료보다도 '본원적'인 것으로 보는 사고 또한 전자를 '야만'으로서 바라보는 시각을 뒤집은 것에 불과하다. 구두 자료와 문자 자료 둘 다 각각 고유의 원리를 가진 별개의 표현 형태이며, 어느 쪽이 우월하며 혹은 어느 쪽이 본원적인가는 문제가 될 수 없다. 게다가 일본 주변 지역에서는 '문헌학', 즉 '문학 연구'가 성립하지 않았다고 보는 하가의 사고방식은 그 자체가 모순을 안고 있다. 왜냐하면 조선과 류큐, 베트남 등 여러 아시아 지역에는 한자 문화를 비롯해 한글과 같은 독자적인 문자 문화가 존재하기 때문이다. 그러나 하가 야이치는 그러한 상식적인 사실을 어떤 단서도 없이 무시하고 있다. 주변 아시아 지역에 대한 근거 없는, 강고한 멸시 의식이 이러한 초보적인 오류를 초래했다고 할 수 있다. 근대 일본의 '문학 연구'는 이러한 문명론적인 차별 의식이 하나의 배경이 되어 주변 문화에 대한 학문적 관심과 축적에서 언어학, 인류학, 민속학 등에 비해 크게 뒤처져 버렸다. 문명이 '뒤처진' 아이누와 조선의 언어 문화를 '국문학'과 대등한 연구 대상으로 하는 것은 생각조차 할 수 없었던 것이다.

이렇게 근대 일본의 '국문학 연구'는 야마토 계통의 문자 문화에 한정된 일국주의적 경향을 강하게 드러내고 있었다. 그것은 언어학을 비롯한 역사학과 인류학, 민속학 등 근접 학문과 비교해도 두드러지는 특징이다. 기타 사다키치(喜田貞吉)와 시라토리 구라키치(白鳥庫吉)의 일본민족론과 가나자와 쇼자부로(金沢庄三郎) 등의 '일선동조론'에서 보이는 것처럼 전전의 역사학과 언어학에서는 복수 민족의 혼합으로서 '일본인'을 사고하는 견해가 오히려 주류에 가까웠기 때문이다. 물론 여기서 식민지주의를 배경으로 한 전전의 '다문화주의'를 평가하자는 것은 아니다. 다만 '국문학'은 전전의 역사학과 언어학에 비해 그 시야가 협소했고 폐쇄적인 성격이 강했다는 점은 확인해 두고 싶다.

그러나 쇼와 시대에 접어들자 조선과 타이완에서 '황민화' 정책이 진행되고, 주변 아시아 지역에 대한 침략 전쟁이 확대되면서 '대동아공영권'이라는 슬로건까지 등장하게 되었다. 그렇다면 이렇게 변화된 상황 속에서 메이지 이후로 '폐쇄적'인 일국주의적 경향을 고수했던 '국문학 연구'는 어떠한 대응을 보였던 것일까.

3. '대동아 건설과 신국문학의 이념'

1940년대에는 시국의 영향으로 태평양전쟁의 수행을 지지하는 다수의 '국문학'론이 등장했다. 1942년 6월에 국문학계를 대표하는 잡지 『국문학 해석과 감상』은 '대동아 건설과 신국문학의 이념'이란 제목의 특집호를 기획했다. 거기에는 총 79쪽에 달하는 '국문학자' 및 '국어학자'의 논문과 의견이 수록되어 있다.

잡지의 주간을 맡았던 후지무라 쓰쿠루는 권두에 실린 「대동아전쟁의 이상」이라는 제목의 논문에서 "우리 일본은 건국 이래 팔굉일우 정치의 근본 이념"과 "미영의 동아 침략으로부터의 해방", 일본의 "왕도 정치에 의한 동아 민족의 지도" 등을 주장하면서 "공영권 내"민족의 지도를 위해 "일류 인사의 진출"이 필요하다고 역설한다. "전동아 지역은 우리를 위해서도 식민지가 아닌 지도 지역이며, 공존과 공영을 위한 지역이라는 것을 명기하여 거기에 필요한 만큼의 동포가 이러한 결심을 하고 각지로 나아가는 것이 이 시기에 반드시 실행되어야 한다"[7] 고 말하고 있다. 이런 주장은 태평양전쟁의 의미를 일반적으로 논하고 있는 것인데, 그 직접적인 의도는 '국문학자'들에 대해서 '대동아공영권'의 건설에 공헌할 것을 요청하는 것이었다.

『국문학 해석과 감상』의 '대동아 건설과 신국문학의 이념' 특집호에는 이처럼 태평양전쟁에 공헌해야 할 '국문학'의 사명을 주장하는 논문이 여러 편 수록되어 있다. 예를 들면 미야케 다케로(三宅武郎)의 「동아 일본문학의 국어 형식에 관하여」와 구기모토 히사하루(釘本久春)의 「대동아의 내일과 국어 - 일본어 보급의 실천적 기초 -」는 '대동아공영권'에 대해 '국어' 보급의 필요성을 주장하고 있다. 또한 후지타 도쿠타로(藤田徳太郎)의 「동아 문화권과 국문학의 사명」은 "국문학이 동아공영권 문화에 공헌해야 할 점, 또는 동아공영권 문화를 지도할 방법"으로서 일본어와 그것에 동반되는 일본 문화의 보급, 그리고 '국문학' 작품을 각 민족의 언어로 번역하여 보급하는 작업을 들고 있다. '국어'의 진출에 따라 장차 원문 그대로의 '국문학' 작품이 소개되는 것이 바람직하다는 주장이다. 후지타는 이를 통해 "동아공영권의 문화적 자각, 문화 정신의 자립", "새로운 동양 문화의 창조"가 이루어져야 한다고 말하고 있다.

> 즉, 언령의 행복을 중시하는 태도는 소중한 것으로 우리나라 문학을 언어를 달리 하는 타국인, 타민족 사람도 결국 우리나라 말에 의해 이것을 알고 이것을 느끼는 것이 절실히 필요한 것이다. 다만 어느 시기에 과도적 수단으로서는 번역 등의 방법을 취하는 것도 어쩔 수 없는 방법이지만, 오늘날의 정세는 우리나라 문학을 우리나라 말로 알리는 방법이 결코 불가능하지 않은 단계가 되고 있다. 이렇게 하여 우리 국어의 세계 진출, 그것보다도 당면 문제이자 동아공영권 문화의 기초 문제인 동아공영권의 공통어를 일본어로 해야 한다는 필요성이 우리나라 문학의 보편성에 앞서 제기되고 있는 것이다.[8)]

후지타는 '대동아공영권'에 '국어'를 보급하는 것이 '국문학'의 '보편화'로 이어진다고 말하고 있다. 그런데 후지타는 '국문학'의 '보편화'를 주장하면서도 그 과정에서 '대동아공영권' 내의 여러 민족으로부터 '국문학'이 받을지도 모르는 영향과 변화의 가능성은 전혀 고려하고 있지 않다. '국문학'을 그대로 '외지'에 확대·보급하는 것이 후지타에게 '국문학'의 '보편화'였다.

이런 식의 '국문학'론은 당시 도쿄제국대학 교수였던 히사마쓰 센이치의 저서에서도 엿볼 수 있다. 히사마쓰는 1944년 『국문학통론－방법과 대상』(東京武蔵野書院)에서 '일본문학'의 특색을 그대로 세계에 확대하는 것이야말로 '세계문학'의 조건이라고 말하며, "즉 건국 이래의 정신은 일본이 발전하는 데에 근저를 이루는 기초가 된다. 그 위에서 모든 것이 조화롭게 발전해 가지만, 이 발전의 근원인 건국 정신을 벗어나서는 진정한 의미의 발전은 있을 수 없다. 동아의 신질서는 지금 말한 의미에서 일본의 국가 발전을 확실하게 파악해 만주·지나·동양·세계로 확산되어야만 한다"[9]고 주장하고 있다. 그러나 히사마쓰는 '국문학'의 '보편'성을 주장하면서도 조선과 만주, 남양 등 실제 '동아'의 언어 문화에 관한 검증은 생략하고 있다. '동아'에서 '국문학'의 우위성은 어떤 학문적 검증도 거치지 않은 채 주장되고 있었던 것이다. 실제로 『국문학 해석과 감상』의 '대동아 건설과 신국문학의 이념' 특집호에는 그 특집명에도 불구하고 '대동아공영권'에 포함되어야 할 제 민족의 문제에 대해 무관심한 담론이 다수를 이루고 있다. 예를 들어 아소 이소지(麻生磯次)의 「국학의 정신과 국문학의 연구 태도」, 구라노 겐지(倉野憲司)의 「국학적 기반 위에」, 시다 노부요시(志田延義)의 「신국문학에 기대하고 희망하는 것」 등이 그렇다. 아소와 구라노 등은 아시아 민족의 문제는 생략한 채, 오직 국학 혹은 '고대인의 인식'에 근거한 '일본적 입장'에서 연구할 필요성만을 역설하고 있다.

그렇다고 아시아 민족과의 관계 속에서 '국문학'의 변혁 가능성을 언급하는 의견이 전혀 없었던 것은 아니다. 예를 들어 이케다 기칸의 「국문학에서 전통과 혁신」이란 글이 있다. 이케다는 "금후 일본은 다수의 인종, 민족을 포용하여 대국민을 형성할 텐데, 그것들은 야마토 민족의 혈액과 정신 속에 포옹, 동화되어야 한다."라고 말한 뒤, "새로운 동양을 개척하고 그 문화로 전 인류를 비추는 위대한 문학이 야마토 민족의 전통에서 소위 전통을 뛰어넘어 창조되어야 한다"[10]고 말하고 있다. 야마토 민족의 전통을 전제로 하고는 있지만, 국문학은 많은 민족을 포함하여 지도하는 '동아의 맹주'인 일본의 위상에 걸맞은 '신동아 문학'의 건설을 향해 변혁을 이뤄내야 한다는 것이다. 또 니시오 마코토(西尾実)는 「국문학의 방향」에서 "일본 문화가 대동아에서 각 지역의, 또 각 민족이 소유하고 있던 문화의 정수를 섭취해 그것에 새 생명을 부여함으로써 진전해 온 것은 일본 문화의 역사가 말해 주고 있으며 일본 문화의 특성이 입증하고 있다. 따라서 이 사실을 대동아 모든 민족에게 확신시켜 이 문화를 대동아 각 지역에 보급하는 것이 대동아 건설과 다름이 없다."[11]라고 말하고 있다. 일본 문화는 역사적으로 주변 아시아 지역에서 많은 영향을 받아 발달했다는 점을 근거로 '국문학'의 '대동아공영권'으로의 보급을 합리화하는 논리이다. 당연히 이런 지적의 배후에는 앞으로 국문학이 대동아공영권의 여러 민족으로부터 어떤 방식으로든 영향과 변화를 받을 가능성이 있다는 것에 대한 의식이 포함되어 있다고 할 수 있다. 그러나 이케다도 니시오도 국문학의 일국주의적 틀을 넘어 '동아'의 문학으로서 아시아 여러 민족 문화와의 관계 속에서 어떤 형태를 취해야 하는가에 대해서는 어떤 구체적인 검토도 수행하고 있지 않다. 그런 점에서 학문적인 논의라기보다는 정치 상황에 편승한 발언의 성격이 강하다고 할 수 있다.

당시 국문학계에서는 태평양전쟁에 즈음한 시국적 논의가 '보편'성의 문제를 띠면서 다양한 모습으로 나타났다. 하지만 이들 언설의 대부분은 '대동아공영권' 내 여러 민족의 문학에 대해 어떠한 구체적인 흥미나 관심도 보이지 않았다. 어떤 논증도 거치지 않은 채 '대동아공영권' 내에서 국문학의 지도적 입장에 대한 자각을 호소하고 있는 것이다. 게다가 조선, 타이완 등 당시 일본의 통치하에 있었던 식민지에서 현지인에 의한 일본어 창작이 상당히 활발했음에도 불구하고 『국문학 해석과 감상』 특집호에서는 그런 동시대의 구체적인 문학 상황은 전혀 언급조차 되지 않았다.

4. 야스다 요주로와 '국문학'

전쟁 시기 다수의 '국문학자'들은 시국에 발맞춰 일방통행식의 논의를 전개했고, '대동아 건설'에 관한 적극적인 발언을 내놓고 있었다. 이 문제와 관련해 『국문학 해석과 감상』의 「대동아 건설과 신국문학의 이념」 특집호에 게재된 야스다 요주로의 평론 「국문학과 대동아 정신」을 검토하고자 한다. 야스다는 그 나름의 독자적인 낭만주의 사상에 근거하여 '국문학'과 '대동아 정신'의 관계에 대해 상당히 깊은 논의를 전개하고 있다.[12] 야스다 요주로는 일반적으로 저널리스틱한 '문예 평론가'로서 분류되는, 정확히 말해서 제도권의 '연구자'는 아니었다. 그러나 그의 낭만 사상은 쇼와의 전쟁 시기에 '국문학자'의 '팔굉일우' 담론과 사상적인 동시대성을 띠었다는 점에서 주목할 가치가 있다.

평론 「국문학과 대동아 정신」에서 야스다는 '국문학자'의 학문적 견해와 전시 체제에서의 정치적 입장에 대해서 비판을 쏟아내고 있다.

> 대동아 정신이라는 것을 오늘날 누구나 말하고 있지만, 대동아 정신과 같은 것은 소위 국문학 안에서 전혀 없었던 사상이다. 이것은 비단 국문학의 문제만은 아니다. 국문학이 정숙하게 분야를 지키고 있던 때에는 나라의 일반적인 문화가 되지 못했다. 세계관과 같은 것을 말하는 사람들에게도 거기에는 논리의 기술이 있을 뿐, 가장 구체적인 세계가 아무렇지도 않게 내팽개쳐졌다.
>
> 그러나 국학의 경우, 그것은 하나의 사상이어서 대동아 정신 이상으로 웅대하고 그것의 근본이 되는 세계관이 있었다. 이것은 최근의 국문학 쪽에서 숨기지 않았다면 누구도 의심하지 않았을 것이다. 오늘날과 같은 국가의 위대한 시기에는 타국인이 먼저 발견할지도 모르는 명백한 사실이다.[13]

야스다는 근세의 국학에는 '대동아 정신'의 근본이면서 나아가 그것을 넘어서는 '세계관'이 존재한다고 말한다. 반면 근대의 '국문학'에는 국학의 '세계관'뿐만 아니라 그 근본이 되어야 할 '대동아 정신'의 사상마저도 존재하지 않는다고 지적하고 있다. 즉, '국문학자' 사이에서 국학 사상이 본질적인 의미에서 계승되지 않고 있다고 비판하고 있는 것이다. 많은 '국문학자'들이 '대동아 건설', '대동아 정신'이라는 말을 입에 올리지만, 그것은 원래 '소위 국문학 속에는 전혀 없었던' 것으로 '오늘날 누구나 말하는' 시국적 담론을 그대로 차용한 것이며 국학의 '세계관'이 빠진 피상적인 것에 불과하다는 것이 야스다의 주장이다.

야스다가 이렇게 근대의 '국문학 연구'에서 국학적 '세계관'의 결여를 비판한 배경에는 다음과 같은 이유가 있다.

첫째로 원래 야스다는 외래 사상을 철저하게 배척하는 태도를 보이고 있었다. 야스다는 국학 사상 속에 서구의 사상이 들어올 여지는 없다고 생각했다. 야스다에게 국학 사상과 그것을 체현한 일본의 고전 문학의 가치 앞에서 서구 제국과 중국의 문학은 무조건적인 '절대 양이'의 대상이었다. 그것들은 일본의 미술적 전통에 반하는 것으로 간주되며, '이적(夷狄)'에 의한 '문화 침략'으로서 단죄되어야 할 대상이었다. 물론 거기에는 근대 서구의 문학 이론을 '국문학 연구'에 응용하는 것에 대한 비판도 포함되어 있다. 독일관념론 계열의 미학을 원용한 오카자키 요시에의 '일본문예학'과 해석학을 비롯해 서구 여러 나라의 문예 이론에 통달해 있던 가키우치 마쓰조(垣内松三)로 대표되는 많은 '국문학자'에게 구미의 문학 이론은 자신의 학설을 전개하는 데 없어서는 안될 요소였지만, 야스다 요주로는 그것을 전면 부정했다.

'국문학자'를 야스다가 비판할 수 있는 또 다른 이유는 그 자신의 미학 사상에도 존재한다. 야스다는 다수의 저작 속에서 '일본문학'의 전통을 오토모노 야카모치(大伴家持)와 고토바인(後鳥羽院, 1198~1221), 마쓰오 바쇼로 이어지는 시인의 계보에서 찾았다. 그것은 고대 왕조에 대한 회고와 존중을 유지하면서 각 시대마다 정치적인 패권 앞에 항상 좌절과 무력함을 강요받은 미적인 '문화' 전통이다. 이러한 문학사의 흐름 속에서 야스다는 근세국가 사상의 위치를 부여하고 있다. 그에 의하면 "고토바인 이후 은거 시인의 미학을 생각했고, 그 미학이 나온 원천 혹은 그 생명이 되고 있는 고전을 생각했다."[14]라고 말한다. 국학은 정치적 효력을 갖지 않는 은둔 시인의 미학에 근거한다는 것이다. 그것이 "신주불멸(神州不滅) 팔굉일우의 신념" 혹은 "문화상의 세계구상"을 지탱한다고 말한다. 이러한 입장에 따르면 만약 '국문학 연구'가 국학의 계승을 자인한다면 은둔 시인의 문화 전통을 밟지 않으면 안 된다. '국문학 연구'는 본래 정치적인 유효성을 배제해야 한다는 것이 야스다의 생각이었다. 그의 눈에는 제국대학이라는 이른바 근대국가의 권위에 안주해 교학 쇄신 운동 등 문부성의 교육 정책과 관련된 아카데미 '국문학자'들의 학문은 정치적 권력을 배경으로 한 것에 지나지 않으며, 국학 이념에서 보면 그것의 대극에 위치하는 것으로 비쳤다. 거기에는 결정적으로 고토바인 이후 시인의 미학과 그것에 근거한 국학의 '세계관'이 결여되어 있기 때문이다.

야스다가 다른 '국문학자'와 달리 일본문학의 가치를 이른바 선험적이고 절대인 것으로서 간주했다는 점도 비판의 이유 중 하나이다. 야스다는 평론 「국문학과 대동아 정신」에서 다음과 같이 지적하고 있다.

> 그러나 오늘날 정세론에서는 "대일본은 신국이어야 한다."라고 말하며, "아시아는 하나여야 한다."라고 하는 것은 우리 생명을 토대로 말하는 것

이고 그것을 말하기 위해서는 별도의 원리적 사상을 항상 자신의 권위로 요청하고 있다. 그런 사상의 외부 의존적 잔존 형식과 원군요청 기술에서 교토학파의 철학 평론가가 금일의 시국에서 중요하게 간주되고 있다. (중략)

오늘날 철학 계통의 문화 평론이 "대일본국은 신국이어야 한다"는 형태로 설명하는 기술 능력을 통해 우리 언론계에 유행하고 있다. 그들은 '신국이어야'라는 형태의 발상을 들여와 이런 주장을 전개하고 있다. 실로 황송한 이야기인데, 대일본국이 팔굉일우를 근본으로 하는 신국이라는 것은 원군을 필요로 하지 않을 뿐만 아니라 어떤 설명도 필요없는 사실이다. 다만 그들은 정세론에서 신비설에 항복한 것이다. (중략) 금일 세계도의의 근본이 되고 있는 것은 현실적으로 말해 우리나라이다. 문화의 근본은 우리나라이다. 이 신념과 결의를 수행하지 않으면 우리나라는 멸망한다. 그런 날에 우리 국학이 세계의 기둥이 되는 이유는 이미 분명한 것이다.[15)]

여기서 야스다가 거론하는 '교토학파의 철학 평론가', '철학 계통의 문화 평론'이란 각각 그해 1942년 1월 및 4월에 잡지 『중앙공론』에서 「세계사적 입장과 일본」, 그리고 「대동아 건설의 윤리성과 역사성」이라는 제목으로 좌담회를 열었던, 다카야마 이와오(高山岩男)와 고사카 마사아키(高坂正堯), 니시타니 게이지(西谷啓治), 스즈키 시게타카(鈴木成高)와 같은 교토학파의 잘 알려진 것처럼 '세계사의 철학'과 '근대의 초극'을 둘러싼 논의를 가리킨다. 다카야마 등은 철학자의 입장에서 태평양전쟁을 수행하는 일본의 '세계사적 입장'을 이론적으로 옹호하는 논의를 전개했다. 그러나 야스다는 자신을 그들과 구별하려는 입장을 분명히 했다. '팔굉일우'의 사상이란 일체의 설명 논리를 초월한 것이라며 교토학파의 논객을 비판하고 있다. 일본이 신국이며, 그 문화가 세계의 근본이라는 명제는 교토학파 철학자들이 구사하는 철학적 논리에 의해 증명될 성질의 것이 아니기 때문이다. 야스다에게 그 명제는 선험적으로 정해진 절대적인 '사실'이었다. 야스다는 논리적인 검증 그 자체가 '팔굉일우' 사상의 절대성을 상대화해 버린다고 생각했던 것이다. 그리고 일본 문화 중 하나인 고전문학 작품이 절대적인 가치를 가진다는 주장 또한 이런 생각에 따른 것이다.

야스다처럼 '국문학'의 가치를 절대화하는 입장에서 보면 외국에서 '일본문학'의 지위를 상승시키려는 행위는 무의미한 시도에 지나지 않는다. 또한 '국문학'을 아시아 여러 나라로 확산시켜 '세계문학'화를 꾀한다는 것도 그의 사상과는 동떨어진 기획이었다. '신국'인 일본의 문학이 가지는 세계적 가치는 그러한 '정세론'적인 개입을 통해 획득되는 것이 아니라, 이미 소여의 것으로서 존재하는 선험적 '사실'이기 때문이다. 국제사회에서 일본의 지위 상승과 일본군의 외국 주둔, 그리고 대동아공영권의 건설이라는 시대적인 '정세'와는 관계없이, '신국'의 문학이기에 모든 나라에 대해 일본문학이 갖는 우월한 가치를 무조건적으로 절대시하는 태도라고 할 수 있다. 그것이 야스다가 생각하는 '세계의 기둥'인 국학의 팔굉일우 '세계관'이고, '국문학'의 '보편'성이자 '세계'성이었다. 이러한 야스다의 주장은 히사마쓰 센이치처럼 '국문학'의 '특성'을 그대로 '세계'화하자고 주창한 국문학자와 비슷해 보이기도 한다. 그러나 야스다에게 '국문학'의 '세계'적 가치는 국가 간의 상대적인 힘의 관계에 의해 좌우되는 것이 아닌 절대적인 것이었다.

이러한 야스다의 사상은 아마테라스 오미카미(天照大神)가 만국을 비추는 태양이라고 했던 모토오리 노리나가의 사상, 그리고 유대교 기독교의 '신', 중국 '천' 사상이 일본의 기기신화에 뿌리를 두고 있다고 주장한 히라타 아쓰타네(平田篤胤) 등 근세의 국학 사상이 띠고 있던 어떤 종류의 '보편'주의로부터 영향을 받은 측면이 있다. 그런 의미에서 야스다의 낭만파 언설에서는 전근대적인 자민족중심주의와 통하는 면이 있다. 그것은 근대의 국제사회 속에 있으면서 정치적으로는 극단적으로 비합리적인 태도를 견지하는 것이다. 그러나 그러한 시대착오적인 비합리성을 견지하는 것이 그에게는 진정한 '대동아공영권' 사상이었다. 그렇다고 하더라도 야스다가 '신국일본'과 '팔굉일우' 사상의 절대성을 보여주는 근거로 들고 있는 국학 이념은 실제 근세 국학과는 엄밀히 구별해야 한다. 야스다가 들고 있는 '국학의 세계관'이란 근대 서구 사상에 대항하는 가운데 새롭게 주체적으로 창조된 이데올로기였기 때문이다. 물론 여기에는 마르크스주의 사상이 내건 '과학적'인 '보편'성과 '세계'성에 대항하는 의미도 있었다.

야스다 요주로의 언설은 동시대의 아카데미즘 '국문학자'에 대한 비판으로 제기되었다. 그리고 확실히 그가 지적하는 것처럼 '국문학자'들이 파악하는 '팔굉일우'의 정치 언설은 다분히 얄팍한 성격을 가지고 있었으며, 그런 점에서 야스다의 '국문학' 비판은 어떤 의미에서 정곡을 찌르고 있었다. 그러나 야스다가 '대동아 정신'을 포함하는 '세계관'을 자신의 낭만 사상의 근간에 두었다는 점에서 동시대 많은 '국문학자'가 주장하던 '팔굉일우' 및 '국문학'의 '세계'화 언설을 극한까지 밀어붙인 측면도 있다. 그리고 야스다에게 조선과 류큐, 타이완 등의 언어 문화는 '국문학'의 절대적인 가치 앞에서 문제조차 되지 않았다. 조선과 류큐, 아이누 문학을 '국문학'과 동렬에 놓는 것은 생각조차 할 수 없는 발상이었다. 야스다 요주로의 문예 비평은 근대 서구의 문화에 대한 강렬한 대항 의식과 주변 아시아 지역의 문학에 대한 멸시를 국문학과 공유하고 있었던 것이다.

5. '문학 연구'와 조선

전전까지 일본은 조선과 타이완을 비롯해 다수의 식민지를 거느리고 있었다. 그것은 '대일본제국'에서 '문학' 및 '문학 연구'의 존재 방식에도 상당한 영향을 미쳤다. 전후에 간행된 『타이완 만요슈』에도 나타난 것처럼 식민지에서 오랫동안 이루어진 '국어(일본어)' 교육은 식민지 출신이면서 일본어로 창작하는 작가들을 낳았다. 홋카이도와 타이완, 류큐, 남양, 만주 등에는 각각 다른 식민지주의적 상황이 전개되고 있었는데, 여기에서 그 일례로서 식민지 조선을 둘러싼 '문학 연구'의 실태를 살펴보고자 한다.

'조선문학'의 연구가 하나의 학문 분야로서 제도화되는데 1924년에 경성제국대학의 법문학부가 창설된 것이 큰 역할을 했다.[16] 거기에서는 '국어국문학', '지나어 지나문학' 등이 함께 '조선어 조선문학' 전공이 설치되었다. 식민지 통치의 정책적인 일환으로 '조선문학 연구'가 교육제도에 포함된 것이다. '조선어 조선문학' 전공에서는 다카하시 도오루(高橋亨), 오구라 신페이 등 일본인 학자와 함께 정만조, 어윤유 등

조선인 유학자가 '조선 전통 한문 사상'을 담당했다.

오구라 신페이는 도쿄제국대학 문과대학 박언학과에서 우에다 가즈토시에게 사사하고, 가나자와 쇼자부로와 함께 비교언어학의 입장에서 조선어 연구를 개척한 선구자로 알려져 있다. 한편 오구라 신페이와 함께 채용된 다카하시 도오루는 원래 제국대학 문과대학 한문학과에서 수학하고, 조선의 사상, 종교, 민족성론 등을 광범위하게 연구했으며 경성제국대학에서는 '조선 사상사'와 '조선 상대중세문학', '조선 근대문학' 등의 강의를 담당했다. 특기할 점은 1932년 신초샤 간행 『일본문학사 강좌 제15권 특수 연구』에 이하 후유의 「일본문학의 방계로서의 류큐 문학」, 긴다이치 교스케의 「아이누 문학 연구」 등과 함께 다카하시 도오루의 「조선문학 연구」가 수록되었다는 점이다. 즉, 여기에는 조선문학을 일본문학의 '특수'한 일부로서 분류하는 발상이 존재한다. 일본의 식민지 지배하에 있던 조선의 문학을 아이누와 류큐의 문학과 함께 일본문학의 일부로 포괄하는 발상이라고 할 수 있다. 그러나 원래 한학자였던 다카하시에게 조선문학이란 사상과 종교, 민족성 등의 분야와 관계된 것으로, 근대적인 의미에서의 문학이라 부를 수 있는 것은 아니었다. 따라서 다카하시는 민요와 설화, 속담을 수집했지만, 본격적인 문학사의 서술에는 이르지 못했다.

조선문학에 대한 일본인의 관심과 연구는 대체로 저조했다고 할 수 있다. 문학 연구는 언어 연구에 비해 총독부 통치 정책의 실리성과 직접적으로 연결되는 측면이 비교적 적었기 때문이다. 여기에 문학사 연구의 융성은 조선인의 민족의식을 자극하고 독립운동을 조장할 우려가 있다는 생각과 함께, 메이지 이후 일본의 국문학 연구 제도 전체에 퍼져있던 주변 지역에 대한 문명론적 멸시 의식에도 영향을 주었다. 조선에 토착어가 존재한다는 사실이 식민지 지배의 정당성을 흔드는 것은 아니었지만, 거기에 독자적 문학사의 전통이 존재한다면 제국의 국문학에 부여된 문명론적 우위성은 흔들릴 수 있었다.

경성제국대학이 발족하기 이전부터 일본의 언어학와 인류학 등에서는 일본과 조선 문화의 상호 관계에 대한 비교 검토가 활발히 이루어졌다. 그러나 그러한 연구의 성과가 근대 일본의 문학 연구에 미친 영향은 극히 제한적이었다. 반복되지만 많은 국문학자들은 조선을 포함한 주변 아시아 지역에 대해 시종일관 무관심했다고 해도 과언이 아니다.

분명 고대문학 연구에서 중국의 한시문과 유교 사상 혹은 불교 등이 한반도계 도래인을 거쳐 일본에 이입된 것은 종종 거론되었다. 하지만 조선문학의 의의와 국문학과의 관계성이 검토되는 일은 드물었다. 그것은 일본 국문학에 미친 대륙 사상의 영향에 대해 상세한 기술을 할애했던 쓰다 소키치의 『문학에 나타난 우리 국민사상의 연구』에서도 엿볼 수 있다. 쓰다는 "그러나 한지(韓地) 결약의 결과로서 가장 중요한 것은 그것에 의해 지나 문물이 유입되었다는 것이다."[17]라고 말하며 고대 일본이 중국 사상으로부터 받은 영향을 강조하고 있다. 반면 조선은 중국의 문화 사상이 일본에 전해지는 가운데 이른바 통과 지점으로만 언급될 뿐이다. 쓰다의 문학사 서술에서 중요한 것은 고대 일본의 귀족 문화에 미친 중국 사상의 '악영향'을 비판적으로 지적하는 것이며, 조선은 그것에 관해 매개적 역할을 했다는 것이 인정되는 정도였다.

오히려 근대 일본에서 조선 문화에 대해 지적인 관심을 쏟은 쪽은 문단에서 활동하는 창작자와 비평가, 철학자들이었다. 조선 도자기의 미적 가치를 '발견'한 야나기 무네요시(柳宗悦)의 작업이 그 대표적 사례라 할 수 있으며, 시인인 기노시타 모쿠타로(木下杢太郎)는 조선의 불상을 연구했다. 그 외에도 와쓰지 데쓰로의 『고사순례』(岩波書店, 1919년)는 고대 조선 미술과 일본 미술의 비교 검토를 중시했고, 고바야시 히데오(小林秀雄)도 1938년 만주기행 때 경주의 석굴암에 대한 감상을 「경주」(『文芸春秋』, 1939년 6월)라는 글에 남겼다. 일본 문화의 절대성을 주장하는 야스다 요주로도 1933년과 1938년에 조선을 여행한 후 일본과 조선의 고대 미술의 상이성을 논한 「경주」(『コギト』, 1933년 12월) 등을 발표한 바 있다.[18)]

국문학사에서 조선의 문제에 대해 본격적으로 논한 사람은 문예평론가인 쓰치다 교손(土田杏村)이었다. 쓰치다는 1929년에 간행된 저서 『국문학의 철학적 연구 제3권 상대의 가요』(第一書房)의 대부분을 점하는 논문 「기기가요에서 신라계 가형의 연구」에서 '기기'에 기재된 노래에는 신라 향가의 영향이 엿보인다고 쓰고 있다. 즉 그는 "나는 우리나라의 가요와 동아 상대가요 사이에 뭔가 관계를 추구할 수 있지 않을까 하고 오랫동안 연구했는데, 우선 조선가요사, 특히 그 상대가요사를 정리하여 조선 상대가요의 형태가 어떠한 추이를 보이는지를 조사한 결과, 그 일부분의 가요 형태, 즉 신라 상대의 그것이 시라게우타(志良宜歌)라고 불리다가 우리나라에 수입되어 우리나라 상대가요의 한 형식이 되었다는 확실한 사실을 탐색할 수 있었다. 여기서 나는 우리나라 상대가요사를 동아의 상대가요사로부터 일반적인 입장에서 다루는 것이 가능함을 확신하게 되었고, 그 연구의 방법론적 준비를 얻었다"[19]고 말한다. 쓰치다는 이 학설을 언어학자인 오구라 신페이와의 논쟁을 통해서도 전개했다. 조선어 연구의 진전을 배경으로 형성된 학술 논쟁이라 할 수 있다. 쓰치다의 상대가요론이 얼마나 '객관적'인 신빙성이 있는가는 제쳐 두더라도, 그것이 전전 일본의 식민지 영유라는 정치적 배경에 의존하고 있음은 분명하다. 그러나 조선 문화와의 교섭을 중시하는 쓰치다의 방법은 제국대학을 중심으로 한 문학 연구 시스템 속에서는 결코 일반적이지 않았다. 국문학자의 주요한 관심사는 일본정신이었고, 그것은 주로 서구문학과의 비교 속에서 이루어졌다. 또 외국문학 연구는 곧 구미문학 연구를 의미했다. 기본적으로 그들의 안중에 조선문학은 없었다고 할 수 있다.

최초의 조선문학사는 일본인 학자의 손이 아니라, 3·1운동을 배경으로 조선인들에 의해 만들어졌는데 그것이 바로 1922년에 등장한 안확(安廓)의 『조선문학사』이다. 거기에는 문학사를 통한 '국민의 진정한 발달'의 해명이 주장되고 있었다. 그 후 문학사를 축으로 한 조선문학 연구는 주로 경성제국대학 출신 조선인들에 의해 일본 국문학의 일부분으로서가 아니라, 민족운동의 사상적 배경으로서 담당되었다. 1931년 조윤제(1904~1976), 김태준(1905~1949), 김재철(1904~1933) 등 경성제국대학 출신을 주요 멤버로 '조선어문학회'가 결성되어 연구 활동이 본격화된다. 1933년 김태준의 『조선소설사』, 1937년에 조윤제의 『조선시가사강』이 간행되는 등 민족사관에 근거한 '한글' 중심의 문학사 구축이 시도되었다.

그러나 김태준의 『조선소설사』는 '유교주의'와 '봉건주의'에 빠졌다는 메이지 이후 일본에서 만들어진 정형화된 조선민족성론을 계승한 측면도 강했다.[20] 양반 정치의 '사대주의'와 '당쟁', 주자학의 '명분론'이 조선소설사에 억압과 정체를 초래했다는 자기반성적인 평가이다. 그런 평가는 일본의 국문학 연구가 거의 항상 일본문학의 민족적 우수성을 강조하는 것과 좋은 대조를 이룬다. 국문학 및 국문학 연구를 둘러싼 지식의 서열 구조는 일본인의 문학 연구에 조선의 언어와 문화에 대한 상대적인 연구의 불모성을 가져왔다. 한편 그러한 서열 구조는 일본문학이 근대를 체현하고 조선문학, 지나문학이 전근대를 체현한다는 도식을 낳음으로써 민족정신의 각성을 지향하는 조선인의 조선문학사 서술을 구속하기도 하였다.

게다가 만주사변 이후 1930~1940년대에는 조선총독부의 통치 정책이 일본중심주의를 강화함에 따라 조선의 민족주의는 더욱 어려운 상황에 놓이게 된다. 조선인에게 일본정신을 주입하려는 '심전(心田) 개발' 운동과 '창씨개명'로 대표되는 황민화 정책이 추진되었다. 오랜 시간에 걸쳐 추진된 식민지 통치가 수반하는 '국어=일본어' 교육의 소산으로, 이때 장혁주, 김성민, 김사량, 이석훈 등과 같이 일본어로 문학 작품을 집필해 일본 문단 진출을 노리는 조선인 작가가 출현했다. 이러한 시대성을 배경으로 조선어문학회 후신의 색채가 강한 '진단학회'가 1941년에 해체를 강요받는 등 민족주의 입장에 선 조선문학 연구는 존속 위기에 직면하게 된다. 당시 조선문학 연구의 동향에 대해 강해수는 다음과 같이 적고 있다.

『국민문학』지의 간행에 즈음해 그 주간이었던 최재서는 "국민문학이란 일본국의 대표성을 갖는 문학"이라는 견해를 피력하면서 "조선어가 조선의 문화인에게는 문화 유산이기보다, 오히려 고뇌의 종자."라고 말한다. 또 이광수는 "문인의 붓은 당연히 국민문학 건설을 향해야 한다"고 했고, 그리고 "일본 국민문학의 결정적 요소는 그 작자가 『천황의 신민』이라는 신념과 감정을 가지는 것에 있다. 이 신념과 감정을 가진 작가의 문학이 즉 국민문학이 된다"고 주장했다.

한편, 경성제국대학 '국어국문' 교수였던 도키에다 모토키(時枝誠記)는 "일본의 국민문학은 대동아문학을 상정한 개념이다."라는 정의를 내리고 있다. 이러한 발언은 결과적으로 '조선문학'의 독자성을 부정하거나 '조선문학 멸망론'을 낳게 되는데, 이 조선문학 멸망론의 대두를 조윤제는 "수천 년의 역사적 전통을 가지고 지속해서 발전해 온 국문학"의 절체절명의 위기로 파악했다. 이러한 와중에 추진된 민족사관의 창출을 통한 국문학사 서술은 실로 그 위기 상황에서의 '우리 학문 연구의 입장'을 표명한 것이었다고 할 수 있다.[21]

쇼와 전전, 전중기가 되면 조선문학 연구는 그 자체가 이미 국책과는 부합하지 않는 것이 되었다. 앞서 언급한 도키에다 모토키는 언어학자의 입장에서 조선인에게 '국어'를 보급할 것을 강하게 주장했다. 조선에서 '국어' 보급론은 그 논리적인 필연성에서 조선인에게 '국민문학'으로서의 '일본문학'을 공유시키려는 주장과 연계되지 않을 수 없었다.

그럼 이러한 상황에 대해서 당시 일본의 문학 연구는 어떠한 태도를 보였을까. 국문학자 다카기 이치노스케(高木市之助)의 1940년대 논문은 이 문제에 관한 유의미한 자료이다. 결과적으로 말하면 그것은 동시대에 나타난 민족주의적 입장에 선 조선문학 연구의 대극에 위치하는 주장이었다.

6. 내선일체와 국문학

다카기 이치노스케는 경성제국대학 법문학부에서 1926년부터 1939년까지 재직하면서 국어국문학 강좌를 담당했던 당시 유력한 국문학자 중 한 명이었다. 오랜 기간 조선에 체재한 후 1939년 일본으로 돌아온 다카기는 이듬해인 1940년 7월 잡지 『문교의 조선』에 「고전의 세계」라는 제목의 평론을 집필했다. 거기에서 식민지 조선과 관련한 국문학의 보편성 문제를 거론하고 있다.

다카기에 따르면 조선에는 『만요슈』나 『겐지 이야기』와 같은 고전문학 작품이 존재하지 않는다. 그리고 그것을 보완하기 위해 일본의 문학 작품을 조선에 널리 소개할 필요가 있다고 주장한다. 당시 추진되었던 내선일체 정책을 국문학자의 입장에서 합리화하는 발언이다.

> 특히 내선의 지리적 또는 향토적 관계는 일본 고전문학의 세계를 조선 사람들에게 근접시키는 데 적지 않게 도움이 된다. 우리가 처음 조선의 시골을 걸었을 때 거기에 만요와 왕조(헤이안 시대 - 역자 주)모노가타리의 생활과 환경이 지금도 살아있음에 얼마나 놀라고 또한 그리움을 느꼈던가. 더욱이 고전이 조선에 적고 내지에 편재하고 있는 사실은 그것들이 조선에 수용될 가능성을 약속하는 것이다. 솔직히 말해 조선에 가장 결여

> 된 것은 고전문학인데, 다행히 나라 또는 왕조의 문학은 그대로 조선을 위한 고전이 될 수 있다.[22]

조선의 시골에는 일본 헤이안 시대의 흔적이 있고 그렇기 때문에 '내지'와 조선이 같은 고전문학을 공유할 수 있다고 다카기는 주장한다. 이러한 한일 간의 강한 공통성에 대한 지적은 일선동조론에 가까운 발상이라고 할 수 있다. 일선동조론은 기타 사다키치와 도리이 류조, 가나자와 쇼자부로 등을 중심으로 언어학, 역사학, 인류학의 영역에서 제창된 언설로 "조선인은 우리 내지인과 다른 인종이 아닙니다. 같은 일군에 포함되는 같은 민족입니다. 이것은 이제 움직일 수 없는 인종상, 언어학상의 사실입니다"[23]와 같이 일본과 조선은 민족적으로 같은 조상을 가지며, 그 위에서 조선에 대한 일본의 식민지 지배를 합리화하는 논리였다. 물론 '동조'라고 하지만 양자는 대등한 것이 아니라 상하 관계를 우선하는 것이었다. 다카기가 말하는 '일선'에 있어서 고전문학의 공통 가능성이란 이러한 동조론의 언설을 토대로 하고 있다고 할 수 있다. 그러나 그는 동시에 이러한 인접 학문 분야의 영향뿐만 아니라, 국문학 내부의 문제의식에서도 내선일체 정책을 촉진하는 논리를 이끌어내고 있다. 일본의 고전문학에는 '내선'의 차이를 넘어서 모든 인간에게 호소하는 '보편'적인 가치가 담겨 있다는 문학관을 제시하고 있다.

> 그런데 고전문학의 세계는 다른 한편 그런 국경을 초월한 혹은 보편적 세계이기도 하다. 왜냐하면 적어도 고전이라 불릴 수 있을 정도의 문학

은 그 어떤 것이나 오랜 기간의 도태(淘汰)를 거친 것으로 그 세계는 현저하게 순화되었고, 거기에 살고 있는 정신은 많은 경우 불순(不純)공리(功利)의 분자를 정산한 진실하고 청증한 것이다. 오늘날에도 정책과 홍정을 떠나 솔직하고 진실한 태도로 임하면 민족 차이라는 것은 의외로 장벽이 되지 않는다는 것을 우리는 자주 경험하게 되는데, 고전의 세계에는 이들 유추 가능한 정신이 생동하고 있어 그것이 민족을 넘고 국경을 넘어 기능한다. (중략) 진정으로 내선일체를 이루고 있는 것은 무엇보다 있는 그대로 순수한, 그러한 고전문학의 세계이다. 그러한 명제를 나는 나의 양심을 걸고 모든 조선인에게 보내는 것이 가능할 것이다.[24)]

다카기에 의하면 『고지키』와 『만요슈』 등의 문학 작품은 보편적인 가치를 가진 것이고 따라서 그대로 조선인에게도 고전이 될 수 있다. 그리고 그 예로서 『만요슈』에 수록된 신라에서 도래하여 오토모가(家)에 의탁했던 이간(理願)이라는 승려의 죽음을 추모하는 오토모사카노우에노 이라쓰메(大伴坂上郎女)의 노래를 인용하며 상찬한다. 일본과 신라의 차이를 넘어서 인간적인 감정의 공유를 묘사했다는 점에서 『만요슈』는 고전의 가치가 있다는 것이다. 『만요슈』 등의 고전 작품의 보편성 앞에서 양자의 상이성은 사라진다고 주장하고 있다.

일본 고전문학의 보편적 가치에 관한 이러한 언설의 배경에는 다카기 자신의 국문학 연구 성과가 놓여 있다. 다카기는 1940년의 논문 「야마토타케루(やまとたける)와 낭만 정신」에서 일본문학이 가진 보편성에 관해 언급하고 있는데, 그것은 독일의 문예사가 프리츠 슈트리히(Fritz Strich, 1882~1962)의 학설을 토대로 한 것이다. 슈트리히는 문학 정신은 크게 '낭만 정신'과 '고전 정신'으로 유형화될 수 있다고 말한

다.[25] 다카기는 이러한 유형론을 이용해 일본문학에는 '보편적인 인간성'으로서의 '낭만 정신'이 보인다고 주장한다.

그런데 협의의 낭만 정신이 이렇게 19세기 말엽에 이르러 처음으로 이식되어도 광의의 낭만 정신 같은 것은 그때까지 일본문학의 어느 곳에 어떻게 존재하고 있었을까. 우리는 물론 이것을 본래의 일본문학과 전혀 인연이 없는 것으로 부정할 수는 없다. 왜냐하면 구미문학에서 낭만주의 운동이 광의의, 이른바 인간성으로서의 낭만성에 기대고 있는 것처럼 우리가 도코쿠 등이 메이지 중엽에 바이런(Byron)과 셸리(Shelley)에 빠졌던 것 또한 그들 안에 있는 인간성으로서의 낭만 정신을 부정하고는 생각할 수 없는 것이고, 따라서 그런 정신이 그들의 피와 같은 전통 일본문학 어딘가에 어떤 모습으로든 요구되지 않을 리 없기 때문이다. 그럼에도 불구하고 광의의 낭만 정신이 보편적 인간성에 뿌리를 두고 있다고 해서 그것은 한편 필연적으로 시대와 민족의 제약을 받지 않을 수 없기에 일본문학에서 그것은 구미문학에서 찾아볼 수 없는 특수한 성격을 누리고 있음이 틀림없다.[26]

여기서 다카기가 말하는 '협의의 낭만 정신'은 19세기 서구에서 일어난 특정한 시대 현상으로서의 낭만주의 운동과 그것이 기타무라 도코쿠(北村透谷)와 같은 메이지 시대 일본의 문학자에게 영향을 미친 사조를 가리킨다. 그것은 '보편적 인간성'의 표현인 '광의의 낭만 정신'에 근거하여 일어났다고 말한다. 낭만 정신이란 한 시대의 특정한 문화 현상에만 존재하는 것이 아니라 모든 인간에게 '보편'적으로 존재하는 이념이다. 다카기에게 그것은 민족의 특수성과 같은 '제약'을 전제로 하면서도 그 차이를 넘어서는 보편적인 문학의 가치였다. 이러한 사고 위에서 일본의 전통적인 문학에도 광의의 보편적 낭만 정신이 내재해 있다는 입론을 세우고 있는 것이다. 이렇게 다카기는 슈트리히의 문예 사상 개념을 인간 일체의 문화와 예술 양식이 결정된다는 보편적 개념으로 받아들여 일본문학에 적용하려 했다. 그리고 최종적으로 "일본문학에서 광의의 낭만 정신이 가장 강력하게 표출되고 있는 하나의 실례를 우리는 고지키의 야마토타케루(일본 신화 속 12대 게이코 천황의 아들 - 역자 주)의 모습에서 구할 수 있다"[27]고 끝맺고 있다. 일본의 기기신화 안에는 낭만 정신의 보편적 가치가 존재하고 있다는 것이다.

서구의 문학 이론을 적용하여 일본문학의 보편성을 증명하려는 이러한 사고방식은 다카기의 서사문학론에서도 확인할 수 있다. 1933년의 논문 「일본문학에서 서사시의 시대」에서 다카기는 기기신화에 기재된 가요에서 일본 민족의 '영웅 시대'의 흔적을 볼 수 있다고 주장하고 있다. 그는 영웅 시대란 "각각의 문화 민족이 그 원시 미개 생활에서 문화 시대로 성장하는 도중에 경험하는 일종의 과도기"라고 말한다. 이미 민족의식은 발달했지만, 계급과 직업이 아직 충분히 분화되지 않고, "수장과 부하 사이에는 일상 만반의 풍속에서 어떤 차이도 없고 그 사상·감정·정신에서도 쌍방에 조금의 구별도 대립도 없는" 듯한 사회가 거기에 전개되고 있다는 것이다. 예를 들면 호메로스의 서사시에 그려진 사회가 그 전형적인 예이다. 다카기는 유럽에서 서사시를 낳은 이러한 영웅 시대와 같은 '사회 상태'[28]가 고대 일본에도 존재했다고 주장하고 있는 것이다. 세계에 공통되는 역사적 배경을 가진 민족문학으로서 일본의 상대문학론을 제시하고 있다. 바꿔 말하면 서구의 민족

서사시론을 보편적인 것으로 받아들여 그 틀 안에서 일본 민족문학의 기원을 이끌어내고 있는 것이 다카기의 상대문학론인 것이다.

이러한 주장이 본질적으로 서구에 대한 열등감에 근거하고 있음은 두말할 나위도 없다. 그리고 실제로 내선일체에 관한 다카기의 논의에 이러한 심정이 미묘한 형태로 나타나 있다. 앞서 본 것처럼 다카기는 "솔직히 말해 조선에 가장 결여된 것은 고전문학이다."라고 단정하고 있다. 그 지적의 이면에는 영웅서사시와 낭만 정신과 같은 보편적 조건을 충족시키는 문학이 조선에는 존재하지 않는다는 사고가 존재하고 있다. 그것을 근거로 보편적인 가치를 가진 '내지'의 문학을 조선인에게 '고전'으로 제시하자는 주장을 전개한 것이다. 당연히 다카기의 주장은 같은 시기 조선에서 전개되었던 조선문학 연구의 민족주의에 대한 전면적인 부정을 의미한다. 무엇보다도 다카기는 조선에는 진정으로 고전이 존재하지 않는지, 혹은 그렇다면 그것은 어떤 이유 때문인지와 같은 문제에 대해 어떠한 구체적인 검증도 수행하고 있지 않다. 그럼에도 불구하고 그는 거리낌 없이 고전의 결여를 내선일체의 논리적 근거로 도입하고 있는 것이다.

전후 다카기는 『만요슈』 속의 신라와 관계된 노래를 분석한 논문 「신라를 향해」(『国語と国文学』, 1954년 3월) 등을 집필했고, 과거 조선에서 체재한 경험은 그의 국문학 연구에 뚜렷하게 각인되어 있었다. 아마도 조선문학 연구 자체에 대한 부정으로 간주되는 전시기 다카기의 발언은 국문학 연구라는 학문 장르가 전체적으로 공유했던 주변 아시아 지역에 대한 무관심과 멸시 의식의 체질화와 관계가 있을 것이다. 서구 제국과의 대비 속에서 일본의 국문학에는 보편성이 있다고 주장하는

한편, 조선에는 그러한 고전이 존재하지 않는다는 논리가 학문적 검증을 결여한 채 성립했기 때문이다.

7. 동아시아와 일국 '국문학'의 행방

쇼와 전전, 전중기의 일본에서는 가까운 아시아 지역에 대한 침략 과정 속에서 다양한 사상적 언설이 나타났는데, 국문학 연구의 영역도 예외는 아니었다. 이러한 정치적 배경하에 국문학의 보편성과 세계성의 문제를 둘러싼 다양한 사상이 전개되었다.

야스다 요주로에게 일본문학의 보편적 가치란 모든 논리와 정치 정세를 초월한 절대적인 선험성이었다. 한편 다카기 이치노스케의 논의는 서구 제국과 공통되는 측면을 일본문학의 보편성으로 간주했다는 점이 특징적이다. 그는 경성제국대학에 근무했다는 경력으로 국문학자로서의 입장에서 내선일체 정책을 합리화하는 글들을 발표했다. 『만요슈』와 『겐지 이야기』처럼 보편적 가치를 가진 일본의 고전문학을 조선 사람들에게 '고전'으로 제시하는 것이었다. 이러한 주장은 조선과 타이완 등 식민지에 '국어'를 보급하는 동시대의 현상을 배경으로 나타난 것이다. 또 구제고등학교의 교사였던 하스다 젠메이처럼 국문학 연구에 직접 관여하였던 많은 젊은이가 병사로서 조선과 중국, 남양 등의 전선으로 향했다.

그러나 도쿄제국대학을 정점으로 하는 국문학 연구의 세계에서 '대동아공영권'을 둘러싼 논의는 '국어'의 보급 정책이라는 식민지 정책과 직접적으로 연계되는 언어학자에 비해서, 대부분 추상적인 수준에서 이루어졌다. 다수의 아카데미즘 국문학자는 중국의 고전적 작품을 제외하고 조선과 만주, 남양 등 일본의 국문학과는 이질적인 문화에 대해서 적극적이고 구체적인 관심을 보이지는 않았다. 그들의 주요한 관심사는 역시 어디까지나 '일본 민족'의 문학이었다. 국문학의 세계화, 보편화의 논의는 정치적·사회적 실체성과 구체성이 뒷받침되었다기보다는 국문학의 우월성을 강조하기 위한 일종의 슬로건과 같은 것이었다. 국문학자에게 세계성과 보편성의 사상은 서구의 문학에 자신을 동일화하거나 혹은 그것에 대항·반발하는 것을 통해 획득되는 것으로, 아시아 여러 지역 문학과의 구체적인 관계성을 고찰하는 가운데 제기된 것이 아니었다. 야스다 요주로의 논의가 보여 주는 것처럼 국문학이 아시아 여러 지역의 문학보다 우월한 보편성을 갖는다는 주장은 일체의 구체적인 논의가 결여된 채 이른바 당연한 전제로서 간주되고 있었다. 그런 의미에서 국문학 영역의 아시아 멸시는 언어학과 민속학, 역사학 등과 비교해도 훨씬 철저하고 과잉된 것이었다고 할 수 있다. 이 글의 모두에서 언급한 하스다 젠메이의 이웃 나라 사람들에 대한 배려를 결여한 독선적인 국문학 언설도 그러한 맥락에서 이해할 수 있다. 그리고 관점을 바꾸면 국문학이 일본 '내지'의 아시아 지역에 대한 문명론적 우월성을 보증했기 때문에 언어학, 역사학, 민속학 등의 인접 학문은 어떤 심리적 제약 없이 식민지에 대한 학술적 검토를 수행할 수 있었다고 할 수 있다.

메이지 이후부터 주변 지역에 대해 무관심으로 일관했던 일본 국문학 연구의 체질은 동아시아 전역에 걸쳐 보다 거시적 문학을 사고하는 시점을 낳지 못했다. 예를 들어 조선은 당시 일본이 영유한 최대의 그리고 가장 중요한 식민지였음에도 불구하고, 일본 국문학 연구의 학문 영역에서 본격적으로 논의된 적이 거의 없었다. 게다가 전후, 한반도가 남북으로 분단된 상태로 독립함으로써 일본문학 연구와 '조선(한국) 문학'은 완전히 분절되었다.

현재 식민지주의를 불식하고 넘어서려는 시대성에도 불구하고 한일 양쪽에 각각의 경향이 제도화되었다. 그것이 마치 역사적 선험성을 가진 것처럼 연구의 특징이 강화되어 전개되는 폐해를 낳았다. 전전에도 문학 연구자들은 식민지 조선에서 일본인이 남긴 작품과 조선인이 쓴 일본어 작품에 대해 관심을 두는 일이 거의 없었다. 그것들은 최근까지도 한일 양쪽의 국문학 연구의 내셔널한 시스템 사이에서 정당한 평가와 역사적 위치 정립의 대상이 되지 못했다.

마지막으로 금후의 동아시아 문학 연구에 관한 사족을 덧붙이고자 한다. 전후 한국과 북한 그리고 중국 등에서는 일본의 침략과 식민지 지배의 속박에서 벗어나려는 과잉된 내셔널리즘이 나타났다. 문학의 창작과 비평 그리고 연구는 강렬한 민족주의와 일본에 대한 배외 사상에 의해 지탱되었다. 그러나 많은 아시아 제국의 내셔널리즘에는 마치 그 비판 대상인 전시 중 일본의 국수주의를 상기시키는 측면이 보이기도 한다. 그러나 역사적 단계로서 어느 정도 불가피한 점도 인정하지 않을 수 없다.

그런데 오늘날 일본의 미디어에서는 그런 경향에 대한 반동이 과도하게 나타나고 있다. 주변 아시아 제국의 내셔널리즘에 대해 조소 섞인 비판을 던지는 한편, 자신들이 가진 일본 내셔널리즘의 편협함에 대해서는 극히 무자각적이고 맹목적인 태도를 자주 확인할 수 있다. 그러나 현대에 필요한 것은 일본을 포함한 아시아 제국 각각의 내셔널리즘에 대해 거리를 유지하면서 동시에 지속적으로 비판적인 태도를 견지하는 것이다. 그렇지 않는 한 동아시아에서 학문과 사상이 생산적 방향으로 나아가는 것은 어려울 것이다.

1) 『蓮田善明全集』, 島津書房, 1989년, 390쪽.

2) 앞의 책, 395쪽.

3) 小高根二郎「蓮田善明とその研究」(『現代日本文学大系61 林房雄 保田与重郎 亀井勝一郎 蓮田善明』, 筑摩書房, 1970년, 466쪽).

4) 鈴木貞美『日本の〈文学〉概念』, 作品社, 1998년, 246쪽.

5) 『芳賀矢一選集』, 第一巻 国学編, 国学院大学, 1982년, 72쪽.

6) 芳賀矢一「国学とは何ぞや」(『国学院雑誌』, 1904년 12월).

7) 藤村作「大東亜戦争の理想」(『国文学 解釈と観賞』, 1942년 6월).

8) 藤田徳太郎「東亜文化圏と国文学の使命」(앞의 책).

9) 久松潜一『国文学通論─方法と対象』, 東京武蔵野書院, 1944년, 394쪽. 이 문제에 관해서는 '국문학자'의 전쟁 책임을 추궁한 연구를 한 근년의 연구로 야스다 도시아키의 『国文学の時空─久松潜一と日本文化論』에서 이미 검토하고 있다. '일본문학'의 개성 내지는 독자성을 그대로 '보편'화 하려고 한 히사마쓰의 '세계문학' 언설이 전시에 당시 일본의 대외 전쟁을 긍정하는 '동아문학'이라는 언설로 나타나게 되었다는 것이다. 이러한 언설은 『타이완 만요슈(台湾万葉集)』로 대표되는 것처럼, 당시 일본 제국주의 국책이었던 해외로의 '국어' 보급 활동을 배경으로 한다고 한다.

10) 池田亀鑑「国文学に於ける伝統と革新」(『国文学 解釈と観賞』, 1942년 6월).

11) 西尾実,「国文学の方向」(앞의 책).

12) 야스다 요주로(保田与重郎)의 사상에 관해서는 전후 초에 본격적인 연구를 한 것으로서 하시카와 분조(橋川文三)의 『日本浪曼派批判序説』(未来社, 1966년) 이후 사에구사 야스타카(三枝康高), 이즈미 아키(和泉あき), 가미야 타다타카(神谷忠孝), 구리하라 가쓰마루(栗原克丸), 로마노 윌빅터(Romano Vulpitta), 후쿠다 카즈야(福田和也), 케빈 미카엘 도크(Kevin Michael Doak) 등에 의한 많은 연구가 축적되어 왔다. 이러한 선행 연구의 대부분은 야스다의 사상을 문단 저널리즘 레벨에서 활동한 문학자나 사상가의 언설이라는 위상 속에서 논했다고 할 수 있다. 본고에서는 아카데믹한 '국문학자'와의 관계성 속에서의 야스다상을 제시해보려 한다. 이외에 '국문학자'와의 관계를 논한 야스다 요주로의 연구로는 쓰카모토 야스히코(塚本康彦)의 「保田與重郎と国文学研究」(『ロマン的発想』, 古川書房, 1982년 2월), 야마시로 무쓰미(山城むつみ)의 『文学のプログラム』(太田出版, 1995년) 등이 있다. 쓰카모토의 글은 야스다의 '일본문학사' 인식에 영향을 준 오리쿠치 시노부의 영향에 관해 고찰하고 있다. 또

야마시로의 글은 『만요슈(万葉集)』의 훈독을 둘러싼 야스다의 사상을 쓰다 소키치나 기무라 마사코토, 사사키 노부쓰나가 말한 근대의 '국문학자' 학설과 대조하면서 검증한 것이다.

13) 『保田与重郎全集』, 第二〇巻, 筑摩書房, 252∼253쪽.

14) 앞의 책, 1∼52쪽.

15) 保田与重郎 (13)前掲論文, 262쪽.

16) '조선문학 연구'의 형성과 그 역사적 배경에 관해서는 다음을 참조. 姜海守 「植民地「朝鮮」における「国文学史」の成立—趙潤済の「文学史」叙述を中心にして—」(西川長夫·渡辺公三編, 『世紀末転換期の国際秩序と国民文化の形成』, 柏書房, 1999년).

17) 津田左右吉 『文学に現はれたる我が国民性の研究』(『津田左右吉全集』, 別巻第二, 岩波書店, 1966년), 35쪽.

18) 南富鎮 「慶州と奈良—文学と美術のあいだ—」(『日本文化研究』, 2001년 3월) 참조. 뿐만 아니라, 야나기 무네요시에 의한 조선미술론으로서는 『조선과 그 예술(朝鮮とその芸術)』(叢文閣, 1922년)이 유명하다. 또한 기노시타 모쿠타로는 1917년과 1920년의 조선 여행 체험을 바탕으로 「조선풍물기(朝鮮風物記)」 「경주(慶州)」(『人間』, 1921년 3월), 「경성의 박물관(京城の博物館)」(『中央美術』 1921년 3월) 등을 발표했다. 야스다 요주로가 기록한 조선의 기술로는 이외에 「경주박물관(慶州博物館)」(『コギト』, 1934년 2월), 「경주의 남산(慶州の南山)」(『コギト』, 1934년 4월), 「불국사와 석굴암(仏国寺と石窟庵)」(『コギト』, 1935년 4월), 「경주까지(慶州まで)」(『いのち』, 1938년 8월)가 있다.

19) 『土田杏村全集』, 第一三巻, 第一書房, 1935년, 287∼288쪽.

20) 南富鎮 『近代日本と朝鮮人像の形成』 勉誠出版, 2002년, 146∼148쪽.

21) 高木市之介 「古典の世界」(『文教の朝鮮』, 1940년 7월).

22) 鳥居龍蔵 「日鮮人は「同源」なり」(『同源』, 1920년).

23) 高木市之介 (21)前掲論文.

24) 다카기는 독일문학자 오구치 마사루(小口優)가 쓴 「독일 고전주의와 낭만주의(独逸古典主義と浪漫主義)」(早稲田大学欧羅巴文学研究会編 『浪漫思潮 発生的研究』, 三省堂, 1931년)를 인용하여 슈트리히의 문예론을 설명하고 있다.

25) 高木市之介 「倭建命と浪漫精神」(『吉野の鮎』, 岩波書店, 1941년, 30쪽).

26) 앞의 글, 32쪽.

27) 高木市之介 「日本文学における叙事詩時代」(앞의 책, 105∼106쪽).

28) 이러한 다카기 이치노스케의 서사시 문학 이론에 대해서 독일의 사상가 요한 고트프리드 폰 헤르더(Johann Gottfried von Herder, 1744~1803)를 시조로 한 18세기부터 19세기에 걸친 서구에서 내셔널리즘 운동의 일환으로 일어났던 민족서사시의 사상적 영향하에 있던 것이라는 지적이 있다. デイヴィッド·バイアロック(岩谷幹子訳)「国民的叙事詩の発見—近代の古典としての『平家物語』—」(ハルオ·シラネ, 鈴木登美編『創造された古典—カノン形成·国民国家·日本文学』, 新曜社, 1999년) 참조. 또한 다카기의 서사시 문학론은 전후에 이시모다 쇼 등에 의한 국민적 역사학 운동에 큰 영향을 주었다고 알려져 있다. 그리고 전후 영웅서사시론의 사상사적 문제에 대해서는 다음을 참조. 遠山茂樹 『戦後の歴史学と歴史認識』(岩波書店, 1986년), 上田正昭 「解説 五英雄時代論争」(『論集日本文化の起源二』, 平凡社, 1971년), 原秀三郎 「日本における科学的原始·古代史研究の成立と展開」(『歴史科学大系一』, 校倉書房, 1972년), 藤間大 「一九五〇年代における民族問題の論争」(『近代東アジア世界の形成』, 春秋社, 1977년), 原秀三郎 「石母田史学と古代史研究」(『歴史評論』, 1968년), 磯前順一 「歴史的言説の空間—石母田英雄時代論—」(『記紀神話のメタヒストリー』, 吉川弘文館, 1998년).

제5장

문학과 과학의 시대

— 이케다 기칸과 히사마쓰 센이치의 문헌학 논리 —

1. 마쓰모토 세이초와 국문학 아카데미즘

마쓰모토 세이초(松本清張, 1909~1992)에게는 일본 근대문학의 작가를 주제로 다룬 소설이 다수 있다. 예를 들어 1974년에 나온 소설집 『문호』가 있다. 근대문학 초기를 장식하는 유명 작가들의 실상을 세이초 나름의 대담한 추리와 문학적 상상력으로 그려내고 있다. 이 소설집에 수록된 작품인 「행자신수(行者神髄)」는 화류계 출신의 처에게 열등감을 가졌던 쓰보우치 쇼요가 야마다 비묘(山田美妙)의 여성 스캔들을 공격해 비묘의 재능을 무너뜨리는 이야기이다. 또 오자키 고요와 이즈미 교카의 사제 관계를 그린 「엽화성숙(葉花星宿)」에는 이즈미 교카의 성장을 두려워하는 고요와 그것에 대한 원한으로 고요가 죽은 뒤 그 가족에 대해 극히 냉담한 태도를 취한 교카의 굴절된 심리가 그려지고 있다. 작품 표면에는 나타나지 않은 작가들의 내밀한 '인간성'을 세이초는 소설 형식을 빌려 다루고 있는 것이다. 어떤 의미에서 그것은 작가의 권위를 중시하는 근대문학에서 찾아볼 수 있는 전형적인 태도라고도 할 수 있다.

세이초의 근대작가론은 소설 형식을 취하고 또 자유로운 상상력에 의존하고 있어 실증주의 학문의 범주 속에 포함시키기는 곤란하다. 그런데 처음부터 세이초가 국문학 연구라는 아카데미즘 업계를 염두에 두고 이런 작가론을 집필한 것은 아니었다. 그에게 중요한 것은 문학적 감흥을 추구하는 일반 독자의 시선이었다. 『검은 도설(黒の図説)』(1969)에 수록된 「오가이의 첩」 서두에서 세이초는 자신의 생각을 등장인물의 입을 빌려 다음과 같이 쓰고 있다.

하마무라 고헤이(浜村幸平)는 지금까지 저명한 문학자의 저작과 그 인물에 대해 고증해 왔다. (중략)

그러나 하마무라의 붓은 결코 학술적인 것이 아니다. 그는 이런 것을 학자의 태도에서 쓴 것이 아니라 이른바 일반 문학 애호가를 위해 썼던 것이다. 따라서 그의 글쓰기는 다소 저널리즘적이다. 하지만 때로는 학자들이 쓰는 그럴듯한 글보다 훌륭했다.

그것은 알기 쉬울 뿐만 아니라 하마무라의 연구가 문헌학적인 자료에 한정되지 않고 또 학자의 엄밀한 주제 선택에도 구애받지 않고, 생각이 미치는 대로 손을 뻗어 감으로써 생각치도 못한 곳에서 진귀한 자료를 채집했기 때문이다.[1)]

아카데미즘의 국문학 연구와 확실히 구분되는 입장이다. 그리고 그것은 세이초의 문학적 자부심의 일부를 지탱했다고도 할 수 있다. 실제로 아카데미즘의 학술 제도에 대한 반발은 세이초 문학의 다양성 속에서 하나의 중심을 형성하고 있다. 예를 들어 아쿠타가와상 후보작이자 그의 출세작이었던 단편 「어떤 『오구라 일기』 전」(1952) 속에 이미 그런 경향이 보인다. 잘 알려진 것처럼 「어떤 『오구라 일기』 전」은 규슈의 지방 도시에서 태어나 신체적 장애를 가진 청년이 학계의 중심이 아닌 주변부에서 오구라 시대 모리 오가이의 행적을 민속학적인 구술의 수법으로 더듬어 가는 이야기이다. 하지만 주인공은 패전 이후 영양실조 탓에 뜻을 이루지 못하고 학자로서도 별다른 성취를 이루지 못한 채 병사한다. 또한, 소설 「단비(断碑)」(1954)는 한 사람의 고고학자가 혁신적인 학설을 연이어 발표하지만 완고한 성격 때문에 학계 전체의 냉대를 받는 이야기이다. 「진주의 숲」(1958)에서는 최고의 감식안을 갖고 있지만, 학계 실력자에 의해 추방당한 미술사가가 복수를 계획하다 파멸하는 모습이 그려지고 있다. 모두 메이지부터 쇼와에 걸친 시대를 무대로 정규 학력을 갖지 못한 재야의 혹은 지방 출신 연구자가 등장한다. 초등학교 밖에 나오지 않았지만 각고의 노력 끝에 작가로 성공한 세이초 자신의 이력이 독자에게 작중인물의 비극적 생애에 대한 문학적 공감을 이끌어내고 있다. 그리고 학문에 대한 강렬한 의지를 갖춘 작중인물과 대조적으로 그려지고 있는 것은 음모와 질투, 세속적인 권력 투쟁으로 점철된 보수적 아카데미즘의 세계이다.

그러나 세이초가 자신의 작품 속에서 학계의 암부를 들춰냈다는 것은 달리 말하면 세이초가 아카데미즘의 세계에 강한 반발심을 품고 있었음을 보여준다. 전전의 경우 아카데미즘과 저널리즘의 간격은 거의 절대적이었다고 할 수 있다. 세이초가 활약한 고도성장기에도 '문학'과 '아카데미즘'의 대립이라는 도식은 문학 연구를 둘러싼 지식 구조의 본질적인 일단을 이루며 강고하게 기능하고 있었다. 세이초와 같은 재야 정신의 소유자는 종종 아카데미즘 학문에 대해 문학적으로 반발했다. 한편 아카데미즘은 항상 '무미건조'하고 '보수적'이라는 비판에 시달렸고, 그런 꺼림칙함과 싸우면서 체제와 자부심을 유지했다. 그리고 실제로 이런 도식은 근대의 국문학 연구 내부에 제도화된 측면이 있다. 고도로 전문적인 국문학의 학설과 이론, 정치적 발언도 그 근저에는 아카데미즘과 학벌을 둘러싼 자부심과 열등감, 그리고 원한 문제가 개입된 경우가 적지 않았다. 근대 일본의 국문학 연구는 실은 그런 적나라한 갈등 위에 존재했으며, 그런 시점에서 다시 살펴볼 필요가 있다.

이 경우 세이초가 「오가이의 비」에서 '아카데미즘 학자의 수법'이라고 말하고 있는 것이 학문의 과학성을 표방했던 소위 '문헌학'이라는 점은 흥미로운 대목이다. 근대 일본의 문학 연구에서 아카데미즘이라는 말에서 바로 연상되는 것은 서지학과 본문 비평, 고증 등의 기초 연구로서의 '문헌학'이다. 마쓰모토 세이초는 그것에 대한 안티테제로서 민속학적인 현지 조사에 근거한 구술 자료와 문학적 상상력을 중시하는 작가론을 전개했다.

이 책에서는 지금까지 도이 고치와 오카자키 요시에 등의 국문학론을 주로 다루었는데, 그들은 도쿄제국대학을 중심으로 한 아카데미즘의 질서 속에서 볼 때 방류적인 존재였다. 아카데미즘에서 문학 연구의 중심은 도이와 오카자키처럼 비평성을 중시하는 연구 태도가 아니라 하가 야이치의 계보를 잇는 문헌학이었다. 따라서 근대 국문학 연구를 반성적으로 되돌아 볼 경우 문헌학의 사상과 체질적 문제를 살펴볼 필요가 있다. 게다가 국문학 연구는 그 본질적인 성격으로 국민국가 일본의 독자성과 특수성을 강조하는 측면이 강했다. 그 경향은 쇼와 전전, 전중기에는 특히 현저했다. 그런 분위기에서 사본의 수집과 검증, 그리고 본문 비평 등 좁은 의미에서의 문헌학에 종사하는 연구자가 차지하는 비중은 결코 가벼운 것이 아니었다.

여기에서는 문헌학을 둘러싼 문제에 대해 쇼와 시대의 대표적인 국문학자였던 이케다 기칸과 히사마쓰 센이치의 사상에 초점을 맞춰 고찰하고자 한다. 다시 말해 당시 국문학 연구의 중심기관이었던 도쿄제국대학에서 창출된 문헌학의 이데올로기의 내용과 문제를 살펴보고자 한다.[2)]

2. 일본문예학의 충격과 문헌학

이케다 기칸은 일본에서 문헌학적 문학 연구 수법을 처음으로 체계적으로 이론화한 인물이자, 헤이안 여류 문학의 권위자로 알려져 있다. 이케다는 도쿄제국대학 국문학과를 졸업한 후 같은 대학 문학부 조수를 거쳐 1934년에 조교수로 취임한 후 1956년 세상을 떠날 때까지 교수로서 근무했다. 그 사이 『궁정여류일기문학』(以文堂, 1928), 『고전문학론』(第一書房, 1934년), 『고전의 비판적 처치에 관한 연구』(岩波書店, 1941년) 등의 저작을 간행했고, 일본에서 고전문헌학 수업의 정리자, 또 『겐지 이야기』의 본문 교정자로서 혹은 헤이안 시대의 일기문학 연구의 개척자라는 학문적 명성을 얻었다.

이케다 사후인 1969년에 그의 제자들이 중심이 되어 『이케다 기칸 선집』(전5권, 至文堂)이 간행되었다. 선집 안에 들어 있는 『고전문학 연구의 기초와 방법』이라는 권의 해설'에는 이케다 기칸의 학문의 특징이 다음과 같이 설명되어 있다.

> 박사에게는 시인으로서의 면과 학자로서의 면 두 가지가 있었다. 이케다 기칸이라는 이름을 불후의 것으로 만든 것은 문헌학자, 특히 겐지 이야기 학자로서의 위대한 업적에 따른 것이지만, 박사의 본질은 냉엄한 과학자라기보다도 오히려 따뜻한 휴머니스트, 그리고 꿈꾸는 로맨티시스트였다. 후자는 타고난 인간성에 따른 것이기에 그 자질이 자연스럽게 나타나지만, 전자에는 후천적인 각고와 억제로 엄격하게 자신을 구속하는 노력의 흔적이 역력하다. 하지만 끝없이 자신을 엄격하게 억제해도 가지고 태어난 자질은 어딘선가 흘러나올 틈을 발견한 것 같다. 객관적인 논리가

거미줄처럼 촘촘하게 쳐진 문헌학의 치밀한 논문 속에서 문득 시인의 얼굴을 엿보게 되기 때문이다.[3)]

여기에서는 아카데미즘의 문학 연구자가 품었던 어떤 콤플렉스를 엿볼 수 있다. 문헌학의 태두인 스승 이케다 기칸의 학문이 이른바 '문학적인 것'에 지탱되고 있었다고 말하고 있기 때문이다. '따뜻한 휴머니스트'와 '꿈꾸는 듯한 로맨티시스트', '시인의 얼굴'과 같은 표현은 다분히 통속적인 문학관의 용어인데, 아카데미즘의 학문에 항상 따라다니는 '무미건조'라는 비판에 대한 변호를 의식한 주장이라 할 수 있다. 그리고 '무미건조'하다는 외부 시선에 대한 변명은 실제로 이케다 기칸 자신의 문학 이론에서 직접 발견할 수 있다. 아니 정확히 말해 그가 수행한 문헌학 연구의 이론적 체계화 작업은 외부의 비판을 주요한 계기로 삼고 있었다.

다이쇼 후기부터 쇼와 초기에 고등교육 기관의 수가 대폭 늘어나면서 고학력층도 증가했다. 또한 관동대지진에 의한 자료의 대량 소실이라는 사태를 배경으로 문헌학적 작업에 종사하는 국문학자의 수도 급속히 늘어났다. 문헌학은 어떤 의미에서 학계의 시대적 추세였다. 그리고 한편에서 당시는 문헌학과 함께 독일계 문예학 이론도 크게 주목받았다.

이 책의 제3장에서 본 것처럼 이 시기에 문학 연구 세계에서는 관념론적 미학 및 정신과학과 관련이 깊은 독일계의 문학 이론이 주목을 받았다. '문예학'이라는 말은 학계의 유행어가 되기도 했다. 그리고 국문학 연구에서 문예학의 최고 권위자인 오카자키 요시에는 '문예' 개념의 순수성을 중시하는 입장에서 서지학 등 기초 연구의 비문예성을 비판했다. 서지학과 같은 작업은 원래 문예학의 미적 범주에는 포함되지 않는다는 것이 비판의 근거였다. "교합 등은 그다지 뛰어난 능력이 없어도 끈기있게 시간을 들이면 누구라도 가능하다. 인간이 그 영혼의 각성을 보여주는 회심의 업인 대비평이 어째서 성대(聖代)의 국문학자 사이에서 조금도 불꽃을 내뿜으며 출현하지 않는 것일까."[4]라고까지 말하고 있다. 물론 오카자키 요시에가 '보조 과학'으로서 서지적 연구의 중요성마저 부정한 것은 아니었다. 그러나 아카데미즘의 대명사라 할 수 있는 문헌학의 무미건조함을 지적하며, 그런 성격은 문헌학이 문예의 '정신성'과 '본질'로부터 동떨어져 있음을 보여 준다고 비판하는 점에서는 차이가 없었다. 일본문예학은 후일 도호쿠제국대학을 중심으로 일대 학파를 구축하여 현재에 이르고 있는데, 그것도 처음에는 이처럼 주류의 국문학 연구에 대한 비판에서 출발했다. 실제로 오카자키의 일본문예학은 사토 하루오와 시마자키 도손, 가와바타 야스나리(川端康成) 등 문단 작가의 공감을 불러왔다. 이미 제3장에서 본 것처럼 사토 하루오는 '모노노아와레'에 관한 오카자키의 학술적 검증을 일본문학의 전통미라는 입장에서 높이 평가했다. 국문학이 동시대의 문단 작가와 비평가에게 어떤 식으로든 영향을 미친 경우는 전체적으로 보아도 극히 드물었다. 오카자키가 서구의 새로운 문예학 이론으로 무장하고 문헌학의 비문예성을 비판한 것은 문학적으로 '범용한' 학문 스타일을 띠는 문헌학에 대해 국문학자들이 품고 있었던 콤플렉스를 정면에서 공격했음을 의미했다. 이케다 기칸에 의한 문헌학의 이론화는 바로 이러한 상황에서 이루어졌다.

앞서 본 것처럼 오카자키는 미학의 입장에서 일본문예학의 수법을 이념화했다. 여기서 말하는 미학 이론이란 독일의 관념론 미학에서 영향을 받은 미적인 감상 이론이다. 그것은 논리적인 것보다도 감성적인 것, 실용적인 의도보다도 미적인 정신성을 우선하는 태도였다. 그는 작품을 미적으로 '감상'하는 독자의 주체성이 문예를 성립시킨다고 생각했다. 이케다 기칸의 문헌학적 연구방법론은 이런 오카자키 요시에의 언설을 강하게 의식한 것이었다. 실제로 이케다는 감상을 중시하는 사상에 적지 않은 자극을 받았다.

이케다는 자신의 문학연구방법론을 정리한 1943년의 저서 『고전문학론』에서 학술적인 연구가 문학 작품을 감상하는 데 반드시 필요한 것은 아니라고 말한다. 예를 들어 『겐지 이야기』를 감상할 때 우선 문제가 되는 것은 '통일된 전체성으로서의 겐지 이야기가 가진 아름다움'이며, 텍스트의 음미와 어휘 하나하나에 대한 해석 등은 아니라는 것이다. 이케다는 이렇게 말한다. "우리는 그런 태도에서 겐지 이야기가 가진 문예성을 우리의 역량에서 인상비평의 태도로 직관한다. 그런 입장에서는 개개의 학문적 지식은 그다지 필요하지 않을 뿐만 아니라, 때에 따라서는 오히려 순수한 감정을 방해하며 동시에 왜곡시키는 원인이 되기도 한다. 우리는 그런 태도를 '감상'이라는 말로 부른다."[5] 그에게 있어서 '감상'이란 작품에 대한 '순수한 감정'에서 오는 소박한 인상이며, 독자의 주체성에 근거하여 작품의 문학성과 가치를 결정하는 개념이었다. 그는 이렇게 독자 주체의 '감상'에 근거한 연구를 '문예학적 연구'로 정의하고, 그것과 대비하여 '문헌학적 연구'의 성격을 다음과 같이 설명한다.

> 다시 말하면 문헌학적 연구는 작품·작가의 모습을 문헌을 통해 정밀하게 파악하여 서술하는 것이다. 문예학적 연구는 작품·작가에 대한 느낌을 자기의 내성을 통해 정확하게 파악해 체계를 부여하는 것이다. 문헌의 양태를 인식하는 객체가 문헌이라는 점에서, 또한 우리의 느낌을 제약하는 객체가 문헌이라는 점에서 양자는 엄밀하게는 분리할 수 없다. 그러나 문헌학적 연구는 어떤 특수한 작품 또는 작가 내부에서 순수성의 추구를 기대하기 때문에, 말하자면 자연과학적 방법을 취하기 쉽고, 한 번 문학 일반의 입장에서 창조성과 신비성의 문제라든가 다른 작품과의 가치판단 문제에 대해 바로 자신의 무력함을 노출하지 않을 수 없다. 반면 문예학적 연구는 문학의 영원성이나 합법칙성의 탐구를 추구하는 관계로 어찌 보면 조사가 불충분하고 인상주의적이며 감상주의적인 독단을 근거로 하기 쉽고, 문학의 역사적 사실의 빈곤에서 항상 곤란함을 겪지 않을 수 없을 것이다.[6)]

대상의 객관적인 파악을 중시하는 문헌학적 연구는 문예학적 연구에 비하면 문예의 '신비성', '창조성', '영원성'을 파악하거나 가치판단을 수행하기에 무력하다고 말한다. 그러나 한편에서 문헌학은 '자연과학적'인 수법을 취하기 쉽다는 장점을 가진다. 역사적인 사실의 검증과 분석은 미적 감성에 근거한 감상만으로는 불가능하기 때문이다. 이케다는 문예학과 문헌학의 차이점을 이렇게 설명하고, 양자의 구별을 주장한다. 문예학과 문헌학은 서로 성격을 달리하는 것으로 한쪽이 우월한 것도 아니며 또 서로 경계를 모호하게 해서도 안 되는 것이다.

여기서 이케다가 말하는 문예학적 연구는 당시 오카자키 요시에의 일본문예학을 지칭한다. 그러나 이케다가 문헌학은 순수한 객관적 과학성에 근거한다고 생각한 것은 아니었다. 왜냐하면 그는 문헌학이 연구 주체의 '직관'을 전제로 하는 측면이 있다고 생각했기 때문이다. 이케다는 문헌학 연구에서 직관적 인식의 역할을 다음과 같이 설명하고 있다.

> 대상 규정은 바꿔 말하면 주제의 설정이다. 이 주제의 설정은 각자의 자유 의사에 따른 것이지만 또한 거기에는 하나의 원칙이 존재한다. 주제는 연구 과정 및 서술을 일관하는 것이어야 한다. 연구 도상에서 다른 종류의 평가가 이루어지거나 병발적(併発的) 가치가 발생하고 주제가 어긋나서는 안 된다. 규정된 대상 범위 외에 가치판단의 여지는 없는 것이다.[7)]

문헌학은 그 연구의 대상 규정과 주제 설정 단계에서 '직관'에 근거한다. 연구자 각각의 자유로운 '직관'을 계기로 하여 설정된 주제 및 그 가치를 분석적으로 검증하는 것이 문헌학의 역할이다. 그런데 처음에 직관적으로 파악된 주제는 연구 과정에서 문헌학적인 실증에 근거해 수행되어야 한다는 것이다. 분명 문헌학적 연구는 직관을 매개로 하여 출발하지만, 그것은 어디까지나 출발 시점에 한정되는 것이며, 이후의 실증 작업 단계에서 주관적인 인상비평이 들어올 여지는 있을 수 없다. 이케다는 이 직관이라는 용어를 '감상'과 거의 같은 의미로 사용하고 있다. 모두 문학적·미학적 감성에서 대상을 주체적으로 파악하는 정도의 의미이다. 이렇게 이케다의 문헌학은 과학성을 중시하면서 동시에 직관, 감상에 근거한 '문예학적'인 가치 설정을 포함하고 있었다.

이런 이론적 입장은 그의 문헌학적 연구 속에도 그대로 드러나 있다. 예를 들어 이케다의 「도사일기(土佐日記)」(935)에 관한 이본 연구는 '자조문학(自照文學)'이라는 그 자신이 명명한 다분히 주관적인 문학론을 전제로 하는 측면이 있기 때문이다. 이케다는 1941년에 전3부에 걸쳐 간행된 저서 『고전의 비판적 조치에 관한 연구』에서 19세기 독일의 문헌학자 칼 라하만(1793~1851)의 독일 중세문학 연구를 참조하면서 자신의 문헌학적 연구 수법을 체계적으로 수립하려 했다. 이케다는 현존하는 다수의 사본에서 시대의 경과에 따른 변화와 이본의 파생, 혼본을 정리하고, 분실과 파손으로 생긴 공백을 메우며, 잃어버린 '원형'에 접근하는 하나의 '나무 형상'의 계보를 작성하는 것을 지향했다. 그는 "뒤에서 말하는 것처럼 원형은 우리가 가진 지식으로 추정하는 것이 가능한 전래하는 여러 판본의 최초 분기점이다. 이 원형과 저서의 원수기(原手記), 즉 원문 사이에는 우리에게 주어진 모든 지식을 동원해 증명하는 것이 곤란한 어두운 부분이 존재하는 것이 일반적이며" "'원문'이 현존하는 경우 검증을 통해 얻어낸 원리는 '원문'이 현존하지 않는 경우에 '원문'과 '원형' 사이에 가로놓인 어두운 부분을 추정하는 데 도움이 된다"[8]고 말하고 있다. 가능한 한 소실된 원본과 그것에서 엿보이는 '원작자의 창작 체험'에 다가가는 것이 이케다 문헌학의 연구 목표였다. 그런 점에서 원작자의 사라진 자기(自己) 혹은 구술 필기 원본에 조금이라도 다가가려는 문헌학 연구는 문학 작품을 작자의 주체성의 표현으로서 간주하는 문학관을 전제로 하고 있었다.

논문 「자조문학의 역사적 전개」(『国文教育』, 1926년 11월) 등에서 이케다는 헤이안 시대 일기문학을 작자의 심경이 표백된 '자조문학'으로 평가하고 있다. 만약 일기문학이 가진 본질이 그가 생각한 것처럼 작자의 내면과 개성의 표백인 '자조'에 있다고 한다면, 그 연구는 무엇보다 우선 작자의 손에 의한 원본 텍스트를 확정하는 것이 중요하다. 이케다는 『고전의 비판적 조치에 관한 연구』에서 「도사일기」를 예로 들어 검토하고 있는데, 그의 '실증적'인 연구란 일본문학사의 본류에 이른바 근대적 사소설의 이념을 이끌어낸다는, '감상'적 가치를 부여하는 성격을 띠고 있었다. 그러나 이 전근대의 서사물에 근대적인 작자와 저작권의 개념은 희박하다. 실제로 여러 고전 작품에 한 사람의 '원작자'가 존재했는지는 단정하기 어렵다. 그 점에서 이케다의 문헌학 이론에는 그 설정부터 적지 않은 무리가 따르게 된다.

비록 직접적인 언급은 없었지만, 이케다의 문헌학론은 오카자키 요시에의 문헌학 비판에 대한 응답의 성격을 띠고 있다. 오카자키는 미학의 입장에서 '일본문예학'의 개척을 제창하면서 기존의 문헌학이 중요치 않은 사실의 검증에 치우쳐 '문예성'의 탐구를 등한시했다고 비판했다. 그것에 대해 이케다는 직관, 감상과 같은 개념을 도입하여 문헌학적 연구에 '문학적' 의의를 부여하려고 했다. 즉, 문헌학은 결코 무미건조한 것이 아니라, 그 근저에는 '자조문학'을 주창하는 것처럼 '시인의 얼굴'이 숨겨져 있다는 것이다.

3. 근대 '국문학 연구'의 전형으로서의 문헌학

이케다 기칸에 의해 이론화되고 체계화된 문헌학은 다음과 같은 이유로 일본의 근대화 과정에서 형성된 국문학 연구의 전형적인 모습을 보여준다. 우선 첫 번째 이유는 과학적 객관주의와 그 배후에 있는 성장주의적인 측면이다. 현대 문학 연구에서 거칠게 말해 학문의 '진보'와 '발전', '축적'이라는 것에 대한 믿음은 거의 불가능한 것으로 간주되고 있다. 고대부터 근현대에 이르기까지 주요한 연구는 거의 이루어졌다는 입장이다. 앞으로 지금 이상의 전문적 연구를 덧붙이는 것이 과연 얼마나 의미가 있는지 의문을 가진 사람이 적지 않다. 예를 들어 나쓰메 소세키 연구와 시마자키 도손의 연구 등을 보아도 지금까지 이루어진 방대하고 세분된 연구들은 학문의 전체상 파악을 어렵게 만들고 있다. 그리고 그러한 다수의 전문적 연구는 얼마나 객관성을 확보하고 있으며, 그것들에 의해 학문의 '축적'과 '진보', '발전'이 정말로 이루어졌는지, 해당 연구자에게조차 의문의 대상이 되고 있는 것처럼 보인다.

좀 더 자극적인 비유를 사용한다면, 현재 대학과 연구기관에서 이루어지고 있는 '문학 연구'란 이미 충분한 인프라가 정비되어 있음에도 불구하고, 전후 고도성장기에 형성된 방대한 수의 관련업자와 기득권층의 생활과 긍지를 유지하기 위해 세금이 투입되는 공공사업과 같은 것인지도 모른다. 과거 근대화 및 국민국가 형성 과정에서 국가적으로 지향되었고, 또 사람들이 살아가는 데 있어서 의지가 되었던 사회 전체의 진보와 발전, 성장이라는 가치관과 목표는 지금 다양한 영역에서 이미 설득력과 실효성을 상실해 버렸다.

그런 상황이 기초 연구로서의 문헌학에서는 특히 심각한 모습으로 나타나고 있다. 작품론과 문화론 등도 이미 여러 가지 의미에서 곤란에 처해있지만, 그래도 관점과 해석의 틀을 변경해서 연구를 지속해

가는 것이 완전히 불가능한 것은 아니다. 그러나 문헌학은 그것이 좀처럼 쉽지 않다. 필연적으로 주변적인 잔존물을 찾아서 연구를 억지로 연명하는 방향으로 나아가지 않을 수 없다.

그러나 이케다 기칸의 시대에는 사정이 달랐다. 문헌학 앞에는 해야 할 실체적인 과제들이 산처럼 쌓여 있었다. 예를 들어 『겐지 이야기』의 경우 전국 여러 장소에 다수의 사본과 주석서, 거기에 또 다른 이본 등이 방대하게 잠들어 있었다. 이케다는 가족과 지인, 후배, 제자 등을 동원하여 전국을 돌아다니며 수만 개에 이르는 이들 판본과 주석을 옮겨 적거나 사진에 담았다. 당시 고전문학의 본문 교정 작업은 가장 기본적인 수준부터 이루어졌고, 처리해야 할 작업은 산처럼 쌓여 있었다. 반면 연구자의 수가 관동대지진 이후 급증했다고는 해도 현재와 비교하면 매우 적은 수준이었다. 같은 시기 본격적으로 시작된 야나기타 이즈미(柳田泉)의 근대문학 연구도 우선 기본적인 서지의 수준부터 시작하지 않을 수 없었다.

『겐지 이야기』와 『만요슈』, 『헤이케 이야기』 등의 본문 교정과 문학전집의 편집, 작가의 전집 제작, 유명 작가의 전기, 그리고 문학사 작성 등 고전부터 근현대 문학에 이르기까지 아카데미즘 문학 연구 활동은 전기, 수도, 철도와 다리, 포장도로, 학교, 공장 등 근대적 인프라를 마련하는 행위의 문화판이라고 할 수 있다. 경제 발전과 교육제도가 충실해지면서 많은 연구자도 양성되었다. 지금과는 달리, 과거 국문학 연구를 지탱했던 배경에는 이러한 시대성 속에 어느 정도 사회적으로 공유된 학문의 진보와 발전에 대한 신뢰가 있었다고 할 수 있다.

특히 문헌학은 비평적인 작업에 비하면 확실히 실증적·과학적인 측면이 상대적으로 강한 까닭에 연구 성과의 축적이 눈에 보이는 형태로 이루어지기 쉬웠다. 문헌학적 연구의 성과는 근대문학 연구의 '성장 신화'를 상징하는 것처럼 보였다. 거꾸로 말하면 바로 그런 이유로 아카데미즘에 반기를 드는 것이 재야 혹은 저널리즘에는 큰 의미를 가질 수 있었다. 근대 일본의 아카데미즘 학문에서 여러 가지 비판에도 불구하고 문헌학적 수법과 논리가 중심적인 지위를 점했던 이유는 거기에 있었다. 이케다는 방대한 기초 작업의 산맥을 앞에 두고 학문의 축적과 성장을 실현하기 위해 근대적인 과학성과 객관성을 중시하는 문헌학의 이념과 방법론을 체계화했던 것이다. 덧붙여 이케다가 본격적으로 문헌학 작업에 뛰어든 1930년대부터 40년대는 여러 가지 형태로 산업구조의 근대화가 추진되어, 사회 경제 체제 면에서 전후 고도성장의 경제적 기초가 만들어진 시기이기도 했다. 문학 연구와 직접적인 관계는 없지만 하나의 시대적 평행성으로 확인해 두고자 한다.

이케다의 문헌학이 근대 국문학 연구를 대표한다고 여겨지는 또 하나의 이유는 근대 사소설을 상정한 그의 '자조문학'이라는 개념에서 보듯이 근대적인 문학 개념을 전면적으로 받아들였다는 점에 있다. 오늘날과는 달리 당시에는 문학의 가치가 살아있었다. 이 근대적 문학 개념에 의해 아카데미즘의 문헌학은 '무미건조'라는 딱지를 부여받았는데, 이케다의 이론에는 거기에서 오는 굴절된 의식이 표현되어 있다.

근대 일본에서 문학 연구라는 학문은 번벌 정부의 지도하에 있던 관학 아카데미즘의 틀 속에서 만들어졌다. 그러나 실제로 사회적인 영향력을 가지고 근대문학의 존재 방식을 만들어 낸 것은 오히려 번벌 정부에 반발하는 세력이었다. 서구문학의 영향이 가장 먼저 나타난 것은 자유민권운동 때 정치 소설과 번안 소설이었다. 그리고 기타무라 도코쿠와 구니키다 돗포(国木田独歩)처럼 근대문학의 초기를 장식한 문학자들은 젊은 시절 자유민권운동에 어떤 형태로든 관여했다. 또 쓰보우치 쇼요의 『소설신수』는 메이지 14년에 일어난 정변으로 번벌 정부의 중심에서 추방된 오쿠마 시게노부(大隈重信)가 설립한 도쿄전문학교로부터 발신되었다. 근대문학의 가장 주요한 모티프 중 하나는 정부에 의해 만들어진 권위와 권력, 입신출세주의로부터의 좌절에 관한 이야기이다. 거기에서 근대문학의 핵을 이루는 '내면'과 '심리'가 발견되었고 작가와 등장인물은 번뇌하는 존재로 그려지고 있다.

그런 점에서 보자면 번벌 정부의 주도로 만들어진 제국대학 계열의 관학 아카데미즘은 '문학의 중심'에서 가장 멀리 떨어져 있다고 할 수 있다. 게다가 거기서 주되게 이루어진 것이 서지학과 고문서학 등 '무미건조'한 문헌학이었다는 것을 생각하면 사태는 한층 심각한 것이다. 일본 아카데미즘의 문학 연구는 제도권 밖의 문단과 저널리즘에 대한 열등감에 의해 지탱된 측면이 적지 않다.[9] 기초 연구의 중요성을 주장하며 그것에 자부심을 느끼면서도 한편에서 자신들의 연구에 동반되는 '무미건조'함과 어떤 종류의 '범용함'에 열등감을 품는 상황이 끊임없이 반복되고 있었다. 그리고 그러한 열등감은 국문학 연구의 아카데미즘에서 종종 저널리즘의 문단비평가에 대한 강한 반발과 배타적 태도로 나타났다. 그뿐만 아니라 '억압이양'의 심리가 도제제도의 구속성을 강화하고 재생산하는 거대한 폐해를 낳기도 하였고, 무미건조하다는 오명을 불식하기 위해 뉴크리티시즘과 구조주의, 포스트 구조주의와 같은 서구의 문학 이론과 방법론을 '무분별'하게 받아들이기도 하였다. 이케다가 오카자키 요시에의 문예학을 일부 받아들인 배경에도 이러한 아카데미즘 특유의 문학적 콤플렉스가 작용하고 있었다.

이케다가 도쿄제국대학 국문학과를 졸업한 것은 31세로 늦은 편이다. 실업지일본사(実業之日本社)에서 잡지를 편집하는 일에 종사하면서 소년·소녀 대상의 소설을 집필하고 가족 부양과 학업을 병행했기 때문이다. 이런 이력이 이케다로 하여금 아카데미즘 세계에서 입신출세한 엘리트에 대한 복잡한 감정을 품게 했을 가능성도 어렵지 않게 추측할 수 있다. 그러한 그가 문헌학적 연구에 몰두하게 된 것은 1923년 졸업과 동시에 연구실 부조교가 되었고, 아울러 '하가 야이치 박사 기념회'에서의 『겐지 이야기』 주석 사업을 맡게 된 것이 계기였다. 그는 굴절된 경력의 소유자이면서, 도쿄제국대학 문학부라는 아카데미즘의 중요한 사업을 맡게 된 것이다. 『겐지 이야기』 본문 연구는 이윽고 그에게 일생의 작업이 되었다. 소년·소녀 대상의 소설 집필 등은 이제 불가능하게 되었다. 결국 이케다는 일찍이 자신이 소설 작가였다는 것을 감추게 되었고, 사정을 아는 가족과 지인에게도 함구령을 내렸다고 한다. 자신을 아카데미즘의 화신으로 만들고자 했던 것이다. 보수적이고 폐쇄적인 국문학 업계의 질서 속에서 자신을 지키기 위한 선택이 낳은 결과였음은 분명하다.[10]

이케다가 과거 소설의 집필자이자 저널리즘 문학 업계에 직접적으로 관여했던 젊은 날의 자신에 대해 무언가 꺼림칙한 기분이 들었던 것은 분명해 보인다. 그런 꺼림칙한 기분과 문학의 중심에서 멀리 떨어진 것처럼 보이는 문헌학에 대한 열등감이 뒤섞여 나타난 것이 오카자키의 비판에 대한 응답적 측면을 강하게 가진 이케다의 문헌학이었다. 그것은 아카데미즘의 체질 속에서 이케다가 취할 수 있는 최선의 '저항'으로 볼 수도 있다. 하지만 오히려 이케다는 아카데미즘의 이데올로기를 흔들기보다는 그것을 보강하고 보완하는 쪽을 선택했다. 국문학계에서 문예학으로의 관심 이동은 원래 아카데미즘에 대한 저항에서 출발했을지 몰라도, 결과적으로 관학 아카데미즘은 그것을 포섭함으로써 한층 발전하는 것이 가능했다.

문헌학은 근대 아카데미즘 국문학 연구의 장단점을 전형적인 형태로 보여 주고 있다고 할 수 있다. 학술적인 성과를 착실히 쌓아올리는 것이 가능한 한편, 무미건조하고 보수적·봉건적 체질을 띠고 있었다. 그래서 객관적인 실증 학문을 자부심의 근거로 하면서도 동시에 문학적인 것에 대한 강한 콤플렉스도 품게 되었다. 이케다의 문학 이론은 근대 일본 국문학 아카데미즘에 체질화된 이러한 빛과 그림자의 두 가지 측면을 배경으로 하여 성립했다.

4. 문헌학과 국책

여기서 일단 이야기를 전환해 보자.

이케다의 문헌학에는 앞서 거론한 것과는 차원이 다른 근대 일본 국문학 연구의 또 다른 중요한 성격이 내장되어 있다. 그것은 다름 아닌 내셔널리즘의 문제이다. 지금까지 이 책에서 반복해서 확인한 것처럼 국문학 연구는 본질적으로 근대 내셔널리즘의 산물이다. 그리고 아카데미즘 국문학 연구의 전형인 문헌학도 예외일 수 없다.

이케다는 문헌학이 실천 수준에서는 어디까지나 철저하게 객관적이어야 한다고 생각했다. 그러나 한편으로 원리적인 수준에서 문학 연구는 결국 연구자의 주체적인 '감상' 체험과 '직관'을 그 근저에 두지 않을 수 없다는 모순적인 태도를 보였다. 천문학과 같은 가장 객관적인 대상 인식을 지향하는 자연과학 분야에서조차 궁극에서는 연구자의 주관성과 개인차가 개입되지 않을 수 없다고 보았다. 예를 들어 무라사키 시키부의 창작 체험을 그대로 추체험하는 것은 궁극적으로는 불가능하다. 그렇다면 이케다는 문헌학의 객관성과 보편성의 기반을 어디에서 찾고자 했을까.

> 이렇게 연구의 성격 속에는 보편적인 측면이 있는데, 이것과 특수적이고 개인적인 측면의 관계를 어떻게 생각하면 좋을까. 개인적인 것을 인식하면서 동시에 일반적인 것을 요청한다는 이 사실은 일반적으로 학술적 노력이라는 것이 주체를 제거하는 것에 있는 것이 아니라, 개인차를 제거하고 관찰을 어느 일정한 차원에서 표준화하는 것으로 향해야 한다는 것을 보여 준다고 생각하면 된다. 나아가 개인적인 것이 바로 일반적인 것이 되도록 훈련하고, 그것이 실현된 곳에 학문의 성격이 있다고 생각하면 된다. 이렇게 해서 보편적인 것은 연구에서 주체를 부정한 추상적이고 관념적인 것을 가리키는 것이 아니라, 주체 그 자체가 어디까지나 주체의 개성적인 경험에 뿌리를 두고 여기에 주체가 단순한 소아(小我)에 머물지 않고 다른 것을 받아들이고 다른 것에 받아들여지는 대아(大我)로 고양된다는 그런 주체 경험이야 한다.[11]

전시 중인 1943년에 간행된 『고전문학론』에서 이케다는 연구의 보편성과 객관성은 연구 주체의 경험에 그 근거를 두며, 그것을 사회적으로 확대해 인지함으로써 성립한다는 해결책을 제시하고 있다. "주체가 단순한 소아(小我)에 머물지 않고, 타(他)를 받아들이고 타(他)에 받아들여지는 대아(大我)로 고양된다"는 주장에 보이는 것처럼, 그는 연구의 보편성을 담당하는 주체의 체험 그 자체에 주목하고 있다. '소아'를 넘어선 '대아'란 조금은 막연하고 추상적인 개념이며, 이케다는 그것이 구체적으로 무엇을 지칭하는지 직접 말하고 있지 않다. 그러나 그것이 공개된 1943년이라는 전쟁의 시대에서 국가주의 시대 풍조의 영향을 읽어내는 것은 충분히 가능하다. 전시 체제의 한가운데서 '소아'를 넘어선 '대아'라는 표현이 국가 체제에 대한 적극적인 공헌을 주장하는 것으로 받아들여지는 것은 자연스러운 것이며, 필자인 이케다 역시 그것을 당연히 자각했을 것이다. 달리 말하면 그는 전시 체제를 배경으로 국가 혹은 민족 속에 포섭된 주체성을 아카데미즘의 생명선으로 삼아 문헌학이 추구해야 할 객관성의 이론적 근거로 삼고 있는 것이다. 이케다의 문헌학은 1930년대부터 40년대에 걸쳐 이른바 전쟁의 시대를 통해 전개되었고, 거대한 학문적 성과를 쌓았다. 그런 의미에서 전쟁과 국책의 문제가 그의 문헌학 이론의 근간적인 부분에 영향을 미친 것은 오히려 당연한 것이었다.

전시기 국가 총동원 체제 속에서 문헌학의 학문적 객관성을 다시 정립한다는 이러한 입장은 이케다뿐만 아니라 동시대의 다른 '국문학자'에게도 찾아볼 수 있다. 도쿄제국대학 문학부 국문학과에서 이케다의 동료로 당시 국문학자를 가장 대표하는 입장에 있었던 히사마쓰 센이치(1894~1976)도 그 대표적 사례일 것이다. 앞서도 언급한 것처럼 히사마쓰 센이치는 1919년 도쿄제국대학 문학부 국문학과를 졸업하고

1936년부터 1955년까지 도쿄제국대학 문학부 교수를 역임했다. 그 사이 『일본문학평론사』, 『국학-그 성립과 국문학의 관계』, 『국문학통론-방법과 대상』 등 방대한 저작을 간행하며 쇼와 시기 일본 국문학계의 최고 권위자로 군림했다. 그의 연구 실적은 문학평론사와 국학 연구, 문학풍토론, 연구방법론 등 여러 분야에 걸쳐 있다. 히사마쓰는 도쿄제국대학에서 하가 야이치의 직계 제자로서 그의 '일본문헌학' 사상을 쇼와 시대에 '신국학' 혹은 '일본학'이라는 이름으로 계승한 인물이다. 또한 『국체의 본의』 편집위원으로 참여하는 등 학계의 대표로서 정부의 국민 교화 정책에 관여하기도 했다. 그는 국문학 연구자이면서 동시에 문헌학을 비롯한 아카데미즘의 국문학 연구를 국책 아래 통합시키려 했던 이데올로그로서의 역할도 담당했다.

이케다의 경우처럼 히사마쓰의 이론 형성에 큰 영향을 준 것 또한 독일계 미학과 해석학 이론이었다. 그것은 국문학 연구에서 학문적 객관성의 근거에 관한 히사마쓰의 원리적인 이론 형성에 영향을 주었다. 히사마쓰가 자신의 연구방법론과 이론을 가장 체계화된 형태로 제시한 것은 1944년의 저서 『국문학통론-방법과 대상』이다. 이 책에서는 당시의 다른 국문학 연구자에 의한 방법론이 일부 참조되는데, '일본문예학'을 제창한 오카자키 요시에의 언설도 문학 연구자와 연구 대상의 관계 및 연구의 객관성 문제에 대한 히사마쓰의 이론에 기여하고 있었다.

> 즉 문학 작품은 서물(書物)이라는 형태만으로 생각해서는 안 되고, 객관적으로 존립하기보다는 그것을 이해하고 미적으로 감상하는 것에 의해 문학 작품이 되는 것이다. 이렇게 보면 감상은 문학을 문학답게 하는 중

요한 요소가 된다. 이것에 대해 감상을 학문적으로 부정하는 입장에서는 감상은 주관적·직감적이고 객관적이지 않기 때문에 보편적일 수 없다고 말한다. 이것은 문학 연구를 자연과학적인 수법만으로 다루려는 태도인데, 문학 작품의 이해 그 자체는 이미 주관과 객관의 융합에서 이루어진 이상 객관적인 것이 유일한 길이라고 말할 수 없기에 감상의 의의를 그것에 의해 학문적으로 부정하는 것은 불가능하다. 그런 의미에서 해석에 대한 감상 작용이 문학 연구에서 한 자리를 차지한다고 볼 수 있다.[12)]

문학 연구에서는 대상을 미적으로 인식하는 '감상'을 중요하게 생각한다. '감상'이란 작품 내용의 단순한 객관적인 파악이 아니라, 대상을 미적으로 수용하는 주체성에 의해 비로소 성립하는 것이다. 그것은 기초적인 연구에 근거하여 작품 내용을 정확히 파악하는 '해석'과 가치판단을 수행하는 '비평'에 선행하는 것이다. 감상에 관한 이러한 언설은 직접적으로는 역시 동시대의 유력한 국문학자인 오카자키의 주장을 염두에 둔 것으로 보인다.

히사마쓰도 문학 작품을 성립시키는 것은 인식 주체의 미적 감상이라는 오카자키의 견해를 받아들이고 있었다. 히사마쓰에게 연구 대상으로서의 '일본문학' 작품이란 결코 객관적인 대상물이 아니라 인식 주체의 태도에 의해 성립하는 것이었다. 달리 말하면 감상자의 주체성에 학문적 정당성의 근거를 재차 부여함으로써 국문학 연구를 재구성한 것이다. 그러나 문학 연구의 근거가 대상을 감상자의 주체성에 있다면, 국문학은 단순히 개인의 자의적인 주관에 빠져버릴 위험성도 갖게 된다. 히사마쓰는 연구의 객관성에 대한 근거를 둘러싼 이러한 문제를 '민족의 직관'이라는 개념으로 해결하려 했다.

직관성이라 말하는 것은 작품에 접해 직관하고 총합하는 작용이며 따라서 지정의(智情意)가 하나가 된 경우에 이루어진다. 그것은 소위 지적인 분석이라든가 역사적 고증을 초월한 듯이 보이고, 또 직관이 개인의 단순한 주관과 인상에 불과한 것처럼 보이지만, 그러나 직관성은 단지 개인의 일시적으로 떠오른 생각이 아니라, 그 개인의 전체적인 생명의 표출이다. 이성이라든가 감정이라든가 하는 어느 한쪽 방면으로 나뉘지 않는 마음 전체의 작용인 이상, 개인의 직관은 일면 시간상으로 긴 역사성을 근저에 두고 있다고 할 수 있다. 또 횡으로는 개인의 직관을 통해 민족의 직관, 인간 전체로서의 직관을 포함한 것이다. 즉, 역사적 성질의 관계를 어떤 개인이 행하는 직관에서 파악하는 것은 역사가 오랜 기간 쌓아온 미와 그 외의 의식과 교양이 들어 있다.[13)]

일본문학 연구에서 대상의 인식 형태가 '직관성'과 '역사성'의 두 가지 항목으로 분류되고 있다. 작품에 대한 직관적인 파악은 일견 단순하게 개인적이고 소박한 인상에 지나지 않는 것 같지만, 긴 역사에 걸쳐 축적된 민족의 미의식과 교양이 필연적으로 그 배경이 되고 있어 결코 개인적인 것이 될 수 없다는 것이다. 한편 직관성은 분명히 연구의 기초가 되지만, 그것은 조직적·체계적으로 대상을 '분석'한다는 점이 결여된 측면이 있다. 그는 그것을 보충하는 것이 작가의 경력과 시대의 고증과 같은 '역사적' 연구라고 말한다. 그리고 그 역사적 연구도 최종적으로는 민족의 미의식을 배경으로 한 직관에 의해 '종합'되는 것이다. 문학 연구의 객관성의 근거를 '민족의 역사성'이라는 극히 내셔널한 요소에서 찾고 있는 것이다.

제4장에서 본 것처럼 1940년대 히사마쓰 센이치는 국문학의 '세계화'라는 주장을 당시 팔굉일우의 확장주의적인 정치 언설의 문맥 속에서 전개하고 있었다. 이제 일본문학은 서구에서도 연구되기에 이르렀고, 또 그 기반이 되고 있는 일본어는 이미 만주와 지나에 보급되고 있다고 주장하면서 일본문학과 일본정신은 국가적인 특질을 유지하면서 '만주, 지나, 동양, 세계'로 확대되어 가야 할 것으로 간주된다. 그러나 이러한 언설은 민족의 역사가 축적된 미의식과 교양에 의해 국문학의 감상과 연구가 성립한다는 그 자신의 문학 이론과 어떤 의미에서는 논리적으로 상충된다고 할 수 있다. 왜냐하면 대동아공영권에는 반드시 같은 미의식과 교양의 역사를 공유할 수 없는 다수의 다른 민족과 공동체가 존재하기 때문이다. 게다가 1935년부터 이듬해에 걸쳐 히사마쓰는 구미에 유학해 아더 웨일리(Arthur David Waley)와 칼 플로렌츠(Karl Adolf. Florenz) 등 구미의 일본문학 연구자와 교류했다. 그리고 이때의 경험을 정리한 저서 『서구에서의 일본문학』(以文堂, 1937년)에서 구미의 문학 연구자가 『겐지 이야기』 등을 높게 평가하고 있다는 것을 근거로 국문학의 세계적 가치를 주장했다. 그러나 만약 히사마쓰 자신이 말한 것처럼 국문학 연구에서 객관성의 근거가 '민족의 직관'에 있는 것이라면 아더 웨일리와 칼 플로렌츠 등의 일본문학 연구는 어떤 의미도 가질 수 없다. 따라서 이것은 완전한 자기모순이다. 히사마쓰의 문학 연구 이론은 '일본문학은 일본인만 이해할 수 있다'는 오늘날까지도 강고하게 남아 있는 논증을 거부하는 소박한 내셔널리즘의 관념을 전형적인 형태로 체현하고 있다.

어쨌든 히사마쓰는 관념론 미학에 근거해 문예학의 감상 이론에 독자적인 해석을 덧붙임으로써 '민족의 직관'을 학문적 객관성의 근거로 삼고자 했다. 그것은 민족적인 일본학, '신국학'으로서의 국문학의 총합적 틀을 이론화하려 했던 그의 일련의 시도 속에서 이루어졌다. 그리고 이 '신국학'을 뒷받침하는 중요한 요소 중 하나로 그가 생각한 것이 이케다 기칸 등에 의해 대표되는 문헌학이었다.

히사마쓰는 1934년의 저서 『상대 민족문학과 그 학사』에서 국문학 연구의 출발점은 직관에 있다고 하며, 이것을 감상이라는 개념과 거의 같은 의미로 사용하고 있다. 그리고 "우선 직관의 기초를 세우기 위해 분석을 시도한다. 그때 학문적 작업이 시작된다. 그렇게 국문학에서 학문적 작업을 수행하는 과정으로서는 서지학, 본문 비평적·주석적·문학적·문화사적 연구의 5단계를 거치는 것이 가능할 것이다."[14]라고 말하고 있다. 문헌학은 그 자체로 완결되지 않는다는 것이 히사마쓰의 생각이었다. 연구 주체의 직관과 감상에 근거함으로써 비로소 서지학과 본문 비평 등 문헌학적 연구의 학문적 의의와 문학적 가치가 비로소 보장된다. 또한 민족의 미의식과 교양을 배경으로 하는 직관적인 대상 파악은 그것만으로는 학문이 되지 못한다. 문헌학 연구 및 작품과 작자의 시대 배경에 대한 역사적 검증을 통해서 '분석적'인 학문적 체제를 갖출 필요가 있다. 민족적인 직관과 조사적 연구의 공존에 의해 살아있는 국문학 연구가 성립한다는 것이다. 그리고 개별적으로 이루어진 분석적 연구를 민족적 주체성의 시점에서 다시 총합하는 것이 국문학 연구의 최종 목적인 '문화사적 연구'라고 말한다. 『일본문학개설(상), (하)』(岩波講座日本文学, 1931년), 『우리 풍토·국민성과 문학』(文部省教学局, 1938년) 등의 저작에는 일본정신론과 일본풍토론이 전개되고 있는데, 그가 말하는 국문학의 '문화사적 연구'에 해당하는 것이라고 할 수 있다.

히사마쓰와 이케다는 함께 도쿄제국대학에서 하가 야이치의 문하생이었고, 또 국문학과의 동료 교수였다. 이런 두 사람의 관계를 생각하면, 양자가 서로를 의식하는 형태로 이론을 형성했을 가능성도 충분히 생각할 수 있다. 히사마쓰 쪽에서 보자면 이케다의 문학 이론을 공유하는 것은 문헌학 연구 성과를 '신국학'의 전체성 속에 이론적으로 포섭한다는 목적성과 의미를 강하게 띠는 것이었다. 한편 히사마쓰와 이케다는 국문학 전체를 포괄하는 체계적인 틀을 구축하는 데 전념했고, 다른 한편에서 그것을 뒷받침하는 기초적인 문헌 연구를 담당하는 상호 보완하는 관계에 있었다고도 할 수 있다. 물론 양자 사이에는 상이점도 존재했다. 히사마쓰가 문학 연구의 객관성을 인간의 주체성에 선험적으로 존재하는 민족적인 미의식에 근거해 정의했다면, 이케다는 그와 달리 연구의 보편성을 획득해야 할 사회적인 공공성으로 파악했다. 그렇다고 해도 두 사람은 문헌학의 분석적인 고증 연구의 근저에 연구자의 직관과 감상을 두고 그 위에서 민족적 혹은 국가적 틀로 수렴시키는 발상을 공유했다. 실제로 전쟁 시기 이케다는 『궁정과 고전문학』(光風館, 1943년) 등에서 헤이안 시기 궁정 모습을 제도, 습관, 복식, 조도(調度) 등 다양한 각도에서 종합적으로 검증하는 문화사적 저술에 전념했다. 그 점에서도 문헌학의 최종 목표를 문화사적 일본학에 둔 히사마쓰와 공통되고 있었다.

5. '진선미'의 국문학 연구

이케다 기칸은 문예학적 요소를 가미하여 '무미건조'하다는 아카데미즘 학문의 콤플렉스를 불식하려 했다. 동료였던 히사마쓰 센이치는 이케다와 달리 제8고등학교부터 도쿄제국대학을 거쳐 대학원까지 최단거리의 학술 엘리트 코스를 밟은 아카데미즘의 적자였다. 그런 점에서 이케다가 히사마쓰처럼 문학적인 것에 대한 굴절된 감정이 있었는지는 가늠하기 어렵다. 그런 의미에서 이케다가 내셔널리즘에 근거한 국문학 연구의 포괄적인 이론적 토대에 문예학 사상을 도입함으로써 무엇을 달성했는가의 문제를 주의 깊게 생각해 볼 필요가 있다.

문헌학적 연구의 근저에 연구자의 직관, 감상을 두는 히사마쓰와 이케다의 학설은 현재 시점에서 보면, 학문 연구의 일반적인 성격을 설명하는 것처럼 보인다. 감상을 통해 얻은 인상을 분석적·과학적인 방법론에 의해 명확히 하고, 최종적으로 그것을 민족적인 문화론으로 정리하는 사고방식은 일본 이외의 다른 여러 나라의 문학 연구에서도 찾아볼 수 있는 학문 수법이다. 그런데 히사마쓰가 독특한 것은 문예학적 요소와 문헌학적 요소를 단지 이론적으로 혼합하는 것에 머물지 않고, 그 양태를 일본 근세의 국학 사상과 결부시켜 그것을 서구 학문에 대한 일본 국문학 연구의 이론적인 우위성으로 제시하려 했다는 점에 있다. 아카데미즘과 문헌학이 구조적으로 내포하고 있는 문학적인 것에 대한 콤플렉스를 '근대의 초극'과 같은 정치 언설로 전환시켜 버리는 이론 조작을 수행한 것이다.

1941년의 저서 『국학－그 성립과 국문학과의 관계』에서 히사마쓰는 일본 국학과 유럽 문헌학의 차이를 강조한다. 국학의 특질이란 단지 고문화에 대한 문헌학적 연구에 그치지 않고, "일본 문화를 관통하여 현대에까지 살아 있는 문화와 정신"을 다루는 것에 있다고 말한다. 그것은 살아있는 현실로서의 '애국적 정열'을 토로하는 것으로 '냉정한 문헌학적 방법'만으로는 충분하지 않다는 것이다. 그 점에서 국학은 '과학을 초월한' 것이고, 단지 옛 문화를 분명히 하는 것을 목적으로 하는 독일문헌학과는 이질적이라고 주장하는 것이다.[15] 히사마쓰는 하가 야이치를 계승하는 위치에 있었지만, 정작 하가는 유럽 문헌학을 비판하면서 근세 국학의 독자성을 강조하는 태도를 보이지 않았다. 하가 야이치가 수행한 것은 독일을 시작으로 하는 유럽의 문헌학과 근세 국학의 유사성을 밝혀내 근대의 국문학 연구의 이념을 '일본문헌학'으로 정립하는 작업이었다. 앞장에서 본 것처럼 히사마쓰는 태평양전쟁에 즈음해 국문학의 세계문학적 성격에 관해 언급했다. 당연히 여기에는 일본 국문학의 세계적 가치에 대한 어떤 종류의 여유가 개재해 있었다. 그리고 최종적으로 히사마쓰의 의식은 일본 국학의 학문 수법이 서구문학 연구보다 우월하다는 언설로 귀결된다. 메이지 시대의 하가가 도달하려 했던 일본의 국학 및 국문학이라는 학문 가치와 우월성은 어느새 자명한 것으로 인식되어 버린 것이다.

국학이 서구의 학문을 초월할 수 있다는 태도는 고대부터 근세, 근대에 걸친 일본 학문사의 전개와 그 전체적 특질에 위치를 부여하는 히사마쓰의 이론에서 더욱 명확한 모습으로 나타나고 있다. 『국문학통론-방법과 대상』에서는 '진선미의 융합'이라는 일본의 학문적 성격에 대한 해석과 그것에 근거한 서구 학문에 대한 비판을 볼 수 있다.

> 국문학 연구를 둘러봐도 발달 과정에서 예술에서 과학이 되고 나아가 도덕적·종교적이 된다고 말할 수 있지만, 이런 과정이 넓게 일본의 학문적 특색이라고 말하려면 서양의 학이 지(知), 진(眞)에서 출발하는 것에 대해 이것은 정(情), 미(美)로부터 발달하고 있다고 말할 수 있다. 그래서 일본에서도 '진'을 존중하는 것은 앞서 언급한 대로인데, 다만 진에만 그치지 않고 그 학문의 전체성으로서는 '선'에 이르고, 도의 경지에 이른 점에 보다 특질이 나타난다. 그래서 진에서 과정을 본다면 미와 진과 선으로 나뉘는 것은 단지 단계에 지나지 않고 결국 도의 과정을 하나로 포괄하는 곳에 전체로서의 특색이 나타난다. 일본어에서 진을 거론해도 진 속에 선과 미를 감싸고 있고, 진 그 자신 속에 도덕적인 것을 포함하고 있는 것은 '마코토', '마고코로' 속의 '진'에 의해서도 볼 수 있다. 오히려 일본에서는 진과 단순한 사실뿐만 아니라 도덕성을 포함하고 있다고 할 수 있다.[16)]

히사마쓰는 국학에 의해 대표되는 일본의 전통적인 학문에 고유하게 보이는 성격을 세 단계로 나누어 설명하고 있다. 우선 처음에 오는 것이 학문 대상에 대한 예술적인 감동이 일어나는 '미' 단계이다. 그다음에 오는 것은 대상을 자세하게 분석하는 문헌학적이고 '과학적' 태도인 '진'이다. 그리고 마지막에 그것 모두를 '종합'하는 '도덕적·종교적' 경지인 '선' 단계라고 말한다. 일본의 학문은 일반적으로 '진선미'가 융합해 있고 처음에는 예술적인 '감(勘)'에서 출발해 최종적으로는 '개인을 넘어선 민족적·국가적'인 '황국의 길'에 의해 '종합'되어 가는 것에 장점이 있다고 주장한다. 그것을 뒷받침하듯이 일본어의 '마코토(まこと)'에는 예술, 과학, 도덕이라는 진선미 세 가지 요소의 의미가 동시에 포함되어 있다고 말한다. 그리고 서구 학문은 '지와 진'에서 출발해 그

것에 멈추지만, 근세 국학으로 대표되는 일본 학문은 '정과 미'에서 발전해 전체를 '종합'하기에 그 우월성이 있다고 주장한다.[17] 이러한 주장은 문헌학의 이데올로기적 목적을 '황국의 길'에 집약시키는 것을 의미한다고 할 수 있다. 일본 학문에서 문헌학의 장점은 예술성과 도덕성과 함께 종합되는 것에 있다는 주장이다.

그의 이러한 사고는 문학 연구의 인식 형태를 '역사성'과 '직관성'으로 분절하는 앞선 논의와 관련을 맺고 있다. 일본 학문에서 처음에 '미' 단계가 온다는 발상은 문학 연구의 기초를 감상과 직관에 두는 논의에 대응하는 것으로 구상된 것이다. 그리고 과학적인 '진'을 지향하는 학문 경향은 문학을 역사적·분석적으로 검토하는 문헌학 연구를 지칭한다. 나아가 '황국의 길'에 의해 학문 전체가 최종적으로 포괄된다는 일본학문론은 국문학 연구를 체계적으로 총괄하려는 '문화사적 연구'에 상응한다고 할 수 있다. 이렇게 진선미의 융합이라는 일본학문론은 연구자의 주체적인 직관에서 시작해 분석적인 검토를 거쳐 다시 민족적인 직관에 의해 종합된다는 자신의 문학론과 대응하는 방식으로 구축되고 있는 것이다.

그런데 여기서 서구 학문이 과학적 분석으로서의 '진'을 중시한다는 히사마쓰의 주장은 객관적인 논거에 따른 것이기보다는, 일본 학문이 가지는 '황국의 학'으로서의 성격을 돋보이게 하기 위해 이른바 부정적 참조항으로 도입된 것이다.[18] 물론 현재 시점에서 보면 과학성, 인간성을 이끌어내는 히사마쓰의 견해는 국학 사상을 근대 인문 과학의 선구로 간주하고 동시에 근대적 문학 개념과 근대 국민국가를 전제로 하고 있다는 점에서, 메이지 이후 근대 서구의 학문 패러다임의 수용 없이는 생각하기 어렵다. 예를 들면 근세 국학에서 '국가적 정신'과 '과학적 정신'을 발견하는 근대 이후의 언설로서 히사마쓰의 스승인 하가 야이치의 「국학이란 무엇인가」(『国学院雑誌』, 1940년)가 있다. 하가는 가다노 아즈마마로(荷田春満), 가모노 마부치(賀茂真淵), 모토오리 노리나가 등이 일본의 국가 정신을 자각하고 그것을 명확히 하려고 했다고 주장하며 그들을 메이지 이후의 국민사상의 선구로 평가한다. 또 무라오카 쓰네쓰구(村岡典嗣)는 『모토오리 노리나가』(警醒社, 1911)에서 모토오리 노리나가의 학문 사상의 특징으로 "열성 또는 극단의 충군애국의 사상"과 "실증적 또는 불가지론 사상"을 들면서 근대적인 실증주의 학문의 선구로 평가한 바 있다. 나아가 노리나가의 국학 사상을 도덕성과 구별되는 근대적 문학 개념의 선구로서 파악한 사례로 1885년 쓰보우치 쇼요의 『소설신수』를 들 수 있다. 히사마쓰의 국학론은 이들 근대 이후 서구 사상의 강한 영향 아래 만들어진 다수의 국학론을 종합함으로써 구축될 수 있었다. 또 히사마쓰가 중시하는 감상과 직관과 같은 이론적 개념에는 독일계 미학의 영향이 강하게 남아 있다. '근대의 초극'을 둘러싼 전시기의 논의가 그랬던 것처럼 히사마쓰의 학문론은 그 자체가 이미 근대 서구의 사상과 문학 개념을 빼놓고는 기능할 수 없는 것이었다.

히사마쓰의 국문학방법론은 국학의 단순한 재생이라기보다 국학이란 간판 아래 감상과 직관, 역사성과 과학적 정신, 국가적 정신 등 서구적 개념을 교묘하게 조합함으로써 문예학과 기초 연구 등 당시 국문학 연구의 주요한 사조와 방법론을 총괄적으로 포섭하는 전혀 다른 이론 체계를 창출하려는 것이었다. 그리고 히사마쓰는 그것을 위해 새롭게 해석된 국학에 조응하는 방식으로 거꾸로 서구의 학문도 재해석하고 비판하려고 했다. 진선미의 융합이라는 사상은 그런 작업 과정에서 태어난 것이다.

하지만 곡예적이라고 할 수 있는 이 논리 구축이 '근대의 초극'이라는 시대 풍조만을 배경으로 이루어진 것은 아니다. 히사마쓰는 국학의 방법론적 우위성을 설명하면서 자주 '인간성'과 '미', '예술'과 같은 이른바 문학적인 술어를 구사하고 있다. 그것은 주로 문학적 혹은 문예학적인 것에 대해 문헌학자들이 품었던 콤플렉스를 교묘하게 이론적으로 가공함으로써 아카데미즘 국문학 연구의 특수한 우위성을 강조하기 위한 것이었다. 바꿔 말하면 아카데미즘 연구를 근세 국학의 전통과 연결해 문학적인 콤플렉스를 불식한다는 방식이다. 당시는 문단에서 '일본 회귀' 현상이 전반적으로 확산되고 있었으며, 일본낭만파와 고바야시 히데오 등의 고전 평론과 가와바타 야스나리, 다니자키 준이치로처럼 일본 정서를 중시하는 작가들에게 독자들이 모이고 있었다. 실제로 일본인이 일본의 고전문학에 흥미를 갖는 것은 국문학자의 무미건조한 논문을 통해서가 아니라 대개는 문단 작가와 비평가가 쓴 작품이 직접적인 계기가 되었다. 그런 상황에서 당시 아카데미즘 학문이 그것들에 대해 어떻게 대항하고 스스로 존재의 정당화를 어떠한 이론 수준에서 달성할 것인가가 히사마쓰와 이케다와 같은 국문학 연구자를 움직였던 요소였다고 할 수 있다.

6. 문헌학의 행방

이상에서 이케다와 히사마쓰를 통해서 근대 국문학 연구의 문헌학 문제에 대해 고찰했다. 문헌학은 좋은 의미든 나쁜 의미든 아카데미즘 국문학 연구의 전형이었다. 이케다는 문헌학 이론을 구축하면서 객관성과 과학성에 집착했다. 그런 이념에 따름으로써 근대 일본의 국문학 연구는 거대한 학문적 실적과 축적을 지속적으로 남길 수 있었다. 현재에도 아카데미즘 국문학의 세계에서는 이러한 문헌학적 의식이 큰 힘을 갖고 있고, 작품 해석과 문화론처럼 본질적으로 작자의 주체적인 시선이 주요한 역할을 수행하는 영역을 배제하고 있다.

그런데 문헌학의 이러한 객관주의는 아카데미즘 국문학자의 자부심의 근거가 되는 한편 동시에 콤플렉스를 낳는 요인이기도 했다. 문헌학은 지나치게 무미건조하며, 문학의 본질에서 너무 떨어진 것이 아닌가 하는 의문과 꺼림칙함이 연구 주체 사이에 항상 존재했다. 일본문예학의 제창자인 오카자키 요시에의 문헌학 비판은 실로 그런 콤플렉스를 정면에서 공격한 것이라 할 수 있다. 이케다 등은 그것에 대한 응답으로 문헌학의 이론 속에 문예학적 시점을 도입하지 않을 수 없었다. 이렇게 제국대학 아카데미즘은 일본문예학의 비판에 대해 단지 수동적인 것만은 아니었다. 그것을 적극적으로 받아들여 결과적으로 전쟁과 국책의 시대성에 부합하는 이론을 구축했다. 그것이 히사마쓰 국문학 연구의 원리론이었다. 히사마쓰는 일본의 국문학 연구에는 미와 인간성, 예술적 요소가 포함되어 있고, 그것이야말로 '황국의 학문'인 국학이 갖는 서구 학문에 대한 우위성이라고 주장했다. 이를 통해 문헌학자들의 연구에 국가주의적 측면에서 대의명분을 부여함과 동시에 그들이 품고 있는 문학적인 것에 대한 콤플렉스를 치유하는 효과도 기대할 수 있었다.

현재 대학에서는 기초 연구의 존재 의의가 전례 없는 '위기'를 맞이하고 있다. 물론 그것은 단지 아카데미즘이 무미건조하고 비문학적이라는 이유 때문만은 아니다. 지금은 문단과 저널리즘의 세계에서도 문학의 부진이 거듭되고 있다. 문학 자체가 제도적 피로를 노출하고, 역사적인 종언을 맞이하고 있는 듯이 보인다. 대학에서의 기초 연구는 그것이 기대고 있는 문학이 퇴조함과 동시에 그 수요도 줄고 있는 상황이다. 저널리즘이든 아카데미즘이든 지금 문학은 중대한 갈림길에 서 있음이 분명해 보인다.

1) 『松本清張全集』10, 文藝春秋, 1973년, 154쪽.

2) 이케다 기칸의 문학론 및 사상에 대해 검토한 것으로는 우선 그가 서거한 이후 1957년 2월 『国語と国文学』에서 추도 특집호로 묶인 논고들이 있다. 또한 노무라 세이이치(野村精一)의 「国文学と文献学—藤岡東圃と池田亀鑑についてのノオト」(『古典と現代』, 1959년 4월~9월)나 나가노 쇼이치(長野甞一)의 「解説」(『池田亀鑑選集 古典文学研究の基礎と方法』 至文堂, 1986년), 아키야마 겐(秋山虔)의 「池田亀鑑—基礎的研究に終始したやや厳しい姿勢」(『解説と観賞』, 1992년 8월) 등이 있다. 그러나 이 논문들은 대개 이케다의 문학 이론을 근대 사상의 문맥에서 분석하고 있다기보다 인간성을 추도하고 학자로서의 위대함을 상찬하는 측면이 강하다. 히사마쓰 센이치 개인을 논한 연구는 적지만 그중에서도 여러 편이 실린 것으로 『国語と国文学 久松潜一博士追悼号』(1976년 7월)가 참고가 된다. 그러나 이들 논문에서도 추도호라는 잡지 성격상 히사마쓰의 문학론을 비판적인 문맥에서 분석하려는 자세는 결여되어 있다. 유일하게 근년에 야스다 도시아키(安田俊朗)의 『国文学の時空—久松潜一と日本文化論』(三元社, 2002년)가 히사마쓰 센이치의 전쟁 책임을 추급하고 있는 경청할 만한 점이 많은 연구이다. 본장에서는 야스다론과 마찬가지로 '국문학자'의 전쟁 책임을 추궁하는 데에 인색하지 않으나, 그들이 국책에 따른 과정에 개재한 아카데미즘의 본질적인 문제를 클로즈업 하고 있다.

3) 『池田亀鑑選集 古典文学研究の基礎方法』, 至文堂, 1969년, 483쪽.

4) 岡崎義恵 『日本文芸学』岩波書店, 1935년, 62쪽.

5) 池田亀鑑 『古典文学論』第一書房, 1943년, 92쪽.

6) 池田亀鑑 「花が散る—文献学と文芸学の相関性と独自性について—」(『理想』, 1938년 9월).

7) 앞의 글, 173~174쪽.

8) 池田亀鑑, 『古典の批判的措置に関する研究』 第二部, 岩波書店, 1941년, 15~16쪽.

9) 독일문학자 다카다 리에코(高田里惠子)는 근년의 저작 『文学をめぐる病 教養主義·ファシズム·旧制高校』(松籟社, 2002년)에서 독일문학자가 간직해 온 구조적인 콤플렉스를 그려내고 있다. 외국문학자의 대부분은 구제고등학교 등에서 어학교사나 번역 등 '문학'과는 거의 거리가 먼 '범용'한 일에 종사하며 일생을 끝내는 수밖에 없고, 그래서 생겨나는 콤플렉스가 근대 일본의 '문학부'에서 화근이 되었다고 지적한다. '2류' 지식인 특유의 콤플렉스의 배출구가 바로 독일문학자 대부분을 나치즘 소개와

같은 국책에 동원하게 된 요소였다고 한다. 매우 흥미롭고 또 본질적인 지적이다. '국문학자'에 관해서도 비슷한 것을 이야기할 수 있겠는데, '외국문학자'와는 또다른 요소로서의 콤플렉스가 있었던 듯하다. 구미적인 지식의 탐구가 지향되었던 근대 일본의 고등교육에서 '국문학'을 목표로 하는 자의 대부분은 외국어에 자신이 없다는 좌절감에서 그 길을 선택했기 때문이다. 또한 서구를 총본산으로 하는 근대문학의 기준에서 보자면 '국문학', 특히 문헌학은 아무래도 전근대적이고 보수적인 이미지가 있었다. 쇼와 전시기에 '국문학'이 '국책의 우등생'으로 활약한 배경에는 이러한 열등감이 강하게 개입되어 있었다고 생각된다.

10) 이케다가 문헌학 연구에 전념하게 된 경위와 관련한 전기적 사항에 대해서는 다음을 참조. 長野甞一 (2)前掲文.

11) 池田亀鑑 (3)前掲書, 183쪽.

12) 久松潜一 『国文学通論―方法と対象』, 東京武蔵野書院, 1944년, 39~37쪽.

13) 앞의 책, 174쪽.

14) 앞의 책, 78쪽.

15) 久松潜一 『国学―その成立と国文学との関係―』, 至文堂, 1941년, 7~8쪽.

16) 久松潜一 (12)前掲書, 14~15쪽.

17) 1937년에 문부성 교학국(文部省教学局)에서 간행한 『국체의 본의(国体の本義)』에는 「4. 화(和)와 마코토(まこと)」라는 절이 있고, 절의 내용은 근세 국학자들의 언설을 따르는 것으로 일본정신을 대표하는 '마코토'라는 개념에 관한 기술이 보인다. "'마코토'의 마음은 인간의 정신에서 가장 순수한 경지이다. 인간은 마코토에서 그 생명의 근원을 갖고 마코토에 의해 만물과 하나가 되고 또한 능히 만물을 살리고 만물을 조화롭게 한다. / 마코토에 대해서는 가모노 마부치(賀茂真淵)나 후지타니 미쓰에(富士谷御杖)가 특히 이를 중시하여 설파하고 있다. (중략) 마코토는 예술로 표현되면 미(美)가 되고 도덕으로 발현되면 선(善)이 되고 지식에 있어서는 진(眞)이 된다. 미와 선과 진을 낳는 근원에 마땅히 마코토가 있음을 명심해야 한다. 그리고 마코토는 또한 소위 맑고 깨끗하고 올곧은 심성, 즉 청명심이며 그것은 우리나라의 국민 정신의 근저를 이루고 있다." 여기서 나타난 기술은 히사마쓰 자신의 국학론에서 '진선미'의 융합이라는 사유와 그대로 겹치는 측면이 많다. 『국체의 본의』 본문에 나오는 이러한 기술이 그 편집위원 중 한 명이었던 히사마쓰의 의향을 반영했는지 아닌지까지는 판단할 수 없지만, 적어도 '진선미'의 융합과 그것을 나타내는 '마코토'

정신이라고 히사마쓰가 주장하는 일본 학문의 특질론이 『국체의 본의』를 의식하여 그것과 평행하는 형태로 전개되었다는 점은 지적해두고 싶다.

18) 국어학자 야마다 요시오(山田孝雄)는 1939년에 국학연구회 출판부에서 간행한 저서 『국체의 본의』에서 국학을 '일본문헌학'에 위치시킨 메이지 시대의 하가 야이치를 비판하면서 서구의 문헌학과 일본의 국학은 서로 다르다고 주장하고 있다. 야마다에 따르면 국학은 "우리 대일본국 특유의 학문이고 세계 어디를 찾아봐도 유사한 것이 없는 학문"이라고 한다. 왜냐하면 국학의 목적은 단순한 사실 해명에 있는 것이 아니라 유사 이래의 일본 국가와 국체를 밝히는 것에 있기 때문이다. 국학의 고유성을 주장하는 야마다의 주장은 일본정신과 국체가 세계에서 그 유례를 찾을 수 없다는, 이른바 동어반복적 신념을 그 근거로 갖는 것이었다고 할 수 있다.

제6장

'국문학'의 '혁신'

— 가자마키 게이지로와 '일본문학사' 서술 —

1. '혁신'으로서의 내셔널리즘

최근 일본 사회는 역사교과서 문제를 비롯해 헌법 '개정' 논의, 야스쿠니 신사 참배 문제 등을 둘러싸고 보수적 내셔널리즘이 강화되는 양상을 보이고 있다. 그리고 이런 움직임이 일종의 '혁신'의 주장으로 거론되고 있다는 것이 특징적이다.

예를 들어 그것은 「『새로운 역사교과서』를 만드는 모임」(새역모)과 같은 명명 방식에 잘 나타나 있다. '아사히', '좌익', '공산당', '북조선', '평화주의', '시민주의'와 같은 '전후 민주주의'를 지칭하는 잡다한 표상들을 타파해야 할 '낡은' 권위로 상정하고, 그것을 배척하는 태도가 '새역모'를 지탱하는 모든 것이라 해도 과언이 아니다. 또 배외주의와 민족 차별을 노골적으로 드러내는 여러 극우적 발언을 서슴지 않는 이시하라 신타로(石原愼太郎) 도쿄도지사는 "도쿄로부터 일본을 바꾼다"는 '혁신'적 제스처로 대중적 인기를 모으고 있다. 그뿐만 아니라 "자민당을 부수겠다"고 외치며 정권을 잡은 고이즈미 준이치로(小泉純一郎) 수상도 '구조 개혁'의 주창자를 자임함으로써 야스쿠니 신사 참배와 이라크 파병과 같은 정책을 추진하면서도 여전히 높은 지지율을 유지하고 있다.

그런데 이러한 오늘날의 내셔널리즘은 종래의 권위에 대한 막연한 반감에 의해 지탱되고 있다는 점에서 전전의 사상과 닮은 측면이 있다. 일본근대사 연구자인 사카노 준지(坂野潤治)는 최근의 저작에서 쇼와 전전기의 상황과 현재를 대비하며 다음과 같이 적고 있다.

2·26사건 진압 후 겨우 3개월 만에 열린 특별의회에서는 정당, 특히 민정당이 육군에 반격했다. 그 유명한 사이토 다카오(斎藤隆夫)의 숙군 연설은 총선거에서 유권자의 지지를 얻은 국회의원으로서의 자신감을 유감없이 보여줬다.

그러나 2월의 총선거에서 약진한 것은 자유주의 세력이라 부를 수 있는 민정당만은 아니었다. 제1장에서 언급한 '광의국방론'의 사회대중당도 약진했다. 그리고 이 당은 이 특별의회에서 정우당과 민정당을 일부 특권계급의 이익만을 지키며, 국민과 대중에 등을 돌린 '기성 정당'이라고 비판하며, 오히려 육군의 국가 개조 쪽에 기대할 것을 선언했다.

민정당의 사이토 다카오와 사회대중당의 아소 히사시(麻生久)로 대표되는 이 두 가지 입장은 '평화'와 '개혁' 중 어느 것을 중시할 것이냐는 점에서 현재 우리의 고민과 통하는 바가 있다. 물론 1936년과 2004년의 '개혁' 내용은 정반대이다. 1936년 당시 '개혁'은 사회주의적이고, 2004년 현재의 개혁은 '민영화', 즉 자본주의적이다. 그러나 '개혁'에 반대하는 이른바 '저항 세력'이 자위대의 이라크 파병에 반대하는 모습은 약 70년 전의 사이토 다카오가 전쟁에 반대하면서 사회 개혁에는 냉담했던 것과 닮았다. 반대로 구조 개혁을 주장하는 고이즈미 수상이 자위대 파병에 가장 적극적인 것은 사회대중당의 '광의국방론'을 상기시킨다. (중략)

'평화'와 '개혁'이 양립하지 않는 경우에 어느 쪽을 선택할까는 1936년의 일본인에게 매우 심각한 딜레마였던 것이다.[1)]

쇼와 전전기에 사회 개혁을 주장한 것은 정치인들이 아니라 오히려 군부였다. 반면 군부가 대두하는 시대에 유명한 '숙군 연설'을 행하며, 평화주의와 의회제 민주주의의 양심이라 불렸던 사이토 다카오는 당시에는 사회보장제도 정비 등의 개혁에 반대하는 '저항 세력'처럼 보였다. '좌익=평화주의=진보적', '우익=호전적=수구적'이라는 도식이 정착된 전후의 시각에서 보면 이것은 기묘한 현상이다. 일본의 군국주의는 역사적으로 '유신', '신체제', '혁신'과 같은 슬로건을 내걸고 '낡은' 의회 세력과 자본가 타도를 호소하는 것을 통해 정치의 주도권을 잡을 수 있었다.

그런 이유로 프롤레타리아문학 운동이 당국의 탄압으로 괴멸적인 타격을 받은 이후, 전향한 많은 문학자들은 적극적으로 국책에 가담했다. 대표적 전향 문학자인 하야시 후사오(林房雄)의 말을 빌리면, "신체제 운동도 하나의 혁신운동이고, 마르크스주의도 하나의 혁신운동이었다. 현상 타파의 결의와 정열이라는 한 점으로 추상하면, 양자 사이에는 또한 지면상의 일치가 있다"[2]는 것이다. 프롤레타리아문학과 국책문학은 같은 작가를 공유하는 경우가 많았는데, 기존 '문단'의 권위에 대한 안티테제라는 점에서 같은 방향성을 공유하고 있었기 때문이다. 전문 작가의 커뮤니티에 의해 형성된 메이지, 다이쇼의 기성 문단에 대해서, 노동자와 농민, 그리고 병사와 같은 이른바 대중을 새로운 문학의 주체로 구축하려고 한 것이 프롤레타리아 문학이며 또한 전쟁문학이었다. 게다가 일본낭만파의 야스다 요주로가 주장한 일본주의적인 문예 사상은 정치적 권력에 대한 절망적인 저항을 미적으로 긍정했다는 점에서 마르크스주의 반체제운동과 통하는 점이 있었다는 것은 이미 하시카와 분조(橋川文三) 이래 종종 지적되었다. 초기 야스다 요주로의 문장에는 '우리 청년의 시대(僕ら青年の時代)'와 같은 표현이 많고 무턱대고 '젊음'이 강조되고 있다. 이것은 구세대의 문학에 대한 반항과 결별, 젊은 세대에 의한 새로운 문학 수립의 선언이라 말해도 좋다.

현상 타파를 외치는 혁신적인 지향성이 결국 일본주의와 전쟁 협력의 언설로 수렴되어 버린 것에 전전기를 살았던 사람들의 비극이 있다고 할 수 있다. 그리고 이것은 오늘날의 문제로서 재고할 부분이다. 실제로 현재 정치인들의 우익적인 발언과 정책은 인터넷 등에서 젊은 층이 보내는 지지에 고무된 측면이 있다. 거기에는 미래의 희망을 상실한 다수의 젊은 '패배자(負け組)'의 막연한 현상 타개의 원망이 자리 잡고 있는 것처럼 보인다. 오늘날 역사적인 종언을 맞이하고 있는 '문학 연구'가 만약 재생을 추구한다면, 이러한 막연한 현상 타개의 갈망에서 사람들을 어떻게 구원할 수 있을까의 문제를 진지하게 다룰 필요가 있다. 그리고 이때 유의할 것은 과거 전쟁 시기에 '문학 연구'가 사람들의 현상 타파에 대한 원망을 평화주의 방향으로 구제하는 데 실패했다는 점이다.

쇼와 전전, 전중기에 '국문학 연구'는 전쟁을 찬미하는 정치적 언설을 대량으로 산출했다. 일본문학의 '특수'성과 '고유'성을 강조하는 학문적 입장은 일본주의적인 시대 풍조와 결부되었다. 그리고 그것은 이른바 우익적인 사상 경향을 가진 '국문학자'들에 의해서만 이루어진 것이 아니었다. 여기에서는 역사사회학파의 대표적인 사람으로 손꼽히는 가자마키 게이지로의 문학론을 검토하면서 진보적·혁신적 좌익 사상이 전전에서 전후에 걸쳐 '국문학 연구' 영역에 무엇을 가져왔는지 살펴보고자 한다.

2. '문학'의 역사성

가자마키 게이지로는 마르크스주의 및 신체제 운동이라는 '혁신' 사상이 일본의 지식 사회를 석권했던 시대에 등장했던 국문학자이다. 그는 1926년 도쿄제국대학 문학부 국문학과를 졸업한 후, 다수의 사립대학과 전문학교, 고등학교 등에서 교편을 잡았고, 『신고금시대』(人文書院, 1936년). 『문학의 발생』(子文書房, 1940년) 『중세의 문학전통』(日本放送出版会, 1940년), 『신들과 인간』(八雲書林, 1941년), 『일본문학사의 구상』(昭森社, 1942년) 등 국문학과 관계된 저작을 다수 집필했다. 패전 이후인 1947년 도호쿠제국대학에 법문학부가 신설되자 그곳의 교수로 취임했다. 전후에도 『일본문학사의 주변』(塙書房, 1953) 등을 간행했다.[3)]

쇼와 초기는 국문학 연구에서 연구 방법과 이론의 혁신이 활발히 이루어진 시대이다. '문예학'에 대한 관심은 그 일례라고 할 수 있다. 예를 들어 오카자키 요시에의 '일본문예학'은 메이지 이후 도쿄제국대학을 중심으로 형성된 문헌학에 대항하는 현상 타파의 지향성을 띠고 있었다. 그런데 국문학계에서 문예학에 착목한 것은 오카자키만이 아니었다. 1931년 10월부터 11월에 걸쳐 가자마키 게이지로는 「일본문예학의 발생」이라는 글을 『국문학지』에 발표한다. 여기서 가자마키는 그것을 "신흥 국문의 학적 방법을 위한 열의"를 갖고 썼다고 말하고 있다. 역사성을 중시하는 입장에서 메이지 이후 형성된 제국대학의 국문학을 혁신하기 위한 문예학 이론을 주장했던 것이다.

1940년에 가자마키는 「일본문예학의 탄생」을 비롯해 연구 방법에 관한 원리론적 고찰을 골자로 하는 여러 논문을 엮어 저작 『문학의 발생』을 간행했다. 이것은 전전 가자마키의 주요 저작 중 하나이며, 그의 문학 연구에 대한 기본적 태도가 잘 나타나 있다. 『문학의 발생』에서 반복적으로 주장되는 것은 현대의 '독자론'을 연상시키는 이론이다. 그에 따르면 예술로서의 '문학'이 존재하는 방식은 시대마다 다른 독자의 수용 태도에 따른다고 말한다. 따라서 독자의 수용 태도에 따라 어떤 시대에 예술로 간주되었던 작품이 시대가 바뀌면 다른 평가를 받을 수도 있다는 것이다.

> 즉 작품을 예술로 나타내는 것은 독자이다. 같은 시대도 물론이거니와 시대가 다른 경우에도 성인과 아이 사이에서처럼 혹은 다른 민족 간처럼, 하나의 작품은 종종 예술임을 그친다. 그것은 하나의 문서이거나 사물이거나 하는 것에 지나지 않는다. 거꾸로 의식된 예술 제작의 의도 없이 만들어진 작품이 같은 시대에서도 있을 수 있는데, 다른 시대와 다른 민족 사이로 옮겨 오면 어떤 사람들로부터 예술로서 간주되기도 한다.
>
> 이것은 현대인이 작품을 예술로 승화시키는 수용 방식이 초월적으로 타당한 것이 아니라는 것을 가르쳐 준다. 그리고 또 문학의 척도는 점차 만들어져 권위를 갖게 된 것으로 그것은 또 권위를 다른 수용 방식에 양보하는 경우도 있음을 암시한다.[4)]

문학의 개념이란 시대에 따라 변화하기 때문에 문학사를 기술할 때 그 작품이 역사적 문맥 속에서 어떤 의식을 가지고 쓰여, 독자에게 어떻게 수용되었는가를 충분히 고려해야 한다는 것이 가자마키의 국문학 연구의 기본 이념이었다. "문학사란, 작품을 중심으로 작가에게는 작품 형성에 대한 표현의 기능을 하고, 독자에게는 작품 감상을 통해 자연스럽게 그곳에서 문학을 성립시키는 기능을 하기 때문에, 문학사란 그러한 기능의 역사이다."[5]라는 것이다. H.R. 야우스의 『도전으로서의 문학사』를 연상시키는 독자론적 입장에서 가자마키는 시대의 추이에 따른 문학 개념의 변화를 중심에 둔 문학사 서술을 시도했다. 문학은 '개인'의 의식 아래 만들어져 사회에 유통되는 것으로 근대적 의미에서의 '문학'이란 것은 결코 역사에서 보편적인 것이 아니라는 주장이다.

근대적 문학 개념을 새삼 다시 묻는 이러한 연구 태도는 문예학이 주목을 받은 다이쇼 말기부터 쇼와 초기의 상황을 배경으로 한다. 그러나 가자마키 논의는 오카자키 요시에처럼 단지 문학 혹은 문예의 근대적 개념을 역사적으로 보편화하고, 그 전제 위에서 연구 대상을 독립·명확화하는 것이 아니라, 근대적 문학 개념의 자명성을 일단 괄호에 넣고, 그 역사적 기원을 물으려 했다는 점에 특징이 있다. 더불어 역사적·사회적인 확산 속에서 문학을 이해하는 연구를 모색했다는 점에도 주목할 필요가 있다. 가자마키는 시대에 따른 문학에 대한 수용 방식의 차이를 다음과 같이 사회적인 요소로부터 설명한다.

> 어떤 고전을 예술 활동에서 파악하려는 주관은 초주관적인 것, 즉 주관 자체를 향한 내성적 분석을 통해서는 도달할 수 없는, 주관 밖에 있는 것에 의해 지탱받고 있다. 동일 인물에 대한 감응이 당파적으로 또 시대적으로 다를 수 있는 것은 이렇게 생각하지 않으면 해결 불가능한 것이다. 이런 예술 인식의 주관이 그 위에 존재하고 있다면, 직접적으로는

> 객관적 사물로 보이는 사회적 사상(事象)이다. 그것을 그 일부로 포함하는 사회·문화가 역사적으로 변화해 간다는 것을 사람들은 충분히 인정할 수 있다. 그래서 예술을 예술로 나타낼 수 있는 측면은 또 항상 예술을 사회·문화적 사상이자 객관적 사물로 간주할 수 있는 측면의 지배 아래에 있다. 사회적·문화적 사상을 철저하게 객관적 사물로 볼 수 있는 자리에 설 때, 비로서 그 입장에서만 문학의 역사성, 혹은 더욱 넓은 사회·문화의 역사성이 고찰의 대상이 될 수 있을 것이다.[6)]

문학 작품을 수용하는 독자 주체의 존재 방식은 그 시대의 역사적·사회적 요인에 의해 결정된다는 주장이다. 문학이 어떻게 만들어지고 또 읽혔는지를 알기 위해서는 시대의 맥락 속에서 역사적으로 해석해야 한다는 것이다.

가자마키의 방법론은 근대적인 문학 개념의 역사적 보편성을 이른바 현상학적으로 환원하고 그 역사적 기원을 찾으려 했다는 점에서 가라타니 고진(柄谷行人)의 『일본 근대문학의 기원』과 스즈키 사다미의 『일본의 '문학' 개념』 등의 연구 수법과 유사한 측면이 있다. 또한 상당히 이른 시기에 독자론적 시점의 중요성을 역설했다는 점에서, 가자마키의 국문학 연구는 오늘날 연구 방식의 일단을 선취한 '선구적'이고 '혁신적'인 측면을 가지고 있다.

또한 가자마키의 문제 제기는 히사마쓰 센이치와 오카자키 요시에 등이 주장하는 일본정신이나 일본문예 양식과 같은 시대를 초월한 '전통'에 대한 안티테제의 의미도 가진다. 문학이란 사회적 하부구조에 의해 만들어지는 것이며, 추상화된 정신성이 선험적으로 존재하는 것이 아니라는 발상이 개재되어 있기 때문이다. 사회적·시대적 객관성이 인식의 주관성을 규정한다는 일종의 유물론적 인식론이다. 이렇게 가마자키에 의한 문학사의 역사적·사회적 요소에 관한 주장은 마르크스주의적인 발상 아래 전개된 것이라 할 수 있다. 그런 점에서 가마자키는 곤도 다다요시, 이시야마 데쓰로 등과 나란히 역사사회학파를 이루는 국문학자로 간주되기도 한다(물론 본인은 역사사회학파로 간주되는 것을 부정하지만). 즉, 가자마키는 유물론의 영향 아래 도쿄대학 아카데미즘의 일본문헌학을 넘어서려고 했던 점에서 혁신적이고 선구적인 지향성을 강하게 가진 국문학자였다.

이러한 지향성은 그가 처해 있던 사회적 상황과도 관련되어 있다. 저술 활동 면에서 가자마키는 히사마쓰 센이치와 이케다 기칸, 오카자키 요시에 등과 나란히 쇼와 시대를 대표하는 국문학자로 손꼽히지만, 실생활에서는 여러 대학에서 강사 생활을 전전하는 인생을 보냈다. 1944년에 대동아성 파견 교원으로 중국에 건너가 북경보인(輔仁)대학 일본어언문계 교수로서 부임했고, 패전 후에 귀환했다. 연구 환경과 생활의 안정도, 그리고 사회적 지위라는 점에서 히사마쓰와 이케다처럼 제국대학에 근무하며 '관학'으로서의 국문학 연구의 권위자로 활동한 사람들에 비해 결코 좋았다고는 보기 어렵다. 이런 가자마키가 처한 사회적 환경이 기존의 아카데미즘이 가진 권위를 타파하는 국문학 연구 이론의 창출을 주장하는 배경이 되었음은 충분히 짐작할 수 있다.

3. 근대적 문학의 계보

문학의 역사성을 묻는 가자마키의 방법론은 일면 현대의 문학 연구 수법을 상기시킨다. 그러나 포스트모던적인 입장에 선 근래의 연구와 비평에서 근대적 문학 개념은 이미 역사적 과거로 간주되거나 혹은 극복해야 할 대상이다. 그러나 당시 가자마키에게 그것들은 동시대 일본의 문학이 받들어야 할 긍정적 요소로 간주되었다. 그 때문에 근대적 문학 개념의 가치를 긍정적으로 근거하기 위해 일본문학사에서 근대적 문학 의식의 선구를 탐색하는 것을 문학사 서술의 주요 테마로 설정한 것이다 가자마키는 문학사 서술의 시도를 끝내 체계화하지 못하고 끝났지만, 1940년 저서 『문학의 탄생』과 같은 해의 『중세의 문학전통』, 이듬해의 『신들과 인간』, 그 이듬해의 『일본문학사의 구상』 등의 저작과 논문에서 그 구상의 일면을 엿볼 수 있다.

가자마키가 근대적 문학 개념의 가장 중요한 요소로 든 것은 고대에 대륙으로부터 문자가 전래한 것과 그 사용의 정착이다. 1940년의 저서 『중세의 문학전통』과 1941년의 『일본문학사의 구상』에서 가자마키는 대륙 문화가 전래되기 이전의 일본 사회에서는 '민족의 목소리'를 전달하는 구승문예로서 '우타'만이 불렸고, 문자로 표현된 '문학'은 존재할 여지가 없었다고 말한다.

> 특히 글자로 써서 개인에게 보내거나 비망(備忘)을 쓰거나 하는 사이에 표현은 자연스럽게 개인의 개성을 잘 드러내게 되고, 독자도 특정 개인의 감회로 그 의미를 읽는 것에 익숙해진다. 읽는 노래는 급속히 개인

> 적인 창작으로 변모한다. 이미 음악과 소매(袖)를 나누어 문자로 갈아탄 우타, 청각에서 시각으로 전거한 우타는 민족의 목소리를 전하는 것이 아니라, 민족 안에서 어떤 개인의 마음을 전하게 된다. 이미 그것은 가요가 아니라 창작시이다. 지금 『만요슈』에는 왜시(倭詩)라는 말도 보이는데 실제로 와카가 아니라 왜시라 부를 만한 것이 나타난 것이다.[7)]

소리를 내서 부르는 구승문예 상태에서는 개인적인 창작은 탄생하지 않는다. 문자로 기재되고 또 문자로 읽히는 것을 전제로 만들어짐으로써 비로소 문학은 '개인'적인 표현으로 성립하게 된다는 것이다. 그리고 가자마키는 그 배경에 한시문의 영향이 있었다고 주장한다. 한시에는 이미 개인적인 창작 개념이 형성되어 있고, 그것과의 대(對) 개념으로서 처음으로 문자로 쓰인 와카를 '개인'적 표현으로 수용을 할 수 있게 되었다. 그리고 그 배경에는 재래의 씨족사회에서 다이카 개신을 계기로 한 당 문화의 수입과 율령제에 의한 궁정 문화의 형성이라는 역사와 사회의 전환이 개재되어 있다는 것이다. 당 문화의 영향하에 구축된 귀족문학은 점차 씨족사회의 민요 문화권에서 벗어났다고 지적한다. 『만요슈』와 『고킨와카슈』를 비롯한 나라 시대 문학에서 개성적인 문학 표현은 오토모노 야카모치 등 몇 개의 맹아적인 사례에 불과하며, 다수는 '유동적(類同的)' 표현에 머물렀다. 하지만 헤이안 시대부터 가마쿠라, 무로마치 시대를 지나면서 개성적 문학이 시작되었다고 주장하고 있다.

이런 사고방식 아래 가자마키는 궁정문학이야말로 개성적인 문학을 낳은 토양이었다고 말한다. 그에 따르면 원래 와카란 '개인의 심정을 통한 서정'이며, '독자의 개인적 심정을 서정적으로 하는'[8] 문학 장르였는데, 그것이 헤이안에서 중세에 걸쳐 귀족문학의 주축을 담당하게 되었다는 것이다. 헤이안 시기의 문학을 대표하는 『이세 이야기』와 『겐지 이야기』는 와카의 개인적인 서정성을 주축으로 태어났다고 말한다. 그리고 문학이 고대의 씨족공동체에서 '신에 대한 봉사'라는 역할에서 분리되어 진정한 의미의 '인간적' 표현인 와카로 형성된 것은 헤이안 시대 말기라고 지적하고 있다. 그 전형을 보여 주는 것이 후지와라노 도시나리(藤原俊成)와 후지와라노 사다이에(藤原定家) 등에 의한 은자문학적 표현이었다고 말한다. 도시나리와 사다이에, 이와노 조메이(鴨長明) 등의 문학을 평하면서 가자마키는 "저주를 다하고, 또 세상에 성공해야 할 것이 없음을 느끼는 마음은 자연히 한 사람을 끌어안는 고독으로 향한다. 이미 돌아갈 곳은 씨족이기 전에 자기 자신인 시대이기 때문이다. 개인의 심정을 통한 문예가 꽃을 피운다."[9]라고 말하고 있다. 거기에는 세상을 등진 은자적 개인주의의 자세가 있다는 것이다. 고대적인 씨족 공동사회의 논리에서 벗어난 귀족 계급이 사회적으로 불우한 처지에 놓였을 때 나타난 것이 중세의 개인주의적 표현이라는 것이다.

헤이안 시대의 문학에 '개인적 심정'을 이끌어내려는 발상은 이미 제2장에서 본 도이 고치의 『문학서설』과 제5장의 이케다 기칸에 의한 '자조문학'론과 유사하다. 그러나 도이와 이케다만이 아니라 동시대의 많은 국문학자가 헤이안 문학의 '서정성'이 일본인의 민족성에 기인한다고 간주했다. 그에 대해 가자마키는 헤이안 문학에 보이는 개인주의적 문학 표현의 원류를 중국에서 전해 내려온 '외래 사상'에서 찾고 있다는 점에서 이질적이다. 일본에서 문학 개념 자체가 고대 일본의 토착적인 생활로부터 단절됨으로써 성립했다고 주장하면서, 그것을 근대주의적 입장에서 평가하고 있는 것이다. 고대부터 현대에 이르기까지 역사를 초월해 순수한 민족적 정신을 추구하는 국문학론에 대한 명백한 안티테제였다고 할 수 있다.

그 외에 일본문학사에 나타난 근대적 문학 개념의 선구로서 가자마키는 근세에 국학 사상의 발흥을 꼽는다. 그는 모토오리 노리나가의 '모노노아와레'론에는 봉건제도를 타파하고 '근대적 문예관념'을 주장하려는 사상적 계기가 내재해 있다고 말한다. 가자마키는 "여기에 유교 정신과 모순되고 대립하는 강대한 존재가 있다. 조닌(町人)의 생활은 아직 눈을 뜨지 못한 어두운 상태이다. 자신를 욕망하는 삶 그 자체이다. 그리고 이 조닌의 생활 그 자체는 노리나가가 진심을 밝힐 수 있었던 근원이었다"[10]고 말하고 있다. '모노노아와레', '진심'이라는 개념은 막번체제의 교학인 유교의 대척점에 해당하는 '인간 본연의 성'을 중시하는 조닌 계급의 감성을 토대로 형성되었다는 지적이다. 그리고 그것은 국학 사상에 대해 '서정'적 문학 개념의 자각을 촉구하는 것이었다고 말하고 있다.

> 여기에서 노리나가의 서정이 태어났다. 그의 문예 의식 수립은 이렇게 해서 완성된다. 사회 체제가 생활의 대립물이 되고 이것을 압박하기 시작할 때, 그렇게 사회를 재편할 정도의 정치적 권력을 부여받지 못한 조닌의 생활 감정, 게다가 염리예토(厭離穢土)의 신앙에 안주하기에는 너무나도 강인하게 자라난 생활 감정이, 표면을 장식하는 오륜오상(五倫五

常)의 풍의(風儀)의 힘도 미칠 수 없는 독특한 세계에서 자기를 주장하고 자유를 얻기 위해 개척한 것이 근세 문예 의식의 세계였다.[11)]

공적 세계를 지배하는 유교적 가치관이 미치지 않는 독자적 영역에서 조닌들이 '자기를 주장하고 자유를 얻기 위해' 개척한 것이 '모노노아와레'의 '문예 의식'이었다는 것이다. 여기서 정체된 사회 상황에서 출현한 '인간의 새로운 존재 형태'가 인정된다고 말한다. 모토오리의 '모노노아와레'론에는 분명 봉건제도하에서 사회적 변혁을 적극적으로 표현할 수 없는 '사적 한계'가 놓여 있었다. 그러나 그런 전근대적 정체성을 지적하면서도 가자마키는 모토오리의 사상이 '문예'를 도덕적 세계로부터 독립시키려 했다는 점에서 '세계사적 의의'를 가진다고 평가한다. 모토오리의 언설에 대한 이러한 평가 방식이 가능한 이유는 그가 개인적 표현과 문학에서의 서정이라는 개념을 개인 혹은 개성의 표현으로 사용하고 있기 때문이다. 그는 개인의 주의 주장을 있는 그대로 표백하는 문예 의식이야말로 국학의 '모노노아와레' 사상이라고 생각했다. 봉건제도에 대한 조닌의 심성을 긍정하는 이 국학론은 총력전 시기 국가권력에 의한 위로부터의 통제를 비판하는 내용을 포함하고 있었다.

가자마키의 문학사에 대해서는 물론 여러 문제를 지적할 수 있다. 우선 그가 거론하고 있는 독자론적 방법론의 구상이 충분히 그 역할을 다하고 있다고는 보기 어렵다. 결국, 작가 중심적인 측면이 극히 강했다고 할 수 있다. 또 가자마키가 말하는 것처럼 모토오리 노리나가가 유교 윤리와는 다른 입장에서 와카와 모노가타리의 가치를 재평가하려 한 것은 분명하지만, 그것을 그대로 근대적 개인주의의 문학 개념에 연결할 수 있을지는 의문이다. 원래 와카에는 모토우타(本歌)나 제영(題詠)에서 보이듯이 사교적인 커뮤니케이션 수단의 성격이 있어 개인적 심정의 표현으로 이해하기 어려운 요소가 다분히 포함되어 있을 뿐만 아니라 실제로는 오히려 그쪽이 와카의 주요한 기능이었다. 요컨대 가자마키는 근대적 문학의 역사적 기원을 지나치게 과거로 소급해 추구했다고 할 수 있다. 그 때문에 근대적 문학 개념의 기원을 찾는 가자마키의 수법은 근대문학 개념을 역사상의 자료에 안이하게 적용해서는 안 된다는 자신의 주장과 모순을 일으키고 말았다.

4. 개인과 국민

근대적 개인의 문학관을 강조하는 가자마키의 국문학론은 전후에 종종 군국주의 아래 개인주의가 공격받거나 '근대의 초극'이 주창된 당시의 시대 상황에서 비판적인 의미를 가진 것으로 평가받았다. 분명 그러한 일면이 있음은 사실이다. 그런 점에서 문학사의 구상을 둘러싼 모순점은 어떤 의미에서 어쩔 수 없는 측면이 있다.[12] 근대적 개인을 기점으로 하는 문학사를 지향하는 가자마키 게이지로는 그 때문에 전시 중에 진보적이고 자유주의적인 국문학자로 인식되었다.

오다기리 히데오(小田切秀雄)는 1942년 가자마키의 저서 『일본문학사의 구상』에 대한 서평에 이렇게 적고 있다. "지나사변(중일전쟁) 전후부터 과거의 일본에 대한 국민적 관심이 국문학계를 움직이게 되자, 문헌 비판으로는 더 이상 그것에 응답할 수 없게 되었다. 국문학계는 점차 변모하기 시작했다. 한편 일본의 문헌을 오늘날 문학의 눈으로 엄밀하게 다시 보려는 새로운 바람이 힘을 얻음과 동시에 문예가 오래되었다는 것 자체에 의한 긍정, 예찬의 요설이 등장했다. 후자는 특히 최신 세력을 획득하며 국문학자의 글을 추상론으로 가득 채웠는데, 이것에 대해서 가자마키야말로 전자를 대표하는 참신한 국문학자의 한 사람이었다."[13] 여기서 오다기리가 비판하는 오래된 문예를 오래되었다는 것 자체로 예찬하는 국문학자란 구체적으로 히사마쓰 센이치, 후지무라 쓰쿠루, 야마다 요시오(山田孝雄), 후지타 도쿠타로 등 '일본정신'과 '일본문학'의 전통미와 같은 친체제적 언설을 활발히 전개한 사람들이다. 오다기리는 그것과 대결했던 '오늘날 문학의 눈'을 가진 '참신'한 국문학자를 대표하는 사람으로서 동시대의 가자마키 게이지로를 평가하고 있는 것이다. 전후 『근대문학』 그룹의 대표적 논객이자 일본에서 근대적 자아의 확립을 지향하는 문학사의 구축에 힘을 쏟았던 오다기리의 자질이 보이는 평론 방식이라 할 수 있다.

다만 여기서 주의할 점은 이 시점에서 오다기리가 단지 가자마키의 문학론이 가진 개인주의적 경향만을 가리켜 '오늘날 문학의 눈'이라 부른 것은 아니라는 점이다. 이후에 서술하는 것처럼 당시의 오다기리는 국민문학 제창자 중 한 명이었고 가자마키도 또한 국민문학을 열렬히 주장한 사람이기 때문이다. 오다기리가 말하는 중일전쟁 이후의 일본 사회에서 '오늘날 문학의 눈'이란 국민문학의 주장을 포함한 것으로 봐야 한다. 그리고 그것은 그 의도와 무관하게 결국 당시 천황제 국가체제의 찬미와 결부되는 측면이 있었다.

가자마키는 분명 문학에서 개인 혹은 개성적인 측면을 존중했다.

그러나 그것은 국가 혹은 국민의 개념과 분리할 수 없는 관계성 속에서 파악된 것이었다. 가자마키의 일본문학사론은 개인의 기원을 찾음과 동시에 국민, 국민문학의 기원을 물었다. 앞서 본 것처럼 가자마키는 '인간 본연의 본성'을 중시하는 모토오리 노리나가의 '근대 사상'을 높이 평가했다. 그러나 그러한 모토오리 해석은 다른 측면에서 '일군만민'의 사상을 긍정하는 국가주의적 언설로도 나타나고 있었다.

태평양전쟁의 개전 직전의 시기인 1941년 11월에 발표된 논문 「새로운 국학」에서 그러한 측면을 확인할 수 있다. 이 논문에 따르면 에도시대에는 많은 경우 독립된 한 사람 한 사람의 개인과 그것에 의해 구성되는 사회 개념이 존재하지 않았다. 유학자에게 인간이란 봉건제도하에서 위치와 역할을 할당받는 존재에 불과했다. 그리고 한편으로 가자마키는 국학이 그러한 유학과는 이질적인 뭔가를 가지고 있었다고 말한다. 천황을 중심으로 한 국가질서 아래에 만인에게 평등한 인간관념의 맹아가 국학 사상에 내재하고 있었다는 것이다.

> 국학에서 인간 관념은 전체에 대한 관계 위에서 매우 다르다는 것을 느끼게 한다. 일군만민의 사상이라고 할 수 있다. 그것은 역시 전체에서 보는 인간관이다. 그런 점에서는 인간 관념은 유학 측과 유사한 차원에 서 있다고 할 수 있지만, 각각이 의식하는 전체는 매우 다르다고 하지 않을 수 없다. 실질적으로 당시 정치제도를 이루고 있던 봉건적 조직상에서 인간이 관념되는 것과 만민의 선조로서의 신이 의식되어 일군만민의 질서에서 인간이 관념되는 것은 그 전체에서 현저히 다르다. 동시에 후자의 형태는 일본에서 인간을 평등하고 포괄적인 국민으로 관념화시킨다. 전체 윤리는 따라서 유교와 신도국학의 경우에는 전혀 다른 것이 되어 있

다. 이른바 유교에서는 실로 국민 윤리가 나올 리가 없다. 국학은 그것에 대해 국민 윤리로서 형태를 갖춰왔다.[14)]

여기서 가자마키는 국학에는 봉건적 윤리를 벗어난 '일군만민'의 '국민 윤리'를 형성할 가능성이 원리적으로 내포되어 있다고 말하고 있다. 국학 사상에 대한 이러한 시각은 앞서 살펴본 개인적 문예 의식의 맹아인 국학에 대한 가자마키 자신의 평가와 대응하고 있다. 그에게 국학은 '인간 본연의 본성'으로서의 심정을 솔직하게 표현한 서정적인 문예 사상이자, 봉건적인 신분제도와 막번체제라는 매개를 거치지 않고, 개인이 평등하게 국가와 대면하는 국민의 사상이라는 두 가지 점에서 근대 사상으로 평가되어야 한다는 것이다.

이런 가자마키의 정치적 입장은 그의 문학 연구의 방법론으로부터도 추론할 수 있다. 앞서 본 것처럼 저서 『문학의 발생』에서 그는 문학을 문학답게 하는 것은 독자라고 말하고 있다. 따라서 역사주의적 문학 연구도 결국은 연구자 개인의 주체적 입장에 규정되지 않을 수 없다. 그러나 이 경우 연구자는 자기 나름의 개인적 인상을 피력하는 것으로 충분하다는 이야기가 될 수 있다. 가자마키는 문학사 연구의 보편성과 객관성을 어디에서 찾을 것인가라는 문제에 대해 다음과 같은 논리를 제시하고 있다.

물론 역사의 본질에 예술적 성격이 깊이 연계되는 것은 누구라도 생각하는데, 문제는 그것이 개인적이라는 점에 있다. 개인적 편향은 어떻게든 수정되지 않으면 안 된다. 왜냐하면, 개인적 편향을 특색으로 하는 역사는 개인의 정신적 혹은 심리적 반성밖에 되지 않지만, 진정한 '역사가'의

욕구는 사회에서 고립된 개인의 자기 분석이 아니고, 한 시대에서 더욱 사회화된 '보편적 인간'으로서의 반성이자 항상 그가 속한 현대의 성격에 대한 분석과 비평이기 때문이다.[15)]

역사의 서술은 확실히 본질적으로 연구자의 주관에 의한 예술적 성격을 동반한다. 그러나 연구 대상의 자의적인 해석을 억제하기 위해서는 고립된 자신의 주관에만 의존하지 않고, 연구 주체가 발을 딛고 있는 동시대의 사회성에 대한 분석과 비평 의식을 가져야 한다고 말한다. 여기에서 가자마키가 제시하는 개인의 '사회화'와 '현대의 성격에 대한 분석과 비평'이라는 개념은 다소 추상적이고 이해하기 어려운 점이 없지는 않다. 따라서 가자마키가 말하는 사회라는 개념을 구체적으로 이해하기 위해서는 그의 사소설에 대한 비판을 참조할 필요가 있다.

『문학의 발생』에 수록된 글을 비롯해 다수의 논고 속에서 가자마키는 일본의 사소설이 사회와 유리된 자아만을 다루고 있다고 거듭 비판하고 있다. 그 때문에 일본에서는 국민문학의 형성이 저해되었다는 것이다. 1941년 7월의 논문 「고전이라 부르는 것」에서 그는 "개인의 사회화는 거꾸로 사회화의 직접적 합성 요소로서의 개인이 발생하는 것이다. 국민이라는 관념은 특히 성장 과정에 있는 관념이다. 왜냐하면, 개개인이 아직 진실로 사회화되어 있지 않은 것과 표리하는 문제일지도 모른다. 국민문학이 문제가 되는 진정한 의미는 개개인의 윤리적 혁신에까지 연결되지 않으면 결코 결실을 보기 어렵다. 따라서 현실의 문제로서 국민문학은 다시 태어나야만 하며, 오늘날 여기에 있어야 하는 것이 된다"[16]고 말하고 있다. 가자마키에게 개인이 '사회화'한다는 것은 곧 '국민화'하는 것을 의미했다. 즉, 문학 연구의 사회적 객관성은 국민으로서 연구 주체를 확립하는 것에 의해 확보되어야 한다는 것이다. 그렇기 때문에 사소설적인 고립된 자아를 극복하고 국민문학을 형성할 수 있게 할 '개개인의 윤리적 혁신'을 지향해야 한다고 주장하는 것이다. 물론 여기에서 가자마키가 말하는 개인의 사회화란 개인이 집단에 파묻히거나 문학에서의 개성 그 자체를 부정하는 것을 의미하는 것은 아니다. 국민문학은 그 '직접적 합성 요소'로서의 개인의 형성을 전제로 함과 동시에 그것이 사회화되는 것에 의해 새롭게 만들어져야 할 것으로 간주된다. 이러한 발상 아래서 가자마키는 태평양전쟁이 한창이던 1942년 「신화창설의 시대」라는 평론을 집필했다.

> 우리 시대가 신화를 요청하는 이유는 그것을 의식하지 않음에도 불구하고 우리가 자신의 윤리적 혁신을 원하고 있기 때문이다. 그것은 진실로 우리가 국민이 되기 위한 혁신이다. 국가 없이 개인 없고, 국가를 형성하는 개인이 되기 위한 윤리적 혁신, 그것이 신화를 부르는 것이다. 그리고 그러한 욕구가 발생한 세상은 이미 그런 쪽으로 움직이고 있다. 전체로서 이미 개인을 초월해 움직이기 시작했다고 말할 수 있다. 일군만민의 사상은 오늘날 하나의 당위일지 모른다. 그러나 그런 사실을 실현하는 세상은 오늘을 초월한 세상이다. 그런 미래에 대한 욕구가 오늘로 하여금 유구한 과거를 불러오는 것이다.[17]

'사회화'된 '보편적 인간'으로서, '국민' 의식하에 연구해야 한다는 가자마키의 주장이 도제제도의 길드 속에서 그들만의 언어를 사용해

'속뜻'을 공유하는 국문학계의 뿌리 깊은 폐쇄성을 비판하고 있음은 분명하다. 그러나 한편으로 그의 주장은 인용에서 보는 것처럼 '일군만민'의 국가 체제의 구축이라는 극히 정치적 언설과 깊이 연계된 것이었다.

5. 국민문학론과 마르크스주의

국민이라는 주체의 구축과 그것의 '윤리적 혁신'을 주장하는 가자마키의 견해는 전시기 총동원체제를 담당하는 개인의 형성을 국문학자의 시점에서 호소하는 성격을 띠고 있었다. 무라이 오사무가 지적한 것처럼 전시기 가자마키의 저술 활동에서 직접적인 천황제 찬미의 언설도 확인할 수 있다.[18] 가자마키는 도쿄음악학교에 근무할 때, 1940년 진무기원 2600년 기념 행사에서 "금치(金鵄)가 빛나는 일본의……"로 시작하는 유명한 봉축전가를 작사한 바 있다. 따라서 가자마키 게이지로의 정치적 발언에 어느 정도 전쟁 책임이 존재하고 있음은 분명하며, '저항'의 측면만을 과도하게 강조해서는 안 된다. 특히 봉축전가의 작사에 보이는 천황제 국가 체제를 찬미하는 구절은 결코 당국의 강요로 어쩔 수 없이 이루어진 것만도 아니었다. 천황을 중심으로 한 '일군만민'의 국민문학 구축은 가자마키 문학 이론의 바탕을 이루는 주장이었기 때문이다.

가자마키의 국민문학 언설이 전쟁 협력에 수렴되는 것이었음은 틀림 없다. 그런데 냉정하게 말해 '대정익찬'을 표방한 총동원체제에 대한 지지 이외에 그 어떤 것도 아닌 그의 정치적 언설이 사회의 근대화와 개혁을 지향하는 그의 반골적인 지사적 풍모와 무관하지 않았다는 점을 확인해 둘 필요가 있다. 그 이면에는 일본에서는 개인과 국가가 직접적으로 서로 보완하는 사회 관계 속에서 형성되는 이상적인 의미에서의 국민문학이 아직 존재하지 않았다는 비판적인 현실 인식이 전제되고 있다. 그에게 국민문학은 동시대에 지향해야 할 '당위'로서 일본문학사에 원래 존재했던 것은 아니었다. 가자마키는 일종의 사회적 개혁 혹은 혁신을 시도하면서 근대주의에 근거한 일본문학사의 흐름을 구상하고, 국민문학의 형성을 주장한 것이다. 그리고 그런 문학사의 구상은 마르크스주의 역사학으로부터 큰 영향을 받았다. 달리 말하면 마르크스주의 역사관에 근거해 일본문학의 근대화와 사회 개혁을 호소한 것이다.

1942년에 간행된 저서 『일본문학사의 구상』(昭森社)에 수록된 논고에서 가자마키는 문학사의 시대 구분 문제를 거론하고 있다. 일본문학사의 특징은 고대적 요소와 중세적 요소가 혼재해 있고, 또 봉건적 요소가 근대 시민사회에 남아 있는 혼합성에 있다고 말한다. 앞서 본 것처럼 가자마키는 나라 시대 이후 일본 문화의 중핵을 담당한 것은 귀족 계급의 서정적인 문학 표현이라고 생각했다. 그리고 헤이안 시대 말기부터 남북조 시대에 걸쳐 이른바 중세 봉건제 시대에서도 문학의 주요한 창작자이자 독자는 귀족 계급이었다고 지적한다. 순수한 의미에서의 봉건제를 담당해야 할 무사 계급은 고대부터 지속되었던 귀족들의 궁정 문화 전통을 대신할 만한 것을 오랫동안 만들어내지 못했다는 것이다.

기원 5, 6세기경부터 15, 16세기에 이르는 시대, 일본 및 서구에서 사회적으로 봉건적 제도가 유지되거나 유지되어야 할 것으로 간주된 시대에 일본에서는 다분히 봉적적이지 않은 문화가 성립하고, 특히 예술에서 그것이 현저히 반영되어 순연한 봉건 영주로서의 무가는 거꾸로 시대를 대표할 문학 예술을 오랜 기간 성숙시키지 못했다. 그리고 그 원인은 고대국가의 권위가 길게 후세에 계승되었던 점과 그것에 부수하는 현상으로 공가 귀족이 성립한 것에서 찾을 수 있다.[19]

가자마키는 일본 사회제도의 역사를 동시대 서구의 역사와 비교하며 그 특징을 이와 같이 지적한다. 로마제국의 멸망 이후 서구에서는 프랑크족에 의해 봉건적인 사회 경제 체제가 자리를 잡았지만, 일본에서는 다이카 개신을 계기로 고대국가의 정비가 추진되었다. 서구에서 봉건제도가 전개되는 동안 일본에서는 고대국가의 권위가 지속적으로 존속하는 현상이 일어난 것이다. 게다가 고대 왕조의 지배층이자 문화와 문학의 담당자였던 귀족은 장원이라는 형태의 사유 영역을 가진 봉건 영주의 측면도 띠고 있었다. 그 때문에 순수한 봉건 영주인 무사가 발흥한 후에도 귀족 계급은 그들과 오랜 기간 공존할 수 있었다. 남북조 이후 완전히 정치적·경제적인 실권을 잃을 때까지 귀족이 창조한 왕조 문화의 전통은 중세 문학의 특징을 이루는 시대 구분의 혼합 현상을 가져왔다고 말한다.

일국 내 통일이 이루어진 경우에 사람과 사람의 관계는 더욱 전국적이 되고 보다 대등해진다. 외국과의 다양한 교섭은 한층 국민과 국가의 의식을 생장시킨다. 국민과 국가의 자각. 그 생장 기반 위에서 개개인의 인간도 더욱 명확하게 개(個)를 완성한다. 그런 인간의 윤리는 새로운 인간 윤리이다. 인간 자체의 완성. 그러나 그런 것은 (일본에서) 하나의 가능성에 그쳤다. 그리고 도쿠가와 쇼군 치하의 봉건적 윤리는 그런 가능성의 발현을 오랫동안 억압했다. '인간의 길'로서의 '고도(古道)'가 선언되고 새로운 윤리가 국민 윤리로 봉건적 윤리를 비판의 대상으로 보기까지는 봉건적 윤리를 유지하는 기반으로서의 봉건제도가 국민 윤리를 성립시키는 기반이 아니라는 것을 자각할 때까지는 인간의 자각에 우여곡절이 준비되고 있었다. 게다가 그런 자각의 생장 또한 유신에 이르기까지 커다란 한계에 의해 제약되었다. 사민 평등의 국민적 자각은 제약되었고 그와 함께 인간의 인간상도 그 발현이 억제되었다. 여기저기서 닮은 인간상의 지배가 있었다. 문학도 모두 그것에 상응하는 것이었다.

메이지유신에 의해 우리는 봉건적 제도를 일소하고, 일단 근대적 국가 체제를 갖게 됐다. 그러나 국민을 이끄는 것은 여전히 봉건적 윤리였다. 표면에서는 서양 문명의 이식이라는 새로운 정세가 지배하고 있었지만, 실질적으로 국민의 감정적 저류를 이룬 것은 봉건적 윤리였다.[20]

앞서 본 것처럼 가자마키는 근세의 국학 사상을 일군만민의 국민 사상의 선구로 평가했다. 그러나 동시에 그러한 국학의 선구성은 어디까지나 사상적인 가능성의 수준에 머무는 것이었다. 가자마키는 도쿠가와 막번체제하에서는 기본적으로 봉건적인 신분제도와 제번의 할거로 인해 한 사람 한 사람이 국민이 되고 그런 국민에 의해 국가가 형성되는 근대적 사회 개념은 자라나지 못했다고 본다. 국가와 개인이 평등하게 직접 대면하는 국민이 충분히 형성되지 못한 채 봉건적 사회윤리만이 있었다고 지적한다.

일본문학에 보이는 신구 시대적 요소의 혼합성에 관한 그의 주장은 근대 일본 사소설에 대한 비판과 연동하고 있다. 앞서 본 것처럼 가자마키는 저서 『문학의 탄생』에서 일본 사소설은 협소하게 폐쇄된 고립적 자아에 근거한 것으로 사회의식이 결여되어 있다고 비판했다. 달리 말하면 사소설이 개인적이고 동시에 국민적인 의미에서 진정한 근대적인 국민문학의 형성을 저해했다는 것이다. 그리고 동시에 그는 고립주의적 성격을 가진 일본 사소설의 기원을 중세 문학에서 찾았다.

> 근대 초기의 개인주의가 사회와 부딪쳐야만 했던 비극의 시작은 중세가 고립적 개인을 양성했다는 점까지 거슬러 올라가 보지 않으면, 어떤 사색도 허망하게 끝날 우려가 있다. 중세적 인간이 질곡을 깨고 절대적 자기 중심의 생활을 요구한 것이 근대적 자아의 자각을 반쪽만 동반하는 절망의 원인과 관계되어 있다.[21]

중세의 개인주의적 문학에는 사회적 의식이 결여되어 있었고 그것이 메이지 이후의 사소설에도 그림자를 드리웠다고 지적하고 있다. 앞서 본 것처럼 가자마키는 '개인'적인 문학의 기원을 귀족문학의 서정적 표현 속에서 찾고 있다. 특히 헤이안 말기부터 가마쿠라 초기에 걸쳐 나타난 은자문학에 대해 "개인이 막 성립했을 때 사회화된 개인을 생각하는 것은 불가능하다. 사회화된 개인이 없는 곳에서는 대중을 적으로 하여 고립적으로 개인을 추구하는 도덕이 성립한다"[22]고 말하고 있다. 도시나리와 사다이에 등 무가의 문학은 개인적인 서정 표현을 수행했지만, 고대 귀족 사회의 공통 윤리를 대신하는 개인에 기초한 사회 윤리를 형성하지 못했다는 것이다. 중세의 은자문학은 사회를 등진 자기만의 문학적 세계에 빠져버린 고립적 성격을 가진 것이다. 가자마키는 이러한 중세의 개인주의적 문학의 계보에 근대 사소설을 연결하고 있는 것이다.

가자마키에게 문학사 서술은 직접적으로는 개인적 문학 표현으로서 사회적으로 유통되는 근대적 문학의 기원을 역사적으로 거슬러 올라가 찾는 작업이었다. 하지만 그 작업을 통해서 가자마키가 전근대의 일본문학사에서 발견한 개인은 국민적인 사회성을 아직 획득하지 못한 것이었다. 봉건제도가 남아 있는 일본 사회의 후진적이고 정체적인 성격은 메이지 유신 이후에도 사소설이라는 형태를 통해 살아남아 근대적 국민문학의 형성을 가로막았다는 것이 가자마키의 일본문학사 연구가 도달한 결론이었다.

물론 일본 사회가 그런 후진성으로 인해 국민 혹은 국민문학을 형성하지 못했다는 발상은 결코 가자마키만의 것이 아니었다. 그것은 당시 마르크스주의 역사학에서도 공유되고 있었다. 1932년부터 1933년에 걸쳐 간행된 『일본 자본주의 발달사 강좌』(전7권, 岩波書店)의 집필자 중 한 명으로서 이른바 '강좌파'를 대표하는 역사학자인 하니 고로는 중세와 근세 봉건사회에 국민이라는 것은 존재하지 않는다고 말한다. "봉건 무사 관계 등에는 번이나 막부나 정부와 같은 의식만 있고, 근대국가에 관한 의식이 없었던 것은 『하가쿠레(葉隱)』에서 다케다 신겐(武田信玄)과 구스노키 마사시게(楠木正成)도 나베시마 번(鍋島藩)을 섬긴 적이 없기 때문에 숭경할 수 없었다고 말하는 것에서도 상상할 수 있고, 많은 백성과 조닌의 인격을 인정하지 않고 어떤 면에서 민중을 악으로 보는 봉건 관료에게 진정한 국민국가의 의식이 존재할 리도 없었다"[23]고 지적하고 있다. 근대적 국민이란 상공업과 도시의 발달로 자본주의가 진전되고 그에 따라 봉건적인 반농노제 및 봉건적 제후제도의 해체를 전제로 하여 성립한다는 사고방식을 보여 주고 있다.

또한 메이지유신 이후 일본 사회 안에 존재하는 봉건적 요소를 발견하여 그것을 서구사회와 비교해 후진성을 지적하는 가자마키의 시각은 당시 일본공산당의 역사 인식과도 통하는 것이었다. 주지하는 것처럼 일본공산당의 일본 자본주의에 대한 견해는 일본의 천황제를 프랑스의 부르봉 왕조와 같은 절대 왕정으로 간주하고 메이지 이후 일본의 사회 경제 구조를 전근대적인 봉건적 기생지주제와 근대적 자본주의의 결합 상태로 정의한 코민테른의 '32년 테제'에 전형적으로 나타나 있다. 『일본 자본주의 발달사 강좌』에 수록된 여러 논문은 기본적으로 일본 경제와 사회의 후진성, 정체적 성격에 대한 인식을 공유하고 있었다. 가자마키는 일본경제사의 후진성을 지적하는 강좌파 역사학과 함께 봉건적 유제가 남아 있는 메이지 이후의 일본에서는 아직 국민문학이 형성되지 않았다고 주장한 것이다.

그뿐만 아니라 가자마키의 일본문학사론은 1930년대 말부터 1940년대에 걸쳐 특히 전향한 마르크스주의자 사이에서 중심적 논의였던 전시기 국민문학론과 평행하고 있었다. 예를 들어 아라 마사히토(荒正人)는 아카기 슌(赤城俊)이라는 필명으로 발표한 1940년의 평론 「'국민문학'에 대해」에서 구미에서 보이는 전형적인 국민문학이 메이지 이후의 일본에서는 찾아보기 어렵다고 말하며, "(시마자키 도손의) 『파계』와 같은 소설은 일본의 자연주의에서는 오히려 이질적인 것이었는데, 그것조차 국민문학이라기보다는 사소설의 영향을 다분히 받은 소시민 문학이었다는 표현이 타당하다. 일본에서는 국민문학을 대신해 자연주의 전통에 뿌리를 둔 사소설과 같은 소시민 문학이 발생했다"[24]고 지적했다. 또한 오다기리 히데오는 1941년에 다음과 같이 발언하고 있다. "사소설은 무엇보다도 〈나〉의 일상생활 그 자체에 두터운 신뢰를 보였고－진실을 좇아 독자의 공감을 이끌어냄으로써 그것을 신뢰할 만하다는 근거로 삼았는데, 그 〈나〉의 생활이란 실은 국민으로부터 일정하게 고립된 소시민적인 〈나〉의 생활에 지나지 않았고, 작품의 진실성의 규모를 소시민적 한계가 있는 것으로 공감성을 소시민 속에 한정시켜 버렸다"[25]. 이처럼 사소설이 국민문학의 형성을 저해한다는 가자마키의 의견은 당시 제출된 여러 논의와 공통되는 것이었다. 당시 국민문학 형성을 호소하는 주요한 언설로는 다카쿠라 데루(高倉テル)의 「일본국민문학의 성립」(『思想』, 1936年 8~9月), 다니가와 데쓰조(谷川徹三)의 「문학과 민중 및 국민문학의 문제」(『文芸春秋』, 1937年 5月), 이타가키 나오코(板垣直子)의 「국민문학론」(『現代の文芸評論』, 1942年 11月), 이와카미 준이치(岩上順一)의 「국민문학론」(佐藤春夫, 宇野浩二編『昭和文学作家論〔下〕』, 小学館, 1944年) 등을 들 수 있다. 모두 근대 일본의 후진성과 봉건제에 대한 논의를 전제로 하여 국민문학 확립의 필요성을 주장하고 있다. 가자마키 게이지로의 일본문학사론은 이러한 마르크스주의의 이론이 전용된 국민문학론을 국문학자의 입장에서 보강하는 성격을 띠고 있었다. 그는 국민문학 성립을 저해하는 조건인 사소설의 뿌리를 전근대 은자문학에서 찾고, 국문학의 후진성과 봉건성의 근거로 삼았다.

일본 사회에서 자본주의가 고도로 발달했지만 여전히 전근대의 봉건적 유제가 존재한다는 논의는 쇼와 시대 이후 많은 일본의 지식인을 고민케 했다. 그리고 이런 발상은 이윽고 서구를 모델로 삼아 근대 시민사회를 구축하길 원했던 전후 민주주의의 사상적 배경이 되었다. 물론 그것이 전후 일본의 근대화와 사회 개혁에 커다란 역할을 했다는 역사적 공적은 인정할 수 있다. 현실에 대한 비판적인 의식 없이 사회 발전도 근대화도 있을 수 없기 때문이다.

하지만 가자마키도 공유했던 '강좌파'적인 시각도 적지 않은 문제점을 안고 있다. 예를 들어 근대 사회에 전근대적 요소가 다수 포함된 것은 일본뿐만 아니라 구미 제국에서도 볼 수 있다. 세계 어느 지역에도 자본주의 사회는 전근대적인 요소를 어느 정도 포함한 상태로 성립했다. 또한 이런 논의는 서구 역사에서 근대 시민사회의 발달과 국민국가 형성의 흐름을 '보편'적인 것으로 간주한다는 점에서도 이 책에서 검토했던 도이 고치의 문학론을 연상시킨다. 바꿔 말하면 이것들은 전형적인 서구중심주의에 근거한 언설이다. 이러한 이유로 강좌파적 인식에 근거한 가자마키의 문학사관은 전면적으로 평가하기 곤란한 측면이 있다.

가자마키의 일본문학사론이 전제로 하는 일본경제사의 후진성에 관한 논의는 일본문학의 특수한 성격을 실체적인 것으로 설정하고 있다. 고대 왕조의 권위가 오랫동안 유지되었다는 일본중세사의 후진성에 대한 가자마키의 인식은 와카의 서정성을 일본의 문학을 대표하는 전통으로 자리잡게 하는 역할을 하고 있다. 와카의 서정성을 담당하는 귀족 계급이 오랫동안 일본문학의 중핵을 차지한 것은 서구와는 다른 일본의 사회 경제적 특수성에서 비롯되었다는 것이 그의 생각이다. 그런데 일본의 근대문학에 봉건적 요소가 남아 있다는 그의 견해는 시각을 바꾸면 일본 사소설은 중세의 은자문학에서 이어지는 오랜 전통을 계승하는 긍정적인 일본문화론의 근거로도 사용될 수도 있다. 그런 의미에서 서구에서 유입된 마르크스주의라는 이른바 보편적인 학문 이론을 적용하여 일본문학사의 후진성을 지적하는 견해는 히사마쓰 센이치와 오카자키 요시에, 야마다 다카오 등 일본주의적인 입장에서 일본문학의 후진성을 긍정적으로 주장하는 것과 표리의 관계를 이루고 있다. 그리고 서구에만 의식을 집중하고 있는 이런 논의로부터 배제되는 것은 주변 아시아 지역의 언어 문화를 어떻게 파악할 것인가라는 문제였다. 그리고 이것은 가자마키의 문학사론을 일본주의 풍조에 대한 저항 언설로서 계승할 수 없는 또 다른 이유이기도 하다.

여기서 거듭 확인해 두고 싶은 것은 마르크스주의 운동이 탄압을 받아 좌절한 후에 천황제 국가 체제에 대한 옹호를 표방했던 전시기의 많은 국민문학론이 마르크스주의 경제 이론을 그 언설의 일부로 포함하고 있었다는 점이다. 사회적 변혁과 혁신을 지향하는 마르크스주의자의 지향성이 국책적인 방향성에 흡수된 것이다. 가자마키 게이지로의 국문학론도 예외는 아니었다. 근대 서구류의 시민사회 모델에 근거한 국민문학의 제창은 확실히 '근대의 초극'과 같은 반근대의 지향성을 가진 시대 언설에 대한 안티테제를 의미했다. 어떤 의미에서 가자마키의 문학사 방법론은 전후 근대주의적 문학사의 논의를 전시기에 준비하고 있었다고도 할 수 있다. 그럼에도 불구하고 가자마키의 근대주의적 언설은 전시기의 국책적 이데올로기와 겹치는 측면도 있었다. 가자마키가 문학사 연구에서 이끌어낸 근대주의적 국민문학론은 '일군만민'의 문학을 지향했기 때문이다. 그의 정치적 주장은 정당을 해소하고 천황을 중심으로 국민을 통합한다는 신체제 운동과 국가 총동원 체제에 대한 협력의 언설들과 구별하기 힘든 것이었다. 사회적이고 학문적인 혁신을 의도한 국문학론이 결과적으로 국가 총동원 체제의 언설과 겹쳐지면서 그것에 흡수되어 버린 것에 쇼와 전전, 전중기의 지식인의 비극성이 상징적으로 나타나 있다고 할 수 있다.

6. 국민문학의 행방

쇼와 전전, 전중기의 시대 상황 속에서 다수의 국문학자가 국책적인 정치 언설을 내놓았다. 그러나 '근대의 초극' 언사가 넘쳐나는 풍조 속에서 시대 흐름을 거스르는 국문학론이 없는 것도 아니었다. 개인을 주체로 한 문학사를 추구한 가자마키 게이지로도 그 중 하나였다. 가자마키가 구성한 문학사는 근대 서구류 문학 개념의 기원을 일본사 속에서 탐색하는 것에 주안을 둔 것이었다. 그것은 서구문학을 초월하는 일본정신의 가치가 주창되는 당시 국문학계에서 그 나름의 비판성을 가질 수 있었다. 또한 국민문학을 이미 존재하는 '자연'이 아니라, 만들어 내야 할 '당위'로서 파악하는 가자마키의 주장은 같은 시기 마루야마 마사오의 정치사상사와도 통하는 측면이 있다. 가자마키의 국문학론은 독자론적인 학문 이념과 마르크스주의 역사 이론의 도입 등을 통해 여러 가지 면에서 기존의 국문학론을 개혁하려는 의도의 산물이었다. 근대적인 사회 질서의 형성이라는 정치적 혁신을 향한 지향성이 그에게 새로운 방법론의 제창을 가져왔다고 할 수 있다. 그러나 그러한 시도도 결국 당시의 좌익과 우익 모두를 감싸버린 신체제 운동 이념과 표면적으로 크게 다르지 않았다. 가자마키의 근대적 국민사상 형성에 관한 주장은 결국 천황을 중심으로 한 '일군만민'의 정치적 주장으로 귀결되어 버렸다.

또한 가자마키의 전시 중 언설은 국문학, 일본문학이라는 것의 존재를 실체로서 상정하는 인식에 근거하고 있었다. 일본의 근대문학이 봉건적 요소와 공모하고 있다는 그의 비판적 일본문학사론은 거꾸로 말하면 일본 근대문학의 바탕이 되는 낡은 전통에 대한 긍정적인 평가로 전용될 가능성을 안고 있었다. 그런 점에서 가자마키의 근대주의적인 일본문학사론은 비록 그것이 사회에 대한 비판적 의도에서 나온 것이지만 일본문학의 전통을 긍정적으로 주장했던 히사마쓰 센이치와 오카자키 요시에, 야스다 요주로 등 동시대의 국문학론과 표리 관계에 있었다고 할 수 있다. 이렇게 가자마키가 사회 비판을 의도하면서도 결국 전시 체제의 언설에 휩쓸린 것은 그의 근대 국문학 연구가 국민국가적 틀에서 벗어나지 못했다는 점을 보여준다.

그리고 당시 많은 국문학자들과 마찬가지로 그 역시 주변 아시아 지역에 대해서는 거의 관심을 두지 않았던 점도 간과할 수 없다. 앞장에서 본 것처럼 당시 한반도에서는 내선일체 정책과 국어 보급 정책을 배경으로 일본문학을 조선인에게 공유시키려는 국민문학의 문제가 논의되고 있었다. 그러나 당시 '내지'에서 주창된 국민문학론은 그러한 식민지 지배 문제를 줄곧 사정권 밖에 두었다. 가자마키 등은 일본이 많은 식민지를 포함하고 있던 당시 상황에서 주장된 '일군만민'의 국민문학 언설이 피식민지인에게 어떤 의미인지에 대해 전혀 눈을 돌리지 않았다.

전후 가자마키는 전시 중 자신의 발언과 행동에 대해 어떤 반성의 변도 남기지 않은 채 생을 보냈고, 전후 민주주의의 틀에 충실한 진보적 지식인의 한 사람으로 살다가 세상을 떠났다. 전시 중 가자마키가 한 발언에 대해 지금 일방적으로 규탄하는 것이 정당한지에 대해서는 의견이 다를 수 있다. 그러나 사회 개혁과 혁신을 지향한 자신의 국문학론이 결국 국책에 휩쓸려 좌초했던 가자마키의 학문적 시도를 미래에 대한 교훈으로 삼을 필요는 있다. 현재 문학 연구는 사회적 존재성을 크게 위협받고 있다. 이 상황을 타개하고 학문에 사회성을 회복하는 데 전전, 전중의 사례는 귀중한 교훈이 될 것이다.

1) 坂野潤治 『昭和史の決定的瞬間』, ちくま新書, 2004년, 46~47쪽.

2) 林房雄 「転向について」(『文学界』, 1941년 3월).

3) 가자마키 게이지로의 사상을 검토한 논고로는 다음을 참조. 北海道大学国文学会編 『風巻景次郎研究』(桜楓社, 1972년)에 수록된 西郷信綱, 鷹津義彦, 近藤潤一, 塚本康彦 등에 의한 논고, 회상, 추도문을 비롯해 杉山康彦 「風巻景次郎における歴史の発見」(『日本文学』, 1976년 12월), 内野吾郎 「思想史と文化史のあいだ-風巻景次郎の史観と方法序説」(『国学院大学大学院紀要 文学研究科』, 1984년 3월), 浅見和彦 「風巻景次郎-国文学研究の史的自覚」(『国文学 解釈と鑑賞』, 1992년 8월), 奥村英司 「文学史の挫折-風巻景次郎の『文学の発生』」(『鶴見大学紀要』, 2000년 3월) 등이 있다. 이 논고들 대부분은 가자마키의 문학사에서 역사 사회적인 방법론이나 전시기의 근대주의 내지는 개인주의 사상적 스탠스를 평가하고 있고, 그의 국책 영합적인 정치 발언에 대해서는 지극히 경시하고 있다. 한편, 근년에는 무라이 오사무가 「国文学者の十五年戦争」(『批評空間』, 1998년 1월 7일)에서 가자마키의 전쟁 책임을 적극적으로 추급하며 비판하고 있다. 그러나 무라이론은 가자마키의 국책적 활동을 규탄하는 데에서 끝나고 있다는 한계가 있고 왜 그가 그러한 행동을 취했는지 문학론에 내재한 검토가 결여되어 있다. 이러한 선행론과 달리 본서는 가자마키 게이지로가 전시기의 시대 풍조에 항거하는 개인주의적인 문학사론이나 근대화 사회개혁론을 주장하면서 왜 그것이 결과적으로 국책 영합이라는 방향으로 수렴되어 버렸는가를 고찰하는 데에 중점을 두었다.

4) 風巻景次郎 『文学の発生』, 子文書房, 1940년, 13쪽.

5) 앞의 책, 100쪽.

6) 앞의 책, 259쪽.

7) 風巻景次郎 『中世の文学伝統』, 日本放送出版協会, 1940년, 11쪽.
여기서 가자마키는 '개인'의 표현으로서의 근대적인 문학의 기원을 탐구함과 동시에 그 이전 단계로서 '민요'라는 존재를 상정하고 있다. 이 문화로서의 한시문과 율령제도가 유입되기 이전에 순수하게 '민족'적인 씨족사회가 존재했다고 생각하고 있는 것이다. 이러한 사고는 모토오리 노리나가의 국학 사상 외에 기기(記紀)의 가요나 『만요슈(万葉集)』의 아즈마우타(東歌) 또는 사키모리우타(防人歌) 등에 헬더나 독일로망파문학론의 영향에서 '민중'이나 '민족'의 원시적인 표현으로서의 Volkslied(민요)를 찾아내는 메이지 시대 이후의 상대문학론에 기초한 것이라고 할 수 있다. 가자마키에 따르면 민요는 나라(奈良)·헤이안(平安)의 귀족에 의한 궁정문학에 여전히 강한 영향을 남겨서 그 '유사(類同的)'한 표현 형태를 규정하는 것이라고 한다. 그리고 그와 동시에 "가요는 민족의 마음에 깃들어서 영원히 궁정 내에서도 항간에서도 그 노래소리가 울려 퍼진다. 그뿐만 아니라 오래된 노래와 함께 끊임없이 새로운 노래도 생겨난다. 낡은 형식이 불리워짐과 동시에 끊임없이 새로운 형식도 생겨난다. 물론 가구라(神楽)나 아즈마아소비(東遊)와 같은 신을 모시는 제사와 관련된 노래 중에서는 단가(短歌)가 엄연히 형식을 고수하고 있다. 또한 『료진히쇼(梁塵秘抄)』나 『간긴슈(閑吟集)』나 류타쓰(隆達)의 고우타(小歌)에 이르기까지 단가 형식은 무너지지 않고 전해지고 있다"고 서술한다. 가자마키는 일본에서 '국민문학'의 존재에 회의적인 입장을 취했으나 한편으로는 '민족' 개념에 관해서는 선험적인 제안을 하며 문학사론을 전개하고 있던 것이다.

8) 앞의 책, 17쪽.

9) 風巻景次郎 『神々と人間』, 昭森社, 1942년, 100쪽.

가자마키는 귀족문학에 의한 서정적인 문학 표현을 지탱한 것으로 서대륙으로부터의 문자의 전래 외에, '신'과 '인간'의 분리라는 요인을 들고 있었다. 상대 이후 문학의 대부분은 씨족사회의 신들에 대한 봉사의 요소를 간직하고 있는데, 귀족의 와카는 그러한 요소에서 분리되어 헤이안 중기 이후 점차 '인간'으로서의 서정 표현을 획득해 왔다는 것이다. 오리쿠치 시노부가 『고대 연구(古代研究)』(大岡山書店, 1929)에서 주장한 '국문학의 발생'이 영향을 미친 것으로 생각된다. 문학의 기원을 신(마레비토)에게 헌사하는 축사나 주언(呪言)에서 구하고 그 세속화에 의해 다양한 예능이나 노래가 탄생했다는 가설이다. 가자마키는 제례나 제의와 관련된 언어 표현을 고대 씨족제의 공동 사회의 산물로 생각하고 그것으로부터 분리됨으로써 헤이안 귀족문학의 '인간적 표현'으로서의 서정성이 형성되었다고 지적하고 있다. 그리고 고대 씨족사회의 논리와의 결별에는 유교나 불교 등과 같은 외래 사상도 촉매로서 기능했다고 서술한다.

10) 風巻景次郎 「『もののあはれ』論の史的限界」(『文学復興』, 1937년 7월).

11) 앞의 글.

12) 가자마키의 학설이 당초에는 '근대적 자아를 제거하는 방향에 역점'을 두었음에도 불구하고 전시 체제 속에서 '거꾸로 그것을 강조하는 방향'으로 향했다는 지적도 있다. 국수주의 풍조가 강해지는 상황에 저항하기 위해 근대적 개인의 문학론에 역점을 두는 국문학론을 전개했다는 것이다. 杉山康彦 (3)前掲論文 참조

13) 『小田切秀雄全集』第一巻, 勉誠出版, 2000년, 442쪽.

14) 風巻景次郎 「新しい国学」(『短歌研究』, 1941년 11월).

15) 風巻景次郎 (4)前掲書, 26쪽.

16) 風巻景次郎 「古典を呼ぶもの」(『新潮』, 1941년 7월).

17) 風巻景次郎 『日本文学史の構想』, 昭森社, 363~364쪽.

18) 村井紀 「国文学者の十五年戦争」(『批評空間』, 1998년 1월·7월).

19) 風巻景次郎 「奈良·平安·鎌倉文学」(『日本文学研究』, 1936년 1월).

20) 앞의 글.

21) 風巻景次郎 (17)前掲論文.

22) 風巻景次郎 (9)前掲書, 100쪽.

23) 羽仁五郎 「幕末に於ける倫理思想」(『岩波講座倫理学』, 第二冊, 岩波書店, 1940년, 100쪽).

1930년대 이후의 일본에서 이러한 견해는 역사학뿐만 아니라 문예 비평 측에서도 폭넓게 유통되었다. 예를 들자면, 가자마키와 같이 일본 사소설 안에서 '봉건적' 요소를 찾아낸 유명한 사례로서 1935년 고바야시 히데오의 「사소설론(私小說論)」을 들 수 있겠다. 고바야시는 서구 근대의 자연주의와 일본의 자연주의를 비교하면서 일본의 사소설에는 '사회성'이 결여되어 있다고 지적하였다. "우리나라의 사소설가들이 사(私)를 믿고 사생활을 믿고서 어떤 불안도 느끼지 않았던 것은 사(私)의 세계가 그대로 사회의 모습이었기 때문이다. 사의 봉건적 잔재와 사회의 봉건적 잔재의 미묘한 일치 위에 사소설은 무르익어갔던 것이다."라고 고바야시는 말하였다. 서구 근대의 소설이 '사'를 다루는 경우, 그것은 자본주의의 진전에 의한 사회 변화, 실증주의 사상의 침윤이라는 시대성과 밀접한 관계 속에서 길러진 것이었다. 그런데 일본의 자연주의 소설은 그 토양이 되는 사회 조건과는 관계없이 서구의 새로운 문학 사상의 유입에 의해 만들어진 것이었다. 봉건적인 사회가 잔존했고, 서구 자연주의의 실증주의를 지탱했었던 근대 시민사회의 사회적 기반이 결여되었던 곳에 오랜기간 일본 사회와 문학을 지탱해 온 '불필요한 낡은 비료', '강하고 오래된 문학 전통' 속에서 새로운 문학 사상을 통합함으로써 태어난 것이 일본 자연주의 소설의 '사(私)'였던 것이다.

이 문제에 관해서, 이미 스즈키 사다미는 히라노 겐 등의 논의를 근거로 고바야시 히데오의 「사소설론」과 1932년 코민테른의 일본 혁명 전략에서 나타나는 정세 분석과의 유의성을 지적하고 있다. 게다가 "'문단' 내외로 다양한 조류가 소용돌이치던 다이쇼기의 문예에서 '사소설'을 유출해서 마치 '일본 근대문학의 하나의 이념'인 것처럼 보편화시켜, 그 원인을 '봉건적'인 풍토로 환원시킨 것. 이것이 전후에 형성된 일본의 근대문학사관에 커다란 함정을 만든 원인이 되었던 것은 확실하다"고 말하고 있다. 원래 일본 근대문학의 다양한 문학 조류 가운데에서 특수한 하나의 케이스뿐이었던 사소설을 일본 근대문학 전체를 대표하는 단선적인 속성으로서 표상시키고 이념화한 것은 고바야시의 「사소설론」이었다고 지적하였던 것이다.

고바야시의 「사소설론」은 가자마키의 일본문학사 서술에 직접적으로 큰 영향을 끼쳤다고 보인다. 가자마키는 1941년의 저서 『신들과 인간(神々と人間)』에서 고바야시의 이름을 직접적으로 거론하면서, "자아의 사회화라고 고바야시 히데오 씨도 예전에 부른 문제"를 중시하면서 일본의 사소설은 고립주의적인 성격을 가졌다고 비판하고 '국민문학'의 수립을 주장했기 때문이다. 고바야시 히데오의 「사소설론」은 '국민문학'의 문제를 다룬 것은 아니었다. 그렇지만 그것은 가자마키의 「일본문학사」론에 근대적인 사회 개념의 결함과 그 원인으로서의 봉건제의 잔재라고 하는 일본문학사 전체를 조망하는 하나의 단선적인 속성을 부여하는 데 도움을 주었다고 생각된다. 고바야시 히데오가 근대문학을 결정하는 이념으로서 그려낸 「사소설론」이라는 틀을 고대부터 현대에 이르기까지 '국문학' 전체를 일관하는 문학사의 흐름에까지 응용해서 끼워 넣고선, 거기에다가 '국민문학'의 창설을 주장한 것이 가자마키의 「일본문학사」 서술의 특색 중 하나였던 것이다.

24) 荒正人 「「国民文学論」に触れて」(『現代文学』, 1940년 12월).

25) 小田切秀雄 (13)前掲書, 400쪽.

결장

'국문학'의 종언

1. 세계문학과 일국 '국문학'

지금까지 메이지 이후 국문학 연구의 사상에 대해 살펴봤다. 근대 국문학은 국민국가 일본의 '국민적 혹은 민족적 자기동일성'의 증명을 위해 창출된 측면이 강했는데, 바로 그 자기동일성이 문학 연구의 어떤 내재적 논리에서 도출되어, 어떻게 국문학에 관한 다양한 상(像)을 형성했는가를 검토했다.

거듭 말하지만 메이지 이후 일본에서 형성되어 현재까지 이어지는 국문학이라는 학문 영역은 서구 문명과의 대결 없이는 성립할 수 없었다. 그리고 그 가운데 이루어진 국문학 연구의 형성이 근세의 언설 공간 속에서 '세계관'의 중심을 이루고 있었던 유교적 화이개념 해체를 배경으로 하고 있다는 점도 간과할 수 없다. 서구 열강의 압도적인 군사적·경제적·문화적 우위성 앞에서 유교적 화이 사상과 그것에 근거한 한학과 국학의 세계관은 서서히 파탄을 맞이하지 않을 수 없었다. 그 대신 등장한 것이 근대 자본주의와 식민 정책의 진전에 의해 '세계체제'로서 동질화된다는 근대의 '세계' 관념이었고, 구미 제국과 공통되는 국민국가의 사상이었다. 그 속에서 근세적 화이개념을 골격으로 한 한학과 국학은 학문적인 틀 자체를 기초부터 재구성할 것을 요구받았다. 기존의 한학은 '지나'문학과 '지나 사상', '지나사' 등과 같은 학문 장르로 분할되었고, 국문학과 국민사상의 자기동일성을 보증하기 위한 '타자'로서 국문학 외부에 놓였다. 그리고 이때 참조가 된 것은 19세기 이후 서구에서 등장한 '문학' 및 '국민문학', 그리고 '세계문학'의 개념이었다. 국문학과 '지나'문학은 세계문학을 구성하는 국민문학, 각국

문학의 하나로 그 위상이 부여되었고, 나아가 각각의 '국민성' 혹은 '민족성'을 읽어낼 수 있는 재료로 간주되었다.

그럼에도 불구하고 근대 국문학 연구는 어떤 측면에서 전근대의 국학과 한학에 의해 배양된 감성에 의존하고 있었던 것은 분명해 보인다. 특히 하가 야이치를 비롯한 메이지 시기의 국문학자는 유소년기부터 한문 교육을 받았고, 한시문 창작을 자유롭게 할 수 있는 등 근대 이전의 동아시아 세계에서 존재했던 전통적인 소양과 감성을 이어받고 있었다. 따라서 세계성, 보편성에 대한 그들의 의식은 특히 감성적·무의식적 수준에서 어떤 마찰이나 갈등 없이 서구의 학문 시스템으로 전환한 것은 아니었다. 표면상의 이론으로는 환원되지 않는 여러 인간적인 모순과 갈등이 거기에 포함되어 있었다. 그러나 국문학자의 세계상이 근대적인 것으로 전환하는 가운데 여러 가지 모순과 갈등 등이 개재해 있었다고 해도, 국문학 연구에서 서구의 학문적 틀은 점차 불가결한 것이 되었다. 국문학 연구의 정점에서 학계를 주도했던 제국대학 출신의 국문학자들이 적어도 이론적·공식적인 수준에서 서구 문화와의 대비 속에서 일본문학의 세계성과 보편성의 문제를 생각하는 것은 국문학의 자기동일성을 재생산하는 데 피할 수 없는 작업이었다.

예를 들어 서구의 학문과 문학사의 원리를 그대로 그것을 보편적인 것으로 간주했던 영문학자 도이 고치의 경우가 대표적이다. 도이 고치는 매슈 아널드와 리차드 몰턴과 같은 19세기부터 20세기 초에 걸쳐 '영문학'이라는 학문 장르의 확립에 기여한 논자들을 일본에 소개하는 역할을 담당했다. 아널드와 몰턴 등은 그리스·헤브라이 문화를 영국인을 위한 '교양' 및 '영문학'의 원류로서 중시했다. 도이는 이들의 논의를 받아들여 그리스·헤브라이에 기원을 두는 문학의 계보를 '세계적 문학'이라 부르고 '일본문학'을 거기에 참여시키려 했다. 그에게 일본의 국문학 연구란 영미에서 확립되고 있던 영문학 연구가 자신의 자기동일성의 근거를 세우는 원류로서 설정한 '그리스·헤브라이 정신'을 보편적인 것으로 간주함으로써 성립한 것이었다. 즉, 영문학 연구의 이념에 따라 국문학 연구를 구축하려 했던 것이다. 그리고 서구의 문학장르론에 근거한 문학사의 법칙론을 제창하며 일본에서 '극' 장르과 '자아' 관념의 미발달을 비판했다.

또 쇼와 시대의 역사사회학파 국문학자 중 한 사람인 가자마키 게이지로는 마르크스주의 역사 이론의 영향 아래서 서구의 문학사와 문학 개념을 강하게 의식하고 있었다. 그 하나는 개인의 관념에 근거해 만들어지거나 혹은 그것에 기초해 독자에게 수용되는 서구 근대적 '문학'의 개념이다. 또 하나는 자본주의 발달과 근대 시민사회 형성을 배경으로 독립된 개인이 평등하게 국가를 구성하는 사회를 전제로 하여 만들어진 '국민문학'의 개념이다. 그런 문학의 개념이 일본문학사에서 어떻게 정착되었는가를 되묻는 것이 그의 일본문학사 연구의 목표였다. 그리고 메이지 이후 일본에는 봉건제의 잔재가 남아있었기 때문에 전형적인 형태의 자본주의와 근대 시민사회, 그리고 근대적 '국민문학'이 형성되지 못했다는, 이른바 강좌파적 역사 인식과 상통하는 견해를 표명했다. 가자마키는 일본경제사의 '후진성'에 대한 인식 위에서 고대부터 중세, 근세에 이르는 일본문학의 특질을 논했다. 서구의 근대적 문학 개념을 보편적인 것으로 간주하고 그것과의 대비 속에서 일본문학의 후진적 성격을 드러내 비판했다.

한편 서구의 학문 및 문학 개념을 기준으로 일본문학을 부정적으로 파악하는 이런 입장과는 반대로 국문학의 특수성과 고유성을 전면에 내세우며 그 우월성을 주장하는 언설도 존재했다. '일본문예학'의 주창자인 오카자키 요시에의 논의는 그 대표적인 사례로 거론할 수 있다. 그는 독일관념론 계열의 미학 사상에 의거해 '일본의 문예 양식'이 서구와 중국의 '문예'와 비교해 우월하다고 주장했다. 그는 보편적인 '세계적 문학'의 근거를 그리스·헤브라이에 두고, 그것의 발현을 근대 서구 제국이라는 특정 지역에 나타난 문학 조류에서 찾으려 했던 도이 고치의 학설과 정반대 논리를 전개했다. 그는 '세계문예'에 관한 보편성의 근거를 특정 지역에만 나타나는 것으로 간주하지 않고, 현실적인 '관심'을 제거한 미적이고 정관적인 예술 '감상'의 존재 방식이라는 추상적인 절대성에서 구했기 때문이다. 그리고 '일본문예'의 '아와레', '오카시' 사상이 오히려 서구의 미적 범주보다도 미적 정관의 보편적인 방식에 합치한다는 견해를 피력했다.

또한 당시 국문학자의 이른바 대표적 인물로서 쇼와의 전전·전중기에 정부의 국민 교화 정책에 적극적으로 관여한 도쿄제국대학 교수 히사마쓰 센이치는 국문학 연구의 이론적 근거를 근세 국학에 두었다. 근세 국학의 계승을 전면에 내걸고 일본의 국문학 연구를 서구 학문과 대비시켜 그 우월성을 주장한 것이다. 히사마쓰의 국문학 연구 이론은 오카자키 요시에와 가키우치 쇼조 등 동시대의 국문학자를 매개로 한 독일의 미학과 해석학을 수용함으로써 성립했다. 그런 의미에서 근세 국학의 연장선에서 국문학을 파악하는 그의 인식은 역설적으로 서구 학문의 존재 없이는 성립할 수 없는 것이었다. 그럼에도 불구하고 히사마쓰는 국문학 연구의 고유성을 '황국의 학'이라는 측면에서 주장했고, 거기서 확보된 우월성을 전제로 서구 학문을 재해석하고 비판했다.

이런 언뜻 모순되는 두 가지 입장은 예외 없이 구미 제국의 주도로 서서히 만들어진, 하나로 닫힌 세계를 공유하고 있었다. 서구문학 개념의 보편성을 긍정적으로 말하면서 일본문학의 특수성을 비판하든, 혹은 반대로 국문학의 우월성을 주장하는 것이든, 그것들은 모두 국민국가로 분할된 근대적 세계를 공유했고 그 속에서 '일본 대 서구'라는 도식을 전제로 하고 있었다. 국문학의 특수성을 둘러싼 논의는 대부분 이러한 도식을 전제로 전개되었다. 그리고 일본 국문학의 고유한 특수성을 강조하면 할수록, 근대 국민국가의 틀이 역사적·공간적으로 보편적인 것처럼 간주되었다. 물론 일본 국문학의 특수성을 말하는 언설에는 여러 복잡한 정치적 문맥이 작용하고 있었다. 예를 들어 쇼와 전전·전중기의 국체론과 연동된 이른바 '국수적' 국문학론과 마르크스주의가 주창하는 국문학을 둘러싼 민족주의적인 주장은 각각 지향하는 정치적 방향성이 달랐다. 그러나 일본 국문학의 특수성을 긍정적으로 파악하는 입장은 물론 그것을 부정적으로 말하는 입장도 '일본'이라는 틀을 자명한 전제로 하는 자타 관념을 공유하고 있었고, 결과적으로 상호 보완적으로 기능하는 측면이 있었다.

2. 국문학의 영광과 '묵은 병'

이 책에서 다룬 근대 일본의 대표적인 연구자들의 활동에는 하나의 공통되는 특징이 있다. 그것은 고대부터 근대에 이르기까지 일본문학, 즉 국문학의 총체를 포괄적으로 논하고, 최종적으로는 그 전체적인 성격을 밝히려는 태도이다. 일본문학을 서구 제국을 비롯한 세계 각국의 문학과 비교·대비시키는 가운데, '세계문학'을 거론하는 그들의 활동에서 찾아볼 수 있다. 오늘날은 전문적이고 미시적인 영역에 한정된 개별 연구에 종사하는 사람들이 많지만, 일찍이 국학의 세계 속에서 성장해 학계의 일인자로 인정받은 히사마쓰와 오카자키, 가자마키와 같이 국문학자들은 예외 없이 '전체성'을 논하는 학자였다. 실제로 전통적으로 국문학에 관여하는 자에게 연구자로서 이른바 최종적인 경력과 목표는 문학사를 저술하여 일본문학의 내셔널한 전체상을 총괄하는 것이었고, 이때 일본이라는 틀은 자명하고 강력한 전제로 기능하고 있었다.

근래 이른바 국민국가 비판이 융성하고 그러한 근대의 내셔널한 틀에 대한 비판적 검토가 이어지고 있다. 물론 이것은 의의가 있는 학문적 시도이지만, 다만 국민국가와 그것을 전제로 한 근대문학을 그저 비난만 하는 것은 온당치 못한 측면도 있다. 왜냐하면 국민국가화 현상은 19세기 이후 세계적 조류라고 할 수 있으며, 그것에 저항하는 것은 극히 곤란한 일이었기 때문이다. 메이지 이후 국문학자들이 일본이라는 국민국가의 틀 아래서 사고한 것은 근대화에 동반되는 역사적 과정으로 부득이한 측면이 있었다. 달리 말하면 일본형 중화 사상과 봉건 사상으로 경직되고 시대적인 현실감을 상실한 국학과 유학 등 전근대 학문을 대신하여 서구 문화의 영향 아래 새로운 내셔널한 근대 학문이 형성된 것은 어떤 의미에서는 시대의 '필연'이었다고 할 수 있다.

메이지 이후 일본에서는 국가 권력에 의한 위로부터의 사회 통합이 강력하게 추진되었다. 번벌 정부가 후원하는 관학 아카데미즘의 주도하에 형성된 국문학이라는 학문은 실로 그런 흐름에 충실한 것으로 출발했다. 그 결과 국문학 연구는 국민국가 통합의 이데올로기적 비품으로 활용될 수 있는 '정전'의 발굴과 체계화에 힘을 기울였다. 국민 혹은 민족 전체에 평등하게 공유된 국문학 전통이 마치 고대부터 면면히 계승된 것 같은 문학사를 부단히 묘사해 왔다. 그러한 문학사 서술은 분명 허구로 가득 찬 역사의 창작이라 할 수 있다. 그러나 동시에 전근대 사회의 봉건적인 신분제와 지역 간 격차를 해소하려는 지향성을 배경으로 만들어졌다는 점도 간과해서는 안 된다. 과거 일본 사회는 지역과 계층에 의한 경제 및 문화 격차가 심각하여 도저히 같은 '일본'이라고는 생각할 수 없을 정도로 분할되어 있었다. 전후 일본에서 계층 간의 격차가 적은 평등한 시민사회라는 관념이 확산될 수 있었던 배경에 메이지 이후 지속된 국민국가화의 영향이 없지 않다. 메이지 이후의 근대화와 국민국가화, 그리고 그 틀 안에서 형성된 국문학사는 역사적인 과정에서 일정한 의미가 있었다. 오늘날 국민국가 비판과 포스트모던적 시대의 도래를 이야기해도 근대화의 역사가 없는 곳에서 포스트모던 사상은 의미를 갖기 어렵고, 국민국가 형성이 성취되지 못한 곳에서 국민국가 지양도 있을 수 없다.

다만 과거의 국문학 연구에 대한 평가가 어디까지나 그 '영광'에만 한정되어 논의되어서는 안될 것이다. 왜냐하면 근대 일본의 국문학 연구는 현대의 연구자가 그대로 답습하기에는 적절하지 않은 '묵은 병(宿痾)'을 체질적으로 간직한 채 출발했기 때문이다. 현대의 배외적인 내셔널리즘에 대항할 수 있는 학문 틀을 구축하기 위해서는 과거 메이지 시기에 만들어진 국문학 연구가 안고 있었던 '어두운 부분'에도 주의를 기울일 필요가 있다.

근대 세계문학의 헤게모니는 서구 제국의 식민지주의적 주도 아래 형성되었다. 그 때문에 근대 일본의 내셔널한 문학은 서구를 중심으로 한 세계문학의 서열 구조 속에서 항상 밑부분에 위치했으며, 그것이 초래한 열등감이 국문학 연구 시스템 형성에 깊이 각인되었다. 특히 세계문학과 국민문학의 관계성을 둘러싼 논의에서 그러한 열등감을 분명히 확인할 수 있다. 그리스 이래 서구문학사의 흐름을 보편적인 것으로 간주하는 입장도, 반대로 그것에 대항해서 일본문학의 우월성을 주장하는 입장도 그 뿌리에는 서구에 대한 열등감이 작용하고 있었다. 그리고 그 열등감은 한편으로 아시아 여러 지역의 문화와 문학에 대한 구조적이라고 할 수 있는 멸시 의식을 낳았다. 근대 일본의 국문학 연구는 그 시작부터 '지나'문학에 대한 멸시 의식을 배경으로 출발했다. 근대 일본인에게 세계문학의 서열 구조 속에서 상위를 점하는 것은 서구와 일본이며, 아시아와 아프리카 문학은 무조건 하위에 놓였다. 겨우 중국의 고전문학 정도가 논의와 비교 대상에 포함되었을 뿐이다. 쇼와 전전·전중기가 되자 국문학자 대부분이 '대동아공영권'에 대한 일본의 지도적 입장을 언급했는데, 지도를 받는 측인 주변 아시아 지역의 문화와 문학에 대해서는 철저히 무관심으로 일관했다. 근대 일본의 문학 연구에서 여러 아시아 지역에 대한 멸시는 이렇게 뿌리 깊은 것이었다.

국민국가 통합 과정에서 국문학이 일정하게 긍정적인 역할을 한 것은 사실이지만, 부정적인 의미도 간과해서는 안 된다. 쇼와 전전·전중기에 국문학은 적극적으로 국책과 전쟁 협력의 깃발을 흔들었기 때문이다. 상당수의 국문학자가 그런 조류에 동조했고 국문학의 '정신'과 '전통', '양식'의 우위성을 주장했다. 마르크스주의 영향하에 있던 학자도 예외가 아니었다. 천황제 아래서 사회 개혁을 지향한다며 적극적으로 신체제 운동에 찬동하는 발언을 쏟아냈다. 이러한 국문학자의 전쟁 협력은 학문의 '일시적인 일탈', '지나친 행동'으로 정리될 문제가 아니다. 그것은 국민국가 통합을 지향하는 근대 일본의 전체적 조류에서 자기를 형성한 국문학 연구가 가진 본질적인 성격이 초래한 사태였기 때문이다. 19세기 유럽 제국이 나폴레옹 전쟁을 통해 국민국가로서 재편된 것처럼 국민문학의 형성과 전쟁은 밀접한 관계에 있다. 일본도 그 예외는 아니었고, 일본의 국민국가화는 청일·러일전쟁, 중일전쟁, 태평양전쟁과 같은 다수의 전쟁을 추동력으로 삼아 진행되었다. 따라서 국민국가화의 목표에 충실했던 국문학 연구가 전쟁 이데올로기의 역할을 한 것은 그다지 이상한 것도 아니었다.

게다가 쇼와 전전·전중기의 국책 협력에는 아카데미즘 국문학자의 굴절된 의식도 개입되어 있었다. 당시 아카데미즘의 국문학에는 단조롭고 무미건조하고 전근대적인 이미지가 따라다녔다. 그리고 거기서 문단 저널리즘에 대한 열등감과 그것을 뒤집은 형태의 배타 의식이 나타났다. 또 서구화를 기조로 하는 근대 일본의 고등교육에서 많은 국문학자는 서구 언어와 사상 문화 습득에 깊은 좌절감을 경험했다. 그리고 이런 경험이 초래한 열등감은 일본 국문학을 움직이는 하나의 체질이 되었다. 실로 '묵은 병'이라 할 만하다. 전쟁을 배경으로 일본주의적 시대 풍조가 강화되었을 때, 국문학자들은 그것을 씻고자 일제히 국책 편승과 전쟁 협력을 향해 세력 확대를 시도했다고 할 수 있다.

3. 근대 국문학 연구의 종언

국문학 연구는 근대 일본의 국민국가 통합의 산물이다. 따라서 근대화 과정에서 문학은 일정한 사회적 비중을 차지할 수 있었고, 국문학은 내셔널리즘을 형성하는 하나의 유력한 구성인자로 간주되었다. 그것은 문화의 세계성과 보편성을 생각하는 다수의 일본인에게 유력한 근거로 기능했다. 이렇게 내셔널한 틀에 근거한 국문학 연구는 역사 속에서 분명 일정하게 기능적인 역할을 수행했고, 그런 이유로 융성할 수 있었다. 그러나 구조적으로 내포하고 있던 '묵은 병' 때문에 오늘날 과거의 국문학을 그대로 계승하는 것은 곤란하다. 그리고 근대화라는 국민 전체의 목표가 달성되고, 동시에 국경을 초월한 인간과 정보의 왕래가 팽창하고 경계적 영역이 확대되고 있는 현재, 국문학은 긍정과 부정을 떠나서 시대적 실재성을 상실하고 있다. 근래 학계와 사상계에서 문화 연구와 포스트콜로니얼 비평이 주류가 되고 있는 것은 결코 단순한 우연도 일시적인 유행도 아니다.

현실적인 문제로 포스트모던화를 맞이한 현대사회에서 국문학은 더 이상 내셔널리즘의 담당자로 기능할 수 없게 되었다. 현대 일본 사회에서 문학이 가진 사회적 영향력과 지위는 나날이 저하되고 있다. 오늘날 내셔널리즘의 기운이 전후 유례없이 활성화되고 있지만, 문학은 내셔널리즘을 담당하는 매개로 거의 기능하지 못하고 있다. 문예지에 게재된 소설과 평론은 한정적인 애호가 사이에서만 유통되고 있으며, 국민의 여론 동향에 영향을 미치는 경우는 찾아보기 어렵다. 현대 사회에서 배외주의와 전쟁을 긍정하는 움직임을 중심적으로 선동하고 있는 것은 인터넷과 만화, TV 등 문학 이외의 미디어이다. 동시에 문화의 보편성과 세계성의 문제 또한 과거처럼 문학을 기점으로 전개되고 있지 않다. 하물며 세계의 보편적인 문화를 체현하고 있는 것은 국민문학의 대항 개념으로서의 세계문학도 아니다. 거대 자본을 앞세워 만들어진 할리우드 영화와 인터넷 등을 중심으로 문화의 글로벌화가 초점이 되고 있다. 그런 가운데 국문학이라는 학문 장르는 대학과 연구기관 안에서 대대적인 축소를 요구받고 있다. 교육 정책을 운영하는 측에서도 국문학은 정치적 이용 수단으로서 그다지 매력적이지 않다.

그뿐만이 아니다. 국문학 연구는 그 자체의 학문적 내실에서도 어느덧 내셔널한 틀을 실질적으로 상실하고 있는 실정이다. 예를 들어 메이지 이후에 만들어진 일본문학에 대한 최후의 총괄적인 학문적 시도로 간주되는 고니시 진이치(少西甚一)의 『일본문예사』(1985)에는 그런 위기감이 이미 여실히 드러나 있다. 고니시는 서론에서 "우선 '일본'이라는 점에서 생각해 보자. 일본문예사에서 '일본'이란 무엇을 가리키는가"[7])라는 질문을 던지고 있다. 그리고 일본인의 손에 의한 한시·한문과 구미문예의 번역을 포함한 '야마토 계열 문예'를 연구 대상으로 규정하고 동시에 아이누와 류큐의 문예를 일본문예 범주에서 제외할 것을 주장하고 있다. 이런 고니시의 『일본문예사』 서술 이면에는 당시 일본문학 연구에서 각 분야의 개별 연구가 그 전문성은 높아졌지만, 서로 간의 교섭을 상실해 가고 있다는 위기 의식이 존재했다는 점에 주의해 두고 싶다.

> 그런데 현재 사회는 더욱 새로운 정보화의 단계로 진행하고 있다. 그것은 하나의 정보계를 다른 정보계와 연결함으로써 정보의 질과 양을 비약적으로 확장하려는 것으로 고도정보화라 불린다. 지금 정보공학에서 최대의 관심사는 그 연결 방식, 즉 회로의 문제라고 한다. 우리 학계에서는 막대한 수의 높은 정밀도를 가진 업적이 끊임없이 보고되고 있다. 그것은 경하할 일이지만, 연구자가 세분된 영역 안에 갇혀, 그 내부에서만 점점 정밀하게 되는 것은 반드시 전면적으로 긍정할 수만은 없다. 정밀한 연구 업적에 근거하면서도 그것과 다른 영역이 함께 회로로 연결되는 것이 가능하다면, 종래에는 없었던 상승 효과가 기대되기 때문이다. 예를 들어 기노 쓰라유키(紀貫之)와 마쓰오 바쇼(松尾芭蕉) 사이에 뭔가 회로를 부설할 수 없는 것일까? 혹은 조루리와 명대의 화본(話本) 사이에도 비교문학식의 회로를 열 수 없는 것일까? 성공 여부는 둘째치고 이런 것을 시도할 가치는 충분히 있다고 생각된다.[2]

고니시 진이치는 개별의 다양한 연구 사이에 회로를 설치할 것을 주장하고 있다. 그는 그것을 '일본문예' 연구에서 '고도정보화'라고 부른다. 여기서 그가 말하는 연구의 '고도정보화' 시도란 어디까지나 '야마토 계열 문예'로서의 일본문예라는 내셔널한 범주와 그것을 전제로 한 비교문학 개념에 근거하고 있으며, 그것의 재구축을 목표로 한 것이다. 그리고 그것은 마치 진화의 막다른 골목에 다다른 공룡처럼 지나치게 거대화해 버린 탓에 자신의 신체 각 부분의 움직임을 지각할 수 없게 되어버린 국문학 연구의 내적 위기에 대한 위기감에서 나온 제안이었다. 그러나 뒤집어 보면 현재 국문학 연구에서는 과거와 같은 포괄적인 문학사 서술이 거의 이루어지지 않고 있다. 일본을 틀로 하는 문학사라는 '거대한 이야기'가 구심력을 잃고, 국문학의 전체상을 논리적으로 재구축하려는 의욕이 사라지고, 다양한 개별적이고 세분된 연구가 상호 관계성을 갖지 못한 채 산재하고 있는 상황이 보이게 된다. 여전히 매년 미시적이고 전문적인 논문이 대량 생산되지만, 사상적인 큰 틀이 사라지고 있는 까닭에 도대체 어떤 사회적 의의와 의미가 있어 그런 연구가 이루어져야 하는지 알 수 없는 경우가 많다.

물론 국문학 연구 세계에서 민족주의적인 기질과 체질 그 자체가 소멸한 것은 아니다. 예를 들어 지금도 강하게 이어지고 있는 길드적인 도제제도와 상하 관계에서 보이는 것처럼 학벌과 전문 영역 등에 따라 그 정도의 차이는 있겠지만, 전반적으로 독특한 '보수적', '폐쇄적' 체질이 뿌리 깊게 남아있다. 학문 이론의 표면에는 드러나지 않는, 기질적이고 체질적인 수준에 토대를 둔 '토속적' 요소가 국문학의 뿌리를 지탱하고 있는 것이다(물론 그것은 근대 학문의 이상적인 존재 방식이 서구에 원래 존재하고 있고 일본에서 그것이 왜곡되었다는 뜻이 아니다. 구미에는 구미 나름의 학문의 '토속성'이 존재하기 때문이다). 국문학 및 국문학 연구의, 외국과는 다른 일본적인 특수성에 대한 근대 이후에 만들어진 의식은 기질적이고 체질적인 영역에서 확실히 계승되어 여전히 일부에서 뿌리 깊게 연명하고 있다고 생각된다. 그것에 대해서는 '민속학'적 시선에 근거해 새롭게 검토할 필요가 있을 것이다.

그러나 현대의 국문학 세계에 남아 있는 내셔널리즘의 기질은 시대적 역할을 이미 만료한 학문이 가진 사상의 잔해에 불과한 것은 아닐까. 비록 오늘날의 '일본어 붐' 등을 생각하면 국문학 업계의 내셔널리즘이 어떤 방식으로든 시대에 호응해 우경화하는 사회에서 주목을 받는 일이 앞으로 없을 것이라 단정할 수 없다. 하지만 가령 그런 일이 있어도 사상의 잔해로 변해버린 기질 위에서 앞으로 유의미한 학문적 성과를 지속적으로 축적해 가는 것은 어려울 것이다.

국민국가 구축과 사회 근대화를 전제로 한 기존의 국문학이 가진 역할은 종언을 고한 듯이 보인다. 이 책에서 거듭 말한 것처럼 국문학이란 영역은 메이지유신 이후 특정 시대 문맥 속에서 창조된 역사적 산물이며, 결코 선험적으로 존재하는 것이 아니다. 시작이 있으면 반드시 끝이 있고, 지금 국문학 연구는 근대라는 시대가 끝남과 동시에 역사적인 종언을 맞이하고 있다.

앞으로의 학문은 과거의 문학 연구가 남긴 유산을 계승하면서 근대적 문학 장르와 내셔널한 틀에 속박되지 않는 전문적 연구들을 서로 연결하는 지적 틀을 재구축해야만 한다. 물론 소설과 시, 평론, 고전적 와카와 모노가타리, 설화 등을 다루고 논하는 의미가 없어질 리는 없다. 그러나 어느덧 제도로 조직된 국문학의 틀이 과거와 같은 규모로 권력을 행사할 수는 없을 것이다.

1) 小西甚一『日本文芸史』Ⅰ, 講談社, 1985년, 23쪽.

2) 앞의 책, 6쪽.

저자 후기

국문학의 메타 연구를 생각한 것은 학부 졸업 논문을 쓰던 시절로 거슬러 간다. 국문학 연구라는 학문 장르의 기원을 알아볼 목적으로 시작했는데, 그때부터 어느새 10년 가까운 세월이 지나 버렸다. 그 사이 글로벌화의 진행과 장기 불황, 빈부 격차 확대 등 특히 전후 일본을 지탱했던 사회 구조의 해체가 급속히 진행되었고, 세상의 변화는 현저해졌다. 그리고 그 파도는 쓰쿠바 연구학원 도시라는 조금은 세상과 동떨어진 장소에서 일본 근대문학 전공자로서 대학원생 시절을 보낸 나 자신에게도 예외 없이 밀어닥쳤다. 대학원 시기는 근대 국문학의 종언이라는 역사적 현상을 실시간으로 체험하는 기회였다. 사상과 학문의 형성기에 해당하는 20대에 그런 역사적 체험을 한 것이 나에게 불행인지 행복인지는 지금까지도 최종 판단을 할 수 없다.

현재 대학 전반은 경영상의 위기에 처해 있고, 특히 인문계 학문 연구자들은 이른바 '빙하기'를 경험하고 있다. 그리고 그것은 결코 경제 불황과 학령 인구 감소라는 요인에 따른 것만은 아니다. 근대의 종언에 동반하는 형태로 사회 전체 속에서 '교양', '문화', '학문', 그리고 '대학'의 위치가 크게 모습을 바꿔가는 시대 분위기와 무관하지 않다.

국민국가에서 문화와 교양의 중심 역할을 담당했던 근대 대학은 포스트모던화와 글로벌화의 시대에 그 역할이 변질되고 있다. 내가 지난 10년 사이에 체험한 국문학 연구의 종언이라는 사태는 실로 이러한 문맥 속에서 일어난 것으로 생각된다. 적어도 지금 대학에는 '교양'을 익힌 '인간'을 기르는 19세기적인 기능은 요구되고 있지 않으며, 이른바 민간 기업체의 색채가 짙어지고 있다.

나는 이른바 '베이비붐 주니어' 세대에 속하는데, 어린 시절에는 '문학'이라는 것의 사회적 가치가 아직은 존재했던 것으로 기억한다(지금 돌아보면 당시 유행한 구조주의의 영향을 받은 테스트 분석은 일본에서 '문학 연구'의 마지막 전성기였던 것 같다). 지방의 공립고등학교 국어교사인 부모님 밑에서 자랐던 나는, 문학의 가치를 소박하고 순수하게 믿고 연구의 길에 들어섰다. 그러나 그로부터 세월이 흐르자 어느덧 '포스트모던', '문학의 종언'이 단순히 현대 사상의 추상적 키워드가 아니라, 너무도 분명한 현실이 되어 나타났다. 연구자로서의 생활 수단이 극단적으로 제약받는 시대가 온 것이다. 내 주위에도 연구를 단념하고 다른 길을 모색하거나 어떤 보증도 없는 시간 강의를 해가며 위태로운 생활을 이어가는 사람들을 어렵지 않게 볼 수 있다. 근래 사회 전체에서 젊은 층의 '프리터'화와 빈곤화가 진행되고 있다고 말하는데, 글로벌화 시대의 '낙오자'라고 할 수 있는 인문계 연구자들 다수도 '무산계급화'되고 있는 실정이다.

어느새 문학 연구를 사회적으로 보증하는 기성의 가치관을 믿거나 업계 권익에 수동적으로 의지하는 것은 곤란해졌다. 이런 현상은 어떤 의미에서 메이지유신 이후의 국학자와 한학자가 근대화의 파도에 직면해 그때까지 자신들의 학문 패러다임이 무용지물이 되었다고 느꼈던 것과 비슷할지도 모르겠다. 국문학자라는 근대 특유의 계급은 구시대의 유물로 변하려 하고 있다. 하지만 여기서 분명히 말할 수 있는 것은 국문학이 쇠퇴함으로써 곤란한 것은 '국문학'을 통해 생계를 유지하거나 혹은 유지하려고 하는 업계 관계자뿐으로, 사회 대부분은 어떤 고통도 느끼지 않고 있다는 점이다. 그리고 그러한 시대의 변화를 보수적인 마음으로 다만 저주하거나 누군가의 탓으로 돌려도 소용이 없다는 것도 명확하다.

만약 나와 같은 젊은 연구자가 학문과 지적 활동을 계속해 가려면 앞으로의 시대를 견딜 수 있는 사회적 사명감과 비판 정신, 그리고 자기 자신의 삶과 인생관을 한 사람 한 사람이 주체적으로 형성하고 사회에 적극적으로 제시해야 한다. 국문학 뒤에 무엇이 와야 하는가를 구체적이고 실천적으로 보여 주는 것은 이 책 이후 나 자신의 연구 과제로 남아 있다. 근대 국문학 연구가 구시대의 유물이 되어 가고 있는 지금, 우리는 공사장 앞에 서 있다. 그런 의미에서 나는 구시대의 폐허 위에 새로운 사상을 쌓아 올렸던 메이지 시기 및 전후 직후 지식인들의 분투에 대해 경의를 표하고 싶다.

그리고 또 하나, 인문계 학문의 혹독한 상황은 시점을 바꾸면 다른 견해도 성립할 수 있다는 점을 덧붙이고 싶다. 국문학뿐만 아니라 문학 연구 전체가 시대의 '잉여자'적 성격을 더해가고 있는데, 바로 그렇기 때문에 사회적·정치적으로 시대를 역행하는 성격으로 인해 현대사회와 국가에 대한 비판적인 세력으로 새롭게 다시 태어날 가능성과 기회, 사명이 남아있다는 시각이다.

2000년대를 맞이한 이후 지난 수년 간 일본 사회에서는 9·11테러 이후 '합중국'에 의한 일련의 적극적인 군사 행동에 호응하는 형태로 급속한 우경화 현상이 진행되고 있다. 냉전 종결을 계기로 시작된 전후 일본의 정치와 사회, 사상 등을 지금까지 지탱했던 틀이 밑동부터 흔들리는 거대한 지각 변동이 지난 수년 사이에 본격화된 결과라고 할 수 있다. 글로벌화가 급속히 진행되는 한편, 북한에 대한 이상할 정도로 감정적이고 비이성적인 배외주의의 유행, 동시에 일본국 헌법의 이상은 어느덧 전수방위의 명분조차 낡은 것으로 만들며 자위대의 이라크 파병이 일어나고 있는 지금, 시대는 어떠한 비유와 과장도 없이 '전시하'에 있는 듯하다. 학문은 일련의 동시대적 정치 현상과 무관할 수 없고, 또 그래서도 안 된다. 적어도 부단히 현재 상황에 대한 비판적 의미를 보여줄 책임이 있다. 어떻게 하면 시대적 추세에 대해 더욱 효과적으로 저항하는 것이 가능한 연구 틀을 만들어 낼 수 있는가를 생각해야 할 때다. 나아가 경제의 글로벌화가 초래한 양극화 현상의 충격 속에서 장래에 대한 희망과 만족스러운 인생 설계조차 쉽지 않은 많은 젊은이들의 지적 관심을 배외주의 이외의 건설적인 방향으로 되돌리기 위한 대안을 만드는 것은 현재 학문이 수행해야 할 윤리적 역할이자 급무가 아닐까. 문학 연구자는 결코 미래에 절망해서는 안 되고, 외면해서도 안 된다. 스스로에 대한 계율로 이렇게 기록해 두고자 한다.

이 책은 2003년도 쓰쿠바대학 대학원 일본문화연구 학제커리큘럼에 제출한 박사 논문 『근대 일본과 「국문학」론의 제상 – 1920~40년대 국문학 연구의 언설을 둘러싸고』를 대폭으로 가필하고 수정을 덧붙인 것이다.

많은 분의 도움으로 이 책을 간행할 수 있었다. 대학원에서 지도교수로 어떤 의미에서 '사도(邪道)'라고 할 수 있는 나의 연구 주제의 의의를 인정해 주고, 후원해 주신 아라키 마사즈미 선생님, 이케우치 데루오 선생님께는 헤아릴 수 없는 은혜를 입었다. 대학원 입학 때부터 지도해 주신 경애하는 이케우치 선생님은 내가 재학하고 있을 때 유감스럽게도 정년퇴직하셨지만, 그 이후 나를 받아주신 아라키 선생님이 계셔서 행운이라 말할 수밖에 없다. 두 분의 따뜻하고 속이 깊은 인격이 만들어준 자유로운 분위기 속에서 나는 안심하고 연구에 전념할 수 있었다.

지도를 해주신 나나미 히로아키 선생님께도 이 기회를 빌려 감사의 말씀을 전하고 싶다. 낡은 국문학이 지닌 긍정적인 의미에서의 교양과 의식을 이어받은 나나미 선생님 앞에 서는 것은 나에게 귀중한 시련이었다. 또 신보 구니히로 선생님께도 지도를 받았다.

쓰쿠바대학 인문학부 일본사 전공 시절 지도교수인 나카노메 도루 선생님은 내가 대학원 진학할 때 전공을 문학으로 바꾼 것에 대해 걱정해 주시고 음으로 양으로 힘이 되어 주셨다. 이 책의 간행을 위해 출판사의 소개와 교섭 과정에서 선생님의 도움을 받았다.

도서관 정보미디어 연구과의 구로코 가즈오 선생님은 지도학생도 아닌 나에게 순수한 호의로 다망한 나날 가운데 시간을 일부러 할애하여 도움을 주셨다. "자신의 비평성을 분명히 내도록"이라는 선생님의 일관된 비판이 없었다면 이 책 본문은 물론 '후기'도 존재하지 않았을 것이다.

연구실 선배인 남부진 선생님(현 시즈오카대학)은 어려울 때 항상 내 편이 되어 주셨다. 연구실에서 자주 들려줬던 "연구는 자신의 삶과 인생관을 일체화하지 않으면 의미가 없다"는 말은 지금도 나의 뇌리에서 떠나지 않는다.

그리고 출판 시장이 어려운 냉혹한 시대에 나와 같은 무명의 젊은 연구자에게 출판 기회를 주신 일본도서센터의 다카노 사장님 및 학술출판회의 히사마 출판 부장을 비롯한 관계자분들에게도 진심으로 감사를 드리고 싶다.

마지막으로 진학을 허락해 주고, 또 걱정을 끼쳐 드린 부모님과 여동생에게 이 책을 바친다.

2005년 12월

사사누마 도시아키

역자 후기

언어의 근대화가 '국어'의 발명이라면, 지식의 근대화는 분과 학문의 등장이다. 근대에 접어들어 우선 사회과학과 인문학의 구분이 제도화되었다. 동시에 사회과학 안에 사회학, 정치학, 심리학 등의 분과 학문이 자리를 잡았다면, 인문학에서는 문학, 역사, 철학의 분화가 일어났다. 특히 인문학에서는 지식이 '민족'을 단위로 나뉘는 또 한 차례의 분화가 전개되었다. 문학의 경우를 예로 들자면 영문학, 불문학, 독문학처럼 민족을 단위로 문학을 분류하는 방식의 등장이다. 그런데 한국과 일본의 사례에서 볼 수 있는 흥미로운 현상은 영문학, 불문학과 같은 명칭이 일반적으로 다른 민족의 문학을 지칭할 때 사용되고, 자민족의 문학을 가리킬 때는 특별히 '국문학'이라 개념이 사용되었다는 점이다. 여기서 문학을 '국문학'과 그 외부로서의 '외국문학'으로 나누는 또 하나의 분류 체계를 확인하게 된다. 앞서 이러한 지식의 변화가 막연히 '근대 이후'에 나타났다고 말했는데, 그렇다면 일본에서는 언제, 어떤 방식으로 이러한 지식의 근대화가 일어났던 것일까. 『근대 일본의 '국문학' 사상』은 바로 근대 일본에서 일어난 문학이라는 지식의 근대화 과정을 통시적으로 묘사하고 있다.

전근대 동아시아의 지식 세계에서 한문과 한학은 일종의 보편적 학문(지식)으로 간주되었다. 따라서 독립된 학문 분야로서 '국문학'이 성립하기 위해서는 한문과 한학에 대한 상대화가 불가피하다. 이 책의 저자 사사누마 도시아키는 청일전쟁 이후 중국 중심의 동아시아 국제 질서가 해체되면서, 보편학으로서의 한학이 '지나'문학이라는 명칭과 함께 일본에서 하나의 외국문학으로 '격화'되었다고 말한다. 즉 저자에 따르면, 일본의 국문학은 중국이 더 동아시아의 '제국'이 아니라 하나의 '외국'으로 타자화되는 과정에서 자기동일성을 확보했다.

그런데 국문학의 자기동일성은 '지나'문학의 창출만으로는 충분하지 않았다. 국문학과 서양문학의 관계를 어떻게 설정할 것인가가 또한 중요한 문제였기 때문이다. 이 문제는 간단치 않았는데, 왜냐하면 형식적으로 국문학은 영문학, 불문학, 독문학과 대등하지만, 내용적으로 서양문학은 국문학이 모방해야 할 규범적 대상으로 간주되었기 때문이다. 여기에 '세계문학'이라는 개념이 끼어들면 문제는 더욱 복잡해지는데, 형식에 기준을 두면 세계문학은 각국 문학의 집합 정도가 되지만, 만약 내용적 보편성에서 세계문학을 생각한다면 서양문학이 곧 세계문학으로 간주되는 것을 피하기가 어렵기 때문이다. 일본의 경우를 보면, 일본의 국문학은 한편에서 서양문학의 보편성을 승인하고 그것을 기준으로 자신을 세계문학의 일원이 되려 했지만, 다른 한편 특히 1930년대 후반 이후 '근대의 초극' 담론이 부상하면서는 서양문학을 대신해 자신을 세계문학의 새로운 중심으로 '격상'시키려 시도했다. 문학을 민족을 단위로 구분하는 발상(국민문학)만이 아니라 문학의 보편성

(세계문학)에 관한 기준까지 서양에서 수입한 일본에 있어 서양문학은 부정과 모방이라는 양가적 감정을 동반하는 가운데 국문학의 자기 존립을 위한 또 하나의 타자로서 존재했다.

이렇게 이 책은 일본의 국문학 연구의 다양한 학설(문헌학, 문예학, 역사사회학파 등)에 대한 검증을 통해 국문학이 제국대학이라는 아카데미즘의 세계에서 어떻게 하나의 제도로 정착되었는가를 보여주고 있다. 따라서 이 책의 시각을 19세기 중반 이후 한국과 중국에 적용한다면 동아시아 근대 지식의 형성사라는 보다 큰 맥락의 문제로 확장될 수 있을 것이다. 이렇게 이 책은 지식(문학)의 근대화 과정이 일본에서 어떻게 전개되었는가를 보여주는 것에 머물지 않고, 확장된 비교연구의 가능성을 제공하고 있다는 점에서 그 학술적 의의가 결코 작지 않다. 일본의 근대사를 바라보는 관점과 관련하여 문학의 근대화를 전근대와의 '단절'로 묘사하는 방식이나 1910년대 이후 서양과의 불평등조약 개정이 가져온 서양 인식의 미묘한 변화를 반영하지 못한 점 등 아쉬운 점이 없는 것은 아니지만, 이 책의 견실한 자료 해석과 지적 자극은 이런 아쉬움을 상쇄하고도 남는다.

이 책이 나오는데 많은 분께서 도움을 주셨다. 책의 번역을 허락해 준 저자 사사누마 선생에게 감사를 전한다. 그리고 지난 5년여의 시간을 인내해 주셨을 뿐만 아니라 부실한 원고를 이렇게 어엿한 역서로 만들어 주신 어문학사 윤석전 사장님과 특히 유태선 선생님께 감사를 드리고 싶다. 또 본문 주석을 번역하는 데 성균관대 박이진 선생님과 서울대학교 일본연구소의 손석의, 조아라, 사카자키 세 명의 조교의 도움을 받았다. 이 기회에 감사의 마음을 전하고 싶다. 번역의 미진함은 모두 역자의 책임이라는 점을 밝히며, 이 책이 역자인 나 자신을 포함해 동아시아 근대 지식의 형성과 관련한 다채로운 후속 연구를 하는 이들을 자극하는 계기가 된다면 더 바랄 것이 없을 것 같다.

2014년 3월

서동주

색인

ㄱ

ㄴ

ㄷ

ㄹ

ㅂ

ㅇ

ㅈ

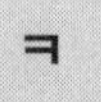

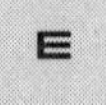

기억과 경계 학술총서

근대 일본의 '국문학' 사상

초판 1쇄 발행일 2014년 03월 30일

지은이 사사누마 도시아키
옮긴이 서동주
펴낸이 박영희
편집 배정옥 · 유태선
디자인 김미령 · 박희경
인쇄 · 제본 태광인쇄
펴낸곳 도서출판 어문학사
서울특별시 도봉구 쌍문동 523-21 나너울 카운티 1층
대표전화: 02-998-0094/편집부1: 02-998-2267, 편집부2: 02-998-2269
홈페이지: www.amhbook.com
트위터: @with_amhbook
블로그: 네이버 http://blog.naver.com/amhbook
다음 http://blog.daum.net/amhbook
e-mail: am@amhbook.com
등록: 2004년 4월 6일 제7-276호

ISBN 978-89-6184-331-7 93830
정가 20,000원

※잘못 만들어진 책은 교환해 드립니다.

이 도서의 국립중앙도서관 출판시도서목록(CIP)은 e-CIP홈페이지(http://www.nl.go.kr/ecip)와
국가자료공동목록시스템(http://www.nl.go.kr/kolisnet)에서 이용하실 수 있습니다.
(CIP제어번호: CIP2014009722)